Inspector Bradford sucht das Weite

W0029391

Marion Griffiths-Karger verbrachte ihre Kindheit auf einem Bauernhof in Ostwestfalen. Nach Kaufmannslehre und Studium der Sprach- und Literaturwissenschaft wurde sie Werbetexterin in München, später Teilzeitlehrerin und Autorin. Die Deutsch-Britin ist Mutter von zwei erwachsenen Töchtern, lebt mit ihrem Mann bei Hannover und schreibt und liest mit Leidenschaft Kriminalromane.

MARION GRIFFITHS-KARGER

Inspector Bradford sucht das Weite

KÜSTEN KRIMI

emons:

Bibliografische Information der Deutschen Nationalbibliothek
Die Deutsche Nationalbibliothek verzeichnet diese Publikation
in der Deutschen Nationalbibliografie; detaillierte bibliografische
Daten sind im Internet über http://dnb.d-nb.de abrufbar.

MIX
Papier aus verantwor-
tungsvollen Quellen
FSC
www.fsc.org   FSC® C083411

© Emons Verlag GmbH
Alle Rechte vorbehalten
Umschlagmotiv: photocase.com/knäckeboot
Umschlaggestaltung: Tobias Doetsch
Gestaltung Innenteil: César Satz & Grafik GmbH, Köln
Lektorat: Dr. Marion Heister
Druck und Bindung: CPI – Clausen & Bosse, Leck
Printed in Germany 2016
ISBN 978-3-95451-973-6
Küsten Krimi
Originalausgabe

Unser Newsletter informiert Sie
regelmäßig über Neues von emons:
Kostenlos bestellen unter
www.emons-verlag.de

Die Tafelrunde ist entehrt,
wenn ihr ein Falscher angehört.

Wolfram von Eschenbach

Der Leseclub von Carolinensiel

Heike Bornum:	liegt tot im Hafenbecken
Hilde Thomassen:	alleinerziehende Oma
Tomke Drillich :	Hildes Freundin
Else Tudorf:	Nachbarin von Heike Bornum, Sohn Klaus war mit Heikes Tochter Nina verheiratet
Renate Stöckl:	nervöse Freundin von Else
Knut Besemer:	ehemaliger Lehrer, ist sehr beliebt bei den weiblichen Clubmitgliedern, hat etwas zu verbergen
Silke Husemann:	Heikes Rivalin um Besemers Gunst
Lothar Semmler:	möchte gern einen Krimi schreiben und gerät in Schwierigkeiten
Wilko Reinert:	hat ein pikantes Geheimnis und pflegt seine kranke Frau
Bendine Hinrichs:	Tante von Hauptkommissarin Fenja Ehlers, führt eine Pension in Carolinensiel
Heini Sammers:	Bendines Freund, macht eine Dummheit
Lore Berglin:	Bendines Freundin
Kalle Berglin:	Lores Mann

Prolog

Was war denn bloß geschehen? Sie lag da, die nackten Beine seltsam verdreht. Auf den Fußnägeln schimmerten noch Reste von Nagellack. Rosa Nagellack, einfach scheußlich! Sie trug einen Morgenmantel. In der letzten Zeit hatte sie dauernd diesen Morgenmantel getragen. Alt war er, abgewetzt und schmuddelig weiß. Sie hatte sich gehen lassen, ohne Zweifel. Immer wieder war es deswegen zum Streit gekommen zwischen ihnen. Und dann das Kind. Ständig hatte es geschrien. Jetzt schrie es auch. Es war nicht auszuhalten! Dabei hatten sie nur über alles reden wollen, jetzt, wo *er* abgehauen war. Aber sie wollte sich ja einfach nicht überzeugen lassen! Stattdessen war sie furchtbar wütend geworden! Hatte geschrien und gedroht, alles zu sagen. Und das ging doch nicht! Das war ganz und gar unmöglich! Und dann war die ganze Situation völlig aus dem Ruder gelaufen. Deswegen war es geschehen! Nur deswegen lag sie jetzt da, den Kopf mit den dunklen Locken auf dem Teppich, während das Blut langsam aus ihr heraussickerte.

Aber vielleicht war es am besten so. Eine andere Lösung war eben unmöglich. Es war so vieles falsch gelaufen. Und das mit dem Kind hätte nicht sein dürfen. Das war einfach zu viel gewesen! Ja, bestimmt war es am besten so!

Draußen dunkelte es bereits. Es war zu gefährlich hier! Weg! Nichts wie weg! Bevor jemand etwas mitbekam. Durch die Hintertür und den Garten. Noch war Zeit, alles zu regeln. Es musste nur schnell gehen. Dann würde alles gut.

EINS

Carolinensiel, Ostfriesland, Dienstag, 7. Oktober

Heike Bornum ärgerte sich wie immer, dass sie nicht den Mut fand, dieses lästige Geschwätz zu unterbinden.

»Man bedenke die luzide Sprache, die komplexen Satzgebilde und die philosophische Abhandlung menschlicher Unzulänglichkeiten …«, drang es dumpf und träge wie klebriger Honig in ihr Bewusstsein, »… ganz zu schweigen von der Mannigfaltigkeit der Charaktere …«

»Ach, du immer mit deinem wissenschaftlichen Besteck. Hier geht's um Gefühle!«

Heike seufzte innerlich. Wenigstens Bendine traute sich, Knut in die Parade zu fahren. Wieso musste der sich bloß immer so aufspielen? Okay, er war Deutschlehrer gewesen, in Wittmund in der Oberstufe, aber war das ein Grund, in diesem Kreis ständig die eigene Überlegenheit zu demonstrieren? Sie selbst hatte vor acht Jahren den Lesekreis in Carolinensiel ins Leben gerufen.

Anfangs waren sie nur zu viert gewesen, und ausschließlich Frauen. Sie trafen sich jeden ersten Dienstag im Monat im Groot Hus des Sielhafenmuseums und sprachen über Literatur. Manchmal stellte eine von ihnen ein Buch vor, das ihr besonders gefallen hatte, manchmal wurde einfach nur vorgelesen. Sie hatte weder Zeit noch Mühen gescheut, um ihren Kreis zu erweitern. Hatte Lesungen veranstaltet und einmal sogar eine Art literarisches Quartett.

Das war der Köder für Knut gewesen. Mittlerweile war ihr Leseclub auf dreizehn Personen angewachsen, fünf davon waren Männer. Und dass Knut Besemer, der der Chance, sein sprachwissenschaftliches Know-how öffentlich präsentieren zu dürfen, nicht hatte widerstehen können, sich dazugesellt hatte, war für sie eine besondere Freude gewesen. Heike hatte nun mal ein Faible für gebildete Männer. Und das war Knut ohne Zweifel.

Seit ihrer Scheidung vor sechs Jahren und auch schon lange davor hatte Heike die Nähe und Fürsorge eines männlichen Partners vermisst. Und Knut war nicht nur gut aussehend und gebildet, er war auch noch wohlhabend. Sehr wohlhabend, nannte ein großes Haus und eine geräumige Yacht sein Eigen. Die hatte er sich vor ein paar Jahren gekauft, da war seine Frau schon eine Weile tot. Er hätte schon viel eher in Pension gehen können, hatte er Heike mal anvertraut. Das hatte er einigen klugen Transaktionen an der Börse zu verdanken.

Wie auch immer, Heike hatte nichts gegen Geld. Und sie selbst, als Bibliothekarin auch nicht ungebildet und für ihr Alter äußerlich noch recht annehmbar, würde wunderbar zu ihm passen. Silke Husemann sah das allerdings anders. Es war ja schon fast peinlich, wie die sich Knut an den Hals warf. Und ihm gefiel das offenbar. Er war ein eitler Pfau, das ließ sich nicht leugnen. Aber glücklicherweise hatten sich die Dinge mittlerweile geändert. Sie hatte jetzt noch ein weiteres Eisen im Feuer, auch wenn das nur die zweitbeste Lösung war und sie außerdem in Schwierigkeiten bringen konnte. Nun, das musste sie eben für sich behalten.

»Ich finde, Knut hat recht«, sagte Lothar Semmler, »es geht beim Geschichtenerzählen nicht nur um den Inhalt der Geschichte, sondern auch um die Sprache, also das Mittel, mit dem ich diese Geschichte erzähle …«

»Ja, aber dann sollte man sich über die Sprache in einer Sprache unterhalten, die auch jeder versteht.« Lore Berglin eilte ihrer Freundin Bendine zu Hilfe. »Das solltest du auf jeden Fall bedenken, wenn du deinen Krimi unter die Leute bringen willst. Dieses hochgestochene Gedöns will ich jedenfalls nicht lesen.«

»Natürlich«, stimmte Lothar Semmler eilfertig zu. »Ich schreibe so, dass mich alle verstehen.«

»Wollen wir's hoffen«, brummte Else Tudorf. »Und wehe, ich komme in deinem Geschreibsel vor! Werde mir das ganz genau angucken, was du da verzapfst.«

»Mach das, mach das«, frohlockte Lothar Semmler, der seinen noch zu realisierenden Krimi bereits in den Bestsellerlisten wähnte. Allerdings hatte er seine umfangreiche Recherche bis dato noch nicht beendet, und der Plot war ebenfalls noch nicht in trockenen Tüchern. Das hinderte ihn allerdings nicht daran, alle Welt von seinen Plänen in Kenntnis zu setzen.

»Wir wollten doch über Jane Austen sprechen«, meldete sich

Heike endlich zu Wort. Sie fand Lothars Pläne pietätlos, und noch pietätloser fand sie es, dass er sie in diesem Kreis überhaupt thematisierte.

Hilde Thomassen war blass geworden, als er sie darauf angesprochen hatte. »Du hast doch nichts dagegen … ich meine, sie war ja deine Tochter, aber die Psychologen sagen doch immer, es ist sinnvoll, über diese Dinge zu reden.«

»Ja, aber nicht mehr nach zwanzig Jahren!«, hatte Tomke Drillich Lothar zurechtgewiesen. Tomke und Hilde hatten gemeinsam den kleinen Boje, Hildes Enkel, großgezogen, nachdem seine Mutter unter tragischen Umständen ums Leben gekommen war. Boje war mittlerweile einundzwanzig Jahre alt und studierte Kommunikationswissenschaften in Bamberg. Er war der ganze Stolz seiner Großmutter. Die beiden hatten ein enges Verhältnis, denn sie hatten niemanden mehr außer einander.

»Du hast recht, Bendine«, sagte Heike jetzt etwas lauter als nötig, »hier geht es um Gefühle, wobei man natürlich die geniale Sprache von Jane Austen durchaus erwähnen darf.«

»Ja, sagt ja keiner was dagegen, aber ich finde die Figuren viel bemerkenswerter«, mischte sich Silke Husemann jetzt ein, während Wilko Reinert, der Silkes Enthusiasmus für »Stolz und Vorurteil« nicht teilte, die Augen verdrehte.

»Überlegt doch mal«, schwärmte Silke, »die Bennets haben fünf Töchter, und alle sind irgendwie … besonders.«

Heike hörte nicht mehr hin, sie war froh, die Gruppe von Lothars Krimiplänen abgelenkt zu haben. Nicht nur, weil sie Hilde die Erinnerung nicht zumuten wollte. Nein, sie wollte auch sich selbst die Erinnerung nicht zumuten, konnte nur hoffen, dass niemand ihre Zerstreutheit und ihre zitternden Hände bemerkt hatte, als Lothar davon angefangen hatte. Und das gerade jetzt, wo die Vergangenheit sie sowieso wieder eingeholt hatte.

Vielleicht hätte sie das mit den schlafenden Hunden nicht erwähnen sollen. Nun ja, zu spät, sich darüber Gedanken zu machen. Das war allerdings leichter gesagt als getan. Heike neigte zum Grübeln. Sie beneidete die Menschen, die sich rigoros von einem Problem, das nicht zu ändern war, ablenken konnten. Wie machten sie das nur? In ihrem Kopf drehten sich die Gedanken wie in einem Karussell wieder und wieder um dieselbe Angelegenheit, ohne dass sie zu einer Lösung kommen würde.

Und in diesem Fall war es genauso gewesen. Damals. Sie hatte viele Jahre gelitten, litt immer noch, wenn sie ehrlich war. Und jetzt kam Lothar und wühlte im Schlamm herum. Gott weiß, was er alles ausgraben würde in seiner Besessenheit.

Sie plauderten noch eine Weile über die große englische Schriftstellerin, und dann beendete Heike den Abend, etwas früher als sonst. Sie hatte sich nicht mehr am Gespräch beteiligt und als Lektüre für das nächste Treffen Theodor Fontanes »Effi Briest« vorgeschlagen.

»Der schreibt doch genauso gefühlsduselig wie Jane Austen«, murrte Wilko Reinert. »Was findet ihr Frauen bloß an der? Können wir nicht mal was von Håkan Nesser oder Tess Gerritsen besprechen?«

Heike antwortete nicht, und die Clubmitglieder machten sich langsam auf den Heimweg. Das war um kurz vor zweiundzwanzig Uhr.

Bendine Hinrichs ließ sich von Heini Sammers noch bis zu ihrer Pension begleiten, die nicht weit vom Museumshafen entfernt Richtung Harlesiel in einem malerischen Garten lag.

Heini Sammers, ein stämmiger Friese, der sich selbst als einen Mann in den besten Jahren bezeichnete, obwohl er die sechzig bereits überschritten hatte, war unwesentlich kleiner als seine zwei Jahre jüngere Freundin Bendine. Aber vielleicht lag das auch nur an seinem stets etwas geneigten Kopf und seinem leicht gebeugten Gang. Der Wind wehte schwach an diesem milden Abend im Oktober. Die Sommergäste waren in ihre Stadtwohnungen oder ihre bergische Heimat zurückgekehrt, bis sie sich im nächsten Sommer wieder an die Küste begeben würden. Hierher, wo der Wind alle schweren Gedanken auf die weite See trieb. Bendine und Heini schlenderten im trüben Licht der Laternen an der Harle entlang.

»Dass du mir bloß nicht mit so einem Blödsinn anfängst«, knurrte Bendine. »Krimi schreiben! Als ob's davon noch nicht genug gäbe. Man weiß ja schon gar nicht mehr, was man kaufen soll. Wenn man in einen Buchladen geht, wird man ja regelrecht erschlagen von dieser Büchermasse.«

»Nein, Bendine, ganz bestimmt nicht«, versicherte Heini beflissen. »Auf so einen blöden Gedanken würde ich nie kommen. Und außerdem hab ich ja auch gar keine Zeit, ich hab ja den Kiosk.«

»Stimmt allerdings«, murmelte Bendine, die sich fragte, wie lange Heini sich an seiner Brötchentheke noch die Beine in den Bauch stehen wollte. Und im Winter lief das Geschäft sowieso schlecht. Glücklicherweise bezog Heini eine kleine Unfallrente, die ihm ein akzeptables, wenn auch nicht gerade respektables Auskommen sicherte. Außerdem verdienten seine fünf Kinder aus einer gescheiterten Ehe mittlerweile ihr eigenes Geld.

»Heike war heute irgendwie komisch, findest du nicht auch?«, fuhr Bendine fort.

»Was meinst du mit komisch?« Heini legte die Hände auf den Rücken und beugte den Kopf noch ein bisschen weiter nach vorn, um Bendine ins Gesicht sehen zu können.

»Na irgendwie … fahrig.«

»Nö, sie war doch wie immer.«

Bendine seufzte leise. Meine Güte, dachte sie, Männer merkten aber auch gar nichts. Das war bei ihrem verstorbenen Friedhelm auch schon so gewesen. Bei dem waren alle Sensoren nur auf sein Boot gerichtet gewesen. Seine Ludmilla. Bendine hatte sie immer nur die Heilige Kuh genannt. Friedhelm hatte das gar nicht gerne gehört, hatte ihr sogar Eifersucht unterstellt. Ph, Eifersucht, sie war ja froh gewesen, wenn er beschäftigt war! Und das möglichst weit entfernt von ihrem eigenen Dunstkreis.

»Ist ja auch egal«, nahm sie das Gespräch mit Heini wieder auf, »jedenfalls finde ich, dass Lothar langsam ein bisschen tüdelig wird. Aber irgendwie muss sich ein Mann, der so eine hohe Meinung von seiner Intelligenz hat, ja beschäftigen als Rentier. Und was liegt da näher, als ein Buch zu schreiben.«

»Wirklich?«

Bendine verdrehte die Augen. »Jo, Heini, wir sind da. Den Rest kann ich alleine gehen.« Sie drückte dem verdutzten Heini einen Kuss auf die Wange und ging dann schnellen Schrittes über den Weg an der Cliner Quelle vorbei Richtung Nordseestraße zu ihrer Pension, wo hoffentlich ihre Nichte und eine heiße Tasse Tee auf sie warteten.

Als sie den Haustürschlüssel ins Schloss steckte, hörte sie Stimmen und Musik. Ach ja, Fenja und ihr Kochclub hatten ja heute wieder die Küche vereinnahmt. Das hatte sie ganz vergessen. Im Grunde mochte sie das Quartett aus drei Damen und einem Herrn ja auch gerne, aber die Art und Weise, wie sie ihre gemeinsamen Treffen gestalteten und dabei Bendines Küche in ein Waterloo verwandelten, missfiel ihr doch manchmal. Heute zum Beispiel. Sie hängte ihre schwarze Outdoorjacke an die Garderobe und warf den Schlüssel in den Schlüsselkasten. Immerhin, es roch gut, auch wenn Bendine nicht allzu viel von den Kochkünsten der Belagerer hielt. Sie betrat die Küche, wo eine der drei Frauen hektisch eine Zigarette in die Spüle warf und mit den Händen vor ihrem Gesicht herumwedelte.

»Das hilft jetzt auch nicht mehr«, sagte Bendine und öffnete das Fenster über der Spüle.

Fenja, ihre Nichte, saß am Tisch, auf dem abgegessene Teller und leere Weingläser herumstanden. »Oh, hey, Bendine, du bist ja schon da«, sagte sie und rappelte sich auf. Dabei fiel eine Gabel auf die Fliesen. Die anderen waren ebenfalls aufgesprungen und guckten betreten.

Bendine sah auf die Uhr. »Es ist fast halb elf, später komm ich selten. Wo ist Nele?«

»Schläft«, antwortete Fenja, und alle begannen hektisch die Teller zusammenzustellen.

»Willst du noch was essen? Es gibt Tofu-Auflauf.« Fenja nahm mit spitzen Fingern die Kippe aus der Spüle und warf sie in den Mülleimer.

Deshalb sind alle betrunken, dachte Bendine. Ihnen fehlte die Grundlage. »Nein, danke«, sagte sie laut. »Möchte jemand Tee?«

Erstaunlicherweise wollte niemand außer Fenja. Die beiden Frauen und der Mann, Bendine vergaß immer die Namen, verabschiedeten sich und verließen eilends Bendines Haus.

»Wer von denen kann denn noch fahren?«, fragte Bendine, während sie Wasser in den Kessel füllte.

»Die machen jetzt einen Spaziergang zum Sielhafen und lassen sich dort von einem Taxi abholen. Jedenfalls hoffe ich das.« Fenja klappte die Tür der Spülmaschine zu und nahm zwei Becher aus dem Schrank. »Wie war dein Leseabend?«

»Ach, eigentlich wie immer, bisschen langweilig. Allerdings …« Bendine kicherte. »Der Lothar Semmler, du weißt doch, der seit einem Vierteljahr in Rente ist …«

»Der mit dem missratenen Sohn, der ihn nie besucht?«, unterbrach Fenja.

»Genau, er jammert zwar immer, aber ehrlich gesagt, mich wundert's nicht, dass der Junge nicht öfter kommt. Der Semmler kriegt doch schon einen Anfall, wenn die Enkel seine Fernsehzeitung anfassen. Das hätte es zu Brigittes Lebzeiten nicht gegeben.«

Bendine goss kochendes Wasser über die Teebeutel – das Teesieb mit losem Tee gab's nur für die Touristen.

»Na ja«, fuhr Bendine fort, »Lothar will einen Krimi schreiben. Stell dir das vor.«

Fenja bearbeitete unsanft mit dem Löffel den Teebeutel. »Nun gib dem Beutel eine Chance, okay?« Bendine zog die Stirn kraus. »Mir wird immer ganz anders, wenn ich sehe, wie du mit dem Tee umgehst.«

»Tut ihm nicht weh, glaub mir. Was war das mit dem Krimi vom Lothar?«

»Ach, eigentlich unwichtig. Er will einen Todesfall, der sich hier vor ungefähr zwanzig Jahren zugetragen hat, verarbeiten. Klar, dass der sich nichts ausdenken kann.«

»Ach ja? Was war denn das für ein Todesfall, etwa Mord?« Fenja Ehlers, Erste Hauptkommissarin bei der Kripo in Wittmund, interessierte sich schon von Berufs wegen für Mordfälle, und wenn sich diese auch noch im beschaulichen Carolinensiel zutrugen, waren sie umso interessanter. Auch wenn sie sich lange vor ihrem Umzug dorthin ereignet hatten.

Bendine trank einen Schluck Tee, den sie mit ein paar Tropfen Sahne angereichert hatte. Den Kandis sparte sie sich aus Eitelkeit. Ob das nun wirklich ihrer Figur zugutekam, wusste sie nicht, aber es beruhigte ihr Gewissen. In den letzten Jahren hatte sie ein bisschen zugelegt.

»Ja, ein Mann hat damals seine Frau erschlagen. Sie haben ihn verurteilt und eingesperrt, irgendwo bei Hannover, ich glaube, Celle heißt die Stadt. Soll sehr hübsch sein. Das hat mir Tomke erzählt. Was jetzt mit ihm ist, weiß ich nicht.«

»Aber dann ist doch alles klar, was will denn der Lothar noch darüber schreiben? Ich denke, Krimis liest man nur zu Ende, weil man wissen will, wer der Mörder ist.«

Bendine trank ihren Tee aus und stand auf. »Der Mann hat immer behauptet, er sei unschuldig, aber keiner hat ihm geglaubt. War wohl ein ziemlich komischer Typ.«

»Gut möglich, Mörder sind meistens komische Typen.« Fenja stellte ihre Tasse in die Spülmaschine und gähnte. »Ich geh schlafen, muss morgen zum Gericht.«

»Na dann, gute Nacht«, sagte Bendine. »Ich räum noch ein bisschen auf.« Sie blickte ihrer Nichte vorwurfsvoll hinterher, aber die war schon verschwunden.

**

Mittwoch, 8. Oktober

Meine Güte, nun beweg dich doch mal, dachte Werner Karlssen und zerrte an der Hundeleine, an der ein betagter Dackel mit Hängebauch in Zeitlupe hinter seinem Herrchen herschlich. Der Hund war auch einfach viel zu dick, kein Wunder, dass der so lauffaul war. So langsam bekam er eine gewisse Ähnlichkeit mit seinem Namen, Herkules. Wenn Ilse, Karlssens Frau, bloß mal auf ihn hören würde, aber nein! Sie konnte es einfach nicht lassen, den Hund auch vom Tisch zu füttern. Dabei bekam er doch schon seine tägliche Ration Dosenfutter. Wahrscheinlich schloss Ilse von ihrem eigenen Appetit auf den des Hundes.

Aber Ilse war ja schon immer eine Wuchtbrumme gewesen. Eine rundum gesunde, überaus wendige Wuchtbrumme. Sie erklomm die Treppen in ihrer Doppelhaushälfte immer noch flinker als Karlssen, der schon nach den ersten vier Stufen nach Luft schnappen musste. Dabei war er doch so dünn.

Alles Quatsch, was die Ärzte erzählten, fuhr es ihm durch den

Kopf. Er fröstelte. Es war früh am Morgen, die Sonne warf ihre ersten Strahlen auf den Alten Hafen, der Himmel war milchig blau. Die Schiffe lagen still im trüben Wasser, außer ihm und Herkules war noch niemand unterwegs. Wehmütig betrachtete er die alten Segelschiffe, dachte an vergangene Segeltouren mit seinem Freund Rudi. Aber der war ja nun auch schon tot.

Nutzlose Gedanken, wieder zerrte er am Halsband, und plötzlich sah er es. Es dümpelte neben dem Schiffsrumpf, hatte sich in einem der Seile verfangen. Werner Karlssen legte den Kopf schräg und kniff die Augen zusammen. Das sah ja aus wie …

Er schluckte. Das sah nicht nur so aus wie ein Mensch, das war einer. Der Mensch lag auf dem Bauch, das Gesicht im Wasser, und er rührte sich nicht. Dieser Mensch war mit Sicherheit tot.

Karlssen schnappte nach Luft, wusste zunächst nicht, wohin, dann klemmte er sich den strampelnden Herkules unter den Arm und trabte los.

★★★

Fenja hatte den Wecker auf acht Uhr dreißig gestellt. Das hieß, sie würde ausgeschlafen, ausgeruht und mit einem reichhaltigen Frühstück im Magen um zehn Uhr dreißig im Zeugenstand stehen. Leider hatte sie vergessen, ihr Smartphone auszuschalten. Na gut, eigentlich nicht vergessen, sie hatte es einfach nicht für nötig gehalten. Die Gewaltdelikte in ihrem Zuständigkeitsbereich im Wittmunder Kommissariat hielten sich normalerweise in Grenzen. Aber was konnte man schon planen?

Jetzt drängelte sich ihr Klingelton um sechs Uhr zwölf in ihre Träume. Irgendwie hatte sie das Gefühl, dass sie im Schlaf gelächelt hatte, bevor sie den Anruf entgegennahm. Es musste wohl ein angenehmer Traum gewesen sein, aus dem die Marseillaise sie gerissen hatte. Warum sie die französische Nationalhymne zu ihrem Klingelton erkoren hatte, konnte sie auch nicht so genau sagen. Sie gefiel ihr einfach. Hatte so etwas Dynamisches, Kämpferisches. Wie auch immer, nach dem Anruf sah sie sich gezwungen, ihren Plan vom reichhaltigen Frühstück und vom Ausgeruhtsein über den Haufen zu werfen, schnellstmöglich in

ihre Jeans und eine warme Jacke zu schlüpfen und sich zum Sielhafen zu begeben.

Wenn sie das richtig verstanden hatte, schwamm dort eine
Leiche im Hafenbecken. Bendine, die in ihrem hellblauen ver-
waschenen Morgenmantel in ihrer Zimmertür gestanden hatte –
wahrscheinlich war sie von Fenjas Halbschlafgepolter wach
geworden –, hatte sie besorgt angesehen. Sie hielt es für unver-
antwortlich, das Haus ohne anständiges Frühstück zu verlassen.

Fenja passierte im Laufschritt die Cliner Quelle und bewältigte
die kurze Strecke zum Alten Hafen an der Harle entlang in wenigen Minuten. Es versprach ein schöner Tag zu werden, denn
der noch trübblaue Himmel war wolkenlos. Am Alten Hafen
erwarteten sie wie immer mehrere Gaffer. Wo zum Kuckuck
kamen die bloß schon wieder her? Sie schob protestierende Lei-
ber beiseite und trat auch schon mal auf jemandes Fuß. Auf der
Brücke stand ein Streifenwagen, die Beamten versuchten, die
Gaffer zum Weitergehen zu bewegen. Zwei betreten schauende
Feuerwehrmänner und der Notarzt erwarteten Fenja am Rand des
Hafenbeckens. Vor ihren Füßen lag der leblose Körper einer Frau
mit roten halblangen Haaren. Sie trug Jeans, eine beigefarbene
Jacke mit Kapuze und schwarze Pumps. Oder besser gesagt einen
Pumps, der andere Schuh fehlte. In ihrem Haar klebte Blut.

»Also«, sagte der Notarzt, der sich als Ralf Burmester vorstellte,
»die Frau ist anscheinend ertrunken. Wahrscheinlich ist sie auf die
Reling des Schiffes gestürzt, daher die Wunde am Kopf, und dann
bewusstlos ins Wasser gefallen.«

»Ein Unfall also«, sagte Fenja, »wozu brauchen Sie mich dann?«

Burmester hob die buschigen Brauen und wies auf die linke
Kopfseite der Toten.

»Weil ich das hier seltsam finde.«

Fenja folgte seinem Fingerzeig und betrachtete das zerrissene
linke Ohrläppchen der Frau. »Ja, und? Ein abgerissener Ohrring,
das ist wahrscheinlich beim Sturz passiert.«

»Das glaube ich eher nicht. Es gibt weder am Ohr noch in
der umliegenden Region am Schädel irgendwelche Hämatome
oder Verletzungen, und die gäbe es, wenn sie draufgefallen wäre
oder irgendwo langgeschrammt. Sie ist aber mit dem Hinterkopf

aufgeschlagen, ins Wasser gefallen und ertrunken. Für mich sieht es so aus, als habe jemand den Ohrring festgehalten, als sie stürzte, der andere ist nämlich noch völlig intakt, sehen Sie?«

Fenja betrachtete das kegelförmige, etwa fünf Zentimeter lange Gehänge am rechten Ohr der Toten. »Vielleicht ist die Wunde ja schon älter?«, gab sie zu bedenken.

Burmester zog die Stirn kraus. »Wer läuft denn mit einem zerrissenen Ohrläppchen herum und lässt den anderen Ohrring drin? Außerdem ist die Wunde ziemlich frisch und dann … schauen Sie sich mal die Bluse an. Der obere Knopf ist rausgerissen. Könnte auch jemand in den Ausschnitt gegriffen haben.«

Fenja musste Burmester recht geben. Das war in der Tat merkwürdig, die Kleidung der Frau war sonst tadellos gepflegt. Fenja hatte nicht den Eindruck, dass das Opfer sich üblicherweise schlampig kleidete. Im Gegenteil, die Garderobe wirkte eher elegant.

»Wie lange ist sie schon tot?«

»Da kann ich nur vage schätzen, mehrere Stunden. Ich denke, der Tod trat gegen Mitternacht ein.«

»Und Sie meinen, sie war nicht allein, als sie stürzte?«

»Gut möglich.«

»Okay«, sagte Fenja, »dann brauchen wir hier Verstärkung.« Sie blickte in die Runde. Außer Burmester stand niemand in Hörweite. Die beiden Feuerwehrleute waren damit beschäftigt, die Zuschauer auf Abstand zu halten.

»Ich muss Sie ja nicht darauf hinweisen, dass Diskretion in einem solchen Fall besonders wichtig ist«, ermahnte sie Burmester, während sie ihr Smartphone bearbeitete.

»Versteht sich ja von selbst«, brummte der und warf einen bedauernden Blick auf die Tote. »Sie war übrigens meine Patientin. Ihr Name ist … war Heike Bornum.«

Nachdem Fenja die nächste Verwandte von Heike Bornum, eine Tochter in Hamburg, gefunden hatte, bat sie die Kollegen vor Ort, sie zu informieren. Dann wartete sie noch auf die Ankunft der Spurensicherung und begab sich im Laufschritt zurück zur Pension ihrer Tante. Sie stiefelte hinauf in die erste Etage, wo sie eines der beiden Zwei-Zimmer-Apartments bewohnte. Ihr Zuhause war nicht besonders geräumig, aber äußerst gemütlich.

Bendine hatte die Pension erst vor wenigen Jahren komplett renoviert, die alten dunklen Möbel entsorgt und durch moderne, helle ersetzt. Die dichten Stores vor den Sprossenfenstern waren weißen schmalen Spitzenbordüren gewichen, sodass die Sonnenstrahlen ungehindert ihren Weg in die gute Stube fanden.

Fenja betrat das kleine Schlafzimmer, warf ihre Klamotten auf das französische Bett, duschte heiß und stand eine Viertelstunde später bei Bendine in der Küche. Sie nahm sich Kaffee und eins von den Croissants, die Bendines Freund Heini jeden Morgen vorbeibrachte, was ihn Fenja nur unwesentlich sympathischer machte. Heini Sammers nahm in ihrer persönlichen Rangliste der beliebtesten Zeitgenossen nicht gerade einen Spitzenplatz ein. Bendines Freundschaft zu ihm gehörte zu den wenigen Angelegenheiten, in denen Fenja mit ihrer Tante nicht einer Meinung war. Eine andere war Bendines Vorstellung von der Erziehung ihrer Enkelin Nele, der sechsjährigen Tochter von Fenjas verstorbener Kusine Stella. Nele hatte fast ihr ganzes Leben bei ihrer Oma verbracht, denn Stella war bei Neles Geburt gestorben, ohne den Namen des Vaters preiszugeben.

Bendine saß am Tisch und las im Anzeiger für Harlingerland. Als Fenja sich zu ihr setzte, nahm sie die Brille ab und sah ihre Nichte fragend an.

»Was ist denn da passiert? Hat sich angehört wie Katastrophenalarm.«

Fenja bestrich ihr Croissant mit Butter, biss hinein und kaute mit geschlossenen Augen. Bendine beobachtete sie neidisch.

»Weißt du eigentlich, wie viel Fett in so einem Croissant schon drin ist, ohne dass du noch Butter draufschmierst?«

»Mir egal«, seufzte Fenja und nahm einen Schluck Kaffee. »Und was am Hafen los war, wirst du früh genug erfahren. Allerdings ...«, Fenja nahm sich von der Erdbeermarmelade und platzierte eine Portion auf dem Buttercroissant, »kennst du eine Heike Bornum?«

Bendine richtete sich auf. »Jaaa«, antwortete sie zögerlich, »sie leitet unseren Leseclub. Was ist mit ihr?«

»Tatsächlich?« Fenja hörte auf zu kauen. »Dann hast du sie gestern Abend noch gesehen?«

»Natürlich. Jetzt sag schon, was los ist.« Bendines Stimme zitterte ein bisschen.

Fenja sah ihre Tante mitfühlend an. »Sie ist tot.«

Bendine fasste sich ans Herz. »Du meine Güte, was ist passiert?«

»Ein Spaziergänger hat sie heute Morgen im Hafenbecken liegen sehen. Es sieht so aus, als wäre sie ertrunken.«

Fenja zog es vor, die Mordtheorie von Dr. Burmester zumindest so lange für sich zu behalten, bis die Spurensicherung und Dr. Friedrichsen, der Rechtsmediziner, sie bestätigten.

»Aber …«, Bendine schluckte, »… das kann nicht sein, ich … wir haben doch gestern Abend noch zusammengesessen, ich meine …«

Fenja fragte sich jedes Mal, warum Menschen so auf den Tod eines guten Bekannten reagierten: »Aber wir haben doch letzten Sonntag noch zusammen gegrillt« oder »Ich habe doch vor ein paar Tagen noch mit ihr telefoniert« oder »Wir waren doch gestern noch zusammen joggen«. Als ob ein kürzlich stattgefundener Kontakt mit einem Menschen dessen Tod ausschloss. Wahrscheinlich brauchte das Gehirn einfach ein wenig Zeit, um sich an den Gedanken zu gewöhnen, dass dieser Mensch nun für immer auch aus dem eigenen Leben verschwunden war.

»Aber, wie kann sie denn im Hafenbecken ertrinken?« Bendine hatte sich gefasst. »Sie konnte doch schwimmen, soweit ich weiß, und hätte um Hilfe rufen können.«

»Wie es scheint, ist sie auf eines der Boote gefallen und dann bewusstlos ins Wasser gestürzt.«

»Herrje, dann ist sie wohl gestolpert. Was für ein Pech!«

Fenja fand, ihre Tante drückte sich ziemlich euphemistisch aus, ließ das Gesagte aber so stehen. Wenn an diesem Todesfall etwas nicht stimmte, dann würden ihre Tante und Carolinensiel früh genug davon erfahren.

»Wie lange genau hat der Leseabend gestern gedauert?«, fragte Fenja.

»Na ja, das muss so gegen zehn gewesen sein, als wir gegangen sind. Du weißt doch, wann ich nach Haus gekommen bin.«

»Weiß ich doch nicht, was du unterwegs noch alles anstellst, wenn du mit deinem Heini zusammen bist.« Fenja sah ihre Tante prüfend an. »Ihr seid doch gemeinsam heimgegangen, oder nicht?«

»Natürlich«, antwortete Bendine schroff, »du bist einfach gemein.«

Sie stand auf und setzte den Wasserkessel auf. Das machte sie immer, wenn sie erregt war. Eine Tasse Tee brachte sie dann wieder ins Gleichgewicht.

»Tut mir leid«, Fenja schämte sich, »ich weiß, dass du ihn magst. Ist ja auch okay.« Fenja trank ihren Kaffee aus und stellte ihre Tasse in die Spülmaschine.

»Genau«, Bendine schniefte, »es ist okay und sowieso meine Sache.«

Fenja legte ihrer Tante die Hand auf die Schulter. »Du hast ja recht. Sag mal … ist dir gestern irgendwas aufgefallen an Heike Bornum? War sie anders? Hatte sie vielleicht was getrunken?«

»Nein«, Bendine goss das sprudelnde Wasser in die Tasse. »es gibt zwar immer was zu trinken, Wasser, Bier, Saft. Heike trinkt … trank meistens Weißwein, die Männer und ich ein Jever oder zwei, aber wir saufen doch nicht.«

»War sonst irgendwas ungewöhnlich?«

Bendine fuhr sich über die kurzen grauen Haare. »Ja … und das ist seltsam. Heike war irgendwie fahrig, nicht so … überlegen wie sonst. Ich hab noch mit Heini drüber gesprochen, aber der fand, ich bilde mir das ein. Also … normalerweise ist … war Heike immer die Ruhe selbst, und«, sie verzog den Mund, »sie hatte ja eine Vorliebe für Knut. Der war mal Lehrer und tut immer so gebildet, aber gestern Abend hat sie auch mal ein bisschen genervt geguckt. Jedenfalls hatte ich den Eindruck. Normalerweise ist sie katzenfreundlich zu diesem Wichtigtuer.« Bendine überlegte einen Moment. »Meinst du, sie hat Drogen oder so was genommen und ist deswegen gestürzt? Also, das glaub ich nicht. Dann hätte sie doch torkeln müssen, und das hätte ich gemerkt.«

»Nicht unbedingt.« Fenja ging gedankenverloren zur Tür. »Wenn Leute an Drogen gewöhnt sind, merkt man das nicht ohne Weiteres.« Aber ob tatsächlich Drogen im Spiel waren, würde sie genau wissen, wenn die Obduktionsergebnisse vorlagen. Bis dahin hatte sie nur Vermutungen. Bevor Fenja die Küche verließ, fiel ihr noch etwas ein. »Sag mal, trug Heike Bornum gestern Abend Ohrringe? Kannst du dich daran erinnern?«

Bendine sah ihre Nichte verblüfft an. »Na du stellst vielleicht Fragen. Aber ja, Heike trug immer diese langen Gehänge. Vor allem, wenn Knut dabei war.« Sie verzog den Mund. »Schön fand ich die ja nicht … aber … warum willst du denn das wissen?«

»Einfach Routine«, antwortete Fenja mechanisch. »Ist dir an ihrer Kleidung was aufgefallen?«

Bendine kniff die Augen zusammen. »Eigentlich nicht, sie hatte sich fein gemacht, wie immer, wenn Knut dabei ist. Was meinst du denn genau?«

»Nichts Bestimmtes.« Fenja gab ihrer Tante einen Kuss und knatterte wenig später mit ihrem alten grünen Käfer nach Wittmund zum Gericht.

Als sie eine gute Stunde später in Wittmund das Kommissariat betrat, war die Anmeldung verwaist, und aus dem Büro, das sich Gesa Münte, Jannes Tiedemann und Geert Frenzen teilten, erscholl Gelächter. Offensichtlich war Kriminalrat Haberle außer Haus. Ach ja, der war bestimmt noch nicht wieder zurück vom achtzigsten Geburtstag seiner Tante Gertrud in Aurich.

Na, dann wollen wir die Party mal auflösen, dachte Fenja und marschierte in das Büro ihrer Kollegen. Die drei Kommissare standen mit dem Rücken zur Tür vor Gesas Schreibtisch, auf dem irgendetwas höchst Interessantes vor sich zu gehen schien, denn niemand bemerkte Fenjas Eintreten.

»Moin, Leute, spielt ihr Hütchenspiele, oder was ist so lustig?«

Die drei drehten sich abrupt zu ihr um und gaben den Blick auf die Schreibtischplatte frei. Fenja schnappte nach Luft. Auf dem Tisch saß ein … Plüschtier und nagte an einer Möhre.

»Moin, Fenja«, grunzte Tiedemann, »wollte nur kurz vorbeikommen und euch mein neues Haustier vorstellen.« Er wies auf das Plüschtier, das die Möhre mittlerweile vertilgt hatte und nun schnüffelnd nach Nachschub suchte. »Gestatten, das ist Schröder.«

»Ist der nicht süüüß?«, quiekte Gesa, und Geert Frenzen meinte, so was wäre auch was für seine Tochter.

»Bist du verrückt?« Fenja wollte zwar keine Spielverderberin sein, aber ein Waschbär im Kommissariat, das ging nun wirklich zu weit. »Der nimmt doch hier alles auseinander. Bring das Tier weg!«

Fenja war an den Tisch getreten und schmunzelte unwillkürlich. Niedlich war er ja, der Schröder, wie er sich da so ausgiebig mit den Händen … oder besser den Vorderpfoten über das Gesicht fuhr.

»Nein, nein«, wiegelte Tiedemann ab, »den hab ich von meinem Bruder in Lüneburg, der hat ihn in seinem Garten gefunden, saß im Mülleimer fest. Und jetzt hab ich ihn.« Tiedemann grinste stolz und streichelte Schröder. »Der kann sogar Purzelbäume, guck mal!« Tiedemann machte eine kreisende Bewegung mit dem Finger, lockte das Tier mit einem Stück Apfel, und im nächsten Moment kullerte der Waschbär über den Schreibtisch, um sich seine Belohnung abzuholen. »Oh guck mal«, Gesa warf entzückt die Hände an die Wangen. »Ist das nicht total genial?«

»Ja«, knurrte Fenja, »du darfst uns gerne mal zu einer Zirkusdarbietung zu dir nach Hause einladen, Jannes, aber jetzt ruft die Arbeit. Was machst du überhaupt hier? Du hast doch heute noch Urlaub.«

»Ja, ich wollte auch nur zum Tierarzt und dachte, ich zeig euch den Kleinen mal.« Tiedemann nahm Schröder vom Tisch und setzte ihn auf den Boden. »Also dann, wir gehen. Vielleicht üben wir noch ein paar Kunststückchen ein, dann geh ich mit ihm auf Tournee.« Tiedemann zwinkerte seinen Kollegen zu und führte Schröder, der brav hinter ihm hertrippelte, an der Leine hinaus.

»Wie ein Hund, nur putziger«, sagte Gesa und seufzte hingerissen.

»Okay, Leute«, Fenja setzte sich an Tiedemanns Schreibtisch, »es gibt Arbeit.«

Die beiden anderen nahmen ebenfalls an ihren Schreibtischen Platz.

»Du meinst die Tote vom Sielhafen, oder?«, fragte Gesa. »War das nicht ein Unfall, sie ist doch ertrunken, oder nicht?«

»Der Notarzt vor Ort, übrigens der Hausarzt meiner Tante,

war anderer Meinung. Ich habe also die Spusi angefordert und die Leiche in die Rechtsmedizin transportieren lassen.«

»Was hat denn den guten Hausarzt dazu bewogen, an einen unnatürlichen Todesfall zu glauben?«

Geert Frenzen, der sich in den letzten Monaten im Fitnesszentrum einen beachtlichen Brustumfang antrainiert hatte, öffnete seinen obersten Hemdknopf und entblößte ein filigranes Goldkettchen mit einem Kreuz als Anhänger. Ein Talisman, den er seit der schwierigen Geburt der kleinen Tochter vor knapp einem Jahr nicht mehr abgelegt hatte. Der Schmuck wirkte lächerlich auf seiner behaarten Brust, aber Frenzen war abergläubisch. Und außerdem war Fenja überzeugt, dass der sportliche Ehrgeiz, den der Kollege neuerdings an den Tag legte, eine Folge der häuslichen Unruhe durch die zunehmende Mobilität der kleinen Rieke war. Im Fitnesszentrum hatte er seine Ruhe und brauchte nicht ständig seine krabbelnde und höchst neugierige Tochter zu überwachen.

»Er glaubt, dass die Tote nicht allein war, als sie ins Wasser fiel«, beantwortete Fenja Frenzens Frage, »und er schließt das aus einem abgerissenen Knopf, einem fehlenden Ohrring und einem eingerissenen Ohrläppchen.«

»Ach?« Gesa Münte wischte mit einem Taschentuch auf ihrem Schreibtisch herum.

»Und ich muss ihm recht geben«, fuhr Fenja fort. »Das ist seltsam. Laut meiner Tante hat sie nämlich gestern Abend noch beide Ohrringe getragen.«

»Und was hat deine Tante damit zu tun?«, fragte Frenzen.

»Die Tote war Leiterin eines Leseclubs, dem auch meine Tante und noch weitere elf Mitglieder angehören. Und der Club hat sich gestern Abend, wie jeden ersten Dienstag im Monat, im Sielhafenmuseum getroffen.«

»Also das finde ich jetzt ein bisschen weit hergeholt«, Gesa Münte warf das Tempotuch in den Papierkorb, »so einen Ohrring kann man sich doch sonst wo abreißen.«

»So einen nicht. Das war so ein glatter, langer Kegel, wüsste nicht, wie man damit irgendwo hängen bleiben soll, außer jemand reißt vorsätzlich dran herum.«

»Kann doch trotzdem schon eine Weile vorher passiert sein«, sagte Frenzen.

»Möglich«, meinte Fenja, »finde ich aber merkwürdig. Das tut doch weh, und das blutet vor allem. Wenn die Spusi auf ihrer Jacke etwas findet, wissen wir, dass es kurz vor ihrem Tod passiert sein muss. Außerdem war die Tote an dem Abend anders als sonst. Jedenfalls sagt das meine Tante. Na ja, bis wir die Ergebnisse aus dem Labor haben, werden wir die Anwohner am Alten Hafen und die Herren und Damen vom Leseclub mal ein bisschen ausfragen. Meine Tante müsste mittlerweile die Liste mit den Namen gemailt haben. Schau mal bitte im Posteingang nach, Gesa, und such die Adressen raus, die noch fehlen. Ich werde jetzt erst mal Dr. Hambrock anrufen.«

Fenja ging in ihr Büro, um diese leidige Aufgabe hinter sich zu bringen. Der Staatsanwalt war ein sturer, mürrischer Mensch, der allerdings mit einem scharfen, analytischen Verstand ausgestattet war. Wenigstens etwas, das den Mann auszeichnete. Fenja fragte sich nämlich immer wieder, wie ein Mensch mit der Eloquenz einer Stubenfliege es überhaupt zum Staatsanwalt hatte bringen können. Normalerweise erledigte den Kontakt Kriminalrat Haberle, und Fenja war heilfroh, dass er morgen wieder da sein würde.

Das Gespräch verlief wie erwartet, Fenja berichtete über den Todesfall, und Dr. Hambrock warf hin und wieder brummig eine Frage dazwischen.

Fünfzehn Minuten später befand sich Fenja zusammen mit Geert Frenzen bereits auf dem Weg nach Carolinensiel. Frenzen, der sich nur ungern in Fenjas alten Käfer setzte, »Da verrenke ich mir ja die Wirbelsäule«, folgte ihr im Dienstwagen und klebte während der gesamten knapp fünfzehn Kilometer provozierend an ihrer Stoßstange.

Frenzen sollte die Anwohner am Hafen übernehmen, doch Fenja glaubte nicht, dass sich dabei noch Hinweise ergeben würden. Wenn jemand dort zum Zeitpunkt des Todes etwas Verdächtiges gesehen oder gehört hätte, dann hätte er sich doch gemeldet. Es sei denn natürlich, es handelte sich um einen Verdächtigen.

Fenja würde zunächst den Pensionär Knut Besemer aufsuchen

und hoffte, den ehemaligen Deutschlehrer um diese Zeit zu Hause anzutreffen. Besemer wohnte am Schifferweg, nicht weit von der Cliner Quelle entfernt. Wenige Sekunden nach Fenjas Klingeln öffnete ein mittelgroßer, schlanker Mann in Jeans und blau-weiß kariertem Oberhemd die Tür. In der Hand hielt er ein Handy.

»Ja?«, fragte er und blickte Fenja aus grauen Augen unter buschigen Brauen an.

Die hielt ihm ihren Ausweis hin und stellte sich vor.

»Also stimmt es wirklich«, hauchte der Mann, »ist es Heike?«

Fenja nickte. »Darf ich hereinkommen?«

»Oh, Verzeihung, ich bin ganz durcheinander, ja, kommen Sie bitte.« Er trat zur Seite und ließ Fenja eintreten. »Gerade hab ich noch mit einer Bekannten aus dem Leseclub telefoniert. Wir können es gar nicht glauben, dass Heike … und dann so plötzlich.« Er ging voraus durch einen marmorgefliesten Flur und bat sie ins Wohnzimmer, dessen Wände fast komplett mit Bücherregalen bedeckt waren.

»Ich verstehe nicht recht, was die Polizei mit diesem Todesfall zu tun hat … Nehmen Sie doch Platz.« Er wies auf die schwarze moderne Polstergarnitur und ließ sich selbst in einem Ohrensessel nieder, der ihm eine gewisse Würde verlieh. Über der großzügigen Essecke hing das farbenfrohe Bild eines modernen Künstlers.

Fenja glaubte als Motiv eine Heidelandschaft zu erkennen, war sich aber nicht sicher. Auf einer hellen Anrichte stand das Modell einer Yacht mit dem Namen »Eos«, der griechischen Göttin der Morgenröte. Ob Besemer der Welt mit diesem Namen etwas mitteilen wollte? Nach Fenjas Erfahrung wollten Deutschlehrer der Welt immer irgendetwas mitteilen. Besemer schien ihre Gedanken zu erraten.

»Aufbruch«, sagte er, »Morgenröte hat etwas mit Aufbruch zu tun, finden Sie nicht?«

Wusste ich's doch, dachte Fenja. Laut sagte sie: »Schon möglich.«

»Tja, wie kann ich Ihnen denn nun helfen?«

»Es gibt einige Unklarheiten, die noch ausgeräumt werden müssen«, erklärte Fenja vage.

»Tatsächlich, was denn für Unklarheiten?« Besemer nahm eine

Lesebrille von dem kleinen Tisch, der neben dem Sessel stand, und kaute an ihrem Bügel.

»Können Sie mir kurz den gestrigen Abend schildern? Welchen Eindruck hatten Sie von Heike Bornum?«

»Welchen Eindruck? Sie glauben doch nicht …? Also, sie war nicht betrunken, falls Sie das meinen. Ich weiß natürlich nicht, was sie gemacht hat, nachdem das Treffen vorbei war, aber …«, er schüttelte den Kopf, »Heike hat doch nicht getrunken.«

»Und wie lange hat das Treffen gedauert? Wann haben Sie Frau Bornum zuletzt gesehen?«

»Also, das muss gegen zehn gewesen sein. Wir haben uns wie immer verabschiedet, und jeder ist seiner Wege gegangen, soweit ich weiß.«

»Frau Bornum wohnte im Gartenweg. Ist sie allein aufgebrochen, oder hat sie jemand begleitet?«

»Also, das weiß ich wirklich nicht, ich bin mit Silke – Silke Husemann, sie gehört auch zum Club und wohnt am Kurzentrum – an der Harle entlang nach Haus gegangen. Was die anderen gemacht haben, weiß ich ehrlich gesagt nicht.«

»Wann sind Sie nach Haus gekommen?«

»Na ja, kurz nach zehn, vielleicht halb elf. Wir – Silke und ich – haben uns nicht beeilt, aber auch nicht getrödelt. Auf die Uhr gesehen hab ich allerdings nicht. Ich hab noch ein bisschen hier am Computer gesessen und bin dann ins Bett gegangen.« Besemer zwinkerte Fenja zu. »Kommt mir vor, als würden Sie mich nach meinem Alibi befragen.«

»Man weiß nie«, sagte sie, legte ihre Karte auf den Tisch und stand auf.

Besemer erhob sich ebenfalls. »Also, jetzt mal ehrlich, Heike ist doch ins Wasser gefallen und ertrunken, oder hab ich da was falsch verstanden?«

»Sieht zumindest so aus«, antwortete Fenja und begab sich zur Tür. »Ach ja«, sie wandte sich noch mal um. »Darf ich mal Ihre Hände sehen?«

»Wie bitte?«

»Ihre Hände. Wenn's Ihnen nichts ausmacht.«

Besemer starrte sie ungläubig an, hob dann seine Hände und

wedelte mit ihnen herum wie jemand, der einen Zaubertrick vorführt und den Zuschauern zeigen will, dass sie leer sind.

»Zufrieden? Darf ich fragen, wozu das gut sein soll?«

»Nichts weiter«, antwortete Fenja, »nur so eine Idee.«

Sie überlegte noch, ob es Sinn machte, Besemer nach den Ohrringen und dem fehlenden Knopf zu fragen, entschied sich dann aber dagegen. Männer achteten gewöhnlich nicht auf derlei Dinge, und diese Details wollte sie zunächst noch für sich behalten.

Fenja verließ Besemer, von dem sie nicht den Eindruck hatte, dass er unter seinem Witwerdasein litt. Sie machte sich auf den Weg zu Silke Husemann, die kaum dreihundert Meter entfernt am Kurzentrum wohnte. Ihren Käfer hatte sie bereits zu Hause in der Garage abgestellt. Alle Zeugen, die sie befragen wollte, wohnten vor Ort, und Carolinensiel war gut zu Fuß zu bewältigen.

Silke Husemann wohnte in einem rot verklinkerten einstöckigen Haus mit gepflegtem Vorgarten. Staudengewächse rahmten mit weißen Kieseln bedeckte Gartenwege. Die hüfthohe, akkurat gestutzte Buchsbaumhecke ersetzte den Gartenzaun.

Als Fenja auf die Haustür zusteuerte, nahm sie hinter den weißen Häkelgardinen am Fenster neben der Tür eine Bewegung wahr. Aha, dachte sie, Silke Husemann erwartete sie bereits. Wahrscheinlich wusste mittlerweile ganz Carolinensiel nebst Harlesiel, was am Alten Hafen passiert war. Fenja hoffte, dass Tante Bendine den Mund hielt und die Sache mit dem Ohrring nicht ausplauderte. Fenja wollte das nicht an die große Glocke hängen. Glücklicherweise war Bendine keine Klatschbase.

Noch bevor Fenja den Klingelknopf betätigen konnte, wurde die Tür von einer attraktiven Endfünfzigerin mit kurzem kastanienbraunen Haar aufgerissen. Sie hielt sich ein Tempotaschentuch unter die Nase und schniefte geräuschvoll.

»Sie sind von der Polizei.« Das war mehr eine Feststellung als eine Frage.

Entweder hatte Knut Besemer sie angekündigt, oder man sah ihr die Kommissarin an. Vielleicht sollte sie sich besser tarnen, dachte Fenja, aber wie?

»Knut hat gerade noch mal angerufen und gesagt, dass Sie da

waren«, erklärte Silke Husemann und bat Fenja herein. »Sie müssen die Unordnung entschuldigen, aber ich konnte mich heute noch nicht um die Hausarbeit kümmern. Diese Sache mit Heike ist ja wirklich ein Schock«, plapperte Husemann weiter und ging voraus in ein helles Wohnzimmer.

Fenja setzte sich auf die apricotfarbene Couch und fragte sich, von welcher Unordnung Husemann da redete und wie sie den Zustand von Fenjas Apartment dann wohl bezeichnen würde.

»Ja, das ist eine schlimme Sache«, sagte Fenja und legte ihre Karte auf den blitzsauberen Glastisch.

»Möchten Sie vielleicht einen Kaffee? Dann können wir uns in Ruhe unterhalten. Das geht ganz schnell mit meiner Maschine.«

Husemann wollte sich schon auf den Weg in die Küche machen, aber Fenja lehnte dankend ab. Schließlich war das hier kein Kaffeekränzchen, dachte sie und argwöhnte, dass Silke Husemann eine sehr neugierige Person war.

»Wenn Sie meinen.« Husemann setzte sich Fenja gegenüber und sah sie erwartungsvoll an. »Wie ist das Ganze denn bloß passiert? Heike war doch so ein vorsichtiger Mensch. Wie kann sie denn einfach umkippen? Getrunken hatte sie ja wohl nicht, soweit ich das beurteilen kann. Hatte sie vielleicht einen Schlaganfall oder Herzinfarkt oder so was und ist dadurch ins Hafenbecken gefallen …?«

»Das müssen wir alles noch herausfinden.« Fenja sprach etwas lauter als gewöhnlich, vielleicht ließ Husemann sich ja dadurch beeindrucken und hielt für einen Moment die Klappe, dachte sie ungehalten. »Wann haben Sie denn gestern den Leseclub verlassen?«

»Na ja, am Schluss natürlich, als alle gegangen sind. Das muss so um zehn gewesen sein. Und dann bin ich mit Knut zusammen nach Haus gegangen.«

»Wann sind Sie heimgekommen?«

»Ja, zwanzig bis dreißig Minuten später, eben so lange, wie der Weg dauert vom Alten Hafen bis hierher, sind ja nur ein paar hundert Meter. Allerdings haben wir uns nicht beeilt, wir sind an der Harle entlanggegangen und dann an der Cliner Quelle vorbei, es war so ein schöner Abend.« Husemann seufzte schwärmerisch.

»Sie leben allein hier?«

»Ja, ich bin geschieden. Mein Mann … na ja, da will ich jetzt gar nicht drüber reden. Das wäre eine endlose Geschichte, aber bis vor drei Monaten hat meine Mutter noch hier gelebt. Aber die ist jetzt im Heim. Das ging gar nicht mehr, wissen Sie. Ich habe ja alles versucht, sie hierzubehalten, aber man muss sich irgendwann eingestehen, dass man überfordert ist. Meine Mutter hatte vor knapp einem Jahr einen Schlaganfall und ist seitdem … na ja, Sie wissen schon.« Husemann beschrieb mit dem Zeigefinger kleine Kreise neben ihrem Kopf. Das sollte wohl heißen, dass die Mutter durchgedreht war, schlussfolgerte Fenja. »Und mein Sohn wohnt mit seiner Freundin in Aurich. Er hat gerade sein Studium beendet und arbeitet jetzt bei der Volksbank …«

»Aha«, durchbrach Fenja den Redeschwall, »ist Ihnen vielleicht gestern Abend etwas aufgefallen? War Frau Bornum anders als sonst? Hatten Sie den Eindruck, dass es ihr nicht gut ging? Oder hat sie etwas gesagt, das uns weiterhelfen könnte? Hatte sie vielleicht noch etwas vor?«

Silke Husemann zog die Stirn kraus und kniff die Lippen zusammen. Es war offensichtlich, dass sie liebend gern etwas Relevantes zu sagen gehabt hätte. Dann schüttelte sie widerwillig den Kopf.

»Nein, ich fürchte, ich kann Ihnen da nicht helfen. Es war ein ganz normaler Abend. Wir haben eins von Jane Austens Büchern besprochen. Kennen Sie ›Stolz und Vorurteil‹? Hach, ein wundervoller Roman. Einige sehen das ja nicht so, aber Knut und ich sind uns da einig. Na ja, er kennt sich ja auch aus mit guter Literatur. Er ist pensionierter Deutsch- und Englischlehrer, aber das wissen Sie sicher.«

Fenja sah ein, dass sie hier nicht weiterkam, und stand auf. »Ich danke Ihnen vielmals«, sagte sie und war schon auf dem Weg zur Tür. »Ach ja, können Sie sich erinnern, welche Kleidungsstücke Heike Bornum getragen hatte?«

Silke Husemann hob verwundert die Brauen. »Wieso wollen Sie das denn wissen?«

»Routine, vielleicht war sie ja nach dem Treffen zu Hause und ist danach noch einmal weggegangen.«

»Ach so, also sie trug diese Jeans und ihre Pumps, soweit ich weiß.« Husemann lächelte maliziös. »Und ihre braungoldene Rüschenbluse. Sie hatte sich gestern Abend richtig fein gemacht.«

»Aus einem besonderen Grund?«

»Na ja, sie hatte es natürlich auf Knut abgesehen.« Husemanns Lächeln wurde ein wenig breiter. Dann schien sie zu bemerken, wie unpassend das war, und wurde schlagartig ernst.

»Und Herr Besemer, hatte der es auch auf Heike Bornum abgesehen?«

»Natürlich nicht«, kam es wie aus der Pistole geschossen. »Knut doch nicht, der ist nur an Büchern und den Börsenkursen interessiert.« Fenja hatte den Eindruck, dass Silke Husemann das überhaupt nicht gefiel. »Hat Frau Bornum auch Schmuck getragen? Wissen Sie das noch?«

»Sie meinen, Sie ist überfallen worden?«

Fenja schwieg.

»Ja, sie trug ihre Uhr und die Ohrringe. Die trägt … trug sie immer zusammen mit dieser Bluse.« Husemann schluckte. »Meine Güte, wird mir jetzt erst richtig klar, dass ich sie nie wiedersehen werde.« Fenja nahm erstaunt zur Kenntnis, dass Silke Husemann die Worte fehlten. Aber nur für einen Moment, dann hellten sich ihre Züge wieder auf, als wäre sie soeben erleuchtet worden. »Also«, sie flüsterte fast, und Fenja, die sich schon zur Haustür hatte begeben wollen, zögerte.

»Ja? Ist Ihnen noch etwas eingefallen?«

Jetzt zierte sich die Dame plötzlich und zog den Kopf ein. »Also, das … kann eigentlich mit Heikes Tod nichts zu tun haben.«

»Überlassen Sie diese Beurteilung freundlicherweise der Polizei«, erwiderte Fenja sachlich.

»Ähm … also, das war nach dem Treffen im letzten Monat, da hat Heike … also, sie hat sich tierisch mit Else gestritten. Aber …«, Husemann legte die Hände an ihre Wangen. »Erzählen Sie ihr bloß nicht, dass Sie das von mir haben!«

»Mit Else Tudorf? Wissen Sie, worum es ging?«

»Nein«, Husemann wurde plötzlich diskret, »also da müssen Sie Else selbst fragen.«

Ein angenehm frischer Wind blies, und die Sonne schien. Ein Wetter wie geschaffen für ein bisschen Bewegung im Freien. Fenja blinzelte in die Sonne, griff in ihre Jackentasche und förderte ihre eiserne Ration zutage, einen Riegel Snickers. Dann rief sie Lamprecht von der Spusi an.

»Seid ihr mit der Wohnung von Heike Bornum fertig?«, fragte sie kauend.

»So gut wie«, antwortete Lamprecht, »guten Appetit übrigens, wir hatten auch noch keine Pause.«

»Na, dann Mahlzeit, einer müsste aber dortbleiben und mir den Schlüssel geben.«

»Ja klar, werd ich dann wohl machen. Die untere Wohnung ist zurzeit leer, die Mieter sind im Urlaub, irgendwo in Übersee. Wie lange brauchst du denn?«

»Nur ein paar Minuten, bin am Kurzentrum.«

»Ach du Scheiße.« Lamprecht legte auf.

Fenja verdrehte die Augen und machte sich auf den zehnminütigen Fußmarsch. Lamprecht war im Kollegenkreis bekannt für seinen enormen Appetit. Dabei hatte er die Figur einer Straßenlaterne. Der Kopf hatte noch den größten Umfang.

Sie ging an der Cliner Quelle vorbei, dann an der Harle entlang, wo sie Barne Ahlers sah. Er war Sportlehrer an der KGS Wittmund und machte wohl wieder einen Kurs im Wattsegeln. Fenja schoss das Blut in den Kopf, als sie ihn erblickte. Sie hatte ihn mehrere Monate lang nicht gesehen, und sie hatten sich unter etwas widrigen Umständen kennengelernt. Nämlich im Zusammenhang mit dem Überfall auf eine seiner Schülerinnen. Glücklicherweise hatte sich ein Verdacht gegen ihn als gegenstandslos erwiesen, und niemand war darüber glücklicher gewesen als Fenja.

Barne Ahlers war ein Mann, der geradezu aus Fenjas Träumereien zurechtgeschneidert zu sein schien. Das Auffälligste in seinem markanten Gesicht mit Drei-Tage-Bart waren die aufmerksamen blauen Augen. Das dunkle kurze Haar war an den Schläfen leicht ergraut. Er war groß und kräftig gebaut. Auf keinen Fall dünn.

Das war wichtig, Fenja fand nichts weniger sexy als einen Mann, der einem das Gefühl gab, gefüttert werden zu müssen. Das war auch gar nicht so abwegig, fand Fenja, und von der Evolution äußerst sinnvoll eingerichtet. In der freien Wildbahn waren dünne Tiere ja offensichtlich nicht besonders erfolgreich bei der Jagd. Also fuhr man mit einem gut gepolsterten Exemplar bestimmt besser.

Fenja betrat den Steg und blieb vor dem kleinen Schulboot stehen. Barne Ahlers hatte sie noch nicht entdeckt. Er erklärte seinen drei Schützlingen gerade die Seemannsknoten.

»Ein Palstek, nehme ich an«, sagte Fenja.

Ahlers hob den Kopf und grinste breit, als er Fenja erkannte. »Na sieh mal an, Sie kennen sich mit Seemannsknoten aus. Ich dachte, Sie wären ein Landkind.« Er gab einem der Schüler den Tampen, schwang sich behände auf den Steg und reichte Fenja die Hand.

»Nicht doch«, sagte Fenja und strahlte. Sein Händedruck war kräftig und warm, und Fenja hatte das Gefühl, er freute sich, sie zu sehen.

»Wie geht es Ihnen? Wieder auf Verbrecherjagd?«

»Ja, leider.« Fenja wurde ernst und sah auf die Uhr. Eigentlich hatte sie keine Zeit zum Flirten. Lamprecht wartete auf sie. »Bin etwas in Eile«, fügte sie hinzu.

»Also alles beim Alten«, sagte Ahlers. »Haben Sie Lust, mal mitzukommen zum Wattsegeln?«

Und ob Fenja das hatte!

»Schon, wird aber schwierig«, sagte sie und verwünschte im selben Moment ihr blödes Getue. Wieso sagte sie nicht einfach »Ja, gerne«, wenn sie »Ja, gerne« meinte?

Ahlers tippte sich an die Stirn. »Ja dann, falls Sie mal Zeit und Lust haben. Meine Handynummer haben Sie ja.« Er sprang wieder aufs Boot.

»Okay«, antwortete Fenja und machte, dass sie weiterkam. *Wird aber schwierig!* Sie schlug sich vor die Stirn. »Was bist du doch für eine bescheuerte Kuh«, murmelte sie, während sie emsig an der Harle entlangschritt. Eine Spaziergängerin sah sie verdutzt an. »Äh, ich meine mich selbst«, sagte Fenja und eilte über den Pumphusen weiter zum Gartenweg, wo Heike Bornum in einer Dachgeschosswohnung gelebt hatte.

Vor dem Haus erwartete sie Lamprecht mit seinem Köfferchen in der Hand.

»Na, das wurde aber auch Zeit! Bin total im Unterzucker. Muss sofort was essen.«

Lamprecht gehörte zu genau der dürren Männerfraktion, die man einfach nicht sattbekam und die Fenjas Herz nicht zum Klopfen brachte. Aber das war auch gut so, Lamprecht war ein durch und durch glücklicher Familienvater.

»Habt ihr irgendwas Verdächtiges gefunden?«

»Nee, was denn? Alles ganz normal.« Lamprecht drückte ihr schon halb im Weggehen ein Schlüsselbund in die Hand. Seine Jacke und die Jeans schlabberten an seinem Körper wie Fahnen bei Flaute.

»Was ist mit ihrem Auto?«, rief Fenja ihm nach.

»Erledigt!«

Fenja öffnete die Haustür und stand in einem kleinen Flur, von dem eine weitere Tür zur Wohnung im Erdgeschoss abging. Eine Marmortreppe führte nach oben. Sie stieg die blitzsauberen Stufen hinauf und betrat kurz darauf eine winzige Diele. Licht fiel durch eine geöffnete Tür. Fenja ging ins Wohnzimmer. Cremefarbene Vorhänge vor dem Fenster, auf der Fensterbank zwei weiße Orchideen. Schrankwand, Polstergarnitur, an der weißen Raufaserwand neben einem gut bestückten Bücherregal zwei Drucke von Spitzweg.

Durchschnittswohnung, fuhr es Fenja durch den Kopf. Vielleicht ein bisschen altmodisch. Das Schlafzimmer bestätigte ihren Eindruck, ebenso die Küche. Im Bad allerdings staunte Fenja. Dort fand sie ein umfangreiches Sortiment an teuren Kosmetika.

Aha, Heike Bornum hatte ihre finanziellen Mittel eher in ihr Aussehen als in das Interieur ihrer Wohnung investiert. Man musste Prioritäten setzen. Fenja ging ins Schlafzimmer und öffnete den Kleiderschrank. Wenige, aber geschmackvolle und teure Kleidungsstücke. Kein Zweifel, Heike Bornum war eine ziemlich eitle Frau gewesen.

Wie viel sie wohl verdient haben mochte? Das würde Fenja bald wissen, wenn die Papiere der Toten durchgesehen waren. Neben dem Fernseher stand ein silbern gerahmtes Porträtfoto einer hübschen dunkelhaarigen Frau. Das musste die Tochter sein. Nina Bornum. Fenja verließ die Wohnung und rief Friedrichsen an. Nina Bornum hatte die Rechtsmedizin in Oldenburg bereits wieder verlassen und war auf dem Weg nach Carolinensiel.

Fenja ließ sich die Telefonnummer geben und hinterließ eine Nachricht auf der Voicebox, in der sie um Rückruf bat. Dann telefonierte sie mit Frenzen. Er hatte fast alle Anlieger des Alten Hafens befragt. Niemand hatte etwas gesehen oder gehört. Auch gut, Fenja beschloss, sich zunächst bei ihrer Tante eine vernünftige Mahlzeit einzuverleiben.

Als sie Bendine Hinrichs' Küche betrat, stand diese mit finsterer Miene am Herd und schlug Eier in eine Pfanne.

»Gibt's sonst nichts zu essen? Nur Rührei?«, fragte Fenja enttäuscht.

Bendine wandte sich ihrer Nichte zu und deutete mit dem Kochlöffel Richtung Tür. »Es gab Kürbiscremesuppe, aber die ist alle. Edgar ist da und hat alles aufgegessen.« Sie drehte sich um und fuhrwerkte mit dem Kochlöffel durch die Pfanne.

»Edgar«, wiederholte Fenja verständnislos. »Ach, du meinst *den* Edgar.«

»Genau«, schnaufte Bendine und belud einen Teller mit Rührei.

»Oh, heißt das, ich muss zum Hafenblick?«

»Nein, kannst den Rest vom Rührei haben.«

Bendine nahm sich eine Scheibe Graubrot und ein paar Tomaten und setzte sich an den Tisch. Fenja tat es ihr gleich. Beide aßen schweigend. Fenja wunderte sich immer wieder darüber, dass ihre Tante auch aus den einfachsten Zutaten eine Delikatesse zaubern konnte.

»Was ist denn nun mit Edgar?«, fragte sie und wischte sich Butter aus dem Mundwinkel. »Bleibt der länger?«

»Ich hoffe nicht«, knurrte Bendine, »er hat seinen Sohn dabei.« Bendine putzte mit dem Brot die Reste von ihrem Teller. »Kann mir seinen Namen nicht merken, hört sich an wie Schön.«

»Was, schön?«

»Na, der Name. Irgendwas Ausländisches. Tee?«

»Gern. Ich dachte, er hat sich mit der Mutter des Jungen verkracht.«

»Dachte ich auch, aber er will sich unbedingt um seinen Sohn kümmern. *Sagt* Edgar. Und in Kassel haben wohl gerade die Ferien angefangen, also hat er Schön – oder wie der heißt – bei seiner Mutter abgeholt. Will *Zeit* mit ihm verbringen.« Bendine goss kochendes Wasser in die Becher.

»Was gibt's dagegen einzuwenden, kann sich die Mutter mal ein bisschen erholen.« Fenja schob sich den letzten Bissen ihres Butterbrotes in den Mund und lehnte sich zufrieden zurück.

»Ach, das ist doch alles Blödsinn. Der nimmt den Jungen einfach nur als Vorwand mit. Dann weiß er, dass ich ihm das Zimmer nicht berechne.«

»Tust du das denn nicht?«

»Nein, der Junge ist doch erst acht Jahre alt und ein netter obendrein.« Bendine ließ Sahne in ihren Tee gleiten und trank einen Schluck.

Edgar Hinrichs war der Neffe von Bendines verstorbenem Mann Friedhelm. Er war Mitte vierzig und Berufsschullehrer. Und er war ein Filou, zumindest kursierte bei Familientreffen das Gerücht, dass Edgar, wenn er mit zehn Euro seinen Jahresurlaub antrat, mit zwanzig zurückkam. So hatte Onkel Friedhelm ihn charakterisiert. Geheiratet hatte er nie, das finanzielle Risiko war ihm zu groß. Leider hatte ihm seine letzte Affäre – sie war etwa zwanzig Jahre jünger als er – trotz all seiner Vorsicht einen Sohn eingebracht.

»Der schnorrt sich bei der Verwandtschaft durch«, fuhr Bendine fort. »Gestern war er noch in Frankfurt bei Tante Gerti. Die hat ihn gefragt, ob er mal den Rasen mähen könnte.« Bendine kicherte. »Tante Gerti hat einen sehr großen Rasen. Jedenfalls musste Edgar plötzlich weg. Hat für sich und Schön ein Schlafwagenabteil gemietet – das spart eine Übernachtung im Hotel – und haste nich gesehen, steht er bei mir vor der Tür.«

»Sag doch, du bist ausgebucht.«

»Dann muss der Junge ja noch mal in den Schlafwagen. Ich wette, Edgar fährt dann erst mal wieder zurück. Nach Bayern oder so. Da wohnt nämlich die Freundin seiner Ex-Freundin.«

»Woher weißt du das?«

»Hat mir Gerti erzählt.«

Fenjas Smartphone meldete sich. Nina Bornum rief an. Sie verabredeten sich im Café Hafenblick. Fenja gab ihrer Tante einen Kuss auf die Wange und machte sich auf den Weg. Sie musste unbedingt herausfinden, wie dieser arme Junge wirklich hieß, fuhr es ihr durch den Kopf.

Sie erkannte Nina Bornum sofort. Sie war genauso hübsch wie auf dem Foto. Ein blonder, schlanker Mann im dunkelblauen Anzug begleitete sie. Die beiden saßen an einem Tisch am Fenster, vor sich jeweils eine Kaffeetasse und ein leeres Schnapsglas. Der Mann erhob sich und winkte Fenja heran. Nina Bornum blieb sitzen. Ihre Augen waren rot und geschwollen.

»Dr. Simmer, mein Name, ich – Frau Bornum … Nina und ich, wir leben zusammen. Das ist ja wirklich eine schreckliche Sache.«

Fenja begrüßte die beiden mit einem Kopfnicken und stellte sich vor.

Nina Bornum strich ihre braunen Haare zurück und sah Fenja schüchtern an.

»Wie ist denn das bloß passiert? Sie kann doch nicht einfach ins Wasser gefallen sein. Meine Mutter hat nicht getrunken oder so was. Und dann das kaputte Ohr.« Sie senkte den Kopf. »Ich kann mir das nicht erklären. Sie war doch völlig gesund.«

»Ich hoffe, dass wir nach der Obduktion schlauer sind«, sagte Fenja und bestellte ein Mineralwasser. »Können Sie mir sagen, wann Sie Ihre Mutter zuletzt gesehen beziehungsweise gesprochen haben?«

»Das ist ja das Seltsame!« Nina Bornum griff nach dem Schnapsglas, merkte aber, dass es leer war, und stellte es wieder hin. »Sie hat mich gestern Abend noch angerufen.«

»Wann war das?«, fragte Fenja aufgeregt. Sie hatten bei Heike Bornums Sachen kein Handy gefunden und es auch noch nicht orten können.

»Um kurz nach zehn. Ich hab mich noch gewundert, so spät hat sie mich nie angerufen. Ich glaube, sie war irgendwie … traurig.«

»Was hat sie gesagt?« Die Bedienung brachte das Mineralwasser.

Nina Bornum wischte sich mit der Schulter eine Träne von der Wange. »Nichts Besonderes. Sie wollte wissen, ob es mir gut geht.«

»Hat sie das oft gemacht?«

»Nein, eigentlich gar nicht. Wir waren nicht so … vertraut. Aber sie war sonst immer guter Dinge, und ich glaube, sie war … verliebt. Zumindest hatte sie das vor ein paar Wochen mal angedeutet.«

»Wie genau?«, hakte Fenja nach.

Nina Bornum blickte Dr. Simmer an, als suche sie Rat bei ihm. »Das weiß ich nicht mehr so genau. Es war Sonntag vor zwei Wochen, sie war bei uns in Hamburg.«

Dr. Simmer legte ihr die Hand auf die Schulter. »Ja, sie war ausgesprochen gut gelaunt, soweit ich mich erinnere.«

»Aber sie hat niemand Bestimmten erwähnt?«

»Nein. Ich verstehe auch nicht wirklich, was das mit ihrem Tod zu tun hat. Es war doch ein Unfall. Oder?« Nina Bornum sah unsicher von Fenja zu Dr. Simmer.

»Wahrscheinlich«, wiegelte Fenja ab. »Bei einem ungeklärten Todesfall ermitteln wir grundsätzlich.«

»Natürlich.« Nina Bornum streichelte ihre leere Kaffeetasse. »Wie geht es denn jetzt weiter? Können wir in ihre Wohnung? Und wie ist das mit der Beerdigung?«

Fenja stand auf und legte ihre Karte auf den Tisch. »Die Wohnung ist frei. Wir melden uns bei Ihnen, wenn der … Leichnam freigegeben ist.«

Fenja telefonierte kurz mit Frenzen, der in Albrechts Fischstube saß und eine Portion Knurrhahn mit Kartoffelsalat verdrückte. Jedenfalls glaubte Fenja das aus seinem von Schmatzen unterbrochenen Bericht herausgehört zu haben. Darüber hinaus hatte Frenzen wenig zu berichten. Nur, dass eine Touristin, deren Zimmer am Hafen Ost zum Hafenbecken ging, gegen Mitternacht einen Mann schimpfen gehört haben wollte. Fenja, die langsam Richtung Uferstraße marschierte, wo Bendines Freundin Lore mit ihrem Mann Kalle wohnte, blieb stehen. Heike Bornum war am Hafen Ost in das Becken gestürzt. Es war gut möglich, dass da ein Zusammenhang bestand. Wenn dort ein Mann zur fraglichen Zeit unterwegs gewesen war, dann könnte er entweder etwas mit Heike Bornums Tod zu tun haben oder etwas gesehen haben.

»Konnte die Frau nähere Angaben machen?«

»Nein, eben nicht«, antwortete Frenzen kauend, »das hätte ich dir doch gleich gesagt.«

»Wie heißt sie, und wo genau wohnt sie?« Fenja wollte selbst mit der Frau sprechen.

»Sie heißt Margarete Richter. Ich geb dir die Handynummer von ihrem Sohn, Hajo Richter. Das ist vielleicht ein Weichei, na ja, die Schwiegertochter ist auch dabei. Die drei wollten ein paar schöne Tage an der Küste verbringen, wobei«, Frenzen kicherte leise, »wie die drei zusammen schöne Tage verbringen wollen, ist mir echt schleierhaft. Über der Familie hat der liebe Gott nicht gerade einen Kübel Harmonie ausgekippt. Die Alte ist Mitte sechzig und ziemlich energiegeladen. Und sie geht ihrer Schwiegertochter mächtig auf die Nerven. Die und ihr Mann haben der Alten übrigens nicht geglaubt, wenn ich deren Mimik richtig gedeutet habe. Und die Schwiegertochter hat was von ›wichtigmachen‹ gemurmelt. Wenigstens hab ich das so verstanden.«

»Hat im Hotel sonst noch jemand was gehört?«

»Nein, deswegen bin ich mir auch nicht sicher, ob die sich nicht tatsächlich wichtigmachen wollte. Aber du kannst dir ja selbst ein Bild machen, wenn du mir nicht glaubst.«

Das klang ein bisschen gekränkt, aber Frenzen war sowieso eine Mimose. Er hatte schnell das Gefühl, nicht genügend gewürdigt zu werden. Ganz besonders seitdem er Vater war. Fenja schob das auf den Schlafmangel.

»Sei nicht gleich beleidigt. Bist du sonst so weit durch?«

»Ja, am Hafen hab ich jeden befragt, der seine fünf Sinne halbwegs beieinanderhat.«

»Okay, dann treffen wir uns in zwanzig Minuten an der Uferstraße bei Berglin.«

Wenige Minuten später war Fenja auf dem Weg zur Cliner Quelle, wo die Familie Richter auf sie warten würde. Fenja hatte mit dem Sohn telefoniert, der am Telefon wie ein nervöser Teenager wirkte. Nun ja, vielleicht lag es daran, dass er mit einer Kriminalbeamtin telefonierte und nicht viel Erfahrung im Umgang mit der Polizei hatte. Vielleicht war aber auch genau das Gegenteil der Fall.

Im Gastraum der Cliner Quelle stand sie kurz darauf einer rüstigen, hochgewachsenen Dame mit resolutem Gesichtsausdruck gegenüber. Neben ihr, an einem Vierertisch, saß ein Paar mittleren Alters. Auf dem Tisch standen zwei halb volle Gläser Jever. Der Mann spielte nervös mit einer Schachtel Zigaretten, während die mürrisch dreinblickende Frau mit verschränkten Armen und unter dem Tisch ausgestreckten Beinen mehr auf ihrem Stuhl lag als saß. Einige Touristen versorgten sich am Tresen mit Zeitungen und Informationsmaterial über Carolinensiel. Es war nicht viel Betrieb.

Die ältere Dame streckte Fenja die Hand hin. »Richter, mein Name, Margarete Richter«, donnerte sie, sodass Fenja zusammenzuckte, »wenn ich das richtig verstanden habe, brauchen Sie mich als Zeugin.«

»Äh, schon möglich«, erwiderte Fenja diplomatisch und entzog Richter ihre Hand, die sie mit festem Griff umklammert hatte. »Sie haben also gestern Abend …«, weiter kam Fenja nicht.

»Allerdings, das hab ich Ihrem Kollegen vorhin schon gesagt, aber ich hatte nicht den Eindruck, dass er mich ernst genommen hat«, beklagte sich Richter und setzte sich an den Tisch neben ihren Sohn, der unwillkürlich zur Seite wich. Die Frau schien wie festgewachsen und rührte sich nicht, einzig der mürrische Gesichtsausdruck schien noch etwas intensiver zu werden.

Fenja ließ die Anschuldigung unkommentiert, griff nach dem vierten Stuhl und setzte sich. »Was genau haben Sie denn gehört?«

»Wie ich schon sagte, ich habe eine Männerstimme gehört. Eine ärgerliche Männerstimme. Ich glaube, der Mann hat geschimpft.«

»Konnten Sie hören, was er gesagt hat?«

»Ich glaube, er hat was von ›Schnauze voll‹ gesagt, das andere hab ich nicht verstanden. Nicht gerade die feinste Ausdrucksweise, wenn Sie mich fragen.«

»Sie haben in dem Hotel ein Zimmer, das zum Hafen geht?«

»Ja, und ich schlafe bei geöffnetem Fenster. Normalerweise klappt das hier in Carolinensiel ganz gut, hier ist es nachts ruhig, aber letzte Nacht eben nicht. Zuerst kommen diese Leute aus dem Sielhafenmuseum raus und schwatzen draußen herum. Ich frage Sie, muss das draußen sein? Und wenn, kann man dann nicht wenigstens flüstern?«

»Um welche Zeit war das?«

»Es war schon zehn Uhr durch, ich hatte mich gerade hingelegt, aber dann war ich wieder wach. Und als ich endlich fast wieder eingeschlafen war, da quatscht dieser Mensch da draußen herum.« Richter sprach laut und energisch.

»Haben Sie gehört, mit wem der Mann gesprochen hat?«

»Was ist denn das für eine dämliche Frage?«

Fenja versuchte ruhig zu bleiben. Diese Zeugin gehörte offensichtlich zu der Sorte Mensch, die sich für intelligenter hielt als den Rest der Welt.

»Hat eventuell eine Frau geantwortet? Wie lange wurde geredet? Hatten Sie das Gefühl, dass der Mann am Hafenbecken stand oder am Fenster vorüberging?«

Richter starrte Fenja an, als zweifelte sie an deren Verstand.

»Als ob ich darauf geachtet hätte! Ich hab einen Mann schimpfen gehört, ob und wer geantwortet hat, weiß ich nicht. Der Gesprächspartner war offensichtlich rücksichtsvoller. Mehr weiß ich nicht. Wenn Sie damit nicht zufrieden sind, kann ich Ihnen nicht helfen!« Richter erhob sich und machte Anstalten, ihre Jacke, die über der Stuhllehne hing, anzuziehen. Dabei schimpfte sie vor sich hin: »Da meldet man sich, will helfen und tut seine Bürgerpflicht, und dann ist es immer noch nicht genug.«

Fenja hatte nicht übel Lust, die Frau einfach ins Kommissariat zu bestellen, hegte aber die Befürchtung, dass das deren Kooperationsbereitschaft auch nicht wesentlich fördern würde, also stand sie ebenfalls auf.

»Sie sind nicht zufällig ans Fenster gegangen, um nachzusehen, was los ist?«

»Nein!«, bellte Richter.

»Können Sie sich an die Uhrzeit erinnern?«

Richter hatte bereits ihre Jacke angezogen und fummelte am Reißverschluss herum.

»Kurz vor Mitternacht«, antwortete sie knapp und zog energisch den Reißverschluss hoch. »Ich gehe jetzt zum Hotel«, sagte sie und wandte sich an ihren Sohn, »ihr könnt ja noch hier sitzen bleiben und Maulaffen feilhalten.«

Damit drehte sie sich um und marschierte davon. Einige Touristen sahen ihr nach.

Fenja wandte sich an das Ehepaar. Die Frau schien die Szene genossen zu haben, denn sie lächelte. Der Mann saß da wie ein reuiger Sünder. Fenja fragte sich, wieso.

»Sehen Sie, das habe ich Ihrem Kollegen vorhin schon gesagt«, meinte die Frau. »So ist sie, meine Schwiegermutter. Ich würde nicht allzu viel auf ihre Worte geben. Die macht sich nur gern wichtig.« Sie blickte ihren Mann an, und ihr Gesichtsausdruck wurde hart. »Sag doch auch mal was!«, kommandierte sie, und Fenja fühlte sich an die alte Volksweisheit erinnert, nach der sich Männer Ehefrauen aussuchen, die ihren Müttern ähneln.

»Sie haben also beide in der letzten Nacht nichts gehört?«

»Nein«, antwortete die Frau, »unser Zimmer geht zur anderen Seite, und wir sind wohl die einzigen Gäste im Moment. Außerdem, ich nehme meistens Schlaftabletten, weil mein Mann«, sie wies mit dem Kopf in Richtung ihres Gatten, ohne ihn anzusehen, »schnarcht wie eine Bulldogge.«

Ihr Mann senkte die Augen und schwieg. Fenja bedankte sich, hinterließ ihre Karte und machte sich davon. Der Mann hatte die ganze Zeit kein Wort gesagt.

Sie erschien etwas zu spät in der Uferstraße, wo Frenzen in seinem Polizeiwagen vor dem Haus von Lore und Kalle Berglin wartete. Als er Fenja kommen sah, stieg er aus.

»Warum bist du nicht gleich mit dem SEK hier aufgekreuzt?«, fragte Fenja ungehalten.

»Wie bitte?« Frenzen machte ein unschuldiges Gesicht.

»Na ja, die Berglins sind Freunde meiner Tante, und jetzt macht sich Lore wahrscheinlich wieder Sorgen um ihren guten Ruf, beschwert sich bei Bendine über mein mangelndes Einfühlungsvermögen, und ich darf mir dann wieder anhören, dass ich ein Trampel bin, woran natürlich nur mein Beruf schuld ist.«

»Pf, deine Sorgen möcht ich haben«, murmelte Frenzen, als Fenja gerade auf den Klingelknopf drücken wollte. Aber die Tür flog auf, bevor sie ihr Vorhaben ausführen konnte.

»Dacht ich's mir doch, dass ihr zu uns wollt!« Lore warf Fenja einen vorwurfsvollen Blick zu und verschränkte die Arme unter ihrem üppigen Busen. »Musst du denn immer so ein Brimborium veranstalten? Geht das nicht ein bisschen unauffälliger? Was sollen denn die Leute denken? Man könnte ja glauben, wir sind Schwerverbrecher!«

»Lore, reg dich ab«, sagte Fenja. »Wir brauchen eure Zeugenaussage. Das kann ich auch durch den Lautsprecher verkünden, damit's alle hören. Soll ich?« Dabei drehte sie sich halb um und machte ein paar Schritte in Richtung Polizeiwagen.

»Lass den Quatsch und komm rein.« Lore trat beiseite und führte die beiden in die geräumige Küche, wo Kalle am Tisch saß und in ein Schinkenbrötchen biss.

»Moin«, sagte er kauend und wies auf die Küchenbank. In seinem Schnäuzer hing ein Krümel.

»Moin, Kalle.« Fenja setzte sich auf die Bank, und Frenzen griff sich einen der beiden Stühle. Lore lehnte sich an die Fensterbank.

»Dann stimmt das also mit Heike?«

»Was meinst du?«, fragte Fenja vorsichtig.

»Na, dass sie ertrunken ist. Silke hat vorhin angerufen. Aus Bendine kriegt man ja immer nichts raus.«

»Ja, sieht so aus, als wäre sie ertrunken.«

»Und was hat die Polizei damit zu tun?«

»Routinemäßige Ermittlungen bei ungeklärten Todesumständen«, leierte Fenja herunter. »Ihr wart doch gestern auch bei diesem Leseabend, nicht wahr?«

»Ja, wir haben gestern Abend noch zusammengesessen.« Lore legte gedankenverloren die Hand an die Wange. »Junge, Junge, das ist ja kaum zu glauben, wie schnell so was geht.«

»Das sach man.« Kalle hatte sein Schinkenbrötchen vertilgt und wischte sich mit einer Serviette über den Schnauzbart.

»Ist euch gestern denn irgendwas aufgefallen? War Heike anders als sonst?«

Beide schüttelten die Köpfe. »Nee, war alles wie immer, oder?« Kalle sah Lore fragend an.

»Also mir ist nichts Besonderes aufgefallen«, stimmte Lore zu.

»Wie lange ging denn der Abend?«, fragte Frenzen.

»Muss so zehn gewesen sein, als wir uns verabschiedet haben«, sagte Lore und sammelte welke Blätter aus der Hibiskuspflanze, die auf der Fensterbank stand.

»Hat sie noch was gesagt? Hatte sie vielleicht noch eine Verabredung?« Fenja beobachtete Kalle, der akribisch Brötchenkrümel vom Tisch pickte.

»Joo, jetzt, wo du's sachst, sie hat immer so auf die Uhr geguckt, als wenn sie's eilig hätte. Das hab ich wohl noch bemerkt.«

»Ach nee, das ist ja nun das Neueste, was ich höre, dass du was bemerkst.« Lore warf die welken Blätter in den Mülleimer und ihrem Mann einen spöttischen Blick zu, was den aber nicht weiter störte.

»Du hast das also nicht bemerkt?«, fragte Fenja.

»Nee, ich hab mich noch mit Bendine unterhalten.«

»Aber gesagt, dass sie noch was vorhat, hat sie nicht?«, hakte Frenzen nach.

»Nicht, dass ich wüsste.« Kalle fuhr sich über die Glatze.

»Weißt du noch, welche Kleidung sie trug?«, fragte Fenja an Lore gewandt.

»Oh, müsst ich nachdenken.« Lore rieb sich das Kinn.

»Na, dieses Rüschending mit dem weiten Ausschnitt«, mischte Kalle sich ein, und Fenja verkniff sich ein Grinsen.

»Und Schmuck, hat sie auch Schmuck getragen?«

Kalle zuckte die Achseln, aber Lore konnte sich an die Ohrringe erinnern.

»Wieso ist denn wichtig, was sie anhatte und ob sie Schmuck getragen hat? Ist sie etwa …« Lore beendete den Satz nicht, aber Fenja wusste auch so, was sie meinte.

»Ob eine Sexualstraftat vorliegt, wissen wir noch nicht, halte ich aber für unwahrscheinlich.«

Lore war bei dem Wort »Sexualstraftat« zurückgezuckt, und

Kalle spitzte die Lippen. »Wundern tät's mich nicht«, murmelte er dann, »sie war ein ziemliches Geschoss, die Heike.«

»Kalle! Was du wieder redest!«

So traurig die Umstände auch waren, Fenja musste sich zusammennehmen, um nicht laut loszuprusten.

»Ich nehme an, ihr seid nach dem Leseabend direkt nach Haus gegangen.«

»Ja klar, was denkst du denn?«, empörte sich Lore und legte die Hand auf die Stirn. »Jetzt fragt die uns nach unserem Alibi!«

Kalle schien das zu amüsieren. »Ja klar, könnte ja sein, dass wir noch 'n flotten Dreier geplant hatten.« Er schlug mit der Faust auf den Tisch und brach in schallendes Gelächter aus.

Die anderen guckten betreten, Lore fassungslos.

»Kalle! Heike ist tot, was gibt's da zu lachen?«

Kalle schnappte nach Luft und lief rot an. »Stimmt«, presste er hervor.

Fenja und Frenzen verabschiedeten sich. Lore begleitete die beiden zur Tür.

»Und sorg das nächste Mal dafür, dass deine Leute hier nicht stundenlang im Polizeiauto vor der Tür kampieren«, sagte sie. »Das macht einem ja Angst.«

Sie warf Frenzen noch einen vorwurfsvollen Blick zu und schloss dann die Tür.

»Okay«, seufzte Fenja. »Ich schlage vor, wir machen für heute Schluss und befragen die anderen Mitglieder morgen, wenn wir wissen, was bei der Obduktion herausgekommen ist.«

»Gute Idee«, stimmte Frenzen zu, »dann kann ich noch zum Training.«

»Wie geht's eigentlich Annika?« Fenja konnte sich die Frage nicht verkneifen. Sie fand, dass ihr Kollege sich gelegentlich auch mal zu Hause sehen lassen sollte, um sich um seine Familie zu kümmern.

Frenzens Miene verfinsterte sich. »Ach, die ist nur noch schlecht gelaunt.«

»Wär ich auch, wenn ich den ganzen Tag mit einem Kleinkind zu Hause säße und mein Göttergatte sich nur zum Essen und Schlafen einfindet.«

»Schlafen wär schön«, schnaubte Frenzen und öffnete die Wagentür. »Rieke schläft immer noch nicht durch. Jede Nacht um zwei geht's los. Dann fängt sie an zu schreien. Kannst den Wecker danach stellen.« Er öffnete die Wagentür.

»Trotzdem«, erwiderte Fenja, »geh nach Hause und spiel mit deiner Tochter. Und morgen früh um halb neun ist Besprechung. Sag Jannes und Gesa Bescheid.«

»Okay«, Frenzen stieg ein und tippte sich an die Stirn, »also bis morgen.«

Fenja sah ihm nach. Natürlich würde er nicht nach Hause fahren. Annika hatte sich schon mehrfach bei Fenja über den »Arbeitseifer« ihres Mannes beklagt. Fenja konnte das zwar nicht bestätigen, sie hatte keine Ahnung, wo Geert Frenzen sich herumtrieb, wenn er nicht im Kommissariat war, aber sie hatte Annika versprochen, ihn des Öfteren an seine Vaterpflichten zu erinnern.

Sie machte sich langsam auf den Heimweg. Es war kurz vor neunzehn Uhr und ziemlich kühl geworden. Morgen würde sie ihre Winterjacke einweihen. Sie schlenderte grübelnd die Uferstraße entlang Richtung Nordseestraße. War sie vielleicht auf dem falschen Dampfer? War Heike Bornum womöglich doch einfach gestürzt, ohnmächtig ins Wasser gefallen und ertrunken?

Das mit dem Ohrring war allerdings seltsam – und der fehlende Knopf? Den hatte niemand erwähnt, und Fenja war sicher, dass es den Club-Mitgliedern aufgefallen wäre, wenn Heike Bornum, die so viel Wert auf ihre Kleidung legte und sich für ihren Auserkorenen fein gemacht hatte, schlampig zu ihrem Treffen erschienen wäre. Also musste der Knopf nach dem Treffen entfernt worden sein.

Und was hatte es mit dem schimpfenden Mann um Mitternacht auf sich? Mit wem hatte er gesprochen? War das Heike Bornum gewesen? Wenn ja, was hatte sich da abgespielt? Fenja beschloss, vorerst nicht weiter über die Sache nachzudenken und das Ergebnis der Obduktion abzuwarten.

Im Frühstücksraum von Bendines Pension brannte Licht. Das war ungewöhnlich, denn um diese Zeit hielt sich normalerweise niemand dort auf. Fenja ging durch die Diele in die Wohnküche, wo Bendine mit einer vollschlanken Frau mittleren Alters am Tisch saß. Beide tranken Bier aus der Flasche.

»Oh, Verzeihung«, sagte Fenja, »ich wollte nicht stören.« Bedauern klang aus ihrer Stimme, nicht weil sie die beiden Frauen möglicherweise störte, sondern weil sie gehofft hatte, dass Bendine gekocht hatte. Immerhin hatte sie kein vernünftiges Mittagessen bekommen, nur Rührei. Das war ungewöhnlich, denn Bendine kochte jeden Tag, schon wegen Nele.

Bendine stand auf. »Du störst nicht. Das ist Tomke Drillich, sie gehört auch zu unserem Leseclub. Willst du ein Bier?«

»Tatsächlich.« Fenja setzte sich. »Ja, ich nehm ein Jever«, sagte sie an ihre Tante gewandt.

Tomke Drillich war eine schöne Frau. Die raspelkurzen grauen Haare bildeten einen reizvollen Kontrast zu ihrem dunklen Teint und den braunen Augen. Ihre Formen waren üppig, aber sie war nicht dick, das schmale Gesicht war nahezu faltenlos.

»Dann waren Sie gestern Abend auch bei dem Treffen?«

Bendine stellte ihrer Nichte eine Flasche Jever hin. »Ja, das wird aber jetzt kein Verhör, oder?«

»Bendine, lass doch.« Tomke Drillich prostete Fenja mit der Flasche zu. »Ja, ich war auch da, und ehrlich gesagt kann ich's gar nicht fassen, dass Heike nicht mehr lebt.«

»Ja, das geht uns allen so«, warf Bendine ein.

Fenja nahm einen Schluck von dem gut gekühlten Bier. »Ist Ihnen denn irgendwas aufgefallen gestern Abend?«

»Ja, Bendine und ich haben uns schon den Kopf zerbrochen. Das ist eine ganz seltsame Geschichte. Wir hatten auch beide gestern Abend das Gefühl, dass Heike irgendwie aufgeregt war.«

»Wie meinen Sie? Freudig aufgeregt oder eher ängstlich?«

Drillich und Bendine sahen sich an. »Also ich fand, sie guckte ziemlich ernst und war ein bisschen fahrig, oder?«, meinte Drillich. »Ich weiß nicht, weshalb. Irgendetwas schien sie zu beunruhigen. Vielleicht fühlte sie sich ja nicht gut. Ich meine, wie konnte sie denn auf eins der Boote stürzen? Das kann doch nur ein Schlaganfall oder Herzinfarkt gewesen sein.«

»Wir wissen es noch nicht«, antwortete Fenja wahrheitsgemäß. »Wann haben Sie denn zuletzt mit Heike Bornum gesprochen?«

»Ich hab eigentlich gar nicht mit ihr persönlich gesprochen, nur ganz allgemein, während des Treffens in der Runde. Und als die zu Ende war, bin ich dann gleich mit Hilde nach Haus gegangen. Ihr ging es nicht so gut.«

»Hilde Thomassen gehört auch zum Kreis«, erklärte Bendine, »sie ist die Mutter von dieser Frau, die damals ermordet worden ist. Ich hab dir doch gestern Abend davon erzählt.«

»Ja, ich erinnere mich.« Fenja sah Tomke Drillich fragend an. »Und wieso ging es ihr nicht gut?«

»Sie ist schon ein bisschen älter, einundsiebzig, um genau zu sein, und dann ...«, Drillich verzog den Mund, »dann hat Lothar mit seinem dämlichen Krimi angefangen. Lothar ist seit Kurzem Rentner und hat sich in den Kopf gesetzt, einen Kriminalroman zu schreiben.« Sie verdrehte die Augen. »Als ob's davon noch nicht genug gäbe, aber anscheinend weiß er sonst nichts mit sich anzufangen. Soll mir ja auch egal sein, wäre es auch, wenn er sich als Thema nicht ausgerechnet den Tod von Hildes Tochter ausgesucht hätte. Das hat sie ein bisschen aus der Bahn geworfen. Ist zwar schon über zwanzig Jahre her, die ganze Sache, aber trotzdem. Den Tod eines Kindes ... das wird man doch nie wieder los.«

Fenja warf ihrer Tante einen Blick zu, aber die starrte nur schweigend auf ihre Bierflasche. Auch Bendine hatte ihre Tochter zu Grabe getragen. Tomke Drillich legte ihre Hand auf Bendines.

»Du weißt ja, wie es ist.«

Bendine nickte stumm, und Fenja beschloss, das Gespräch auf später zu verschieben, obwohl sie wirklich gern gewusst hätte, was sich damals abgespielt hatte. Aber sie wollte ihre Tante nicht weiter aufregen und sich morgen die Akte von dem Fall vornehmen. Tomke Drillich trank ihr Bier aus und verabschiedete sich. Sie war offensichtlich eine Frau mit einem feinen Gefühl für Stimmungen.

Kaum war der Gast verschwunden, stürmte Nele ins Zimmer und sprang auf Fenjas Schoß.

»Wieso kommst du so spät? Du wolltest mir doch vorlesen.«

Fenja drückte Nele einen Kuss auf die Nase. »Wo warst du denn die ganze Zeit?«

»In meinem Zimmer.«

»Und hast wieder stundenlang mit deinem Tablet rumgespielt, stimmt's?«

»Nun lass doch das Kind …« Bendine nahm ihre Enkelin wie immer in Schutz.

»Ja und? Macht doch nichts.« Nele strahlte Fenja an. »Kommst du und liest mir vor? Du kannst sooo spannend vorlesen.« Das Kind legte seine Arme um Fenjas Hals und drückte sie.

»Vorsicht, du erwürgst mich ja«, sagte Fenja und wickelte sich die langen blonden Locken des Kindes um die Finger.

»Ich schlage vor, du gehst jetzt Zähne putzen, ziehst deinen Schlafanzug an und legst dich ins Bett. Ich komm dann gleich.«

»Das sagst du immer, und dann dauert's noch total lange.«

»Versprochen, bin gleich da, und jetzt ab mit dir.«

Nele hüpfte von Fenjas Schoß und drohte ihr mit dem Finger. »Bestimmt? Sonst komm ich wieder!«

»Oje, dann hab ich ja keine Wahl.«

»Genau!« Das Kind gab seiner Oma einen Kuss und rannte hinaus.

»Gibt's noch irgendwas zu essen?«, fragte Fenja ohne viel Hoffnung.

»Käsebrot. Wenn du Glück hast, ist noch was da. Solange Edgar da ist, koche ich nur für Nele. Der futtert mir sonst alles weg. Dabei kann er genauso gut zu Albrecht gehen und Fischbrötchen essen. Aber das kostet ja, dann bedient er sich lieber an meinem Kühlschrank.«

»Wo ist er denn überhaupt? Ich hab ihn noch gar nicht gesehen.«

»Sitzt im Frühstückszimmer an seinem Computer. Weiß gar nicht, was er da immer macht. Ruckt nur immer mit der Maus hin und her. Ich meine, müsste er nicht wenigstens ab und zu mal in die Tasten hauen und irgendwas schreiben? Aber ist mir ja egal, womit der den Tag rumbringt. Sein Sohn, Schön – oder wie der heißt –, ist jedenfalls von seiner Mutter abgeholt worden. Gut für ihn. Und Edgar sitzt im Frühstücksraum und steht nur auf, um in die Küche zu kommen und zu gucken, ob jemand Kaffee gekocht hat.«

Fenja öffnete den Kühlschrank, fand einen Rest Sylter Käse und nahm ihn heraus.

»Ist das alles? Was willst du denn deinen Gästen morgen zum Frühstück servieren?«

Bendine lächelte vielsagend. »Ich hab genügend Kühlschränke, das Apartment neben dir ist doch frei.«

Fenja grinste ebenfalls, nahm sich Brot und Butter und ließ sich ihr Käsebrot schmecken, wenn es schon nichts anderes gab. Dann ging die Tür auf. Ein wohlbeleibter Mann mittleren Alters mit Halbglatze und einem Kranz grau melierter Löckchen betrat die Küche. Seine runde Hornbrille lag schwer auf seiner Nasenspitze. Fenja wunderte sich, dass er überhaupt Luft bekam. Als er Fenja sah, wirkte er verunsichert.

»Oh, äh ...«

»Hallo, Edgar«, sagte Fenja mit vollem Mund und nahm noch einen Schluck Bier aus der Flasche. »Alles klar?«

»Hallo, Fenja.« Edgar hob die Hand und starrte begehrlich auf Fenjas Käsebrot. »Das sieht ja lecker aus, kann ich auch so was haben?«

»Klar, bedien dich, ist noch was da.« Fenja zwinkerte ihm zu und schob sich den Rest ihres Brotes in den Mund. »Dein Sohn ist wieder bei seiner Mutter, wie ich höre.«

»Ja ...« Edgar stand vor der geöffneten Kühlschranktür und machte einen hilflosen Eindruck.

Dann holte er Käse und eine Packung Salami heraus und suchte in sämtlichen Schubladen nach Besteck, was einen beträchtlichen Lärm verursachte und Bendine, die den Spülautomaten ausräumte, dazu veranlasste, ihre Arbeit zu unterbrechen und die Fäuste in die Hüften zu stemmen. Sie warf dem Neffen ihres verstorbenen Mannes einen Blick zu, der ein ganzes Regiment Rekruten hätte strammstehen lassen. Edgar bemerkte ihn gar nicht, beziehungsweise er zog es vor, ihn nicht zu bemerken. Er setzte sich zu Fenja an den Tisch und begann, sein Abendbrot zuzubereiten.

»Schoan ist ein bisschen schwierig im Moment.«

»Ah ja«, warf Bendine ein, »und da ist er natürlich bei seiner Mutter besser aufgehoben.« Sie hatte Wasser aufgesetzt und stand wartend neben dem Kessel.

»Ja klar, seine Mutter ist seine wichtigste Bezugsperson.« Edgar schmierte Butter auf sein Brot und belegte es mit Salami und dem Rest vom Sylter Käse. »Äh, du hast nicht zufällig einen lieblichen Wein da, oder?«, fragte er Bendine.

»Nur Retsina«, schnaubte die und kippte mit einem Schwung das kochende Wasser in die Kanne. Sie hatte natürlich keinen Retsina im Haus, sie mochte den griechischen geharzten Wein auch nicht unbedingt, zog einen Riesling vor, den sie auch dahatte. Aber das würde sie Edgar bestimmt nicht auf die Nase binden.

Der verzog den Mund. »Meine Güte, wie kann man denn so was trinken, aber ich nehm auch einen Tee, wenn's nichts anderes gibt.«

Bendine stellte ihm eine Tasse hin. »Heißt dein Junge wirklich Schön?« Sie blickte Edgar an, als habe er soeben ein Weihnachtslied gesungen.

»Was meinst du? Er heißt *Schoan*, mit offenem o, so wie bei Orgel«, Edgar biss von seinem Brot ab, »das ist Irisch. So wie *Schoan* Connery, der James Bond gespielt hat.«

Bendine verdrehte die Augen. »Offenes o! Was sind denn das für Namen, bei denen man eine Gebrauchsanweisung für die Aussprache braucht? Das arme Kind!«

Fenja nahm noch einen Schluck Jever. Wo bekam man sonst zum Abendbrot noch solche Comedy serviert? Sie fühlte sich bestens unterhalten, auch wenn es sie einige Mühe kostete, sich das Lachen zu verbeißen.

Edgar kaute ausgiebig und gab sich großzügig. »Der Name ist doch gar nicht so außergewöhnlich.«

»Pffw«, war Bendines einziger Kommentar.

»Also Leute.« Fenja hielt es nicht mehr aus und knallte ihre leere Jever-Flasche auf den Tisch. »Ich muss los. Hab noch einen wichtigen Termin.«

Sie zwinkerte Bendine zu und machte sich davon, um Nele vorzulesen.

ZWEI

Eastbourne, Südengland, vier Tage zuvor

Matthew King war regelmäßig am Samstagmorgen Gast am Frühstückstisch von Prentiss Bolton-Smythe, dem Pfarrer des kleinen Ortes Beecock an der Küste von East Sussex. Dieser und seine Frau Harriet sahen es als Christenpflicht an, dem armen kranken Mann, dem eine Bombe der IRA den linken Arm weggerissen und der in schweren Zeiten seinem Land so tapfer gedient hatte, ein Mal in der Woche ein opulentes englisches Frühstück zu servieren. Matt brauchte immer zwei Stunden, um den gut gefüllten Teller zu leeren, wobei man das Gefühl hatte, dass er sich zwingen musste, das reichhaltige Essen und vor allem den Tee hinunterzubekommen.

Harriet wurde das Gefühl nicht los, dass Matt das Frühstück so lange hinauszögerte, bis er reinen Gewissens nach einem Bier verlangen konnte. Meistens wurden auch zwei daraus, denn Harriet brachte es nicht übers Herz, dem Mann diese bescheidene Bitte abzuschlagen. Nachdem er dann bis zum frühen Nachmittag an Harriets Tisch in ihrem mit Häkeldecken überfrachteten Esszimmer gesessen und bereits ein erstes Mittagsschläfchen hinter sich gebracht hatte, begleitete Harriet ihren Gast im Verein mit einer »guten Tasse Tee«, die wahrscheinlich in der Toilette landen würde, wieder in seine Wohnung zurück. Harriet schüttelte sich jedes Mal, wenn sie die Wohnung betrat.

Matt war zwar ein stiller, gutmütiger Mensch, aber er weigerte sich vehement, jemanden in seiner Wohnung putzen zu lassen. Ihn störe das bisschen Schmutz nicht, pflegte er zu sagen, wobei Harriet nicht von einem bisschen Schmutz reden würde, sondern von einer Mülldeponie. Wenn Daisy Henderson, ihre Freundin vom Women's Institute, sie besuchte, beschwerte sie sich jedes Mal über den muffigen Geruch nach kaltem Rauch aus dem oberen Stockwerk und erinnerte Harriet an ihre Pflicht als Vermieterin.

»Du musst dafür sorgen, dass dieser Saustall ausgemistet wird, Harriet. Und vor allem musst du diesem Menschen das Rauchen hier im Haus untersagen. Am Ende fackelt der euch hier alle noch ab. Wo soll denn das hinführen, wenn du nicht mal mit so einem alten Säufer fertigwirst?«

Harriet musste Daisy in diesem Punkt recht geben. Sie hatte Probleme, sich gegen ihre Mitmenschen durchzusetzen. Mit solchen, die friedfertiger Natur waren und die anderen nach ihrer eigenen Fasson glücklich werden ließen, kam sie wunderbar zurecht. Aber mit jenen, die sich ständig einmischten und sich einbildeten, sie hätten für alles eine Lösung und würden alles besser machen – mit anderen Worten: solchen wie Daisy Henderson –, kam sie einfach nicht klar.

Die passenden Antworten auf Daisys Unverschämtheiten fielen Harriet immer erst ein, nachdem sie sich eine Weile im stillen Kämmerlein darüber aufgeregt hatte. Was hatte sie nicht schon alles versucht. Sogar ein Seminar in Eastbourne über Rhetorik hatte sie besucht. Heimlich natürlich, ohne Daisy etwas zu sagen.

Genützt hatte es wenig. Ja, ein paar nette Tipps hatte die Leiterin ihren Seminarteilnehmern mit auf den Weg gegeben. Sich bestimmte Repliken zurechtzulegen, die man dann bei Bedarf abrufen konnte. Zum Beispiel auf eine unverschämte Frage mit einer Gegenfrage zu antworten, anstatt brav Auskunft zu geben, wie man das als höflicher Mensch gewöhnt war. Guter Tipp, er funktionierte bloß nicht, weil Harriet solche Dinge immer erst dann einfielen, wenn sie schon artig geantwortet beziehungsweise sich für irgendetwas entschuldigt hatte. Es war wie ein Reflex. Das war ihr Problem, sie war einfach zu höflich. Aber musste die Frau eines Pfarrers nicht höflich sein?

Harriet folgte ihrem Untermieter geduldig die Stufen hinauf zu seiner Wohnung. Der Becher Tee in ihrer Hand war nur etwas mehr als halb voll, damit sie auf der Treppe, die mit flauschigem dunkelgrünen Teppichboden ausgelegt war, nichts verschüttete. Allerdings konnte sie sich diese Vorsichtsmaßnahme in Zukunft sparen, denn Matt hatte in seinem Hirn die Bedeutung von einem Fußabtreter nicht abgespeichert. Und er lief grundsätzlich in diesen alten Armeetretern herum, in deren Profil sich jeder Kiesel vom Strand festtrat, und nicht nur die Kiesel. Harriet hatte manchmal das Gefühl, dass Matt bewusst jeden einzelnen Hundehaufen ansteuerte, den er finden konnte.

Es war unfassbar, dass immer noch Menschen die Hinterlassenschaften ihrer Vierbeiner einfach liegen ließen. Wo das doch mittlerweile eine empfindliche Geldbuße nach sich zog. Aber wer kümmerte sich heutzutage noch um Gesetze. Diebstahl war auch verboten, hielt das die Taschendiebe vielleicht davon ab, alten, hilfsbedürftigen Damen die Handtaschen zu klauen?

Oder schlimmer: Gesetze und harte Strafen verhinderten ja nicht mal, dass Menschen umgebracht wurden. Das hatten sie vor nicht allzu langer Zeit auch in Beecock schmerzlich erfahren müssen, als einer der ihren einer der ihren ins Jenseits befördert hatte. Aber das war eine andere Geschichte.

Harriet betrat die kleine Zwei-Zimmer-Wohnung mit der Miniküche, in der Matt in den zwei Jahren, in denen er nun schon hier wohnte, mit Sicherheit noch keine sechzig Minuten verbracht hatte. Sie stellte die Tasse auf die kleine Kommode im Flur und schob dabei einen randvoll mit filterlosen Kippen gefüllten Aschenbecher zur Seite, warf einen kurzen, leidvollen Blick auf die vergilbte Rosentapete und nickte Matt zu, der in der Wohnungstür stehen geblieben war, um diese zu schließen, wenn Harriet seine Wohnung verlassen hatte. Nicht gerade eine subtile Art, seiner Vermieterin zu zeigen, dass sie unerwünscht war.

Was macht der Mensch bloß den ganzen Tag?, fragte sich Harriet auf dem Weg nach unten. Manchmal hörte sie ihn weggehen, meistens war er dann auf dem Weg zum Foxhole Inn, dem örtlichen Pub. Dort verbrachte er viele Stunden, manchmal fuhr er auch mit dem Bus nach Eastbourne und kam mit einer Einkaufstüte vom dortigen Tesco zurück. Wenn er von der Haltestelle zum Pfarrhaus ging, schlenkerte sein linker Jackenärmel wie ein ausgedienter Schlauch um seinen ausgemergelten Körper. Warum er allerdings bis nach Eastbourne fuhr, um sich mit Schnaps einzudecken, das war Harriet ein Rätsel. Es gab in Beecock einen Aldi, da war der Schnaps bestimmt billiger. Aber vielleicht legte er in dieser Beziehung ja Wert auf Qualität und setzte teurer mit besser gleich.

Aber Harriet wollte sich darüber jetzt keine Gedanken machen. Sie musste noch die Reisetasche packen, bevor sie zum WI-Treffen ging. Und morgen früh, gleich nach dem Frühstück, würde sie zum Lake District aufbrechen, um ihre Schwester Lydia zu besuchen, die heute aus dem Krankenhaus zurückkommen würde. Sie hatte sich einer Blinddarmoperation unterziehen müssen und Harriet gebeten, ihr ein paar Tage Gesellschaft zu leisten, da sie sich noch recht schwach fühle. Harriet schnaubte in sich hinein. Lydia brauchte weniger die Gesellschaft ihrer Schwester als jemanden, den sie herumkommandieren konnte.

Aber konnte man eine solche Bitte abschlagen? Nein, fand Harriet, sie, die Frau des Pfarrers, konnte das nicht. Und wenn sie ehrlich war, fuhr sie ganz gerne mal in den Norden. Das Seengebiet war traumhaft schön – wenn es dort bloß nicht so oft regnen würde. Hier in Südengland waren sie da besser dran. Eigentlich hatte sie schon gestern aufbrechen wollen, aber heute war ja das Treffen vom Women's Institute. Daisy hatte es anberaumt, weil sie wieder irgendeine karitative Sammlung initiiert hatte.

Diesmal wollte sie ein Cricketspiel zwischen dem Männergesangsverein Beecock und dem Segelclub von Seaford auf die Beine stellen. Harriet hatte heftige Zweifel, dass die Herren sich dazu bereit erklären würden. Wenn, dann wahrscheinlich nur, um dem Zorn von Daisy Henderson zu entgehen. Aber im Grunde war es Harriet egal, womit sich die Männer beschäftigten, von ihr aus auch mit einem Spiel, dessen Regeln sie nie verstanden hatte und bestimmt auch nie verstehen würde.

Und das ging vielen Leuten so. Nicht mal Prentiss hatte sie begriffen. Nun, das war nicht weiter verwunderlich. Harriet sah auf die Uhr und beschleunigte ihre Schritte. Sie würde zu spät kommen, und das hatte Daisy gar nicht gerne. Immerhin, Erin war da und würde Daisy bremsen. Harriets Gesicht entspannte sich.

Das war das wirklich Gute an den Treffen des WI, dass sie in Erin Roberts Tea Room stattfanden. Sie backte herrliche Scones und hatte immer so ausgefallene Rezepte für ihre Sandwiches. Nicht dieses Hühnchen-Bacon-Thunfisch-Einerlei. Bei ihr gab es Avocadocreme und dieses komische Tofuzeugs. Okay, das war jetzt nicht der Brüller gewesen, aber neulich hatte sie Sushi gemacht, nachdem sie in Eastbourne bei einem japanischen Koch einen Kurs besucht hatte. Harriet hätte nie vermutet, dass ihr das schmecken würde, aber sie fand es köstlich. Neben ihren Kochkünsten hatte Erin Humor und war nett anzusehen. Außerdem wurde sie mit Daisy fertig.

Das kleine Glockenspiel an der Eingangstür des Tea Rooms bimmelte so leise, dass es das Stimmengewirr der achtzehn bereits versammelten Frauen nicht übertönte.

Erin stand hinter dem Tresen und goss Wasser in bauchige Porzellankannen. Doris Martin, die Erin oft und gerne aushalf, bahnte sich mit vollen Tabletts ihren Weg zwischen den Vierertischen hindurch und verteilte Tee, Kaffee und Sandwiches. Daisy saß mit Phoebe Appleton und Holly Dalton, der die Boutique in der King's Road gehörte, zusammen. Kaum hatte sie Harriet erblickt, winkte sie sie mit beiden Händen heran.

»Harriet, da bist du ja endlich, wir warten nur auf dich! Nun beeil dich mal, damit wir anfangen können.«

Harriet zog unwillkürlich den Kopf ein, tat wie ihr geheißen, und ließ sich auf den letzten freien Stuhl fallen. Doris kam sofort heran, legte ihr eine Hand auf die Schulter und begrüßte sie mit ihrer dröhnenden Stimme.

»Harriet, was darf's sein? Tee und Lachs mit Ingwer?«

Harriet nickte. Es war ihr immer peinlich, im Mittelpunkt der Aufmerksamkeit zu stehen, so wie jetzt, und manchmal wünschte sie sich wirklich, Doris würde ein bisschen leiser sprechen! Musste ja schließlich nicht jeder wissen, was sie essen wollte.

»Gute Idee, Doris«, zwitscherte Daisy neben Harriet, »das nehme ich auch.«

»War mir klar.« Doris, die schon wieder auf dem Weg zum Tresen war, zwinkerte Erin zu.

»Ladys!« Daisy Henderson war aufgestanden und hämmerte mit ihrem Teelöffel so heftig gegen ihre Tasse, dass Harriet befürchtete, sie würde zerbrechen. Tat sie aber nicht.

Das Stimmengewirr ebbte langsam ab.

»Ladys«, wiederholte Daisy Henderson, »wir müssen jetzt über das Datum unseres Cricketspiels abstimmen. Die Herren aus Beecock und Seaford haben mir zwei Möglichkeiten genannt …«

In den folgenden eineinhalb Stunden spulte Daisy Henderson routiniert ihr Programm herunter. Es gab wie immer Diskussionen über das Datum, das Rahmenprogramm, über die Zuständigkeit der Imbiss- und Getränkestände und so weiter. Alle waren dafür, dass Erin die Sorge für das leibliche Wohl übernehmen sollte, was Daisy Henderson mit einigem Missfallen registrierte, denn sie hielt sich viel auf ihre Schokoladenmuffins zugute. Harriet würde sich mit Phoebe Appleton um das Barbecue kümmern, und Anne Simmons, die Leiterin der Bücherei, sollte gemeinsam mit Julia Brown, dem jüngsten Mitglied, Wein und Sekt ausschenken. Um das Bier sollten sich die Männer kümmern, die hatten ja sonst nur eine Aufgabe, nämlich ein spannendes Spiel abzuliefern. Als Draufgabe zum Spiel hatte Daisy aber noch ein kleines Konzert der Flötenklasse der Grundschule Eastbourne eingeplant, der ja auch ihre Enkelin angehörte. Diese Aussicht ließ einige der Damen erbleichen.

Der Erlös des Events – Daisy hatte es tatsächlich so genannt – sollte dann in einen geplanten Gymnastikraum für das Seniorenheim in Eastbourne investiert werden.

Sechs Tage später, am Nachmittag des folgenden Freitags, war Harriet aus dem Lake District zurückgekehrt. Dort hatte sie mehrere Tage und – ganz und gar unpassend für die Frau eines Pfarrers – mit Groll im Herzen ihrer diktatorischen Schwester beigestanden, was bedeutete, sie hatte die Putzfrau, Köchin und Zofe gegeben. Wobei Harriet vollkommen sicher war, dass Lydia keineswegs so bettlägerig war, wie sie tat.

Im Gegenteil, als Harriet am Donnerstagnachmittag schwer bepackt vom Tesco zurückkam, war Lydia erstaunlich flink und kein bisschen kränklich und schwach durchs Wohnzimmer getänzelt. Wahrscheinlich war die Anwesenheit von Bertram Gland, dem kürzlich verwitweten Nachbarn, der Grund für ihre schnelle Genesung gewesen. Jedenfalls hatte Harriet ihren Besuch reinen Gewissens um einen Tag verkürzt und war heimgefahren zu Prentiss, ihrem Mann, der schließlich auch ihrer Fürsorge bedurfte.

Und wie sich herausstellte, war sie keinen Tag zu früh heimgekehrt. Im Haus war es kalt, und Prentiss empfing sie mit einem Schnupfen. Wahrscheinlich hatte er wieder vergessen, die Fenster zu schließen, und das, obwohl die Heizung voll aufgedreht war.

Der Pfarrer hatte nämlich die Angewohnheit, jeden Morgen alle Fenster des Pfarrhauses zu öffnen, weil er der Meinung war, dass Sauerstoff Herz und Hirn beflügele. Das mochte stimmen, dachte Harriet, ihrer Arthrose hingegen bekam das eher nicht, weshalb sie auch für das Schließen der Fenster zuständig war. Nun ja, das hatte sich Prentiss wohl ganz gespart.

Wenigstens war er jetzt erkältet, geschah ihm recht, dachte Harriet, schloss die Fenster und schüttelte sich. Die Küche war aufgeräumt, und im Ofen stand eine Auflaufform mit Shepherd's Pie. Auf Doris Martin, den guten Geist von Beecock, war eben Verlass. Aber woher kam bloß dieser Geruch? Der Mülleimer war leer, das hatte Harriet schon kontrolliert. Womöglich verrottete wieder eine Taube im Schornstein, vielleicht hatte Prentiss ja auch deswegen so ausgiebig gelüftet. Darum musste sie sich als Erstes kümmern.

Prentiss hatte seine Frau wie immer herzlich und ein wenig zerstreut begrüßt und sich wieder in sein Arbeitszimmer zurückgezogen, um an seinem Buch zur Christlichkeit der anglikanischen Kirche weiterzuarbeiten. Harriet setzte den Kessel auf, um in Ruhe eine heiße Tasse Tee zum Aufwärmen zu trinken. Sie richtete sich auf einen erholsamen Abend auf dem Sofa ein. Zur Abwechslung würde sie es sich mal selbst gemütlich machen und im Fernsehen eine Folge von Midsomer Murders, mit diesem höflichen Inspector Barnaby, gucken.

Sie hatte gerade den Tee aufgegossen, als jemand den Türklopfer betätigte. Harriet seufzte, ging zur Tür und lugte durch den Spion. Offensichtlich hatte Daisy Henderson mitbekommen, dass die Dame des Hauses wieder im Pfarrhaus eingetroffen war. Wie stellte sie das bloß an? Sie wohnte ja nicht mal in der Nähe. Man könnte fast meinen, sie hätte überall auf den Straßen Kameras installiert, so gut wusste sie immer über alles Bescheid.

Harriett würde also zum Tee Gesellschaft haben, wenn die heute auch nicht unbedingt willkommen war. Daisy Henderson kam offenbar nie auf den Gedanken, dass ihre Anwesenheit unerwünscht sein könnte. Harriet öffnete und ließ ihre Freundin eintreten.

»Hallo, Harriet«, begrüßte Daisy sie und ging mit wehendem

Schal an ihr vorbei ins Wohnzimmer. »Ich muss dringend mit dir reden. Es gibt da ein kleines Problem mit unserem Cricketspiel. Pete Allington, der Apotheker, fällt für das Spiel aus, er hat sich beim Kartoffelschälen den halben Finger abgesäbelt, wirklich furchtbar ungeschickt. Du musst Prentiss überreden, für ihn einzuspringen.«

»Prentiss soll Cricket spielen?« Harriet hob erstaunt die Brauen. »Aber der kennt ja nicht mal die Regeln.«

»Die wird er sich eben aneignen müssen.« Daisy nahm großzügig die Tasse Tee entgegen und trank einen Schluck. Dann schnüffelte sie. »Harriet, was riecht hier so komisch?«

»Ach, da klemmt bestimmt wieder eine Taube im Schornstein fest. Ich regle das morgen. Ich muss mich erst mal von meiner Schwester erholen. Das war eine anstrengende Woche.«

Harriet trank einen Schluck Tee und hoffte, dass Daisy den Wink verstand und sich verabschiedete. Aber natürlich verstand sie ihn nicht, im Gegenteil, sie schien ihn überhaupt nicht gehört zu haben.

»Taube?«, sagte sie ungläubig. »Im Kamin?« Sie stellte die Teetasse auf den kleinen Beistelltisch, stand auf und steckte ihren Kopf unter den Kaminsims. »Ich kann nichts sehen«, kam es hohl von dort. »Und riechen tu ich hier auch nichts. Jedenfalls ist es nicht schlimmer als sonst im Haus.« Daisys Kopf mit den weißen kurzen Haaren kam wieder hervor. »Ich sage dir, das kommt von oben.«

Sie wies mit dem Daumen zur Zimmerdecke.

»Du musst diesem Menschen da oben jetzt mal wirklich die Meinung sagen. Das geht doch nicht!« Daisy Henderson hatte die Hände in die Hüften gestemmt wie eine strafende Göttin. »Nun geh schon! Oder willst du, dass das Pfarrhaus zur Müllhalde verkommt?«

»Aber was soll ich denn sagen?« Harriet hatte nicht die geringste Lust, jetzt ihrem Untermieter entgegenzutreten. Er konnte ziemlich bockig sein, und dazu fehlte ihr im Moment die Kraft. Wenn sie ehrlich war, fehlte ihr eigentlich immer die Kraft.

»Dann geh ich!«, sagte Daisy und stapfte trotz Harriets Protest nach oben.

Ihr ausladendes Hinterteil nahm die ganze Breite der schmalen

Treppe ein. Sie klopfte an, während Harriet unten stand und die Hände rang. Sie hatte sich ihr Heimkommen etwas anders vorgestellt. Und jetzt musste sie sich mit ihrem Untermieter auseinandersetzen. Denn Daisy würde ihre Mithilfe in dieser Sache darauf beschränken, Matt tüchtig die Meinung zu sagen, und sich dann aus dem Staub machen. Alles Weitere musste Harriet regeln.

Prentiss arbeitete an seinem Buch und war in solchen Fällen keine Unterstützung. Prentiss war eigentlich in keinem Fall eine Unterstützung.

»Mr King«, rief Daisy, bekam aber keine Antwort.

»Harriet, der Mann ist nicht da!«, schrie sie nach unten. »Wir gucken uns das jetzt mal an. Gib mir deinen Schlüssel!«

»Aber Daisy«, wimmerte Harriet, »wir können doch nicht einfach in seine Wohnung eindringen.«

»Wieso nicht? Wir wollen doch nur gucken.«

»Trotzdem.« Das ging Harriet irgendwie zu weit.

»Ha, lass mal«, kam es triumphierend von oben. »Die Tür ist offen, wieso auch nicht, glaube nicht, dass der da wertvolle Juwelen versteckt. Ich geh jetzt rein.«

»Daisy!«

Harriet stürmte nach oben, um ihre Freundin aufzuhalten und notfalls aus der Wohnung zu bugsieren. Aber dazu kam sie nicht, denn ein gellender Schrei drang zu ihr herunter. Harriet war so erschrocken, dass sie einen Moment auf der Treppe stehen blieb. Erst als der zweite Schrei ihr Gehirn erreichte, stolperte sie die letzten Stufen hinauf und folgte Daisy in die Wohnung ihres Untermieters. Sie ignorierte den Geruch.

»Daisy! Wo bist du? Was ist denn los?«

Harriet taumelte zwei Schritte durch den dunklen, schmutzigen Flur in ein Zimmer, das man nur als Aufenthaltsraum bezeichnen konnte. Ein einsames Sofa stand vor dem blinden Fenster mit den verdreckten Rosengardinen, die Harriet vor Jahren aufgehängt hatte. Vor dem Sofa stand ein Holztisch, auf dem alte Zeitungen, leere Zigarettenschachteln, ein leeres Wasserglas und eine halb volle Flasche Dalmore-Whisky standen.

Auf dem Sofa lag Matthew King. Die Augen quollen aus den Höhlen, der Mund war weit aufgerissen. Jetzt schrie Harriet.

Daisy hatte sich so weit gefangen, dass sie sich wieder bewegen konnte und aus dem Zimmer lief, die Treppe hinunterpolterte und Prentiss Bolton-Smythe direkt in die Arme sank, sodass er nach hinten fiel, Daisy auf ihn drauf. Dann kam Harriet, hielt sich ihr Halstuch vor das bleiche Gesicht und jammerte.

»Ogottogottogott!«

Der Pfarrer rangelte mit Daisy Henderson, die ihrerseits versuchte, sich aus ihrer misslichen Lage auf dem Pfarrer zu befreien.

»Der Kerl ist mausetot«, hechelte sie, als sie sich endlich aufgerappelt hatte.

»Wer?«, fragte Prentiss näselnd.

»Ja wer schon?«, schrie Harriet. »Matthew King!«

»Ach.«

»Du musst die Polizei rufen!« Daisy trommelte mit den Fäusten gegen die schmale Brust des Pfarrers, was den fast wieder umwarf.

»Ich geh erst mal selber gucken.«

Prentiss wich dem Trommelwirbel aus und ging vorsichtig die Treppe hinauf. Die beiden Frauen warteten am Fuß der Treppe, die Fäuste hoffnungsvoll vor die Münder gepresst. Vielleicht hatten sie sich ja geirrt. Nach einer Minute, die den Frauen wie eine Ewigkeit vorkam, erschien Prentiss wieder an der Treppe. Bleich wie ein Zombie ergriff er das Treppengeländer und nahm die erste Stufe in Angriff.

»Er ist tatsächlich tot und …«, er machte eine Pause. »Ich rufe jetzt die Polizei.«

★★★

Detective Chief Inspector Bradford saß in seinem Büro in der Polizeistation Eastbourne und ärgerte sich. Seit drei Monaten bekamen sie immer wieder Anrufe aufgebrachter Frauen, dass ein Exhibitionist die Strandpromenade unsicher mache. Leider waren die Beschreibungen der belästigten Damen höchst abstrus.

Danach mussten es nämlich verschiedene Herren sein, die ihre Männlichkeit gern von Frauen mittleren Alters betrachten ließen. Sie hatten so viele unterschiedliche Täterbeschreibungen, dass die Hälfte aller männlichen Einwohner der Stadt – die Touristen eingeschlossen – unter Verdacht stand. Von blonden kurzen Haaren bis zu langen schwarzen, von mittelgroß über klein bis hin zu rundlich und schlank war bisher alles dabei gewesen. Nur das beste Stück des Herrn, das hatten sich anscheinend alle sehr genau angeschaut, und sie waren sich auch einig darin, dass es recht kurz und dünn war.

Auf die Bitte von Sergeant Buckley, der einige der Anzeigen aufgenommen hatte, doch etwas konkreter zu werden, waren sie allerdings wütend geworden. Schließlich habe man kein Lineal angelegt, hatte die letzte der Damen geschnauft. Ob das denn wirklich wichtig sei, hatte sie gefragt und zur Antwort bekommen, dass man den Täter ja schließlich irgendwie überführen müsse. Es sei denn, man erwische ihn auf frischer Tat.

Bradford hatte das Gefühl, dass Buckley sich bei diesen Befragungen köstlich amüsierte und sie keinesfalls so ernst nahm, wie man das von einem gewissenhaften Polizisten erwarten konnte. Constable Gwyneth Sutton, die im Wechsel mit einer Kollegin regelmäßig an der Strandpromenade entlangspazierte, in der Hoffnung, auch einmal in den Genuss dieser Vorstellung zu kommen, schien der gleichen Meinung zu sein und hatte Buckley in ziemlich rüdem Ton darum gebeten, sich nicht über die Zeuginnen lustig zu machen. Bradford hatte ihr recht gegeben, obwohl auch er es nicht als seine Hauptaufgabe ansah, nach jemandem zu fahnden, der Frauen jenseits der dreißig sein bestes Stück darbot. Er war der Meinung, eine erwachsene Frau könnte es verschmerzen, ein männliches Glied präsentiert zu bekommen – wenn es auch nicht gerade ein Prachtexemplar seiner Gattung war. Anders sah die Sache aus, wenn sich so ein Typ an Kinder wandte. Aber das war hier bisher nicht der Fall.

Es klopfte, und Buckley trat ein.

»Habe die letzte Anzeige aufgenommen. Dieses Mal trug er Glatze und die obligatorische Sonnenbrille.« Buckley räusperte sich und steckte die Hände in die Hosentaschen. »Also jetzt mal ehrlich. Lohnt sich der Aufwand? Nur weil dieser Kerl seinen Schniedel rumzeigt? Ich meine … Exhibitionisten sind doch eigentlich harmlos. Was soll das also?«

Bradford antwortete nicht sofort. Ein Lächeln stahl sich in sein markantes Gesicht mit den braunen Augen. Er stellte sich gerade vor, wie seine Mutter auf einen Exhibitionisten reagieren würde.

»Sehen Sie«, Buckley freute sich, »Sie finden das auch übertrieben.«

Bradford fuhr seinen Computer herunter und stand auf. »Wenn sich die Frauen belästigt fühlen, ist es ihr gutes Recht, das anzuzeigen. Wie viele haben wir schon?«

»Sechs, aber ich wette, es sind mehr. Die meisten Frauen machen bloß nicht so ein Theater.«

»Schon möglich. Irgendwann wird Sutton ihn erwischen. Machen Sie Feierabend. Wir sehen uns Montag.«

Buckley tippte sich an die Stirn und machte sich aus dem Staub. Bradford nahm sein Schlüsselbund aus seiner Schreibtischschublade und verließ sein Büro.

Zwanzig Minuten später parkte er am Hartington Place vor seiner Wohnung und stieg müde die Stufen zum ersten Stock hinauf. Lilian Simmington, die in der Wohnung über ihm wohnte, schien auf ihn gewartet zu haben.

»Haben Sie denn jetzt endlich diesen Sittlichkeitsverbrecher geschnappt?«, blökte sie durchs Treppenhaus, sodass Bradford vor Schreck zusammenzuckte. »Nein«, antwortete er kurz angebunden und steckte den Schlüssel ins Schlüsselloch.

»Na, das wird aber langsam Zeit!«, ermahnte ihn Lilian Simmington. »Man traut sich ja kaum noch auf die Straße. Dabei ist es so schön, auf der Grand Parade spazieren zu gehen. Dann kommt so ein … Ekel daher und vergällt einem alles.«

»Ja, wirklich eine Schande«, murmelte Bradford mehr zu sich selbst und wollte gerade seine Wohnung betreten, als Sam Falling, sein Flurnachbar, die Tür öffnete.

»Na, Ms Simmington, hat der Nackerte Sie auch schon erwischt?«, rief er nach oben und brach sofort in schallendes Gelächter aus.

Lilian Simmington eilte davon. Bradford nickte kurz in seine Richtung und wollte sich verdrücken, aber Falling rückte seine Brille gerade, kam auf ihn zugewatschelt und tippte ihm auf die Schulter.

»Haben Sie ihn erwischt? Ehrlich, wär doch schade drum, oder?« Er schlug sich auf die Schenkel, und Bradford verzog den Mund.

»Ich habe einen dringenden Termin«, sagte er und klappte seine Wohnungstür von innen zu.

Das war unhöflich, aber er hatte heute keine Lust auf die Streitereien der beiden anderen Hausbewohner. Manchmal hatte er das Gefühl, diese Kabbeleien waren für die beiden ein Spiel, das sie spielten, um sich nicht zu Tode zu langweilen. Nun ja, sollte ihm recht sein, aber er wollte nicht mitspielen.

Außerdem hatte er wirklich einen dringenden Termin. Er war heute Abend mit Laura in London verabredet. Sie hatte Karten für ein Theaterstück irgendwo im Westend besorgt, und anschließend wollten sie essen gehen. Er würde also in die Southern Line steigen und in etwa eineinhalb Stunden London erreichen. Er liebte die Stadt, aber dort zu leben war einfach zu teuer, fand er. Laura nicht.

Sie hatte soeben in Chelsea eine Kanzlei eröffnet und auch eine sündhaft teure Wohnung gemietet. Sie war zwar nur so groß wie ein Badetuch, fand Bradford, aber sie war in London. Das musste reichen.

Bradford riss seinen Kleiderschrank auf, nahm seine Sporttasche, die er auch als Reisetasche benutzte, heraus, und fing an, alles hineinzuwerfen, was er für einen zweitägigen Aufenthalt in London brauchen würde. Das war nicht viel. Nur eine zweite Garnitur Klamotten plus Kulturbeutel und natürlich sein Notebook.

Es war alles bereit, und er sollte sich jetzt auf den Weg machen. Aber er stand da, ließ die Arme hängen und starrte auf seine Tasche. Wenn er ehrlich war, hatte er nicht die geringste Lust, zu fahren. Das wunderte ihn, denn immerhin wartete Laura auf ihn. Laura, die ohne ihn und für ihre Karriere nach New York gegangen war und ihn vergessen hatte. Gerade als er sich gefangen hatte, war sie zurückgekommen. Ganz unerwartet.

Natürlich hatte er sich gefreut, sie wiederzusehen. Einerseits. Er setzte sich auf sein Bett. Eine Matratze auf einem Futon in einem kargen Schlafzimmer. Sehr schlicht und genau richtig für ihn. Die Sporttasche stand da wie ein Fremdkörper. Irgendwie gehörte sie nicht zu ihm. Er wollte sie nicht. Wollte sie nicht schultern, nicht die Wohnung verlassen und nicht in die Southern Line nach London steigen. Und ins Theater wollte er auch nicht. Aber was war mit Laura? Sie wartete auf ihn. Reizte ihn das denn gar nicht? Und wenn nicht, was reizte ihn dann?

Erin. Die Antwort war da, bevor er die Frage zu Ende gedacht hatte. Erin reizte ihn. Am liebsten würde er jetzt gleich nach Beecock zu ihrem Tea Room fahren, sie in die Arme nehmen, küssen und sonst was mit ihr anstellen. Danach könnten sie ins Foxhole Inn gehen und eines von diesen rattenscharfen Curry-gerichten essen, die der Wirt Dylan Morris den nicht immer begeisterten Gästen servierte. Ja. Genau so würde er den Abend verbringen wollen, wenn er die Wahl hätte.

Aber hatte er die? Zumindest, was die Fahrt nach London betraf, ja. Er konnte einfach stattdessen nach Beecock fahren. Dass er allerdings bei Erin auf Gegenliebe stoßen würde, war mehr als fraglich. Sie hatte ihm nicht verziehen.

Er seufzte, stand auf und schulterte seine Tasche. Ein anstren-gender Abend in London und anschließend Sex mit einer schönen Frau war besser, als allein hier im Pub zu sitzen und sich volllaufen zu lassen. Er schloss die Wohnungstür ab und machte sich auf den Weg zum Bahnhof.

Als er in die Seaside Road abbiegen wollte, klingelte sein Handy. Es war Detective Constable Quentin Riley. Bradford hörte sich an, was Riley zu sagen hatte, und machte auf dem Absatz kehrt.

»Ich bin schon unterwegs«, sagte er, beendete das Gespräch und wählte gleich darauf Lauras Nummer. Eine Leiche im Pfarrhaus von Beecock. Vielleicht kam er ja doch noch zu seinem Curry im Foxhole Inn. Und vielleicht … aber das wäre wohl zu viel verlangt.

Als DCI Bradford im Pfarrhaus ankam, war die Spurensicherung bereits eingetroffen. Bevor er das Wohnzimmer des Pfarrers be-trat, ging er mit Sergeant Baker hinauf in die Wohnung, um sich persönlich den Tatort anzusehen.

»Der Tote heißt Matthew King, siebenundfünfzig Jahre alt, ehemaliger Soldat«, erklärte Baker, während er Bradford die Treppe hinauf folgte.

»Schon irgendwelche Spuren?«, fragte Bradford.

»Nein, wir hoffen auf ein paar brauchbare Fingerabdrücke.«

Dr. Random, der Rechtsmediziner, zog gerade seine Handschuhe aus.

»Er ist erstickt. Die Einblutungen in den Augen weisen darauf hin, dass jemand nachgeholfen hat, wahrscheinlich mit dem Kissen.« Er wies auf ein am Boden liegendes Sofakissen. »Todeszeitpunkt vor mehreren Tagen. Mehr kann ich noch nicht sagen.«

»Immerhin«, murmelte Bradford.

Er und Dr. Random waren nicht die besten Freunde, was daran lag, dass eigentlich niemand Dr. Randoms bester Freund war. Der Mann war chronisch schlecht gelaunt und kurz angebunden. Bradford hatte sich daran gewöhnt, wenn auch ungern. Wenigstens wusste Random, wovon er sprach, wenn er sprach.

»Sie erhalten meinen Bericht«, sagte Dr. Random und verließ den Raum.

»Das hoffe ich doch«, brummte Bradford und warf einen Blick auf den Toten.

Er trug einen verlotterten Anzug und ein schmuddelig gelbes Hemd, das früher wohl einmal weiß gewesen war. Er lag auf dem Rücken, die Füße mit den löchrigen grauen Socken lagen auf der Armlehne. Der rechte Arm hing herunter, die Hand berührte den Boden. Ein leerer Anzugärmel klemmte zwischen Körper und Rückenlehne. Der Mann bot einen bemitleidenswerten Eindruck. Es war schon mit zwei Armen schwierig genug, sich gegen einen Angreifer zu wehren, der einem ein Kissen aufs Gesicht drückte.

Hier hatte der Mörder leichtes Spiel gehabt. Nach der Obduktion konnte man den Tathergang hoffentlich genauer rekonstruieren. Bradford warf einen Blick durch den äußerst karg möblierten Raum. Das Opfer schien unter chronischem Geldmangel gelitten zu haben, oder er hatte kein Geld für Möbel ausgegeben.

Bradford ging in den zweiten Raum, dort standen ein schmales Bett und ein erstaunlich großer Kleiderschrank mit einer Spiegeltür. Ob der zur Wohnung gehörte? Er zog eine der Türen auf. In den Fächern lagen drei hellblaue Hemden, nicht gebügelt, aber ordentlich zusammengelegt. Grauweiße Unterwäsche, zwei fleckige alte Jeanshosen, ein paar einzelne Socken. Auf einer Stange hingen drei unbenutzte Plastikbügel. In den Fächern hinter der anderen Tür lagen Handtücher und eine alte Armeedecke, auf dem Schrankboden stand ein Karton mit Papieren. Gemessen am Zustand der Wohnung hatte der Mann seinen Kleiderschrank ziemlich in Schuss gehalten. Wohl noch Reste der militärischen Erziehung.

»War wohl nichts mit Feierabend.«

Bradford drehte sich um. Sergeant Buckley war eingetreten und wischte sich eine Locke aus der Stirn.

»Wohl wahr«, erwiderte Bradford. »Gehen wir runter.«

Die beiden gingen ins Wohnzimmer, wo eine korpulente Frau, die ihm bekannt vorkam, auf dem Sofa mehr hing als saß und sich mit ihrem Schal Luft zufächelte. Der Pfarrer stand am offenen Fenster, während eine schlanke Frau im Zimmer auf und ab lief und nervös ein Taschentuch knetete.

Die korpulente Frau sprach zuerst. »Henderson ist mein Name, Daisy Henderson. Sie kennen mich! Ich habe den Toten gefunden … schrecklich!« Sie richtete sich auf und sah Bradford leidend an. »Und wenn ich nicht darauf bestanden hätte, in die Wohnung zu gehen, würde der Mann da immer noch unentdeckt rumliegen.« Sie warf der schlanken Frau einen vorwurfsvollen Blick zu.

Endlich meldete sich auch der Mann zu Wort. »Ich bin Prentiss Bolton-Smythe, der Pfarrer, und das ist meine Frau Harriet.«

Harriet nickte schweigend und mit zusammengepressten Lippen. Sie sah aus, als würde sie jeden Moment in Tränen ausbrechen.

»Ja«, antwortete Bradford schnell, »ich erinnere mich an Sie.«

Das schien Harriet Bolton-Smythe zu beruhigen, denn sie entspannte sich etwas und ließ sich auf einem der beiden Sessel vor dem Kamin nieder.

»Ja, wir erinnern uns auch an Sie. Wir haben uns ja bei dem … Tod von Mr Bexley schon kennengelernt.«

»Stimmt«, sagte Bradford und wandte sich an Daisy Henderson. »Sie haben also den Toten entdeckt. Darf ich fragen, wie es dazu kam?«

Daisy Henderson setzte sich aufrecht hin. »Ja wie schon? Wir sind eben hochgegangen, weil es im Haus so stinkt. Und jetzt wissen wir ja auch, warum.«

»Wer ist wir?«

»Na, ich und Harriet.«

Bradford setzte sich auf den anderen Sessel.

»Ach Verzeihung, ich hab Ihnen gar keinen Platz angeboten.« Harriet Bolton-Smythe war aufgesprungen. »Möchten Sie vielleicht einen Tee oder Kaffee?«

Buckley, der an der Tür stand, öffnete den Mund und nickte, aber Bradford warf ihm einen warnenden Blick zu.

»Nein, danke«, sagte er. Er wollte die Frau im Auge behalten. Buckley senkte den Kopf.

»Wann haben Sie denn den Toten zuletzt gesehen?«

»Am letzten Samstag. Da hat er bei uns gefrühstückt. Er hat immer am Samstag bei uns gefrühstückt. Danach hab ich ihm dann noch eine Tasse Tee hinaufgebracht. Das war so gegen zwei Uhr, aber genau weiß ich das nicht mehr, ich hab auch nicht darauf geachtet. Wer denkt denn an so was!«

»Das heißt, Sie haben Ihren Untermieter die ganze Woche nicht gesehen?«

»Nein, ich war aber auch nicht hier, sondern bei meiner Schwester in Cumbria. Ich bin erst heute zurückgekommen, und da ...«

»Da ist mir aufgefallen, dass es hier noch mehr stinkt als sonst, und wir sind hochgegangen, und voilà!«, mischte sich Daisy Henderson ein und machte eine Handbewegung wie ein Zauberer, der soeben ein Karnickel aus dem Hut gezaubert hat.

Harriet Bolton-Smythe stellte sich schutzsuchend neben ihren Mann.

Bradford wandte sich an den Pfarrer. »Und Sie waren nicht in Cumbria, sondern hier, wenn ich das richtig verstanden habe.«

Prentiss, der mit gesenktem Kopf, die Hände auf dem Rücken verschränkt, dastand, nickte.

»Und Ihnen ist nichts aufgefallen?«

Prentiss schüttelte den Kopf. »Nein, gar nichts. Ich versteh das auch nicht.«

»Wann haben Sie denn Mr King zum letzten Mal gesehen?«

Prentiss warf seiner Frau einen fragenden Blick zu, als ob sie es besser wüsste als er.

»Ich bin mir gar nicht sicher, ich glaube aber, es war bei unserem Frühstück letzten Samstag.«

»Hatten Sie viel Kontakt mit ihm?«

»Nein«, antwortete Prentiss. »Wir haben ihn nur selten gesehen.«

»Sie haben ihn also nicht kommen oder gehen sehen, wenn er unterwegs war?«

»Nein«, antwortete Harriet. »Von der Haustür kommt man ja direkt in den Flur, und die Tür zu unserer Wohnung ist natürlich immer geschlossen. Wir wissen ja nicht, wen Mieter so mit ins Haus bringen. Da geht man schon auf Nummer sicher.«

»Hatte er in den letzten Tagen Besuch?«

Prentiss schob die Unterlippe vor und überlegte. »Also ich hab niemanden kommen oder gehen sehen.«

»Also ganz ehrlich«, mischte sich Harriet schüchtern ein, »ich kann mich nicht erinnern, dass ihn jemals jemand besucht hätte.«

»Kein Wunder bei der runtergekommenen Wohnung«, schnaubte Daisy.

Harriet sah sie ärgerlich an.

»Wissen Sie überhaupt irgendwas über Mr King?«, fragte Buckley, der an der Tür stand, vorwurfsvoll.

Harriet zog den Kopf ein. »Ich fürchte, wir wissen wirklich nicht viel von ihm. Er war nicht besonders mitteilsam.«

»Er war ehemaliger Soldat«, sagte Prentiss, »in Nordirland hat ihm eine Bombe der IRA den linken Arm weggerissen, und daraufhin ist er aus der Army ausgeschieden. Hat sogar einen Orden gekriegt, den hat er mir mal gezeigt.«

»Wie lange hat Mr King hier gewohnt?«

»Fast zwei Jahre«, antwortete Harriet. »Gebürtig kam er aus Devon, hatte da aber keine Verwandten mehr und wollte hier in Sussex bleiben, weil er das feuchte Wetter im Westen nicht vertragen hat. Er ist dann vor ein paar Jahren nach Eastbourne gezogen, konnte sich aber die Mieten dort nicht mehr leisten. Und dann ist er zu uns aufs Dorf gekommen. Das hat er erzählt, als er damals hier auftauchte und nach der Wohnung fragte.«

»Ich hab dir damals gleich gesagt, der Mann wird Ärger machen.« Daisy Henderson wedelte mit ihrem erhobenen Zeigefinger umher. »Und? Was haben wir jetzt?«

Bradford fragte sich, was genau diese Henderson mit »wir« meinte. »Haben Sie Mr King näher gekannt?«, fragte er.

»Ich?« Daisy streckte entrüstet ihr Doppelkinn vor. »Natürlich nicht, wo denken Sie hin? Von Menschen wie Matt King halte ich mich fern.«

»Warum?«

»Warum?« Daisy schnappte nach Luft. »Na, ich bitte Sie, muss ich das erklären? Erstens, wie der immer rumgelaufen ist! Und gearbeitet hat er nicht, aber dafür getrunken. Bei solchen Leuten kann man nie wissen.«

Nach diesen Worten kehrte vorübergehend Stille im Wohnzimmer des Pfarrhauses ein.

Dann wandte sich Bradford wieder an Harriet. Er hatte das Gefühl, wenn er überhaupt etwas erfahren würde, dann von ihr. Der Pfarrer schien in seinem eigenen Haus ein Fremder zu sein. Dass er natürlich zu den Verdächtigen gehörte, behielt Bradford einstweilen noch für sich.

»Was wissen Sie sonst von ihm? Was hat er den ganzen Tag gemacht? Gab es in Beecock oder sonst wo jemanden, der ihm nahestand?«

Die Bolton-Smythes sahen sich peinlich berührt an. »Er ... ist manchmal mit dem Bus nach Eastbourne gefahren und hat dort beim Tesco eingekauft. Er hatte manchmal eine Einkaufstasche vom Tesco dabei«, sagte Harriet.

»Meine Güte, ihr wisst aber auch gar nichts«, schimpfte Daisy Henderson. »Er war öfter im Foxhole Inn mit diesem anderen verkommenen Subjekt zusammen. Dieser Mensch, der neben Holly Daltons Boutique in diesem Fachwerkhaus wohnt, das bald zusammenbricht.«

Auch wenn Bradford eine gewisse Bewunderung für Daisy

Hendersons Beobachtungsgabe und ihre umfassende Kenntnis des Dorfes und seiner Bewohner hegte, konnte er einen gewissen Ärger nicht unterdrücken. Und Buckley schien es ähnlich zu gehen. Es gab Menschen, die mussten mit jedem Wort, das sie sagten, jemand anderem eins auswischen. Daisy Henderson war ein Musterbeispiel für diesen Menschenschlag, den Bradford zwar nicht mochte, dessen Informationen er aber nützlich fand.

»Haben Sie zufällig einen Namen?«, fragte er und bemühte sich um Höflichkeit.

»Also, ich weiß manches, aber nicht alles«, blaffte Daisy, um ihre Aussage im nächsten Moment Lügen zu strafen. »Aber ich glaube, er heißt Strong, Vincent Strong. Soweit ich weiß, hat er früher in Wales in einem Kohlebergwerk gearbeitet. Jetzt sind seine Bronchien kaputt, sagt er.«

Alle starrten Daisy an. Solche Zeuginnen gab es nur eine unter tausend. Und es waren immer Frauen. Noch nie war Bradford in seiner Laufbahn einem Mann begegnet, der so genau über seine Mitmenschen Bescheid wusste wie Daisy Henderson. Er nahm sich vor, dem MI 5 vorzuschlagen, solche Frauen als Agentinnen zu rekrutieren. Aber vielleicht war das ja schon längst gängige Praxis.

»Und Sie haben Vincent Strong und Matthew King zusammen im Foxhole Inn gesehen?«

»Nein, das weiß ich von Roger. Roger ist mein Mann«, fügte sie hinzu.

»Und Ihr Mann kennt die beiden Herren?«

Daisy stutzte. Das Gespräch hatte wohl eine für sie ungünstige Wendung genommen.

»Kennen ist übertrieben. Aber Roger ist genauso ein Weichei wie Prentiss und Harriet. Er kann nicht Nein sagen und lässt sich von jedem vollquatschen.«

»War Mr Strong mal hier?« Die Frage war an Harriet gerichtet, aber die zuckte mit den Schultern.

»Ich glaube nicht.«

Bradford warf einen Blick in die Runde. »Hat sonst noch jemand Informationen, die uns weiterhelfen könnten?«

»Also ich nicht.« Daisy Henderson stand auf. »Ich muss jetzt auch wirklich gehen. Roger fragt sich bestimmt schon, wo ich bleibe.«

Buckley und Bradford erhoben sich ebenfalls und verabschiedeten sich.

»Wann können wir denn wieder hoch in die Wohnung?«, fragte Harriet. »Ich meine, zum … Saubermachen.«

»Sobald wir mit allen Untersuchungen fertig sind«, sagte Bradford.

Als sie aus der Wohnung traten, wurde gerade der Leichensack auf einer Bahre heruntergetragen. Harriet warf die Hände vors Gesicht und verschwand in ihrer Wohnung. Ihr Mann folgte ihr, während Daisy Henderson den Abtransport aufmerksam verfolgte.

Als Bradford und Buckley auf die Straße traten, war es dunkel.

»Puh«, sagte Buckley, »mit der Frau möchte ich nicht verheiratet sein. Die gehört zu dieser Sorte, die ihre fünf Sinne überall hat und bevorzugt in den Angelegenheiten ihrer Mitmenschen.«

»Was für uns in diesem Fall überaus nützlich ist«, antwortete Bradford. »Wir nehmen uns zuerst diesen Strong vor.«

Daisy Henderson hätte das Haus von Vincent Strong nicht treffender beschreiben können. Es war ein schmales Fachwerkhäuschen mit Reetdach und weißen Sprossenfenstern, an deren Rahmen die Farbe abblätterte. Es wirkte mitleiderregend, wie es da so eingezwängt zwischen zwei Steinbauten seinen Platz behauptete. Das Gebäude rechts daneben beherbergte eine kleine, aber feine Boutique, das links die Bücherei.

»Das haben sie doch bestimmt bloß wegen der Touristen stehen lassen.« Buckley stand hinter Bradford, der bereits den Türklopfer betätigte. »Wenn ich puste, kippt es um.«

Er lachte leise, wurde aber gleich ernst, als die niedrige Tür geöffnet wurde und eine Frau die beiden Besucher fragend ansah. Bradford und Buckley schwiegen verblüfft. Sie hatten ein männliches Exemplar erwartet, und nun stand diese attraktive Frau vor ihnen. Sie war wohlgerundet, mit einem üppigen, aber nicht aufdringlich großen Busen, dunkles Haar fiel in dichten Wellen auf ihre Schulter. Große braune Augen blickten den Besuchern neugierig entgegen.

»Ja?« Ihre Stimme war ebenso dunkel wie ihre Erscheinung. Bradford riss sich zusammen und wechselte vom Bewunderer-Modus zurück in den des nüchternen Ermittlers. Buckley brauchte etwas länger, er stand immer noch mit geöffnetem Mund da, während Bradford bereits seinen Ausweis zückte.

»Wir suchen einen Vincent Strong.«

»Der ist nicht da.« Sie strahlte Bradford an, und ihm wurde ganz warm.

»Wissen Sie, wo wir ihn finden?«

Sie verschränkte die Arme und lehnte sich gegen den Türrahmen. »Was hat er denn angestellt, dass die Polizei … und sogar ein Detective Chief Inspector etwas von ihm will?«

»Routinebefragung.« Bradford rief sich zur Ordnung. Das war nicht der richtige Zeitpunkt zum Flirten.

»Tatsächlich? Sie können mit mir anfangen«, gurrte sie. Buckley gab einen undefinierbaren Laut von sich. Bradford grinste.

»Gut, dann wüsste ich gern, wer Sie sind.«

»Ich bin Katherine Sanders. Kathy.«

»Und Sie leben hier mit Vincent Strong zusammen?«

Ihre Mundwinkel verzogen sich. »So kann man das nennen, ja.«

»Also, Kathy, wo ist er?«

Sie wurde ernst. »Hat es was mit dem Pfarrhaus zu tun?«

»Wieso?«

»Na, der Auflauf dort ist ja wohl nicht zu übersehen.«

Bradford blickte die King's Road hinunter bis zur Kirche und dem Pfarrhaus auf der anderen Straßenseite. Das stimmte. Dort standen zwei Streifenwagen, und ein Pulk von Menschen hatte sich vor der Kirche versammelt.

»Sagen Sie uns doch einfach, wo er ist.« Bradford wurde langsam ungeduldig.

»Er ist in Eastbourne, weiß nicht, wann er zurückkommt, spätestens morgen zum Dartsturnier im Pub ist er wieder da.«

»Danke«, antwortete Bradford.

Die beiden verabschiedeten sich und marschierten die King's Road hinunter zu ihren Wagen.

»Na, auf den Typen bin ich gespannt«, sagte Buckley, »der muss ja richtig was hermachen, bei der Frau.«

»Lassen wir uns überraschen«, entgegnete Bradford.

Er hatte in Strong einen ähnlich gescheiterten Menschen wie King vermutet. Aber Kathy Sanders war nicht die Frau, die sich mit Losern abgab. Er war neugierig auf diesen Strong.

Nach hundert Metern passierten sie den Tea Room von Erin Roberts, der jetzt geschlossen war. Bradford warf einen Blick in den schwach erleuchteten gemütlichen Gastraum und musste schlucken. Er liebte diesen Raum, nicht nur, weil es Erins Reich war, aber hauptsächlich deswegen.

Sie hatte diese besondere Gabe, überall wo sie auftauchte, eine Atmosphäre der Geborgenheit zu schaffen. Wenn Erin in der Nähe war, fühlte man sich zu Hause. Jedenfalls ging Bradford das so. Er beschleunigte seine Schritte. Welchen Sinn hatte es, der Vergangenheit hinterherzutrauern? Er hatte es verbockt. Damals, als sie den ersten gemeinsamen Abend in seiner Wohnung in Eastbourne verbracht hatten.

Er hatte eingekauft, sie hatte gekocht. Bradford leckte sich die Lippen, als er an die Lammkoteletts und den Rotwein mit dem Geschmack von schwarzen Johannisbeeren dachte. Er hatte sich selten so gut gefühlt. Als wäre er nach einer langen Wanderung endlich zu Hause angekommen. Sie waren sich nähergekommen, und dann hatte plötzlich Laura vor der Tür gestanden.

Bradford war wie vor den Kopf geschlagen, hatte sie zuerst gar nicht erkannt. Sie hatte sich verändert, in New York, wo sie noch mindestens zwei Jahre hatte bleiben wollen. Sie war noch dünner geworden, die Wangen waren eingefallen, die Augen lagen in dunklen Höhlen. Er hatte sich sofort gefragt, ob sie krank war, denn sie hatten seit Monaten keinen Kontakt mehr gehabt, und nun kreuzte sie plötzlich mit ihrem Koffer bei ihm auf.

Natürlich hatte Bradford Laura Erin gegenüber nicht erwähnt. Das hätte noch Zeit gehabt, hatte er gedacht, und Laura war weit weg und außerdem Vergangenheit. Aber dann hatte sie plötzlich vor seiner Wohnungstür gestanden und war ihm um den Hals gefallen.

Als sie Erin endlich wahrgenommen hatte, war sie wütend geworden. Hatte ihn einen Lügner genannt und ihm Vertrauensbruch vorgeworfen. Vertrauensbruch!

Für Erin musste sich das anhören, als wären sie und Bradford mindestens verlobt, und natürlich fühlte sie sich betrogen. Nun ja, Erin war gegangen und Laura ebenfalls. Aber Laura war wiedergekommen und hatte Bradford die kleine »Affäre« verziehen. Dann hatte sie erzählt, dass sie New York einfach nicht mehr habe ertragen können, dass sie krank geworden sei. Krank vor Heimweh und Sehnsucht nach ihm.

Bradford hatte darauf verzichtet, sie zu fragen, warum sie sich monatelang nicht gemeldet hatte. Er argwöhnte, dass sie in New York auch nicht wie eine Nonne gelebt hatte. Irgendwas musste schiefgegangen sein, sonst wäre sie nicht so schnell zurückgekommen. Laura gehörte nicht zu der Sorte Frau, die schnell aufgab. Sie hatten nicht mehr darüber gesprochen, obwohl Bradford mit der Situation nicht glücklich war. Aber ihm fehlte die Energie, etwas daran zu ändern, auch wenn er in seinem Herzen wusste, dass er Laura nicht mehr liebte, dass er Erin wollte.

Leider wollte sie *ihn* nicht mehr. Das hatte sie ihm unmissverständlich klargemacht, als er kurz darauf in ihrem Tea Room auftauchte, um mit ihr zu reden. In ihrer Küche hatte sie ihn dann abserviert, und das lag nicht nur daran, dass sie wütend war, sondern auch daran, dass Bradford sich ziemlich dämlich angestellt hatte. Alles, was er gesagt hatte, hatte sich wie eine lahme Entschuldigung angehört. Er hatte versucht, ihr die ganze Sache zu erklären. Aber für Erin hatte sich das tatsächlich wie ein Vertrauensbruch Laura gegenüber angehört, sonst hätte er sie ja erwähnen können, hatte er aber nicht.

Warum die Heimlichtuerei, hatte sie ihn gefragt, und er war die Antwort schuldig geblieben. Hätte er sagen sollen, dass er Laura völlig vergessen hatte? Keine gute Idee. Dann hatte sie ihn einfach stehen lassen wie einen dummen Jungen.

Bradford seufzte und warf Buckley, der hinter ihm ging und auf seinem Smartphone herumtippte, einen Blick zu. Welche Verabredung er wohl gerade absagte? Buckley gefiel sich in der Rolle des Cops und ging damit hausieren wie Mütter mit den Fähigkeiten ihrer Kinder. Er inszenierte sich als Retter und Beschützer und hatte damit Erfolg bei den Frauen. Leider waren seine Beziehungen nie von langer Dauer. Buckley war ständig auf der Suche und deshalb manchmal unaufmerksam und anfällig für weibliche Reize. Für einen Ermittler eher hinderlich. Bradford ermahnte sich, das bloß nicht zu vergessen.

DREI

Carolinensiel, Donnerstag, 9. Oktober

Um halb neun am Donnerstagmorgen war die Mannschaft komplett im Kommissariat versammelt. Jannes Tiedemann und Kriminalrat Haberle waren aus dem Urlaub zurück und schienen nicht begeistert von dem Todesfall in Carolinensiel.

»Wenn ich das richtig verstehe, ist die Frau mit dem Kopf aufgeschlagen und dann ertrunken. Wieso haben Sie eine Obduktion veranlasst, Frau Ehlers?«

»Weil Dr. Burmester, der Arzt, der den Tod festgestellt hat – ist übrigens der Hausarzt meiner Tante –, einige Merkwürdigkeiten entdeckt hat, die seiner Meinung nach nicht zu einem Unfall passen. Und ich muss ihm recht geben.«

»Und was sind das für Merkwürdigkeiten?« Kriminalrat Haberle zwirbelte an seinen Schnurrbartspitzen, mit denen der gebürtige Nürnberger wohl versuchte, sich hier im hohen Norden ein wenig von seiner bayrischen Identität zu bewahren.

»Ein eingerissenes Ohrläppchen, ein fehlender Ohrring und ein fehlender Knopf an ihrer Bluse.«

»Soso.« Haberle nickte geduldig wie ein Beichtvater. »Ein Sexualdelikt also.«

»Schon möglich«, sagte Fenja, »ich erwarte heute im Laufe des Tages die Ergebnisse der Obduktion und die aus dem Labor. Die Tote hieß Heike Bornum und war am Dienstagabend noch bis zweiundzwanzig Uhr mit einem Dutzend anderer Teilnehmer zusammen im Sielhafenmuseum gewesen. Sie hat dort einen Leseclub geleitet. Die meisten der Mitglieder haben wir bereits befragt, ebenso wie die Anwohner am Alten Hafen. Einige behaupten, die Tote sei am Abend vor ihrem Tod irgendwie aufgeregt gewesen. Warum, kann sich allerdings niemand erklären. Gegen zweiundzwanzig Uhr haben sich die Mitglieder voneinander verabschiedet und sind ihrer Wege gegangen. Was Heike Bornum gemacht hat, weiß niemand von denen, die wir bisher befragt haben. Alle glauben, sie sei nach Haus gegangen. Sie wohnte im Gartenweg.« Fenja blickte auf und stellte fest, dass

Gesa und Frenzen sich mit Frenzens Smartphone amüsierten. »Was ist denn mit euch?«, fragte sie ungehalten. »Sind wir jetzt wieder in der Schule?«

Die beiden zuckten zusammen wie ertappte Schüler, und genauso kamen sie Fenja auch vor. Frenzen steckte sein Smartphone weg, und Gesas Mundwinkel sackten eine Etage tiefer.

»Ich hab ihr nur ein Foto von Rieke gezeigt. Wir wissen doch schon über alles Bescheid«, verteidigte Frenzen sich und seine Kollegin.

»Na bestens, dann kannst du ja weiter berichten«, schlug Fenja vor.

»Oh, äh …« Frenzen rappelte sich auf, Gesa warf einen schüchternen Blick auf Haberle, der die beiden wohlwollend betrachtete, als wären sie zwei unartige Kinder. »Aber … du hast doch schon alles gesagt, oder?«

»Was ist mit Margarete Richter?«

Frenzen legte die Stirn in Falten. »Was meinst du …? Ach so, ja, ich hatte den Namen vergessen.« Er räusperte sich, Haberle faltete die Hände, Tiedemann verdrehte die Augen. »Also diese Frau Richter – ein ziemlicher Besen übrigens – behauptet, in der Nacht von Dienstag auf Mittwoch am Alten Hafen Ost einen Mann schimpfen gehört zu haben. Das ist aber auch schon alles. Weder ihr Sohn noch die Schwiegertochter können das bestätigen.« Frenzen machte eine vage Handbewegung. »Ehrlich gesagt bin ich mir auch nicht so sicher, ob man der Frau glauben soll. Die Schwiegertochter meint, sie wolle sich nur wichtigmachen, und genau so einen Eindruck hat sie auf mich auch gemacht.«

Einen Moment sagte niemand etwas. Dann übernahm Fenja wieder.

»Ja, das ist im Großen und Ganzen das, was wir im Moment wissen. Die Frage ist aber doch: Was hat Heike Bornum zwischen zweiundzwanzig und … sagen wir null Uhr dreißig gemacht, und wieso war sie überhaupt am Hafen?«

»Na, ich denke, sie war auf dem Heimweg«, sagte Gesa.

»Und wo ist sie die zweieinhalb Stunden gewesen?«

Wieder Schweigen. »Vielleicht finden wir das raus, wenn wir ihre Anruferliste haben«, überlegte Frenzen.

»Ja, was ist denn mit dem Handy, habt ihr das gefunden?«, wollte Jannes Tiedemann wissen.

»Nein, wir nehmen an, es liegt im Hafenbecken«, antwortete Gesa. »Aber ich habe schon angefangen, ihre Anruferliste vom Festnetz zu kontrollieren. Da gibt's aber bisher keine Auffälligkeiten. Sie hat fast nur mit Leuten aus Carolinensiel telefoniert. Ich nehme an, ihr Handy wird mehr hergeben.«

»Das nehme ich auch an«, sagte Fenja. »Ich schlage vor, bis wir weitere Informationen haben, befragen Jannes und ich die restlichen Mitglieder des Leseclubs, und Geert, du kannst dich mal um die Protokolle kümmern …«, Frenzen öffnete den Mund zum Protest, Fenja ließ ihn aber nicht zu Wort kommen, »und Gesa, du hakst bei der Technik nach, wegen der Anruferliste ihres Handys.«

Alle blickten zu Haberle, der sich die ganze Zeit aufs Zuhören beschränkt hatte. Der nickte gemächlich und erteilte seinen Mitarbeitern den Segen für ihre Vorhaben. Alle begaben sich an die Arbeit.

Noch bevor Fenja sich zu Jannes Tiedemann in den Wagen setzen konnte, meldete sich ihr Handy.

»Endlich«, seufzte Fenja und schlug die Autotür wieder zu. Dieses Gespräch duldete keine Störung, auch nicht das Brummen eines Automotors.

»Dr. Friedrichsen, was haben Sie für uns?«

»Nicht viel, fürchte ich. Die Frau ist tatsächlich ertrunken, wahrscheinlich war sie durch die Kopfwunde, die durch den Aufprall auf die Bootsreling verursacht wurde, ohnmächtig.«

»Sie sind also sicher, dass sie gestürzt ist?«

»Ja, wobei ich nicht sagen kann, was den Sturz verursacht hat. Sie hatte allerdings etwa null Komma neun Promille Alkohol im Blut. Das ist nicht viel, aber auch nicht wenig. Es kommt auf den Menschen an, manche fühlen sich mit der Menge ziemlich betrunken, für andere, solche, die an Alkohol gewöhnt sind, ist es kein Problem. Die Leber war allerdings in Ordnung, da spricht nichts dafür, dass die Frau Alkoholprobleme hatte. Ich glaube aber trotzdem nicht, dass das die Ursache für den Sturz war, und andere Drogen konnte ich ebenfalls nicht nachweisen.«

Fenja wanderte vor dem Wagen auf und ab. Tiedemann war ausgestiegen, hatte seine verschränkten Arme auf dem Autodach abgelegt und beobachtete seine Chefin gespannt. Wahrscheinlich hoffte er, dass sich ihr Kriminalfall als Unfall entpuppen würde.

»Und was ist mit dem Ohrläppchen?«

»Schwer zu sagen, kann beim Sturz passiert sein. Die Wunde war frisch.«

Fenja blieb stehen. »Könnte es sein, dass es … sagen wir mal … Handgreiflichkeiten gegeben hat und sie deshalb gestürzt ist?«

»Könnte sein, aber beschwören kann ich das nicht. Kann ebenso gut sein, dass der Ohrring kurz vorher aus irgendeinem anderen Grund abgerissen wurde.«

»Und welchem?« Fenja musterte Tiedemann, der sie nicht aus den Augen ließ.

»Weiß ich doch nicht, für Mutmaßungen bin ich nicht zuständig.«

»Na schön. Sonst noch irgendwas?«

»Ja, sie hat kurz vor ihrem Tod noch ein ziemlich opulentes Mahl zu sich genommen. Kürbis, Fisch und Vollkornreis.«

»Vollkornreis«, wiederholte Fenja. »Wer isst denn Vollkornreis?«

»Na, die Ökos.«

»Gibt's die immer noch?«

»Scheint so.«

»Na gut, was ist mit dem Todeszeitpunkt?«

»Nicht früher als vierundzwanzig und nicht später als zwei Uhr.«

Fenja holte Luft. »Das heißt, Sie können nicht mit Sicherheit sagen, ob es ein Unfall oder Mord war?«

»Genau.«

»Einen Herzinfarkt oder Schlaganfall oder eine sonstige plötzliche Ohnmacht können Sie ausschließen? Ich meine, es könnte ja sein, dass ihr schlecht geworden ist und sie deshalb gestürzt ist.«

»Also«, Friedrichsen schnaufte, »sie hatte keinen Herzinfarkt und keinen Schlaganfall, das kann ich mit Sicherheit sagen, und ihre Organe waren alle bemerkenswert gesund, auch ihr Herz.

Aber ob ihr schlecht war, bevor sie starb, das kann ich beim besten Willen nicht sagen.«

Fenja wurde ungeduldig. »Also was denn jetzt? Ist sie ermordet worden oder nicht?«

»Alles ist möglich. Fragen Sie mich was Leichteres.«

»Hm«, sagte Fenja, »vielen Dank, Dr. Friedrichsen, das hilft mir jetzt irgendwie … auch nicht weiter.«

»Tut mir leid«, sagte Dr. Friedrichsen, aber er hörte sich gar nicht so an.

Fenja beendete das Gespräch und sah Tiedemann an. »Scheiße«, sagte sie.

Tiedemann grinste.

»Was ist so lustig?«, schnappte Fenja und steckte ihr Handy weg.

»Gar nichts. Was ist denn jetzt?«, wollte Tiedemann wissen.

»Nix is«, Fenja stieg ein, »wir fahren nach Carolinensiel, Gartenweg.«

Else Tudorf war eine Nachbarin von Heike Bornum. Sie wohnte nur etwa fünfzig Meter entfernt von deren Wohnung auf der anderen Straßenseite.

Sie hieß die beiden Beamten überschwänglich willkommen, bat sie, in den altmodischen Polstersesseln Platz zu nehmen, und nötigte ihnen Tee und Butterkekse auf. Fenja und Tiedemann versanken in gelb-orange gemustertem Plüsch, und Fenja kam sich vor wie in einer Puppenstube. Der bärtige, wohlbeleibte Tiedemann in seiner schwarzen Jeans, dem blau-schwarz karierten Hemd und der schlabberigen olivgrünen Regenjacke wirkte in diesem Ambiente völlig deplatziert.

Else Tudorf war groß, hager und hyperaktiv. Fenja suchte nach einem für Erwachsene passenden Ausdruck, während Tudorf hektisch Tee in blau-weißes Friesengeschirr goss und wie ein Entenschwarm schnatterte.

»Das ist ja so eine schreckliche Sache, wo wir doch am Dienstagabend noch so nett beisammengesessen haben. Du meine Güte …« Sie legte die Finger auf die Lippen und seufzte schwer. »Die arme Heike; aber sagen Sie mal, wie konnte denn das passie-

ren? Wie kann man denn ins Hafenbecken fallen? Ich meine …
einfach so? Und was hat sie denn bloß da gemacht? Und dann um
die Uhrzeit, wo sie doch eigentlich hier wohnt …«

Hibbelig, das traf es. Fenja nahm ihre Tasse und führte sie
vorsichtig zum Mund. Bloß jetzt hier nichts verschütten, dachte
sie und wollte sich nicht vorstellen, welchen Wirbel die Frau
veranstalten würde, wenn sie, die Kommissarin, hier den Flo-
kati bekleckerte. Sie hatte immer geglaubt, die Friesen seien ein
wortkarges, gemächliches Völkchen. Jedenfalls war das unter ihren
früheren Kollegen in Hamburg der allgemeine Konsens gewesen.
Seitdem sie hier lebte, hatte sie dieses Bild teilweise revidieren
müssen. Zumindest, was den weiblichen Teil der Bevölkerung
anging.

»… und ich hatte mich noch gewundert, weil sie nicht mit uns
heimgegangen ist, die Heike …«

Fenja wollte gerade nachhaken, als es klingelte.

»Du liebe Güte, das hatte ich ganz vergessen, die Renate
wollte ja kommen, Sie müssen entschuldigen …« Else Tudorf
war aufgesprungen und hechtete aus der Puppenstube in den Flur.
Tiedemann knabberte zufrieden an einem Keks.

Wenige Sekunden später führte Else Tudorf eine kleine, zarte
Frau mit osteoporotisch gebeugtem Rücken herein. Ihre silber-
grauen Locken bedeckte ein dunkelroter tellerförmiger Woll-
hut. Sie hielt ihre schwarze Handtasche mit beiden Händen vor
der Brust umklammert und musterte die beiden Beamten mit
schreckgeweiteten Augen.

»Renate, das sind Frau Ehlers und Herr …«

»Tiedemann«, sagte Tiedemann.

»Genau«, stimmte Else Tudorf zu. »Stell dir vor, die beiden sind
Polizisten und *ermitteln* in dieser schrecklichen Sache mit Heike.«
Sie sprach das Wort ermitteln aus, als wäre es ein gesellschaftlicher
Fauxpas. »Und das ist Renate Stöckl, sie gehört auch mit zu un-
serem Lesekreis. Setz dich doch, Renate, du brauchst keine Angst
zu haben, die Herrschaften sind sehr liebenswürdig.«

Fenja warf Tiedemann, der für einen Moment aufhörte zu
kauen, einen erstaunten Blick zu. Wieso sollte Renate Stöckl
Angst vor ihnen haben?

Fenja stellte energisch ihre Tasse weg. »Das trifft sich gut, dass wir Sie hier ebenfalls antreffen, Frau Stöckl.«

Sie musterte die beiden Frauen kritisch, während Else Tudorf vor Neugier fast die Augen überquollen. Renate Stöckl hielt sich immer noch an ihrer Handtasche fest und ließ sich auf die vorderste Kante des Sofas sinken.

»Ist Ihnen an dem Abend irgendetwas Besonderes aufgefallen, und wann haben Sie Frau Bornum zuletzt gesehen?«

»Na, wann wir Heike zuletzt gesehen haben, das hab ich Ihnen ja gerade erklärt, das war vorgestern Abend, nicht wahr, Renate? Und ob uns was Besonderes aufgefallen ist, weiß ich nicht, was meinen Sie denn damit genau?« Fenja öffnete den Mund zu einer Erklärung, die sich aber erübrigte. »Es war doch ein ganz normaler Abend, was soll denn daran Besonderes gewesen sein? Ach so«, Tudorf legte wieder die Finger an die Lippen, »natürlich, Heike ist ja gestorben an dem Abend, das ist natürlich schon was Besonderes. Aber … na ja. Sie wissen schon, was ich meine. Also, es war alles ganz normal, wirklich. Wir haben uns nach dem Treffen verabschiedet, und Renate und ich sind dann heimgegangen. Renate wohnt nämlich um die Ecke am Marie-Ulfers-Weg, nicht wahr, Renate?«

»Und Frau Bornum ist nicht mit Ihnen heimgegangen? Sie sind doch Nachbarn?«

Fenja beobachtete Renate Stöckl, die stocksteif dasaß und mit großen Augen von einem zum anderen blickte.

»Nein«, sagte Else Tudorf, »Heike hat sich noch unterhalten, und wir sind dann schon mal vorgegangen. Ist ja nicht weit bis zum Gartenweg.«

»Mit wem hat sie sich unterhalten?«

»Na … mit allen, die da noch rumstanden.«

»Und Ihnen ist ebenfalls nichts aufgefallen?« Fenja wandte sich direkt an Renate Stöckl. Heftiges Kopfschütteln war die Antwort. Zum Kuckuck, dachte Fenja, die sich vornahm, diesen Raum nicht zu verlassen, bevor sie einmal die Stimme dieses Frauchens gehört hatte. »Wissen Sie noch, was Frau Bornum getragen hat?«

»Was meinen Sie«, fragte Else Tudorf aufgeregt, »hatte sie denn nicht, ich meine, war sie denn *nackt*?«

Tudorf schnappatmete, während Renate Stöckl sich endlich zu Wort meldete. »Else!«, kiekste sie. Das war alles. Nur: »Else!«

Fenja fand, dass die beiden Frauen wunderbar in ihre Puppenstube passten. Sie schienen beide irgendwie von gestern zu sein, wenn das Wörtchen nackt sie derart aus der Fassung brachte.

»Nein, sie war nicht nackt, aber ich hätte trotzdem gern gewusst, was sie am Dienstabend getragen hat.«

»Aber warum denn nur?« Else Tudorf spielte mit ihrer Perlenkette, vergaß dabei zu antworten. Das tat dann endlich Renate Stöckl.

»Also«, piepste sie, »Heike hatte ihre braungoldene Rüschenbluse an. Die … stand ihr wirklich gut. Und die goldenen Ohrringe. Sie sah richtig hübsch aus, findest du nicht, Else, dass sie hübsch aussah?« Stöckl schluchzte plötzlich. »Mein Gott, was für eine Tragödie.«

»Na ja«, relativierte Tudorf. »Ich fand's ein bisschen aufgetakelt. Würd mich nicht wundern, wenn sie jemand angemacht hat. Von den Touristen, meine ich. Als Frau muss man sich vorsehen. Was hatte sie auch nachts da zu suchen? Aber so war sie, genau wie ihre Tochter.«

Fenja betrachtete Else Tudorf mit einigem Unbehagen. War da etwa Eifersucht im Spiel? Die üppige Heike Bornum war auf jeden Fall attraktiver gewesen als die klapperdürre Else Tudorf mit den hellgrauen Augen und den hängenden Mundwinkeln.

»Haben Sie sich deshalb mit ihr gestritten nach dem Treffen im letzten Monat? Weil sie sich hübsch angezogen irgendwo aufgehalten hat, wo man damit rechnen muss, Männern zu begegnen?«, fragte Fenja.

»Wer hat Ihnen das gesagt?«, kam es wie aus der Pistole geschossen. Tudorf saß da wie eine Rachegöttin und blitzte Fenja an. Die ließ sich aber nicht beeindrucken.

»Und was hat denn die Tochter damit zu tun?«

»Na, ihre Tochter ist auch so eine, die sich jedem an den Hals wirft.«

»Else!«, kiekste Stöckl.

»Ist doch wahr!« Tudorf hatte sich jetzt in Rage geredet. »Ich muss das wissen, war schließlich mal Ninas Schwiegermutter.«

»Ach.« Tiedemann, der seinen Tee getrunken und die Kekse aufgegessen hatte, fühlte sich wohl gestärkt genug, auch mal etwas zu sagen.

»Allerdings, bis sich dieses … na ja, bis sich die Nina diesen Rechtsanwalt geangelt hat. Mein Klaus war ihr wohl nicht mehr gut genug. Schändlich betrogen hat sie ihn!«

Fenja fragte sich, was der wahre Grund für die Trennung der beiden jungen Leute gewesen war. Sie war geneigt, der Schwiegermutter zumindest eine Mitschuld zu geben.

»Worum ging es denn nun?«, insistierte Fenja.

Tudorf nahm geziert einen Schluck Tee und reckte das Kinn. »Sie hat mich beschuldigt, ein Lesegerät geklaut zu haben. Ich! Das muss man sich mal vorstellen!«

Renate Stöckl senkte den Blick und starrte auf ihre Schuhspitzen.

»Könnten Sie etwas konkreter werden?« Manche Befragungen gestalteten sich wirklich ausgesprochen anstrengend.

»Na, was gibt's denn da konkret zu werden? Sie hatte ein Lesegerät für die Bücherei angeschafft, und das ist verschwunden.«

»Aha, und Frau Bornum meinte, Sie hätten es gestohlen. Haben Sie?«

Tudorf blähte sich auf. »Wo denken Sie hin?«, rief sie erbost. »Natürlich nicht!«

»Na ja, Else …« Alle drehten ihre Köpfe in Richtung Renate Stöckl. Die hatten sie ganz vergessen. »Sie … ich meine die Heike … sie hat ja nicht wirklich gemeint, du hättest es gestohlen. Ich hab das so verstanden, dass sie dich gebeten hat, dass du, wenn du es geliehen hast, es doch baldmöglichst wieder zurückbringen möchtest.«

Du meine Güte. Fenja hatte Mühe, diesem Satzkonstrukt zu folgen.

»Gott, Renate, du bist immer so naiv«, polterte Tudorf, und Stöckl fixierte wieder ihre Schuhspitzen.

»Ist das Gerät wieder aufgetaucht?«

»Nein«, verkündete Tudorf, »Heike hatte mich doch tatsächlich vor allen darauf angesprochen! Dabei hab ich's gar nicht! Wie stehe ich jetzt da?«

Fenja zog es vor, zum Thema zurückzukehren. »Wann haben sich Ihr Sohn und die Tochter von Heike Bornum getrennt?«

»Vor ungefähr vier Jahren.« Tudorf kuschelte sich in ihren Sessel, befand sich wieder auf sicherem Terrain. »Die Scheidung ist seit drei Jahren durch. Aber Nina war schon vorher mit diesem *Doktor* zusammen und ist dann abgehauen mit ihm, nach Hamburg.«

»Mochten Sie Heike Bornum?«

Else Tudorf riss die grauen Augen auf. »Wieso fragen Sie das? Sie wollen doch wohl nicht sagen, dass ich Heike was Böses gewünscht hätte? Nein, hab ich nicht! Auch wenn sie sich für was Besseres hielt und die Kerle manchmal rausgefordert hat, wenn Sie mich fragen!«

»Gab es da jemand Bestimmten?«

»Natürlich, sie hatte es auf Knut abgesehen, das wissen alle.«

Fenja musterte Else Tudorf einen Moment. Sie saß aufrecht neben ihrer Freundin auf dem Plüschsofa, spielte mit ihrer Kette und blickte mit zusammengepressten Lippen aus dem Fenster. Else Tudorf war mit einem Seemann verheiratet und Renate Stöckl mit einem Koch. Beide Männer waren selten zu Hause. Das wusste Fenja von Bendine. Womöglich gab dieser Knut hier den allgemeinen Frauentröster.

Sie stand auf, und Tiedemann hievte sich ebenfalls hoch. »Danke, das wäre vorerst alles.«

»Sagen Sie, glauben Sie denn wirklich, dass sich da jemand an ihr vergriffen hat?«, fragte Else Tudorf, während sie die beiden hinausbegleitete.

»Dazu kann ich Ihnen nichts sagen«, erwiderte Fenja barsch. Sie konnte sich des Gefühls nicht erwehren, dass Else Tudorf es ihrer Nachbarin von Herzen gegönnt hätte.

»Wollen wir zu Albrecht Fisch essen gehen?«, fragte Tiedemann, kaum dass sie wieder auf der Straße standen.

»Bist du nicht satt von den Keksen? Du hast doch den ganzen Teller leer gefuttert. Das war bestimmt eine komplette Packung.«

»Ehrlich?«, brummte Tiedemann. »Egal, ich hab jetzt Hunger.«

Fenja war einverstanden, und Tiedemann chauffierte sie zu

Albrecht, wo er Scholle mit Pommes und Fenja Backfisch im Brötchen bestellte.

Sie hatte gerade in ihr Brötchen gebissen, da meldete sich ihr Smartphone. Anke Ravens vom Labor.

»Na endlich«, sagte Fenja und wischte sich Remouladensoße vom Kinn. »Haben Sie was gefunden?«

»Nicht viel, schließlich hat sie im Wasser gelegen, aber wir haben auf der Jacke, genauer gesagt auf der Schulter, und auf dem Kragen der Bluse Blutspuren gefunden, die eindeutig von ihr stammen. Das wollten Sie doch unbedingt wissen.«

»Allerdings.« Fenja beobachtete Tiedemann, der sich einen Berg Pommes in den Mund schob. »Sonst noch irgendwelche Besonderheiten?«

»Nein, da war weiter nichts an verwertbaren Spuren, nur dass der oberste Knopf an der Bluse fehlte. Das kann natürlich vorkommen. Aber ihre Kleidung war sonst sehr gepflegt und ziemlich edel, ich glaube nicht, dass sie die Bluse so angezogen hätte. Das ist wahrscheinlich passiert, während sie unterwegs war.«

Davon war Fenja auch überzeugt. Sie bedankte sich bei Anke Ravens und beendete das Gespräch.

»Was bist du denn so gut gelaunt?«, fragte Tiedemann mit vollem Mund.

Fenja rieb mit der Serviette an ihrem Smartphone herum. »Mist«, flüsterte sie, »ist das fettig.«

»Joo, hat Remoulade so an sich«, knödelte Tiedemann. »Was ist denn nu?«

»Ich denke, mit diesem Todesfall stimmt etwas ganz und gar nicht«, sagte Fenja, nachdem sie Tiedemann aufgeklärt hatte.

Der legte sein Besteck beiseite und wiegte den Kopf. »Möglicherweise hast du recht. Sind schon merkwürdig, diese Typen vom Leseclub. Lauter Spinner, wenn du mich fragst. Wer weiß, was da alles schwelt. Und diese Zicken sind eifersüchtig wie Hulle.«

»Heh, etwas differenzierter bitte, Bendine ist weder eifersüchtig noch eine Zicke!«

»Ja, ja, klar.« Tiedemann stand auf. »Wer ist jetzt dran?«

»Jetzt lassen wir uns mal was von dem angehenden Krimiautor erzählen«, sagte Fenja und sammelte das Geschirr ein.

»Au ja«, kicherte Tiedemann und kramte die Autoschlüssel aus seiner Hosentasche. »Noch so ein Spinner!«

Lothar Semmler wohnte in der Königsberger Straße und sah offensichtlich genau so aus, wie Tiedemann sich einen Schreiberling vorstellte. Das schloss Fenja aus dem Hab-ich's-nicht-gesagt-Blick, den er ihr zuwarf, als Semmler ihnen die Tür öffnete. Er war klein und untersetzt, trug eine Nickelbrille und hatte die verbliebenen Haare, die der Haarkranz rund um seine Halbglatze noch hergab, zu einem – sehr dünnen und sehr kurzen – Pferdeschwanz zusammengebunden. Seine etwas zu lange Jeans schleifte über den Fliesenboden, als er die beiden auf nackten Füßen in sein mit Bücherregalen vollgestopftes Arbeitszimmer führte. Der Schreibtisch wurde fast komplett von einem Notebook, an das eine Tastatur und ein überdimensionaler Bildschirm angeschlossen waren, und einem Teller mit Pizzaresten vereinnahmt. Auf dem Notebook prangte ein Aufkleber, der den Schutz des Urheberrechts forderte.

»Bitte nehmen Sie Platz, ich habe Sie schon erwartet. Wie ich höre, befragen Sie ja den ganzen Leseclub. Nicht, dass mich das wundert, das müssen Sie natürlich tun, ist mir völlig klar. Sie müssen wissen, ich bin Krimiautor.«

Er setzte sich auf seinen hochmodernen Schreibtischstuhl und wies auf die beiden Küchenstühle, die vor seinem Schreibtisch standen. Fenja und Tiedemann nahmen Platz. Fenja fragte sich, wieso Semmler sich die Arbeit machte und Küchenstühle in sein kleines Büro transportierte, anstatt die Besucher in sein Wohnzimmer zu bitten, an dem er sie vorbeigeführt hatte und das erheblich geräumiger war, so viel hatte Fenja gesehen. Hatte der Mann etwas zu verbergen, oder wollte er bloß seine Schriftstellerrolle hervorheben?

»Aha«, grummelte Tiedemann, »hab ich vielleicht schon einen Ihrer Krimis gelesen?«

»Äh, nein, ich fange gerade erst an und bin noch mitten in der Recherche.«

»Soso«, Fenja räusperte sich, »würden Sie uns sagen, wann Sie zuletzt mit Frau Bornum gesprochen haben und ob Ihnen an dem letzten Leseabend etwas aufgefallen ist. War Frau Bornum anders als sonst, hat sie etwas gesagt? Ich meine …«, Fenja strahlte ihn an, »Sie als Krimiautor haben da doch bestimmt ganz besondere Sensoren?«

Semmlers rundes Gesicht wurde durch sein Grinsen noch etwas runder.

»Ja, da haben Sie natürlich recht, als Krimiautor achtet man besonders auf Besonderheiten … äh …« Semmler schwieg einen Moment, und Fenja dachte, dass es nicht gerade vielversprechend war, wenn der Mann genauso schrieb, wie er sprach. »Also, ich fürchte, ich kann Ihnen da gar nicht helfen, mir ist rein gar nichts an Heike aufgefallen. Allerdings …« Er schob seinen Laptop ein wenig zur Seite, »ich weiß ja nicht, ob das von Bedeutung ist, aber wir hatten uns an dem Abend kurz über mein Projekt unterhalten.«

»Über Ihr Projekt?«, fragte Tiedemann mit kaum verhülltem Spott, sodass Fenja ihn sanft gegen den Knöchel trat.

Warum sollten sie den Mann verärgern? Zeugen waren viel mitteilsamer, wenn sie das Gefühl hatten, ernst genommen zu werden. Obwohl sie selbst Semmlers Worte keinesfalls überbewerten würde.

»Ja, vor fast zwanzig Jahren ist hier nämlich eine junge Frau ermordet worden, schlimme Sache war das gewesen.« Semmler fischte in seiner Schublade herum und förderte einen vergilbten Zeitungsartikel zutage.

»Aber soweit ich weiß, ist der Ehemann verhaftet und auch verurteilt worden«, wandte Fenja ein. »Da war doch alles klar, was wollen Sie denn da noch aufschreiben, wenn alle den Mörder kennen?«

»Eben«, bemerkte Tiedemann.

»Na ja, das stimmt wohl«, Semmler wand sich, »aber der Mann hat nie ein Geständnis abgelegt, er hat immer seine Unschuld beteuert.«

»Das tun die meisten«, sagte Tiedemann, »das heißt gar nichts.«

»Natürlich, schon möglich, ich … wollte das Ganze ja auch ein bisschen verfremden, so eine Art: Was wäre gewesen, wenn … Sie verstehen?«

»Klar«, Fenja nickte wohlwollend, »künstlerische Freiheit.«

»Genau!«

»Und Sie glauben, dass Heike Bornums Tod vielleicht etwas mit diesem alten Fall zu tun haben könnte?«

Semmler hob die Schultern. »Eigentlich nicht wirklich, ich meine, ich weiß es nicht. Es könnte ja sein. Man muss in alle Richtungen ermitteln, so heißt es doch, nicht wahr?« Semmler lächelte Fenja an wie ein Schüler, der ein Lob von seiner Lehrerin erwartet. »Leider ist mir an Heike sonst nichts Besonderes aufgefallen, und mit ihr gesprochen hab ich auch nicht weiter. Als der Leseabend zu Ende war, bin ich heimgegangen, wollte mir unbedingt noch einen Film angucken, den ich aufgenommen hatte.«

»Dann waren Sie also nach dem Treffen den ganzen Abend zu Hause?« Tiedemann sah Semmler forschend an. Es machte ihm offensichtlich Spaß, den Ermittler rauszukehren.

»Ja, ja, klar«, antwortete Semmler eifrig. »Sie müssen mich natürlich nach meinem Alibi fragen, das ist ja wichtig.« Dann wurde er plötzlich etwas stiller. »Leider hab ich dafür keine Zeugen. Ich war den ganzen Abend allein. Aber ...«, er schloss kurz die Augen und schüttelte den Kopf, »ich versichere Ihnen, ich hab mit Heikes Tod nichts zu tun. Glauben Sie denn wirklich, dass da ...«, Semmler beugte sich vor und machte große Augen, »... etwas nicht mit rechten Dingen zugegangen ist?«

»Wir wissen noch nicht, was genau geschehen ist. Deshalb ermitteln wir ja. Reine Routine. Was, glauben Sie, könnte da mit Frau Bornum passiert sein?«

Semmler streckte den Rücken. »Also ganz ehrlich, ich denke, sie ist gestolpert und dann ins Hafenbecken gefallen, oder? Vielleicht ist sie ja irgendwo draufgefallen und hat das Bewusstsein verloren?«

Semmler blickte lauernd von Fenja zu Tiedemann.

»Vielen Dank, Herr Semmler.« Fenja stand auf und legte ihre Karte auf den Schreibtisch.

Semmler sprang ebenfalls auf. »Ich begleite Sie hinaus, und äh ...« Semmler stolperte an Tiedemann vorbei, der sich ebenfalls aus dem schmalen Büro hinauszwängte, hinter Fenja her. »Könnte ich ... hätten Sie vielleicht mal Lust zu einem Treffen?«

Fenja blieb stehen. Hatte sie das gerade richtig verstanden? Wollte der Mann ein Date? Was fiel dem ein, der war doch bestimmt über dreißig Jahre älter als sie!

Sah sie schon so bedürftig aus? Oder glaubten die Kerle hier in Carolinensiel, dass alle alleinstehenden Frauen sexuell ausgehungert waren?

Noch bevor sie eine unhöfliche Antwort geben konnte, präzisierte Semmler sein Anliegen: »Ich meine, könnte ich vielleicht mal mit Ihnen über die Arbeit bei der Polizei reden? Oder Sie sogar mal einen Tag begleiten?«

Fenja musterte Semmler, der sie erwartungsvoll ansah. Tiedemann kicherte.

»Mal sehen«, knurrte Fenja ein bisschen beleidigt. Kein Date also, nur ein *berufliches* Treffen. Fühlte sie da etwa so was wie Enttäuschung? Sie war wohl nicht mehr attraktiv genug für den Herrn? Was bildete der sich ein? Hatte der sich in den letzten Jahren mal im Spiegel angeguckt?

»Im Moment habe ich keine Zeit, wie Sie sich denken können.«

»Ja, dafür hab ich natürlich Verständnis, die Ermittlungen gehen ja vor. Ich würde nur so gerne mal mit … ermitteln. Ich würde Sie auch gar nicht stören. Ehrlich!«

»Das glaub ich«, sagte Fenja und meinte genau das Gegenteil.

Als sie wieder auf der Straße standen, wusste Tiedemann kaum, wohin mit seinem Grinsen. Fenja schielte zu ihm hinüber. »Bloß keine blöden Kommentare, klar!«

»Klar«, gluckste Tiedemann.

Hilde Thomassen war eine kleine, drahtige Frau mit einem herben Zug um den Mund und melancholischen dunklen Augen. Sie empfing die beiden Beamten in ihrem Haus in der Neuen Straße und führte sie in ein altmodisches Wohnzimmer mit dunklen Möbeln und dichten Stores vor den Fenstern. Eine Terrassentür führte in einen großzügigen Garten. Neben dem Wohnzimmerschrank aus dunkler Eiche stand eine Anrichte aus dem gleichen Holz, auf dem Thomassen eine Art Altar errichtet hatte.

In einem roten Plastikbecher brannte eine Kerze. So was kannte

Fenja nur von Friedhöfen, Drei-Tage-Licht nannte Bendine das. Neben dem Licht stand – in einem pompösen goldenen Rahmen – das Porträtfoto einer jungen Frau.

Fenja betrachtete die Frau, die sie aus großen braunen Augen ernst ansah. Sie musste um die dreißig gewesen sein, als das Foto aufgenommen worden war. Hübsch war sie, auf eine zurückhaltende Weise. Man sah es erst auf den zweiten Blick. Die Haare trug sie schulterlang, an einer Seite mit einem Kämmchen zurückgesteckt.

»Ist das Ihre Tochter?«, fragte Fenja, ohne den Blick vom Bild zu nehmen.

»Ja, das ist Hinrike.«

Hilde Thomassen nahm das Bild zur Hand, wischte mit dem Ärmel über den Rahmen und stellte es wieder hin. Dann wies sie zur gegenüberliegenden Wand, an der eine Reihe von Fotos hing. Fotos von einem schmächtigen Kleinkind, einem Knaben mit Schultüte und einem Teenager, der sein Abiturzeugnis in die Kamera hielt.

»Und das ist mein Enkel, Boje.« Ihre Züge wurden weich. »Er hat im vorigen Jahr sein Abitur gemacht, und er hat es nicht immer leicht gehabt, wie Sie sich denken können. Aber er hat es geschafft, und ich bin sehr stolz auf ihn. Er studiert jetzt.« Sie seufzte. »Leider sehr weit weg, in Bamberg. Aber … irgendwann müssen die Kinder auf eigenen Beinen stehen, nicht wahr?« Ihre Miene war wieder von tiefer Melancholie erfüllt.

Ganz ähnlich wirkte der junge Mann auf dem Foto. Er war unverkennbar der Sohn von Hinrike Tebbe, sie hatte ihm ihre rehbraunen Augen und das volle dunkle Haar vererbt. Fenja überlegte, warum Hilde Thomassen die Bilder von Mutter und Sohn getrennt voneinander präsentierte. Thomassen schien ihre Gedanken zu erraten.

»Ich konnte die Bilder nicht zusammenstellen. Irgendwie hab ich immer befürchtet, dass die Nähe zu seiner toten Mutter ihm schaden würde. Ihn auch … Ich wollte, dass er getrennt von ihrem Elend und dem, was ihr widerfahren ist, aufwächst, verstehen Sie? Meine Tochter ist tot, aber mein Enkel soll leben. Der Tod der einen soll das Leben des anderen nicht beeinflussen.

Ich weiß, das ist blödsinnig, aber … etwas anderes konnte ich nicht tun.«

»Nein, ist es gar nicht«, sagte Fenja, »ich verstehe schon.«

Thomassen wechselte das Thema. »Kann ich Ihnen etwas anbieten, einen Tee?«, fragte sie in schleppendem Tonfall.

Fenja und Tiedemann lehnten dankend ab und setzten sich auf das abgewetzte Cordsofa.

»Ich habe Sie natürlich erwartet. Meine Freundin Tomke hat mich schon informiert. Es ist furchtbar, dass Heike tot ist. Sie war ja noch jung … ich meine, im Vergleich zu mir. Sie war fast zwanzig Jahre jünger als ich. Es ist grausam, wenn Menschen zu früh gehen müssen, aber das Leben ist eben grausam.«

Sie sagte das mit einer Selbstverständlichkeit, die Fenja einen Stich versetzte. Diese Frau hatte vor vielen Jahren ihr Kind verloren, genau wie Tante Bendine. Beide hatten sich ihres Enkelkindes angenommen, nur dass Bendine sich dem Leben wieder geöffnet hatte, was bei Hilde Thomassen offensichtlich nicht der Fall war. Sie war die personifizierte Resignation. War das ihr Wesen, oder lag das daran, dass ihre Tochter auf gewaltsame Weise sterben musste?

Fenja wagte nicht, sich vorzustellen, was wäre, wenn Nele etwas Derartiges zustoßen würde. Wie wurde man mit dieser Trauer fertig? Wie mit dem Hass? Konnte man in einem solchen Fall überhaupt hassen, oder deckte die Trauer alles zu? Fenja nahm sich vor, mit Bendine darüber zu sprechen. Jetzt musste sie auf jeden Fall behutsam vorgehen. Eine polizeiliche Ermittlung war für die Frau sicherlich ein schmerzvolles Déjà-vu.

»Frau Thomassen, wir ermitteln routinemäßig, es ist noch nicht ganz klar, wie Heike Bornum zu Tode gekommen ist.«

»Ja, natürlich, ich verstehe schon. Leider kann ich Ihnen da nicht weiterhelfen. Ich hab an dem Abend gar nicht mit Heike persönlich gesprochen, und Tomke und ich sind nach unserem Leseabend nach Haus gegangen. Tomke wohnt nur ein paar Häuser weiter. Das war gegen zehn Uhr abends. Was danach passiert ist, das weiß ich leider nicht.«

»Und es ist Ihnen auch nichts Besonderes an Frau Bornum aufgefallen? War sie vielleicht nervös oder anders als sonst?«

»Nein, tut mir ehrlich leid.« Hilde Thomassen rieb ihre arthritischen Hände und schüttelte den Kopf. »Für mich war das ein ganz normaler Leseabend, so wie immer.«

Fenja musterte die alte Frau einen Moment. Die kurzen grauen Haare strebten in allen Himmelsrichtungen vom Kopf weg. Sie sollte sie länger tragen, fuhr es Fenja durch den Kopf, dann würden sie nicht abstehen wie die Stacheln bei einem Igel, aber das schien der Frau egal zu sein. Eitelkeit überdauerte eben keine Tragödie.

Fenja gab Tiedemann ein Zeichen, und sie verabschiedeten sich.

Wilko Reinert war nach seiner Frühpensionierung vor einem halben Jahr mit seiner Frau nach Carolinensiel zurückgekehrt und wohnte in der Neuen Straße, schräg gegenüber von Hilde Thomassen.

»Es ist das Haus meiner Eltern, die schon seit fast dreißig Jahren tot sind. Autounfall. Wir haben nach ihrem Tod eine Weile hier gewohnt, das Haus dann vermietet und sind nach Emden gezogen«, sagte er und führte sie in ein Wohnzimmer, an dessen Fensterseite ein Krankenbett stand. Eine Frau mit freundlichen dunklen Augen sah ihnen erwartungsvoll entgegen. »Das ist Hanna, meine Frau.«

»Entschuldigen Sie, dass ich nicht aufstehen kann.« Hanna Reinert mochte vielleicht bettlägerig sein, aber ihre Augen sprühten vor Lebhaftigkeit. Das feuerrote Haar trug sie kurz, aber sorgfältig frisiert.

»Setzen Sie sich doch.« Reinert wies auf die Stühle am Esstisch.

Fenja und Tiedemann begrüßten die Frau und setzten sich. Das Bett stand so, dass die Kranke am Gespräch teilhaben konnte. Und es war offensichtlich, dass sie sich kein Wort von der Unterhaltung entgehen lassen wollte.

»Ich habe es schon gehört«, begann sie mit klarer Stimme, »Heike Bornum ist ertrunken, Silke hat angerufen.«

Fenja nickte. »Wir befragen alle Mitglieder des Leseclubs.« Sie wandte sich an Wilko Reinert, der, die Hände in seinen Jeanstaschen vergraben, am Tisch stand und auf seine Füße blickte.

»Ja, ich konnte es kaum glauben, als Silke anrief. Wie konnte das passieren?«

»Genau das wollen wir herausfinden«, sagte Fenja. »Ist Ihnen irgendetwas aufgefallen am Leseabend? War Heike Bornum anders als sonst?«

Reinert zuckte mit den Schultern. »Wie meinen Sie das, anders?«

»War sie nervös oder abwesend?«

»Also … nicht, dass ich wüsste. So gut kenne … kannte ich Heike aber auch nicht. Ich bin ja erst seit knapp einem Vierteljahr im Leseclub. Lothar hat mich da hingelotst. Lothar und ich, wir haben früher zusammen Fußball gespielt, und ich … na ja, ich lese halt gerne, und hinterher gehen wir manchmal noch was trinken, Lothar und ich.«

»Am letzten Dienstag auch?«

»Nein, da bin ich nach Hause gegangen. Hanna ging es nicht so gut.«

»Ja«, mischte die Frau sich ein, »ich leide seit Jahren an ALS, amyotropher Lateralsklerose, manche sagen auch Muskelschwund.«

Reinert ging zum Bett, ergriff die Hand seiner Frau und drückte sie. Er war sehr schlank, beinahe kahlköpfig und trug einen Vollbart. In diesem Moment klingelte es.

»Entschuldigen Sie, das ist Birte, die Pflegeschwester.« Reinert eilte hinaus, Fenja hörte, wie die Tür geöffnet wurde, dann Gemurmel auf dem Flur, und wenig später kam Reinert mit einer blonden, schlanken Frau in den Vierzigern ins Zimmer zurück.

Fenja und Tiedemann erhoben sich, und Fenja legte ihre Karte auf den Tisch.

»Ist Ihnen am Dienstagabend an Frau Bornums Kleidung etwas aufgefallen?«

Reinert sah Fenja verstört an. »An der Kleidung? Nein, was soll mir denn daran aufgefallen sein? Meine Güte, ist sie etwa …?« Reinert wurde blass.

»Das wissen wir noch nicht. Und Sie sind nach dem Leseabend direkt nach Haus gegangen?«

»Na klar, ich hab doch gesagt, Hanna ging es nicht gut. Wo soll ich denn sonst hingegangen sein?«

»Sie können das bestätigen?« Fenja warf Hanna Reinert einen fragenden Blick zu.

»Natürlich«, antwortete die leicht entrüstet. »Was denken Sie denn eigentlich?«

»Wir denken gar nichts, wir stellen überall die gleichen Fragen«, sagte Fenja. »Haben Sie vielen Dank.«

Wieder draußen auf der Straße, stieß sie Tiedemann in die Seite. »Hast du gehört, was die beiden sich auf dem Flur zugeraunt haben?«

Tiedemann guckte staunend. »Wer hat sich etwas zugeraunt?«

»Meine Güte«, Fenja rollte mit den Augen. »Könnte es nicht sein, dass Reinert, der uns hier den liebenden Ehemann vorgespielt hat, etwas mit der Pflegeschwester hat?«

Tiedemann blieb stehen und stemmte die Fäuste in die Hüften. »Du traust Männern wohl überhaupt nicht über den Weg, was? Dann lass dir mal gesagt sein, dass wir durchaus nicht immer nur an Sex denken.«

»Nicht?« Fenja schürzte die Lippen, sagte aber nichts weiter.

Eine Stunde später saß die Mannschaft versammelt im Besprechungsraum im Kommissariat in Wittmund. Haberle hatte seine Brille abgenommen und auf den Tisch gelegt.

»Tja, Frau Ehlers, dann erzählen Sie mal«, sagte er und rieb sich dabei mit dem rechten Daumen und Zeigefinger über die Augen.

Fenja spülte den Rest eines Schokoriegels, an dem sie noch kaute, mit einem Schluck Tee hinunter und räusperte sich. »Tja, der Fall ist ziemlich dubios, und wir hängen einigermaßen in der Luft, wenn ich das so sagen darf. Ich bin mir allerdings sicher, dass irgendetwas an diesem Todesfall nicht stimmt ...« Frenzen, der ihr gegenübersaß, blickte vielsagend zur Decke. »Brauchst gar nicht so genervt zu gucken, Geert, wenn du für jede Ungereimtheit hier eine Antwort hast, können wir den Fall gern als Unfall zu den Akten legen. Erstens: Was hat Heike Bornum mitten in der Nacht am Alten Hafen gemacht? Zweitens: Was hat es mit dem Streit auf sich, den die Zeugin um kurz vor zwölf unter ihrem

Fenster gehört haben will? Drittens: Wo ist Heike Bornum zwischen zweiundzwanzig Uhr und ihrem Tod gewesen? Nicht zu Hause, denn in ihrer Tasche waren noch die Bücher, die sie für den Leseabend mitgebracht hatte, nämlich: ein Roman – ›Stolz und Vorurteil‹ – und eine Biografie über die Autorin, Jane Austen. Beides Bücher aus dem Privatbesitz von Heike Bornum. Viertens: Was ist mit dem Ohrring passiert? Und fünftens: Wieso fehlt plötzlich der oberste Knopf an ihrer Bluse?«

Haberle hatte seine Brille wieder aufgesetzt und rümpfte die Nase über seinem Schnurrbart, dessen Enden heute nicht wie sonst leicht nach oben frisiert waren, sondern schlaff nach unten zeigten. Das verlieh Haberle einen leicht melancholischen Gesichtsausdruck. Durch seine dicken Brillengläser sah er Frenzen fragend an, als erwarte er von ihm tatsächlich auf alle Fragen eine plausible Antwort.

»Also, Frenzen«, sagte er mit leicht bayerischem Akzent, »jetzt lassen S' mal was hör'n, damit wir den Fall zu den Akten legen können. Es liegt bei Ihnen.«

Frenzen riss die Augen auf und setzte sich aufrecht hin. Er fühlte sich – ob der ihm übertragenen Verantwortung – sichtbar unwohl in seiner Haut.

»Äh«, murmelte er unsicher, »wieso jetzt ich?«

Haberle zwirbelte seine Schnurrbartenden hoch. »Mir verlassen uns auf Sie, Frenzen, nun machen S' schon.«

Fenja und Tiedemann kicherten, Gesa guckte unsicher von einem zum anderen. Sie fiel immer noch auf Haberles schrägen Humor herein, ebenso wie Frenzen, wenn er selbst das Opfer war.

»Ja, äh, also«, Frenzen straffte die Schultern, »eigentlich finde ich das alles ganz einfach. Die Frau wollte halt abends noch ein bisschen Luft schnappen und ist am Alten Hafen spazieren gegangen, das ist ja nicht ungewöhnlich. Vielleicht hat sie noch eine Freundin besucht, oder sie war tatsächlich noch zu Hause.«

»Und wieso hat sie dann die Bücher mitgeschleppt?«, fragte Tiedemann und fiel seinem Kollegen damit in den Rücken, was der mit einem finsteren Blick quittierte.

»Ja, wieso denn nicht? Sie ist nach dem Leseabend nach Haus gegangen, hat die Tasche einfach abgestellt und vergessen, sie auszupacken. Als sie dann wieder losgegangen ist, hat sie sie einfach wieder mitgenommen.«

»Wäre möglich«, sagte Haberle. »Und weiter?«

»Ja«, mischte Gesa sich ein, »was ist mit dem Ohrring und dem Knopf?«

»Joo«, Frenzen öffnete die Hände wie ein Pfarrer, der den Segen erteilt, »das kann doch tausend Gründe haben. Erstens beim Sturz ...«

»Und wie kommt dann Blut auf ihre Bluse? Wenn der Ohrring während des Sturzes abgerissen wäre, dann wäre nichts auf ihre Bluse getropft. Blut tropft nach unten. Sie hat also gestanden«, sagte Fenja.

»Dann sag du uns doch, was passiert ist.« Frenzen lehnte sich beleidigt zurück und verschränkte die Arme.

Fenja blickte versonnen aus dem Fenster. Die Wipfel der Bäume trugen herbstliche Farben. Hin und wieder löste sich ein rotgoldenes Blatt und wirbelte zu Boden.

»Ich glaube«, sagte sie dann leise, »dass jemand diesen Ohrring kurz vor Heike Bornums Tod herausgerissen hat. Und dieser Jemand war Rechtshänder, denn es war der linke Ohrring.«

»Und der Knopf?«

»Genau so.« Fenja spielte mit einem Bleistift. Die anderen schwiegen.

Dann meldete sich Frenzen. »Das hieße ja doch, dass sich möglicherweise jemand an ihr vergreifen wollte.«

»Möglich, vielleicht war's aber auch nur eine Auseinandersetzung oder Rangelei, warum auch immer. Und entweder ist der Streit ausgeartet und jemand hat Heike Bornum ins Hafenbecken gestoßen, oder sie ist gestolpert und reingefallen.«

»Oder es war einfach ein Unfall«, unterbrach Frenzen sie unwirsch.

»Und warum hat dieser Jemand dann nicht versucht, sie zu retten? Warum hat er nicht um Hilfe gerufen?«

Wieder Schweigen. Dann Gesa: »Weil er was zu verbergen hatte.«

»Genau.« Fenja.

»Oder weil er unter Schock stand.« Haberle.

»Unwahrscheinlich«, sagte Fenja. »Überlegt doch mal. Wenn Heike Bornum um Mitternacht oder noch später mit jemandem am Alten Hafen unterwegs war, dann hat sie diesen Jemand doch gekannt. Eine halbwegs vorsichtige Frau geht doch jedem Fremden, dem sie um diese Uhrzeit begegnet, möglichst aus dem Weg. Ein Bekannter hätte doch in so einem Fall sofort Alarm geschlagen, hat er aber nicht.«

»Da ist was dran«, stimmte Haberle gemächlich zu. »Es besteht aber immer noch die Möglichkeit, dass ihr der Ohrring schon vorher herausgerissen wurde. Wie auch immer das passiert ist.«

»Im Obduktionsbericht steht aber, dass es eine frische Wunde war, die kurz vor ihrem Tod entstanden ist, denn es hat keinerlei Gerinnung mehr stattgefunden, die die Wunde verschlossen hätte.«

Haberle nickte gedankenverloren. »Und dann war da noch der Mann, der zum Tatzeitpunkt oder kurz davor am Alten Hafen unterwegs gewesen sein muss.«

»Ja, wenn wir dieser Zicke glauben wollen«, sagte Frenzen. »Außer ihr hat kein Mensch irgendwas gehört.«

»Das kann etwas mit der Sache zu tun haben, wahrscheinlich sogar«, sagte Fenja, »muss aber nicht. Wir können es nicht ignorieren.«

Gesa hob die Hand. »Äh, ich hätte da auch noch was.« Sie blickte verheißungsvoll in die Runde. »Wir haben ihre Handykontakte geprüft und sind da auf etwas gestoßen. Heike Bornum hat mehrere Anrufe von einer bestimmten Nummer erhalten, unter anderem auch am Tag vor ihrem Tod, und zwar um zweiundzwanzig Uhr fünfzehn am Dienstagabend.«

»Ja, und? Wer steckt hinter der Nummer?«

Gesa wand sich. »Das ist das Problem, die Nummer gehört zu einer Schülerin in Oldenburg. Und die sagt, sie hat das Handy vor ungefähr zwei Monaten verloren, als sie hier zu Besuch bei einer Freundin war.«

»Und? Haben die nicht versucht, es wiederzubekommen? Es orten lassen oder angerufen?«

»Nein, eben nicht. Sie sagen, es war so ein billiges altes Tastentelefon mit einer Prepaidkarte von Aldi. Guthaben fünfzehn

Euro. Die Mutter hat gesagt, sie haben es für ihre Tochter als Zweithandy für den Notfall gekauft. Die ist nämlich gern auf Reisen und verliert andauernd ihre Sachen.«

»Offensichtlich«, bestätigte Fenja. »Und dann hat es jemand gefunden und sich gefreut, dass er ein anonymes Handy hat.« Sie fuhr sich gedankenverlorenen durch die blonden, schulterlangen Haare. »Das ist interessant. Wer möchte da wohl anonym bleiben?«

»Weiß denn die Tochter von Heike Bornum nichts?«, fragte Haberle.

»Nein«, antwortete Fenja, »sie und ihr Lebensgefährte, dieser Dr. Simmer, meinten allerdings, dass sich Heike Bornum in den letzten Wochen irgendwie verändert hätte. Sie habe fröhlicher gewirkt.«

»Sie hatte jemanden kennengelernt und hat diesen Jemand am Dienstag nach dem Leseabend getroffen. Dafür spricht doch auch der Anruf«, meinte Gesa.

»Ja.« Fenja zwirbelte versonnen in ihrem Haar. »Dann ist sie wahrscheinlich bis um Mitternacht oder spätestens zwei Uhr mit diesem Unbekannten zusammen gewesen und dann mit ihm zum Alten Hafen gegangen. Dort muss dann irgendetwas vorgefallen sein. Sie haben sich gestritten, und dann ist Bornum entweder gestolpert oder gestoßen worden oder beides, ist gestürzt, und das war's.«

»Dann ist ja alles ganz einfach, wir erstellen ein Bewegungsprofil von dem Handy, und wir haben den Täter.« Frenzen machte schon Anstalten, aufzustehen. Er hatte es offensichtlich eilig. Wo er wohl hinwollte? Fenja konnte sich nicht vorstellen, dass er es kaum abwarten konnte, zu seiner Familie heimzukehren. Sie würde ihm nachher auf den Zahn fühlen.

»Super Idee«, sagte Gesa, »da bin ich auch schon draufgekommen und hab das angeleiert.« Sie warf Frenzen einen ärgerlichen Blick zu.

»Das ist das eine«, sagte Fenja, »zusätzlich müssen wir die letzten Tage von Heike Bornum rekonstruieren. Immerhin wissen wir nicht, ob der Anrufer tatsächlich etwas mit ihrem Tod zu tun hat. Es kann auch ein Tourist oder sonst jemand gewesen sein, den sie kannte und mit dem sie aneinandergeraten ist. Was ist übrigens mit ihrem Konto? Hast du dich darum gekümmert, Geert?«

Frenzen sackte in sich zusammen. Er schien es wirklich eilig zu haben.

»Ja, ich hab angefangen, ihre Auszüge zu überprüfen, da gibt's aber wirklich nichts Auffälliges. Das in der Bücherei war wohl ihr Hobby. Ihren Lebensunterhalt hat sie in Jever verdient, als Sekretärin in der Brauerei. Eigentlich war sie Bibliothekarin. Die Wohnung im Gartenweg gehörte ihr. Vor sechs Jahren hat sie sich von ihrem Mann scheiden lassen, der wohnt seitdem in Leipzig mit seiner neuen Frau, die er übrigens schon seit fast zehn Jahren kennt. Deswegen wohl auch die Trennung. Ich hab ihn angerufen, er war komplett überrumpelt, wusste von nichts und hat sofort angefangen, auf seine Tochter zu schimpfen, die ihn nicht mal angerufen hat. Finde ich ja auch einigermaßen unverschämt.« Frenzen nahm sich die Zeit, innezuhalten und unwillig mit dem Kopf zu schütteln. Dann fuhr er fort. »Wie's aussieht, haben sich die Weiber gegen den Mann verschworen, sie reden jedenfalls seit Jahren nicht mehr mit ihm. Hat er gesagt.«

»Verständlich, immerhin hat er seine Frau ja wohl betrogen«, mischte Gesa sich ein. »Ich wette, die Neue ist zwanzig Jahre jünger als er.«

Frenzen blätterte in seinen Notizen. »Die Wette hättest du verloren, sie ist vierzehn Jahre jünger als er.«

»Ja, das ist natürlich was anderes.« Gesa sah Frenzen an, als wäre er ein schleimiges Reptil.

Fenja fragte sich, was da zwischen den beiden vor sich ging. Normalerweise herrschte im Team ein kumpelhafter Umgangston. Diese Bissigkeit war neu. Da musste etwas vorgefallen sein. Haberle und Tiedemann ignorierten die Dissonanzen oder nahmen sie gar nicht wahr.

Haberle saß wie meistens bewegungslos wie ein Denkmal auf seinem Platz und musterte seine Mitarbeiter mit gütiger Miene. Tiedemann hielt sich generell aus allem heraus. Er tat, was man ihm auftrug, und freute sich auf den Feierabend, den er – wie den größten Teil seines Urlaubs – mit seiner Frau, einem gutmütigen

Golden Retriever und neuerdings einem Waschbären in seinem kleinen Häuschen in Altharlingersiel verbrachte.

»Ist ja auch egal«, wiegelte Frenzen jetzt ab. »Die Familie hatte ein Zwei-Familien-Haus in Horumersiel, das sie nach der Scheidung für einen sehr guten Preis verkauft haben. Den größten Teil vom Erlös hat Heike Bornum bekommen, was ihr Ex übrigens absolut ungerecht fand ...«

»Ja, klar«, moserte Gesa.

»... ungerecht fand«, wiederholte Frenzen mit warnendem Blick auf seine Kollegin. »Sie hat sich also die Eigentumswohnung gekauft und wohnt seitdem wieder hier in Carolinensiel, wo die Familie schon gelebt hatte, bevor Bornums Mutter, der das Haus in Horumersiel gehört hatte, gestorben war. Das war's.« Frenzen sammelte seine Notizen ein und sah fragend in die Runde.

»Das ist ja interessant«, meinte Gesa, »wieso fühlt der Typ sich ungerecht behandelt, wenn das Haus seiner Schwiegermutter gehört hat? Ist doch klar, dass die Tochter den größten Teil vom Verkaufserlös bekommt. Wundert mich, dass er überhaupt was gekriegt hat.«

»Er sagt, das Haus war bei der Übernahme eine Ruine und er hätte viel Geld und Arbeit reingesteckt.«

»Hat der Mann ein Alibi?«, fragte Fenja, um den Disput zu beenden.

»Ja, er war in Leipzig, seine Frau bestätigt das.«

»Fällt der Ex-Mann also aus.« Tiedemann reckte sich. »Wie geht's jetzt weiter?«

Haberle sah auf die Uhr und stand auf. »Frau Ehlers, Sie kümmern sich um alles Weitere, ich hab noch einen Termin.«

»Ich auch«, nölte Frenzen und stand ebenfalls auf.

»Wir sind noch nicht fertig, Geert.« Fenja war ärgerlich. Sie hatte nicht die Absicht, ihre Autorität zu verspielen. Frenzen schob die Unterlippe nach vorn wie ein trotziges Kind. Fenja wartete, bis Haberle die Tür von draußen geschlossen hatte, und wandte sich dann an Frenzen. »Du fährst morgen nach Jever und sprichst mit ihren Arbeitskollegen und ihrem Chef«, sagte sie scharf. »Ich muss dir ja nicht sagen, worauf es ankommt, oder?«

»Nein«, schnappte Frenzen. »War's das dann?«

»Bis auf Weiteres, ja«, antwortete Fenja leise und blickte ihrem Stellvertreter verwundert hinterher. »Sind sonst noch Hinweise eingegangen?«, fragte sie an Gesa gewandt.

»Nein, um die Zeit ist am Hafen nichts mehr los. Keiner hat was gesehen oder gehört, bis auf diese Frau Richter.«

»Okay, ihr beiden fangt dann morgen damit an, mehr über die Person Heike Bornum herauszufinden. Vor allem, wie sie die letzten Tage vor ihrem Tod verbracht hat. Ich möchte wissen, bei wem sie was eingekauft hat, ob sie krank war, gläubig, sportlich, welche Vorlieben sie hatte, welche Freunde, ob sie beliebt war und wenn nicht, weshalb. Für heute machen wir Feierabend.«

»Kommst du mit?«, fragte Tiedemann, der wohl überlegte, ob seine Teamleitung sich den morgigen Tag freinehmen wollte.

»Nein«, Fenja stand auf und öffnete das Fenster, »ich werde mich morgen in ein paar Akten einlesen.«

»Na, dann tschüss.«

Tiedemann war schon zur Tür raus. Das war typisch, dachte Fenja, er interessierte sich überhaupt nicht dafür, welche Akten sie sich vornehmen wollte. Gesa schon.

»Was für Akten?«, fragte sie.

»Ich möchte wissen, was damals passiert ist, als diese Frau erschlagen wurde. Die Tochter von Hilde Thomassen.«

»Wirklich?« Gesa riss erstaunt die Augen auf. »Glaubst du, das hat was mit unserem Fall hier zu tun, oder interessiert es dich einfach nur?«

»Ich weiß nicht, ob es was mit unserem Fall zu tun hat.« Fenja lehnte sich an die Fensterbank. »Aber … findest du es nicht komisch, dass genau an dem Abend, als das Thema im Lesekreis erwähnt wird, eine Frau den Tod findet?«

»Nein, eigentlich nicht.«

»Ich weiß nicht.« Fenja blickte aus dem Fenster. Es windete und roch nach Herbst. Dichte graue Wolken wälzten sich südwärts.

»Natürlich gibt es Zufälle«, murmelte sie mehr zu sich selbst. »Der Ehemann ist verurteilt worden, aber er hat nie ein Geständnis abgelegt. Warum nicht, frage ich mich. Ich meine, wenn ich doch sowieso sitze, kann ich's auch zugeben. Oder?«

Gesa überlegte. »Aber was soll denn Heike Bornum damit zu tun haben?«

»Ich habe keine Ahnung, ob sie überhaupt etwas damit zu tun hat, ich will einfach nur die Akte kennen.«

Fenja schloss das Fenster.

»Ich geh dann jetzt auch.« Gesa wandte sich zur Tür, drehte sich aber noch mal um. »Ich weiß nicht, ob du das auch so siehst, aber …«, sie zögerte.

»Was?«

»Ich finde …«

»Ja?«

»Ach nichts weiter.« Sie senkte den Kopf und ging.

Carolinensiel, Freitag, 10. Oktober

Fenja hatte den Vormittag an ihrem Computer zugebracht und mit der Unterstützung von einer Kanne Kaffee und einer Platte Zuckerkuchen die Akte vom Todesfall Hinrike Tebbe studiert. Sie war sich nicht recht im Klaren darüber, warum. Sie fand es einfach seltsam, dass dieser Mordfall kurz vor Heike Bornums Tod Thema in ihrem Lesekreis gewesen war.

Allerdings war es dieser Semmler gewesen, der damit angefangen hatte. Und falls tatsächlich jemand verhindern wollte, dass dieser Mord wieder in den Köpfen der Bewohner von Carolinensiel auftauchte, dann wäre doch dieser übereifrige Krimiautor das wahrscheinlichere Opfer gewesen. Wieso Heike Bornum?

Wahrscheinlich war Fenja auf dem Holzweg, sie machte sich da nichts vor. Was sie eigentlich dazu veranlasste, diesen Fall genauer unter die Lupe zu nehmen, war eine Äußerung ihrer Tante gewesen.

»Schlafende Hunde soll man nicht wecken«, habe Heike Bornum zu Semmler gesagt, und sie habe ziemlich aufgebracht gewirkt, hatte Bendine gefunden. Und auf Bendine war Verlass. Sie hatte eine gute Beobachtungsgabe und ließ sich eigentlich nicht hinters Licht führen.

Edgar war der leibhaftige Beweis dafür. Zwar bediente sich Edgar gerne am Frühstücksbüfett für die Gäste, aber dafür musste er früh aufstehen, was ihm ziemlich schwerfiel. Bendine räumte das Frühstück um neun Uhr weg. Ihre Gäste waren dann längst unterwegs. Entweder bummelten sie an der Harle entlang nach Harlesiel zum Hafen, oder sie waren schon wieder zurück und genossen im Puppencafé oder im Café Hafenblick einen Tee oder sogar ein zweites Frühstück. Edgar verbrachte den Morgen am liebsten im Bett.

Allerdings tauchte sein Sohn, wenn der seinen Vater begleitete, regelmäßig im Frühstücksraum auf und machte sich unbeholfen am Büfett zu schaffen. Wenn Bendine ihn nach seinen Wünschen fragte, verschränkte der Junge die Arme auf dem Rücken, wippte mit seinen nackten Füßen und begann wie ein Schüler eine Bestellung herunterzuleiern. Sein Vater hätte gern einen Becher Kaffee, schwarz, ein Brötchen mit Pflaumenmus, eins mit Leberwurst und ein weich gekochtes Ei.

Bendine kniff dem Jungen dann in die Wange, drückte ihm einen Becher Kaffee, schwarz, in die kleinen Hände und schickte ihn zurück zu seinem Vater mit der Botschaft, dass die Eier aus seien, sie aber noch einen Rest Käse mit Pumpernickel anbieten könne.

»Sag ihm, er soll sich beeilen, sonst essen ihm die Gäste noch alles weg!«

Der Junge beeilte sich tatsächlich, hinterließ aber bei dem Versuch, den Becher die Treppe hinaufzujonglieren, dunkle Kaffeespritzer auf dem Boden. Bendine ließ dann zwar einen leisen Fluch los, aber sie wollte lieber nicht wissen, wie das Treppenhaus wohl aussehen würde, wenn sie den Jungen tatsächlich die ganze Bestellung auf einem Tablett nach oben tragen ließe.

Sie wartete darauf, dass der Hunger Edgar aus den Federn treiben würde, tat er aber nicht. Im Gegenteil, eine halbe Stunde später stand der Junge wieder unten und gab die nächste Bestellung auf. Dieses Spiel konnte Edgar bis in den frühen Nachmittag treiben. Irgendwann kam er dann schlurfend, sein Notebook unter dem Arm, die Treppe herunter und begab sich in die Küche, um irgendetwas Essbares zu finden.

Seinen Sohn hatte Bendine dann bereits mit Cornflakes versorgt, aber was sein Sohn aß, ob er überhaupt aß, schien Edgar nicht zu interessieren. Jeder konnte schließlich selbst für sich sorgen!

Bendine ließ sich nicht für dumm verkaufen, das wusste Fenja. Sie durchschaute die Menschen, und Fenja war nicht so nachlässig, sich diese Gabe nicht zunutze zu machen. Wenn Bendine etwas merkwürdig fand, dann war es merkwürdig. Und wenn ihr Heike Bornum vor ihrem Tod seltsam vorgekommen war, nahm Fenja ihre Tante beim Wort. Deshalb saß sie hier in ihrem Minibüro, das zwar ziemlich kuschelig war, aber auch genauso eng, und studierte den Mord an einer jungen Frau, der zwanzig Jahre zurücklag.

Danach war Hinrike Tebbe am Abend in ihrem Haus an der Neuen Straße von einer – mittlerweile verstorbenen – Nachbarin tot aufgefunden worden. Die Nachbarin, schon damals eine ältere Dame, hatte sich über die offene Haustür im Hause Tebbe gewundert. Sie war nämlich zum Einkaufen gegangen, da hatte die Tür schon offen gestanden und nach ihrer Rückkehr ebenso. Sie hatte geklingelt und sich noch gewundert, dass das Baby gar nicht geschrien hatte, denn das Baby habe ständig geschrien, hatte die Nachbarin versichert. Irgendeine Lungenkrankheit, hatte die Mutter gesagt, diese arme Frau.

Laut der Nachbarin hatte der Mann, Frieso Tebbe, seine Familie oft allein gelassen. Er war Pilot bei der Deutschen Lufthansa. Später habe sich dann herausgestellt, dass sich das Baby zum Tatzeitpunkt in der Obhut von Hinrike Tebbes Mutter, Hilde Thomassen, die in derselben Straße, wenige Häuser weiter wohnte, befunden habe. Auf dem Weg zum Einkauf war der Nachbarin der Wagen des Ehemannes aufgefallen, der in der Einfahrt gestanden habe. Ja, und sie habe auch laute Stimmen gehört, aber das war nichts Besonderes, denn die Eheleute hatten sich oft gestritten.

Als sie dann von ihrem Einkauf zurückgekommen war, was etwa eine gute Stunde später der Fall war, war das Auto des Ehemannes weg gewesen, aber die Haustür habe immer noch offen gestanden. Das habe sie stutzig gemacht, denn es war ja schon dunkel gewesen. Zuerst hatte die Nachbarin gerufen und geklingelt; als sich niemand gemeldet habe, habe sie das Haus betreten und diese »fürchterliche« Entdeckung gemacht.

Kurz darauf hatte man den Ehemann verhaftet, der mit seinem Auto auf einem Parkplatz in Neuharlingersiel gestanden habe. Man hatte ihn festgenommen und verurteilt, obwohl er Stein und Bein geschworen hatte, seine Frau habe gelebt, als er sie verlassen habe. Nun ja, der Richter war anderer Meinung gewesen und hatte ihn wegen Totschlags zu neun Jahren Haft verurteilt, von denen er sechs abgesessen hatte. Das Urteil hätte auch milder ausfallen können, wäre der Angeklagte geständig und reuig gewesen. Aber davon konnte keine Rede sein. Er hatte die gesamte Justiz als »hirnlose Bagage« bezeichnet, was den Richter nicht gerade für ihn eingenommen hatte.

Fenja seufzte. Was hatte Heike Bornum mit den »schlafenden Hunden« gemeint? Es konnte doch nur bedeuten, dass sie etwas über den Mord an Hinrike Tebbe wusste, was bisher im Dunkeln lag und dort auch bleiben sollte. Das führte zwangsläufig zu der Frage, ob dieses Wissen an dem damaligen Urteil etwas geändert hätte. Ob womöglich der Falsche verurteilt worden war. Und wenn das tatsächlich der Fall sein sollte, hatte Heike Bornum das damals schon gewusst oder erst später, womöglich erst, als Frieso Tebbe seine Strafe bereits abgesessen hatte?

Und warum dann diese kryptische Äußerung, nur weil ein Möchtegern-Krimiautor sich plötzlich für den Fall interessierte? Wäre es nicht viel klüger gewesen, den Mund zu halten und die Dinge auf sich zukommen zu lassen? Hatte denn Heike Bornum diesem Semmler wirklich zugetraut, dass er alte Geheimnisse ans Licht bringen würde?

Für Fenja war der Mann einfach ein Wichtigtuer. Und wenn Heike Bornums Tod tatsächlich eine Folge ihrer Äußerung gewesen war, gehörten dann nicht alle Mitglieder des Lesekreises zu den Verdächtigen?

Fenja nahm einen Schluck von ihrem Kaffee und verzog den Mund. Kalt. Sie schob den Becher weg, nahm einen Stift und notierte sich den Namen des Beamten, der die Ermittlungen in dem Fall geleitet hatte. Kriminalhauptkommissar Werner Dithmar. Hoffentlich lebt der noch, dachte sie, denn sie hatte die Absicht, mit ihm zu sprechen, ebenso wie mit Frieso Tebbe – auch, wenn der noch lebte.

Wenn Heike Bornum tatsächlich etwas gewusst hatte, dann gehörte dieser Tebbe eventuell zu den Verdächtigen. Andererseits, wieso sollte Tebbe, der seit dreizehn Jahren wieder aus dem Knast heraus war, plötzlich Heike Bornum umbringen wollen? Doch nur, weil er vor Kurzem irgendetwas erfahren hatte. Aber was sollte das gewesen sein? Dass Bornum etwas gewusst hatte? Was? Vielleicht hatte Bornum ja etwas mit dem Tod von Hinrike Tebbe zu tun? Immerhin hatte sie damals mit ihrer Familie in Carolinensiel gewohnt. Wo bestand da ein Zusammenhang? Bestand überhaupt einer, oder phantasierte sie nur wieder herum, wie ihre Mutter sagen würde? Vielleicht war es Tebbe, mit dem Bornum kurz vor ihrem Tod telefoniert hatte. Vielleicht hatten die beiden sich getroffen. Das würde erklären, wo Bornum die Zeit zwischen kurz nach zweiundzwanzig Uhr und ihrem Tod nach Mitternacht verbracht hatte. Auf jeden Fall musste sie diesen Tebbe überprüfen. Aber vorher wollte sie noch abwarten, ob ihr Team den ominösen Telefonpartner mittlerweile eruiert hatte.

Vielleicht spann sie sich ja hier wirklich eine absurde Geschichte zusammen. Sie hatte schon als Schülerin gern Aufsätze geschrieben. Ihre Lügengeschichte in der zehnten Klasse hatte sogar einen Preis gewonnen. Allerdings hatte ihre Mutter bei der Preisverleihung nicht gerade glücklich ausgesehen. Wahrscheinlich hatte sie sich gefragt, was man einer Tochter, die sich solche Geschichten ausdachte, eigentlich noch glauben konnte.

Frenzen war noch in Jever, Gesa und Tiedemann hingen am Telefon und versuchten, die letzten Tage vor Heike Bornums Tod zu rekonstruieren. Also waren alle noch beschäftigt. Fenja setzte eine Besprechung für fünfzehn Uhr an und bat Gesa, Frenzen zu informieren. Die rümpfte die Nase, nickte aber und griff wieder zum Telefonhörer.

Fenja beschloss, nach Carolinensiel zu fahren und sich endlich Heini Sammers vorzuknöpfen. Sie hatte keine Ahnung, was ein Typ wie Heini Sammers in einem Leseclub zu suchen hatte, ebenso wenig, wie sie begreifen konnte, weshalb sich Bendine mit diesem Menschen abgab. Sie fand, er war ein Schleimer, der sich an ihre Tante heranmachte, um sich zuerst Bendine und dann ihre Pension unter den Nagel zu reißen. Seine finanzielle Lage war ziemlich desaströs. Er war geschieden, und die Ausbildung seiner fünf Kinder hatte Heini, der in Carolinensiel einen Schnellimbiss betrieb, »ein Vermögen« gekostet. Er wurde nicht müde, das immer wieder zu betonen.

Allerdings war Dinnie viel zu clever, um sich auf eine Heirat mit Heini einzulassen. Sie war noch restlos bedient vom Ehestand, pflegte sie zu sagen. Fenja konnte sich noch gut an Onkel Friedhelm erinnern, der an einem kalten Januarmorgen vor vier Jahren einfach nicht mehr aufgewacht war.

»Das passt zu ihm«, hatte Tante Bendine damals zu ihrer Schwester, Fenjas Mutter Elke, gesagt, »er hat sich schon immer gern still und heimlich davongemacht.«

Seitdem führte Bendine die Pension und kümmerte sich um

ihre Enkelin Nele. Heini war seit Friedhelms Tod ihr stiller, aber unermüdlicher Verehrer und häufiger Gast in der Pension. Fenja ging er allerdings möglichst aus dem Weg. Ob das an ihrem Beruf lag? Hatte er Angst vor Polizisten im Allgemeinen oder vor ihr im Besonderen?

Diese Gedanken gingen ihr durch den Kopf, während sie mit ihrem grünen, alten Käfer die B 461 entlangtuckerte. Es regnete, und der Wind blies heftig, sodass sie Mühe hatte, ihren Oldtimer in der Spur zu halten. Sie machte sich auch ein bisschen Sorgen um ihn. Er vertrug dieses Wetter überhaupt nicht. Hoffentlich erkältete er sich nicht und fing wieder an zu husten. Er war schließlich nicht mehr der Jüngste.

Pünktlich um zwölf hatte der verführerische Duft von Kürbissuppe mit Ingwer Fenja in Bendines Küche gelotst, wo ihre Tante – wie zu erwarten – in trauter Zweisamkeit mit Heini Sammers am Tisch saß. Der Anblick der beiden versetzte Fenja einen Stich. War sie etwa eifersüchtig? Oder war sie nur futterneidisch?

»Ist noch Suppe da?«, fiel sie mit der Tür ins Haus und warf Heini, der sich bei ihrem Eintritt sofort hinter Bendine duckte, einen warnenden Blick zu. Bendine ließ ihren Löffel sinken und musterte Fenja argwöhnisch.

»Jaha, aber wieso bist du nicht in Wittmund bei der Arbeit?«

»Ich bin bei der Arbeit«, antwortete Fenja, nahm Teller und Löffel aus dem Schrank und bediente sich großzügig aus Bendines Kochtopf. Dann setzte sie sich an den Tisch und ließ sich die köstliche Suppe schmecken. Eine Schande, dass Heini so viel davon abbekam.

»Was heißt denn das, du bist bei der Arbeit?« Bendine sah Fenja misstrauisch an.

»Ich hab noch ein paar Fragen an Heini«, antwortete Fenja, die auf ihren Suppenlöffel pustete.

Heini schien hinter dem Tisch zu verschwinden. Er neigte den Kopf, sodass Fenja nur noch die fragwürdige Aussicht auf seine Glatze blieb, und stierte auf seinen Teller. Fenja fand, er sah aus wie das leibhaftige schlechte Gewissen. Sie fragte sich, ob dieses Verhalten ein Automatismus war oder ob er tatsächlich etwas zu verbergen hatte. So wie er sich aufführte, lag Letzteres näher.

»Dacht ich's doch.« Bendine legte ihren Löffel weg. »Was für Fragen?«

»Könntest du uns für einen Moment allein lassen, Dinnie?«, fragte Fenja mit vollem Mund.

Heini riss erschreckt die Augen auf, als habe Fenja ihm soeben sein Todesurteil überbracht.

»Wenn's sein muss«, sagte Bendine, stand auf und trug ihren Teller zur Spüle.

»Dinnie …«, winselte Heini.

Bendine klopfte Heini auf die Schulter. »Die tut dir schon nichts, und wenn doch, dann ruf einfach. Ich bin im Frühstückszimmer.« Sie verließ die Küche.

»Heini«, begann Fenja, die missmutig feststellte, dass Heinis devote Art sie geradezu dazu aufforderte, fies zu ihm zu sein, »wo warst du denn am Dienstagabend zwischen zweiundzwanzig und ein Uhr?«

Heini richtete sich auf und wurde blass. »Was … was soll denn das heißen? Ich hab Bendine nach dem Leseabend nach Haus gebracht und bin dann selbst heimgegangen.«

»Gibt's Zeugen?«

Heini schluckte. »Nein, aber warum denn auch?«

Fenja musterte Heini und versuchte neutral zu gucken. »Weißt du das wirklich nicht?«

Heini schüttelte heftig den Kopf. Er hielt immer noch den Löffel über den Teller, vergaß aber zu essen.

Fenja beschloss, sich zu erbarmen. Sie schob ihren Teller weg und lehnte sich zurück. »Sag mal, ist dir denn am Dienstagabend irgendetwas aufgefallen? War Heike Bornum vielleicht anders als sonst? Hast du mit ihr gesprochen?«

Heini ließ den Löffel sinken. »Nein, ich weiß überhaupt nichts. Und gesprochen hab ich mit Heike auch nicht … ich …«

»Ja?«

»Nein, nichts weiter.«

Fenja musterte Heini. Der verschwieg ihr doch etwas. Seine Augen tasteten unstet das Kücheninventar ab. Fenja war sich zwar sicher, dass er nicht der Typ war, der Frauen in die Harle stieß und dann imstande war, auch noch die polizeilichen Ermittlungen durchzustehen, ohne sich sofort zu verraten. Aber irgendetwas wusste der Mann und sagte es nicht. Wieso nicht?

Fenja beugte sich über den Tisch und rückte nahe an Heini heran. Der wich zurück.

»Heini … du verschweigst mir doch was.«

Heini legte die Hände auf die Brust. »Ich, nein, was denn? Warum sollte ich denn?«

»Nun sag schon!«

Heini versteifte sich derart, dass Fenja ihre Taktik änderte.

»Heini«, sagte sie sanft, »Heike Bornum könnte möglicherweise noch leben. Sie war vielleicht nicht allein, als sie starb. Irgendwer könnte etwas mit ihrem Tod zu tun haben. Wenn du also etwas weißt, das uns bei unseren Ermittlungen hilft, dann sag es!«

Heini schluckte. »Nein, ich weiß nichts, wirklich! Ich hab überhaupt nicht mit Heike gesprochen. Ich bin ja nur im Leseclub, weil Bendine das will«, rief er, und wenige Sekunden später stand Bendine in der Tür.

»Na, seid ihr fertig?«, fragte sie scheinheilig und begann den Tisch abzuräumen.

Fenja wusste genau, dass sie Heini vor ihren Fragen schützen wollte. Sie hatte offensichtlich unbedingtes Vertrauen zu ihm. Fenja seufzte.

»Scheint so.«

Plötzlich öffnete sich die Tür, und Edgar schlurfte herein. »Das riecht ja hier so gut. Kann ich auch was haben?«

***

Frenzen saß in einem Besprechungsraum der Brauerei in Jever einer jungen, wohlgenährten Frau mit dunklen Haaren gegenüber, die ihm schwärmerische Blicke zuwarf. Das gefiel Frenzen, vielleicht sollte man sich näher mit ihr befassen, dachte er, wenn sie zwanzig Zentimeter größer wäre und zehn Kilo weniger auf den Rippen hätte.

»Sie heißen Frauke Beerbaum«, Frenzen legte seinen Ausweis auf den Tisch, das machte erfahrungsgemäß Eindruck auf die Damen, »und haben mit Heike Bornum zusammengearbeitet, stimmt das?«

»Ja«, hauchte Beerbaum, »wir haben uns ein Büro geteilt.«

»Und Sie sind hier beschäftigt als …«

»Teamassistentin für den Vertrieb.«

»Genau wie Frau Bornum.«

»Ja, nur dass Heike ganztags gearbeitet hat und ich nur halbtags. Ich würde ja gerne ganztags … nicht, dass Sie denken, ich will von Heikes Tod profitieren«, beeilte sich Beerbaum zu versichern, »aber na ja, das Geld kann ich schon gut gebrauchen. Ich bin nämlich geschieden, müssen Sie wissen, und mein Mann, ich meine, mein Ex-Mann ist ein Faulpelz, und ich muss doch tatsächlich jeden Monat achtzig Euro für ihn abdrücken, bis er was gefunden hat. Dabei sucht der gar nicht, stellt sich immer krank und macht einen auf Depression … na ja.« Beerbaum zog verlegen die Schultern hoch. »Das interessiert Sie sicher nicht.«

Frenzen musterte Beerbaum mit gerunzelter Stirn. »Erzählen Sie mir doch mal was über Frau Bornum. Wie war sie denn so?«

Beerbaum spitzte die Lippen. »Tja, was soll ich da sagen … wir haben eben zusammengearbeitet. Über Privates haben wir kaum gesprochen, zumindest … hat Heike nie was erzählt.«

Ganz im Gegensatz zu dir, dachte Frenzen, der in den letzten zwei Stunden die halbe Belegschaft der Brauerei befragt hatte. Na ja, vielleicht nicht die halbe, aber für ihn fühlte es sich so an. Er hatte sowieso keine Ahnung, was das Ganze sollte. Da war eine Frau ertrunken.

Ja und? Das passierte alle naselang und hier am Wasser sowieso. Okay, die Umstände waren ein bisschen unüblich, aber wer sagte denn, dass alle Leute auf übliche Weise den Löffel abgeben mussten? Aber Fenja hatte mal wieder Blut geleckt. Und wenn Fenja Blut geleckt hatte … dann mussten alle mal probieren, ob sie wollten oder nicht. Ob es sinnvoll war oder nicht. Und Frenzen war davon überzeugt, dass das, was er hier tat, völlig überflüssig und sinnlos war.

Aber Fenja war nun mal der Boss, und alle mussten nach ihrer Pfeife tanzen. Das ging ihm ziemlich auf die Eier, und er hasste es, wenn ihm etwas auf die Eier ging. Dazu kam, dass er es zu Hause auch nicht mehr aushielt. Ständig hing Annika ihm in den Ohren, wollte, dass er sich am Familienleben beteiligte.

Pah, welches Familienleben? Seine Tochter, okay, sie war ganz süß, aber sie war immer krank. Entweder hatte sie ständig die Hosen besser gesagt die Windeln voll – über den Geruch wollte er gar nicht nachdenken –, oder das halbe Gesicht war verrotzt. Wenn er's recht bedachte, war meistens sogar beides der Fall. Und das ekelte ihn an. Es ekelte ihn auch an, dass Annika ständig in fleckigen Klamotten herumlief, schon seit etlichen Gezeiten keinen Friseur mehr gesehen hatte und immer schon um sieben Uhr abends mit Rieke zusammen ins Bett ging. Allein schlief das Kind nämlich nicht ein. Sagte Annika.

Frenzen argwöhnte einen ganz anderen Hintergrund. Seine Frau hatte einfach keinen Bock mehr auf Sex. Und das konnte man einem gesunden, kräftigen Mann wie ihm ja wohl nicht dauerhaft zumuten. Außerdem hatte er den Verdacht, dass Annika und Fenja sich gegen ihn verbündet hatten und Gesa sowieso. Das war wirklich dumm gelaufen. Er hoffte, dass sich die Gemüter wieder beruhigten. Sonst hatte er ein Problem.

»… eigentlich war sie ja ein eher ernster Typ, aber sie hatte sich in letzter Zeit ein bisschen verändert …«

Frenzen stutzte, was hatte die Dicke da gerade gesagt? »Was meinen Sie mit verändert?«, hakte er nach und hoffte, nichts Wichtiges überhört zu haben.

Wieso hatte er auch sein Aufnahmegerät nicht eingeschaltet! Weil die bisherigen Befragungen rein gar nichts ergeben hatten. Das hatte ihn leichtsinnig gemacht.

»Na ja, sie hat öfter mal gelächelt.«

»Ach, und das hat sie vorher nicht getan?«

»Doch, natürlich, aber anders … irgendwie.«

»Das müssen Sie mir erklären.« Frenzen lehnte sich zurück und verschränkte die Arme vor der Brust. Das war zwar nicht besonders kommunikativ, war ihm aber egal.

»Also, sie hat natürlich manchmal gelächelt, aber dann hatte sie immer einen Grund. Verstehen Sie?«

»Aha, und in der letzten Zeit hatte sie keinen.«

Beerbaum kicherte. »Bestimmt, aber keinen offensichtlichen. Wissen Sie, Sie hat auf ihren Bildschirm gestarrt und gelächelt, ganz versonnen. Als ob sie an was Schönes gedacht hätte.« Beerbaum schossen Tränen in die Augen. »Meine Güte, und jetzt ist sie tot, die Arme.«

»Sie wissen nicht zufällig, was das Schöne gewesen sein könnte, an das sie gedacht hat?«

Beerbaum rieb sich über die Augen. »Nein, wirklich nicht, sie hat mit mir nicht über ihre Gefühle gesprochen. Vielleicht war ich ihr zu jung, und sie hat geglaubt, ich hab keine Ahnung von Gefühlen. Hätte sie bloß was gesagt!«

»Hatte Frau Bornum einen Freund oder eine Freundin? Hat sie vielleicht mal mit jemandem telefoniert? Man kriegt doch so einiges mit, wenn man zusammen in einem Büro sitzt. Vielleicht eine Kollegin aus einer anderen Abteilung, die älter ist als Sie.« Frenzen zwinkerte Beerbaum kumpelhaft zu. Natürlich würden sie auch die Telefonate von Bornums Firmentelefon überprüfen, aber so kamen sie vielleicht schneller zu einem Ergebnis.

»Da bin ich mir sicher. Sie hat öfter mal mit jemandem telefoniert, das war bestimmt eine Frau. Ich hab aber keine Ahnung, ob das nun interne Gespräche waren oder auswärts.«

»Woher wissen Sie dann, dass es eine Frau war, mit der sie gesprochen hat?«

»Na, ich bitte Sie, das hört man doch.«

»Tatsächlich?« Frenzen überlegte, ob er unterscheiden konnte, ob Annika mit einer Frau oder einem Mann telefonierte. Sicher war er sich da nicht. »Ich danke Ihnen.«

Frenzen stand auf. Er würde jetzt nach Wittmund zurückfahren, vielleicht könnte er noch eine Stunde abzweigen, bevor er zur Besprechung musste. Das hier war doch ein Schuss in den Ofen.

Beerbaum stand ebenfalls auf und warf Frenzen einen schmachtenden Blick zu, was der mit Genugtuung registrierte. Er war ja doch ein toller Hecht!

Bevor Beerbaum die Tür öffnete, drehte sie sich noch mal um. »Da fällt mir was ein«, sagte sie mit triumphaler Miene und erhobenem Zeigefinger. »Das ist noch gar nicht so lange her, genau, das war letzte Woche, ich glaube, am Montag. Da ist Heike von der Mittagspause zurückgekommen und war furchtbar wütend.«

»Weshalb?«, fragte Frenzen, der seinen Ausweis in seiner Jackentasche verstaute. »Hatte das Mittagessen nicht geschmeckt?«

»Quatsch, doch so was nicht«, antwortete Beerbaum entrüstet. »Nein, sie hat ›blödes Arschloch‹ gemurmelt und ihre Handtasche auf den Schreibtisch geknallt.«

»Ach.« Frenzen sah sie aufmerksam an. »Wen hatte sie damit gemeint?«

»Keine Ahnung, tut mir leid.«

»Mir auch«, knurrte Frenzen und folgte Beerbaum hinaus.

***

Fenja, Gesa und Tiedemann warteten bereits seit einer Viertelstunde auf Frenzen, als dieser mit quietschenden Reifen vor dem Polizeikommissariat in Wittmund parkte.

»Typisch«, raunte Gesa und betrachtete missmutig ihre Fingernägel. »Kann der nicht anrufen, wenn es später wird?«

Tiedemann spielte mit seinem Handy, und Fenja blickte versonnen aus dem Fenster. Sie war gedanklich noch bei der Akte Hinrike Tebbe.

Im nächsten Moment stürmte Frenzen ins Zimmer und ließ sich auf den nächstbesten Stuhl fallen. »Tut mir leid, hat ein bisschen länger gedauert. Die Brauerei in Jever beschäftigt eben eine Menge Leute.« Das war ein Seitenhieb in Fenjas Richtung, aber die interessierte sich im Moment nicht für Frenzens Meckerei.

»Schön, dass du endlich aufkreuzt«, unterbrach sie ihn, »dann können wir ja vielleicht mal anfangen. Hast du etwas herausgefunden?«

»Um es kurz zu machen: nein.«

Fenja sah Frenzen argwöhnisch an. Sie war sich nicht sicher, ob er wirklich nichts erfahren hatte oder nichts hatte erfahren wollen, weil er Fenjas Ermittlungen für überflüssig hielt und sich gegängelt fühlte.

»Vielleicht begründest du deine Einschätzung kurz«, sagte sie ruhig.

»Wieso begründen? Nichts ist nichts. Ich habe mehr als ein Dutzend Leute befragt. Alle waren mehr oder weniger erschüttert, mochten Heike Bornum, oder sie war ihnen egal. Keiner hat was wirklich Negatives über sie gesagt, aber Lobeshymnen hab ich auch keine gehört, weder von ihrem Chef noch aus dem Kollegenkreis. Das Interessanteste, was ich zu erzählen hab, ist, dass Heike Bornum vor Kurzem wütend aus der Mittagspause zurückgekehrt ist. Das hat ihre Schreibtischnachbarin, eine Frau Beerbaum, gesagt. Wieso sie wütend war, wusste die nicht, was ja durchaus verständlich ist. Dafür gibt's schließlich tausend Gründe. Heike Bornum hat nur ›blödes Arschloch‹ gesagt. Ich nehme an, irgendein Typ hat sie dumm angemacht, weiter nichts.«

»Wann genau ist das gewesen?«, fragte Fenja.

»Anfang letzter Woche, am Montag, um genau zu sein.«

»Das ist ja komisch«, mischte Gesa sich ein. »Da teilen sich zwei Frauen ein Büro, die eine ist über etwas wütend und sagt nicht, wieso?« Gesa blickte Fenja an. »Wenn mich ein Typ dumm anmacht, dann erzähl ich das doch meiner Kollegin, wenn ich mich mit ihr gut verstehe, oder?«

»Wahrscheinlich«, stimmte Fenja zu. »Ich würde es erzählen.«

»Kann ich mir vorstellen«, grummelte Frenzen.

Fenja ignorierte ihn. Sie würde sich schon noch um Frenzen kümmern. Was war bloß in den gefahren?

»Das heißt, dass die beiden Damen entweder ein distanziertes Verhältnis hatten oder Heike Bornum wollte nicht weiter darüber sprechen.«

»Und? Was soll das denn mit ihrem Tod zu tun haben?« Frenzen schüttelte den Kopf. »Ihr konstruiert euch doch da was zusammen.«

»Dein gutes Recht, diese Meinung zu haben, aber ich meine etwas anderes«, konterte Fenja. »Und bis wir Gewissheit haben, was sich in der Nacht von Dienstag auf Mittwoch am Alten Hafen abgespielt hat, schlage ich vor, du gehst unvoreingenommen an die Ermittlungen heran.«

Sie war laut geworden, das war sonst nicht ihre Art, aber das Team funktionierte im Moment nicht so, wie es sollte. Irgendetwas stimmte nicht. Zwischen Gesa und Frenzen musste etwas vorgefallen sein. Tiedemann guckte nur verstört, und das war nicht außergewöhnlich. Tiedemann war ein gutmütiger Kerl, der immer geradeaus dachte und nirgendwo etwas Böses vermutete.

Fenja hatte sich schon immer gefragt, wie er eigentlich bei der Kriminalpolizei landen konnte.

»Gesa, was ist mit der Anruferliste?«

»Ja, wir haben das Bewegungsprofil des Handys, mit dem Heike Bornum in den letzten Tagen vor ihrem Tod Kontakt hatte. Leider gibt das Protokoll nicht viel her. Die Anrufe wurden alle in Carolinensiel getätigt, allerdings nur von öffentlichen Plätzen aus. Letzte Woche gab es zwei Anrufe, einen am Mittwoch vom Strand und einen am Samstag in der Nähe der Schleuse.«

»Was war mit dem am Dienstag?«

»Der kam von der Bahnhofstraße, etwa auf der Höhe der Sparkasse, und das war auch der letzte Kontakt. Seitdem ist das Handy tot. Ich schätze mal, es liegt in der Harle.«

»Na klasse«, brummte Fenja.

»Tja, wird schwierig, jemanden zu finden, der jemanden gesehen hat, der am letzten Dienstag um kurz nach zweiundzwanzig Uhr auf der Bahnhofstraße telefoniert hat.« Frenzen konnte sich seine Häme einfach nicht verkneifen.

»Du könntest ruhig ein bisschen konstruktiver sein«, maulte Gesa. »Immerhin ist es offensichtlich, dass da jemand was zu verbergen hat. Wieso sollte man sich sonst so versteckt halten?«

»Ja, das frage ich mich auch«, stimmte Fenja zu. »Gibt es sonst Auffälligkeiten?«

»Nein, alles normal, auch ihr privater Computer gibt bisher nichts her, obwohl sie in diversen Netzwerken unterwegs war. Facebook, Twitter und Xing, da muss ich mich erst mal durchklicken, und den Firmencomputer müssen wir auch noch untersuchen. Da könnte sich Geert ja mal drum kümmern.«

»Ja klar«, raunte Frenzen, »ich hab ja Zeit.«

»Ich denke, die hast du, Geert«, sagte Fenja und wandte sich, ohne eine Erwiderung Frenzens abzuwarten, an Tiedemann. »Jannes, was hast du herausgefunden?«

Tiedemann hatte bis jetzt schweigend zugehört. Fenja hatte den Eindruck, dass er eingeschüchtert war von der latenten aggressiven Stimmung. Das war untypisch für das Team und für Tiedemanns sonniges Gemüt ein Wermutstropfen. Er räusperte sich umständlich und bereitete sich offensichtlich auf einen längeren Vortrag vor.

Frenzen stöhnte.

»Also«, begann Tiedemann, »ich habe mal ein bisschen im Leben von unserer Toten geschnüffelt und muss sagen: So außergewöhnlich war das ja nun nicht. Sie lebt seit ihrer Scheidung vor sechs Jahren allein in Carolinensiel. Davor hat sie mit ihrer Familie in Horumersiel gewohnt, das hat Geert ja schon erzählt.« Tiedemann schnappte nach Luft. »Na ja, die Tote war evangelisch und im Kirchenchor aktiv, außerdem hat sie sich ehrenamtlich für das Sielhafenmuseum engagiert. Ich habe mit diversen Leuten telefoniert, die alle geschockt waren. Ich hab den Eindruck, sie war ziemlich beliebt, aber alle sagen auch, dass sie ein distanzierter Mensch war und nicht viel über sich gesprochen hat. Eine von den Chorkolleginnen hat gesagt, die Bornum hätte autistische Züge gehabt, was eine andere aber entrüstet zurückgewiesen hat. Allerdings sei sie ein ziemlich verkrampfter und ernsthafter Mensch gewesen, das haben irgendwie alle gesagt. Jaa … und am Montag und Dienstag vor ihrem Tod war sie bis um fünf in der Brauerei und am Montagabend noch mit einer Kollegin vom Sielhafenmuseum beim Griechen zum Essen. Und am Dienstag war sie ja abends beim Leseclub und anschließend noch irgendwo essen. Was sie am Wochenende gemacht hat, weiß ich nicht. Wahrscheinlich war sie einfach zu Hause.«

Tiedemann legte seine Notizen weg und atmete hörbar auf. Die anderen hingen für einen Moment ihren Gedanken nach. Dann meldete sich Fenja zu Wort.

»Ich fasse mal zusammen. Wir wissen, dass Heike Bornum vor ihrem Tod mit jemandem zusammen war, den wir noch nicht kennen. Wir wissen, dass sie weder betrunken war noch aufgrund sonstiger gesundheitlicher Probleme ins Wasser gefallen sein kann. Wir haben das eingerissene Ohrläppchen und den fehlenden Knopf. Wir wissen, dass jemand zur Tatzeit, oder zumindest kurz davor, am Alten Hafen gewesen ist und ›Schnauze voll‹ gesagt hat. Das hört sich nicht besonders friedlich an. Außerdem hatte Bornum mit jemandem Kontakt, der diesen Kontakt auf jeden Fall geheim halten möchte. Was wir immer noch nicht wissen, ist, wie sie ins Hafenbecken gefallen ist und mit wem sie die letzten

Stunden vor ihrem Tod verbracht hat. Und das finde ich besonders merkwürdig. Wieso meldet sich die Person nicht, wenn sie nichts zu verbergen hat?«

»Wieso sollte sie?«, fragte Frenzen.

»Na, das ist doch wohl offensichtlich!«, blaffte Gesa. »Mittlerweile wird es sich ja wohl rumgesprochen haben, dass die Kripo ermittelt ...«

»Ja, und genau das ist vermutlich der Grund, warum die Person sich nicht meldet«, unterbrach Frenzen sie.

»Ja, aber wieso denn?«, widersprach Gesa aufgebracht. »Wenn ich mit jemandem zusammen war und der ist kurze Zeit später tot und die Polizei ermittelt, dann melde ich mich doch! Dann bin ich doch geschockt und renne schnurstracks zur Polizei und will wissen, was passiert ist.«

»Jaaa, du«, murmelte Frenzen.

»Du vielleicht nicht?«

Fenja und Tiedemann verfolgten staunend diesen Schlagabtausch. Fenja hatte das Gefühl, Gesa und Frenzen benahmen sich wie zwei Kämpfer im Ring, die sich lauernd umkreisten und darauf warteten, dass der andere einen Fehler machte, um dann zuzuschlagen.

»Gesa hat recht!« Fenja klopfte mit den Fingerknöcheln auf den Tisch, während Tiedemann mit offenem Mund dasaß und ziemlich dämlich aussah. »Es ist zumindest seltsam, und ich denke, wir können davon ausgehen, dass der anonyme Handybesitzer und Bornums, sagen wir mal Date, ein und dieselbe Person ist.«

»Vielleicht ist der Typ einfach verheiratet und hat Angst vor seiner Frau«, meinte Tiedemann diplomatisch.

»Möglich, jedenfalls will ich wissen, was diese Geheimniskrämerei soll. Gesa und Geert, ihr kümmert euch um die Computer, aber vorher, Geert, versuchst du bitte herauszufinden, wo und mit wem die Bornum am Montag letzter Woche ihre Mittagspause verbracht hat. Das kann ja nur im näheren Umkreis der Brauerei gewesen sein. Frag im Kollegenkreis nach, wo sie gern hingegangen ist, und nimm ein Foto von Heike Bornum mit. Vielleicht kann sich ja jemand an sie erinnern.«

»Musst du mir jetzt noch erklären, wie ich meine Arbeit zu machen habe?«, knurrte Frenzen und stand auf.

»Offensichtlich ja« entgegnete Fenja ärgerlich, »sonst wärst du vielleicht schon von allein draufgekommen und hättest das gleich heute erledigt.«

Frenzen warf Fenja einen finsteren Blick zu, sagte aber nichts.

»Außerdem werden wir eine Funkzellenabfrage für den Alten Hafen zur Todeszeit von Heike Bornum beantragen.«

»Funkzellenabfrage« stöhnte Frenzen, »sonst noch was?«

»Haberle wird sich um die richterliche Zustimmung kümmern. Ich hab schon mit ihm darüber gesprochen.«

»Was ist mit mir?« Tiedemann sah sich hilfesuchend um.

»Du kommst mit mir. Wir fahren nach Neuharlingersiel und besuchen einen alten Bekannten von dir.«

»Ach ja? Wen denn?«

»Kriminalhauptkommissar a. D. Werner Dithmar. Erinnerst du dich an ihn?«

Tiedemann rollte mit den Augen. »Der lebt noch? Nicht zu fassen. Der hat sich pro Tag zwei Schachteln Reval durch die Lunge gesogen. Was wollen wir denn von dem?«

»Nur ein bisschen über die alten Zeiten plaudern, zum Beispiel über den Fall Hinrike Tebbe. Ich habe ihm gesagt, du als ehemaliger Mitarbeiter würdest ihn gern mal besuchen.«

»Bist du verrückt, der hat mir mein erstes Jahr als Kommissar zur Hölle gemacht! Der hat mich gehasst!«

»Ach was, er hat sich gefreut, als ich deinen Namen erwähnt habe.« Fenja musste schmunzeln. »Allerdings hab ich ihn kaum verstanden, weil er gebrodelt hat wie ein Vulkan. Ich glaube, er hat was von Emphysem gesagt.«

»Das kann ich mir vorstellen!« Tiedemann folgte Fenja hinaus, wo Fenja ihren Käfer bestieg und Tiedemann seinen Passat Kombi.

Werner Dithmar bewohnte in Neuharlingersiel eine kleine Erdgeschosswohnung in der Nähe des Hafens. Er empfing Fenja und Tiedemann in einer schwarz glänzenden Cordhose und einem dunkelblauen Rollkragenpullover. Er war kahl und das Gesicht derart verschrumpelt, dass Fenja meinte, einen Hundertjährigen vor sich zu haben. Dabei war Dithmar gerade mal sechsundsiebzig. Der Mund war spitz, die Wangen eingefallen wie bei alten Menschen, die weder Zähne hatten noch ein Gebiss trugen. »Kommen Thie rein, ich hab Thie thon erwartet und Tee gekocht. Ach, da ith ja auch der … wie hiethen Thie noch gerade …?«

»Tiedemann«, sagte Tiedemann und betrat hinter Fenja die kleine Diele. Dithmar führte sie in sein Wohnzimmer und hustete zum Steinerweichen. »Setthen Thie thich«, er wies auf ein altes Cordsofa und einen ebensolchen Sessel. Beides glänzte wie Dithmars Hose. Der Mann hatte offensichtlich eine Vorliebe für Cord.

Fenja und Tiedemann setzten sich, während Dithmar verschwand und gleich darauf mit einem Tablett zurückkam. Er stellte drei mit dampfendem Tee gefüllte Becher auf den fleckigen Holztisch und ließ sich auf einen Stuhl plumpsen.

»Erthählen Thie mal, Tiedemann. Wath macht die Kunthst?« Er stieß ein brodelndes Lachen aus, das sogleich von Husten unterbrochen wurde. »Moment«, brachte er mühsam hervor, »muth mal eben thprühen.« Er verschwand und kam nach einer Minute zurück. »Jetht ith bether, tut mir leid, dath ich ein bithchen lithple, aber ich trag kein Gebith mehr. Fliegt mir immer rauth, wenn ich huthte.«

Fenja verkniff sich ein Grinsen. Das hier war nicht witzig, rief sie sich zur Ordnung, obwohl Dithmar durchaus keinen leidenden Eindruck machte.

»Ja, dath ith der Preith für die verdammten Thigaretten, aber …«, er lächelte, »hat Thpath gemacht, die Qualmerei.« Er nahm einen Schluck Tee. »Wath wollen Thie denn nun eigentlich von mir? Thie thagten, eth geht um einen Fall von früher.«

»Ja«, antwortete Fenja, die sich fragte, ob sie den alten Mann nicht überforderte. Viel reden konnte er jedenfalls nicht. »Es geht um Hinrike Tebbe, die vor etwa zwanzig Jahren in Carolinensiel ermordet wurde. Man hat ihren Mann verurteilt. Erinnern Sie sich?«

»Jaa, tho wath vergitht man nicht.« Dithmar schüttelte langsam den Kopf und sah Fenja dann aus hellwachen Augen an. »Gibt eth da etwa neue Erkenntnithe? Thie müthen withen, ich habe immer Thweifel gehabt an dem Urteil. Dath pathte einfach nicht thu dem Mann. Aber die Fakten thprachen ja gegen ihn, und bethonderth kooperativ war er auch nicht. Hat immer nur gewettert auf die blöde Juthtith.«

»Nein, neue Erkenntnisse gibt es nicht. Wir möchten nur ausschließen, dass ein noch ungeklärter Todesfall in Carolinensiel mit dem Mord an Hinrike Tebbe in einem Zusammenhang steht. Wieso glauben Sie, dass so eine Tat nicht zu dem Ehemann passte?«

Dithmar nahm noch einen Schluck Tee, den Fenja ebenfalls probiert hatte und der hervorragend schmeckte. »Altho, dath war ein Frauentyp, die flogen alle auf den, autherdem war er Pilot. Frauen mögen Piloten, thimmtht?« Er zwinkerte Fenja zu.

»Und deswegen finden Sie, er war nicht der Typ, der seine Frau erschlägt?« Fenja warf Tiedemann, der mit zusammengekniffenen Knien neben ihr saß, einen Blick zu. Der zuckte mit den Schultern.

»Nein, nicht, weil ihn alle tho toll fanden, thondern weil er kein Typ war, der Frauen angriff. Ich habe mich damalth lange mit theiner Ekth-Freundin unterhalten, und die hat gethagt, der Mann wäre ein totaleth Thenthibelchen, hätte geheult, alth jemand theinen Hund überfahren hatte. Tho einer erthlägt doch nicht theine Frau und pöbelt hinterher rum. Der war eigentlich kein Pöbler, der war nur kolothal wütend. Gerechter Tthorn eben, wenn Thie verthen, wath ich meine.«

Fenja nickte und trank ihren Tee aus. Das alles überzeugte sie nicht wirklich. »Aber alle Fakten haben gegen ihn gesprochen. Er war zur Tatzeit am Tatort, hatte mit seiner Frau Streit, und auf der Mordwaffe waren seine Fingerabdrücke.«

»Jaa, die Mordwaffe«, sagte Dithmar gedehnt, »dath war eine Hantel von der Frau gewethen. Die Fingerabdrücke können thonth wann draufgekommen thein. Autherdem lag dath Ding auf der Erde. Thie kann auch einfach draufgefallen thein. Dath lieth thich nich mehr genau fethtthellen. Autherdem wollte der Mann thich ja von der Frau trennen, wietho tholl er thie dann noch umbringen? Wegen Geld? Nä.« Dithmar schüttelte energisch den Kopf. »Davon hatte der ja thelbth genug. Wenn überhaupt, dann wegen dem Thorgerecht für dath Kind, aber da war er gar nicht scharf drauf, weil dath Kind andauernd krank war. Dath hat der Ehe nicht gutgetan. Mann andauernd unterwegth und die Frau allein mit dem kranken Kind. Tja, da kommtth natürlich thum Threit.«

»Der Richter hat damals auf Totschlag befunden, das ist doch gar nicht so unwahrscheinlich«, wandte Fenja ein.

»Thehen Thie«, Dithmar hob seinen Zeigefinger, »und dath pathte nicht thu dem Mann. Der war kein gewalttätiger Typ. Und Thie können mir glauben, tholche Typen erkenne ich!«

Fenja bedankte sich, und sie und Tiedemann verabschiedeten sich von Dithmar, der sie herzlich einlud, doch mal wieder vorbeizuschauen.

»Nich wahr, Tiedemann«, sagte er, als sie schon in der Tür standen. »Thie hatten ja einen etwath holprigen Thtart damalth, nich wahr.« Er kicherte und klopfte Tiedemann freundlich auf die Schulter. »Aber wie ich thehe, haben Thie ja richtig Karriere gemacht, wath?«

Tiedemann lief rot an und machte sich vom Acker. Fenja folgte ihm. Was wohl damals zwischen den beiden vorgefallen war?

Als die beiden wenig später vor ihren Autos standen und sie Tiedemann fragte, wollte er nicht mit der Sprache heraus.

»Ist ja auch egal«, sagte er. »Soll ich denn nun vorbeikommen oder nicht?«

»Ja, mach das doch, Nele wird begeistert sein.«

Fenja hatte ihrer kleinen Kusine nämlich von Schröder, dem Waschbären, erzählt, und die hatte so lange gebettelt, bis Fenja versprochen hatte, ihren Kollegen zu bitten, mit dem Tier mal in der Pension vorbeizuschauen. Bevor Fenja ihren Käfer bestieg, klingelte ihr Smartphone. Gesa.

»Na endlich«, sagte die, »wozu hast du eigentlich so ein Ding, wenn du es nie anstellst?«

»Wenn ich ständig empfangsbereit wäre, könnte ich kein vernünftiges persönliches Gespräch mehr führen und keinen klaren Gedanken fassen«, erwiderte Fenja. »Was gibt's denn so Wichtiges?«

»Ob's wichtig ist, weiß ich nicht, dieser Krimiautor hat hier angerufen und war ziemlich beleidigt, dass er dich nicht erreichen konnte. Er möchte sich gern mit dir treffen«, sagte Gesa mit hörbar anzüglichem Grinsen.

»Ja klar«, seufzte Fenja. »Hat er gesagt, warum?«

»Er hätte was mit dir zu besprechen.«

»Logisch, der will bei uns den Beobachter spielen, von wegen der Authentizität seiner Krimiermittlungen. Der kann mich mal. Sonst noch was?«

»Nein.«

»Okay, wir sehen uns morgen.«

Fenja setzte sich ans Steuer und tuckerte los, Richtung Carolinensiel. Tiedemann war schon verschwunden.

In der Pension saßen Nele und Bendine zusammen in Bendines Küche und spielten Mensch ärgere Dich nicht.

»Willst du mitspielen?«, fragte Nele und würfelte so schwungvoll, dass mehrere Spielkegel umkippten.

»Bloß nicht«, antwortete Fenja, die Mensch ärgere Dich nicht genauso wenig ausstehen konnte wie Zahnschmerzen.

»Och, du kannst bloß nicht verlieren. Ha, sechs, siehst du, Oma!«

Bendine saß da, die Ellbogen auf den Tisch und das Kinn in beide Hände gestützt.

»Du könntest mich ruhig mal ablösen«, brummte sie. »Wir spielen hier schon die dritte Runde, und ich verliere immer.«

»Jaaa!« Nele klatschte begeistert in die Hände und brachte einen weiteren Kegel nach Hause.

»Du Arme«, antwortete Fenja, die ihre Tante für ihre Geduld bewunderte. »Ihr solltet aber trotzdem zusammenpacken. Es kommt nämlich gleich Besuch.«

»Ooh«, Nele war sofort elektrisiert. »Etwa der mit dem Waschbären?«

Fenja nickte, und Nele führte einen Freudentanz auf. »Juchhu, ich geh raus und warte auf ihn.«

Sie wollte schon zur Tür hinausstürmen, als Bendines Kommando sie zurückhielt. »Halt! Erst aufräumen.«

»Das mach ich nachher!«

»Nein, jetzt, nachher bedeutet nie mehr.«

Nele fügte sich murrend, wischte das Spiel vom Tisch in den Karton, knallte den Karton auf den Tisch und flitzte hinaus, bevor Bendine gegen diese grobe Behandlung protestieren konnte.

»So was nennt sie nun aufräumen«, sagte Bendine und stellte den Karton in den Schrank.

»Sie ist sechs, wer räumt in dem Alter schon auf?«, antwortete Fenja. »Wo ist denn dein Hausgast? Hat er sich etwa verabschiedet?«

»Nein«, schnaufte Bendine, »er blockiert mein Wohnzimmer mit seinem ganzen Kram, sagt, er kann nirgends so gut arbeiten wie hier. Pf! Frage mich bloß, was der unter *arbeiten* versteht. Wahrscheinlich Wikipedia auswendig lernen.«

»Na, das muss ja Spaß machen. Wo ist er denn?«

»Ich glaube, er wollte zu Heini, Krabbenbrötchen schnorren.«

»Na, das passt ja«, murmelte Fenja.

In diesem Moment hörten sie Nele bereits juchzen. »Oma, ich will auch so einen!«

Sie führten Tiedemann, der Schröder wie ein Baby auf dem Arm trug, ins Wohnzimmer, wo er ihn auf dem Tisch absetzte. Nele reichte ihm ganz verzückt einen Keks, den er sich mit seinen Waschbärenhänden in Windeseile in die kleine Schnauze schob. Eine Weile beobachteten alle das possierliche Tier, das mit seinen flinken Händen den Muschelkorb, der auf dem Tisch stand, inspizierte.

»Seid ihr eigentlich mit dem Fall weitergekommen?«, fragte Bendine dann. »Das liegt uns allen vom Lesekreis ziemlich im Magen, wäre gut, wenn ihr das bald abschließen könntet.«

Tiedemann nickte stumm. »Sag mal«, sagte Fenja zu ihrer Tante, »was hältst du eigentlich von diesem Semmler?«

»Tz«, Bendine schnaubte, »Spinner. Ganz nett, aber ein Spinner. Wenn der einen Krimi zustande bringt, dann fang ich auch noch an zu schreiben, pass mal auf.«

Tiedemann kicherte. In diesem Moment öffnete sich die Tür, und Edgar trat ein. Er blieb verblüfft stehen.

»Oh, Besuch …« Dann fiel sein Blick auf Schröder, und er stieß einen Schrei aus. »Aaah! Was ist das denn? Was macht der da!«

Alle folgten Edgars Blick zu Schröder, den sie für einen Moment vergessen hatten, außer Nele, und die hatte ihren Spaß an seinem Treiben. Er stand nämlich vor Edgars Laptop, den der auf einem Sessel abgestellt hatte, und wischte mit Hingabe über die Tastatur und den Bildschirm.

»Nimm das da weg!«, schrie Edgar und eilte seinem Computer zu Hilfe, wobei er sich nicht recht traute, ihn Schröders fleißigen Händen zu entreißen.

Tiedemann war zunächst völlig verblüfft, löste sich dann aber aus seiner Erstarrung und nahm Schröder kurzerhand auf den Arm.

»'tschuldigung«, stammelte er, »tut mir leid …«

Bendine und Fenja versuchten, sich das Lachen zu verkneifen, während Nele heftig protestierte. »Lass ihn doch! Der ist so süß!«

Tiedemann verließ mit dem verwirrten Schröder das Wohnzimmer, die beiden Frauen und Nele folgten. Edgar blieb fluchend zurück und versuchte, mit dem Ärmel den Bildschirm zu reinigen.

Vor der Haustür bogen sich Bendine und Fenja vor Lachen. Tiedemann wirkte noch unschlüssig, lachte aber dann auch. Nele streichelte Schröder.

»Kann ich mal kommen und ihn besuchen?«

»Klar kannst du.«

»Fenja, wann machen wir das?« Nele zerrte an Fenjas Jackenärmel.

»Bald«, antwortete sie, »sobald wir mit unserem Fall fertig sind, versprochen. Der macht mir auch Spaß!«, fügte sie noch hinzu.

Das war für Nele zwar viel zu vage, aber Fenja ließ sich auf keine weitere Diskussion ein.

Edgar kam vor die Tür und zog einen Flunsch. »Ich hätte gern einen feuchten Lappen«, blaffte er und sah Tiedemann böse an.

»Komm, ich geb dir einen.« Bendine ließ sich erweichen. Tiedemann machte sich eilig davon.

FÜNF

Samstag, 11. Oktober

In der Nacht zum Samstag meldete sich um halb vier Fenjas Smartphone, das sie in der Küche ihres kleinen Apartments liegen gelassen hatte. Sie taumelte schlaftrunken aus dem Bett über die Dielen, stolperte über ihre Schuhe und wäre beinahe auf den Küchentisch gefallen. Das Smartphone trällerte und surrte unermüdlich, und Fenja konnte es gerade noch rechtzeitig vor dem Absturz von der Arbeitsplatte reißen.

Sie blinzelte, weil das grelle Küchenlicht sie blendete, hatte Mühe, auf dem Display etwas zu erkennen.

»Ja«, blaffte sie dann dem Anrufer entgegen, »wenn das jetzt nicht mordswichtig ist, dann …«

»Dann geb ich einen aus«, antwortete eine männliche Stimme. »Lorenz, vom KDD Aurich. Wir haben einen Anruf aus Carolinensiel erhalten. Einbruch in der Königsberger Straße, die Wohnung ist verwüstet und der Wohnungsinhaber verschwunden. Ein Streifenwagen ist vor Ort.«

Fenja rieb sich über die Augen. »Und, hat das nicht bis morgen Zeit?«

»Keine Ahnung, einer der Streifenpolizisten meinte, es könnte Sie interessieren, die Wohnung gehört einem Lothar Semmler.«

Fenja war sofort hellwach. »Wie heißt der Polizist?«

»Karlsen, Henning Karlsen, ist noch ein Küken, erst seit zwei Monaten bei der Schutzpolizei Wittmund.«

»Okay, danke, das interessiert mich in der Tat.«

Fenja beendete das Gespräch und war zehn Minuten später auf Bendines altem Drahtesel auf dem Pumphusen unterwegs Richtung Alter Hafen. Sie trat kräftig in die Pedale, nicht nur, weil sie es eilig hatte, sondern auch, um sich warm zu halten. Als sie an der Königsberger Straße eintraf, standen die beiden Streifenpolizisten vor dem Eingang von Semmlers Haus. Fenja stieg vom Rad und ließ es einfach auf den Rasen fallen. Ein junger, muskulöser Mann mit kurzem blonden Haar kam auf Fenja zu.

»Sind Sie Karlsen?«, fragte sie. Der junge Polizist nickte. »Was hat Ihnen denn eingeflüstert, dass dieser Einbruch für die Kripo von besonderem Interesse ist?«

»Gesa Münte ist meine Kusine, und die hat mir gesagt, ich soll mal die Augen offen halten und Sie benachrichtigen, falls hier in Carolinensiel in nächster Zeit was passiert.«

Fenja klopfte ihm auf die Schulter. »Weiter so, Sie werden's weit bringen.«

Und Gesa auch, dachte sie bei sich. Leider hieß das auch, dass die junge Frau Wittmund wahrscheinlich verlassen würde, um irgendwo Karriere zu machen. Aber so funktionierte das nun mal im Leben. Man musste andauernd Abschied nehmen.

»Wer hat den Einbruch gemeldet?«

»Der Nachbar, ein Herr Seliger. Sein Hund hat wie verrückt gebellt, und er ist aufgestanden, um nachzusehen, ob draußen was los ist. Manchmal lungern nämlich Jugendliche hier herum und stellen sonst was an … sagt der Herr Seliger. Er hat gesehen, dass die Haustür vom Semmler offen steht, es hat aber nirgendwo Licht gebrannt. Na, da hat er gemeint, der Semmler spinnt ja wohl, lässt die Haustür nachts offen, und hat bei dem Semmler angerufen. Der hat aber nicht geantwortet, was dem Seliger dann komisch vorgekommen ist. Er hat überlegt, vielleicht ist ihm was passiert, Schlaganfall oder so. Er ist rübergegangen und … na ja, hat dann gesehen, dass das Büro so unordentlich war, der Schreibtisch durchwühlt und der Semmler nirgends zu finden. Da hat er sich gedacht, er ruft sicherheitshalber mal die Polizei. Ja, und da sind wir. Seliger steht da vorn und wartet.«

Fenja ging auf einen Mann mittleren Alters zu, der mit Schlafanzughose und Mantel auf dem Nachbargrundstück stand.

»Sie haben die Polizei angerufen«, sagte sie und wies sich aus.

»Ja, Seliger mein Name, die Tür stand offen …«

»Haben Sie denn irgendwas gesehen? Vielleicht jemanden, der das Haus verlassen hat?«, unterbrach Fenja ihn.

»Nee, leider nicht. Nur das, was ich Ihrem Kollegen schon gesagt habe.«

»Okay.«

Fenja bedankte sich und betrat wenig später, gefolgt von Karlsen, Semmlers Büro. Dabei versuchte sie, das seltsame Gefühl, das sie beim Anblick des verwüsteten Schreibtisches beschlich, zu ignorieren.

Sie sah sich um. Das Erste, was ihr auffiel, waren der fehlende Computer und die herausgerissenen Schreibtischschubladen.

»Haben Sie versucht, den Bewohner zu erreichen?«

»Ja, wir haben ihn mehrfach über Handy angerufen, aber das ist ausgeschaltet. Und sein Auto steht in der Garage. Allerdings haben wir bisher keine Schlüssel gefunden.«

»Irgendwelche Verwandten oder Bekannte?«

»Es gibt einen Sohn, der wohnt in Wilhelmshaven. Den haben wir angerufen, aber der weiß von nichts. Hat seinen Vater seit Wochen nicht gesehen und hat keine Ahnung, wo er sein könnte. Und eine Freundin hatte Semmler nicht. Der Sohn wusste von keiner, und der Nachbar sagt, der Mann hätte in den letzten Wochen nur noch vor seinem Computer gesessen.«

Fenja grübelte. Das alles musste nichts bedeuten. Semmler konnte sonst wo sein, seinen Computer mitgenommen und die Unordnung selbst verursacht haben. Vielleicht hatte er einfach nur vergessen, die Tür zu schließen, und dadurch einen Einbrecher angelockt. Andererseits, wo hielt er sich auf? Vielleicht doch bei einer Frau? Wieso ging er dann nicht ans Handy? Das war alles ziemlich seltsam, aber Fenja konnte hier nichts weiter tun.

»Versiegeln Sie das Haus und postieren Sie hier einen Streifenwagen. Wenn Semmler wieder auftaucht, möchte ich sofort benachrichtigt werden.«

»Geht klar.« Karlsen tippte sich an die Stirn, und die beiden verließen das Haus.

Tief in Gedanken versunken radelte Fenja heim. Das flaue Gefühl im Magen hatte sich verstärkt. Semmler hatte gestern versucht, sie zu erreichen, wollte sich mit ihr treffen. Sie hatte das ignoriert, was ihr jetzt bitter leidtat. Sie hoffte von ganzem Herzen, dass sich ihre bösen Vorahnungen nicht bestätigen würden und Semmler morgen gesund und munter wieder auftauchen würde.

Vielleicht war der Einbruch ja wirklich nur ein dummer Zufall. Aber Fenja konnte sich selbst nicht so recht von dieser Vorstellung überzeugen. Als sie bei der Pension ankam, stellte sie das Fahrrad neben dem Gartentor ab und betrat leise das Haus.

Bendine kam ihr im Schlafanzug entgegen.

»Ist wieder was passiert?«, fragte sie besorgt.

Fenja winkte ab. »Wahrscheinlich nur ein Einbruch.«

»Und wieso wirst du dann gerufen?«

Fenja zog ihre Jacke aus und erklärte ihrer Tante die Situation.

»Du weißt nicht zufällig, wo er sein könnte, oder?«

Bendine schüttelte den Kopf. »Nein, so gut kenne ich ihn nicht, aber dass er eine Freundin hat, bei der er die Nacht verbringt, glaube ich nie und nimmer. Das hätte er uns längst erzählt. Lothar ist kein Heimlichtuer. Der spricht viel und gerne und am liebsten über sich selbst. Glaubst du, es ist ihm was zugestoßen?«

»Ich weiß es nicht. Aber womöglich ist er bis morgen wieder aufgetaucht. Mach dir keine Sorgen und geh wieder ins Bett.«

»Ja, du auch«, antwortete Bendine und wandte sich ab. »Was für einen Beruf hast du dir da bloß ausgesucht.«

Ja, manchmal fragte sich Fenja das auch.

Als sich das Team um acht Uhr dreißig im Wittmunder Kommissariat traf, war Semmler noch nicht wieder aufgetaucht. Fenja hatte sich zwar um fünf Uhr wieder ins Bett gelegt, aber keinen Schlaf mehr gefunden und war um halb sieben aufgestanden. Jetzt saß sie müde und schlecht gelaunt im Besprechungszimmer und kämpfte mit ihrem schlechten Gewissen. Sie hatte Gesa für ihre Weitsicht gelobt und außerdem angeordnet, Semmlers Handy zu orten. In Anbetracht der Umstände konnte man das rechtfertigen, fand sie. Frenzen war in Jever unterwegs und versuchte herauszufinden, wo und vor allem mit wem Heike Bornum ihre Mittagspausen verbracht hatte.

Da es nicht viel zu besprechen gab, begab sich jeder wieder an seinen Schreibtisch. Fenja hatte sich mit Kaffee versorgt und ignorierte ihren knurrenden Magen. Sie hatte heute Morgen auf das Frühstück, das Bendine vorbereitet hatte, verzichtet. Jetzt saß sie vor ihrem Computer, kontrollierte ihren Posteingang und versuchte dann, die Telefonnummer von Frieso Tebbe herauszufinden. Sie musste mit dem Mann sprechen.

Eine halbe Stunde später betrat Gesa Fenjas Büro. »Das Handy von Semmler lässt sich nicht orten«, sagte sie mit ernster Miene.

Fenja seufzte. Das hatte sie befürchtet. Da stimmte etwas nicht.

»Von wo aus hat er die letzten Anrufe getätigt?«

»Von seinem Haus.« Gesa zögerte. »Und zwar deine Nummer. Danach hat er hier angerufen. Das ist die letzte Nummer, die er angewählt hat.«

»Scheiße«, fluchte Fenja. »Wir müssen eine Vermisstenfahndung einleiten.«

»Meinst du wirklich?«

»Ja, warum können wir sein Handy nicht orten? Hier geht irgendetwas vor, und ich will wissen, was«, antwortete Fenja und griff zum Telefon. »Hoffentlich ist ihm nichts passiert«, murmelte sie.

Gegen Mittag kam Frenzen aus Jever zurück und marschierte schnurstracks in Fenjas Büro. Fenja, die gerade ihren Computer heruntergefahren hatte, erschrak, als Frenzen mit einem lauten »Hallo!« eintrat und die Tür offen ließ.

»Jetzt rate mal, was ich rausgefunden habe!«

»Dass morgen Sonntag ist?«

»Ach Quatsch, ich glaube zu wissen, mit wem sich Heike Bornum an dem besagten Mittag getroffen hat. Ich habe alle Lokalitäten abgeklappert, die mir diese Beerbaum genannt hat, habe dort das Bild von Heike Bornum herumgezeigt, und … bingo … in der letzten bin ich fündig geworden. Da war Heike Bornum mit einem Mann zusammen, und die beiden hatten laut Auskunft der Bedienung eine kleine Auseinandersetzung. Jedenfalls ist die Bornum ziemlich ruppig geworden und hat den Kerl einfach stehen lassen. Und jetzt rate mal, wer das war.«

»Lothar Semmler?«

Frenzens Grinsen kollabierte. »Woher weißt du das?«

Fenja zuckte mit den Schultern. »Intuition.«

Frenzen schwieg verblüfft.

»Hast du denn noch nichts gehört?«, fragte Fenja.

»Nein, was denn, heute ist Samstag, und ich bin eigentlich nicht im Dienst. Da höre ich meine Rammstein-CD.«

»Semmler ist verschwunden, wir haben eine Vermisstenfahndung eingeleitet«, klärte Fenja ihn auf.

»Oh«, war alles, was Frenzen dazu einfiel.

»Hast du ihr ein Foto von Semmler gezeigt?«

»Ja was glaubst du denn?«

»Und sie hat ihn eindeutig erkannt?«

»Na ja, sie war sich ziemlich sicher.«

»Hast du ihr auch die Fotos von den anderen Clubmitgliedern gezeigt?«

»Nee, wieso denn? Wenn sie Semmler doch erkannt hat.«

»Mach das bitte trotzdem.«

Frenzen verzog den Mund. »Weiß zwar nicht, was das bringen soll, aber bitte. Frage mich außerdem, wie wir rausfinden sollen, was die beiden miteinander hatten, wenn eine tot ist und der andere verschwunden.«

Fenja steckte ihr Smartphone und ihren Schlüssel in die Tasche.

»Vielleicht lebt Semmler ja noch und kann es uns sagen, wenn er wieder aufgetaucht ist. Ich fahre jetzt mit Gesa nach Bremen. Du kannst ins Wochenende gehen und dich mal ein bisschen um deine Familie kümmern.«

»Aber …«, Frenzen folgte Fenja hinaus, »… was wollt ihr denn in Bremen?«

»Uns mit Frieso Tebbe unterhalten.«

»Tebbe? Ist das nicht der, wo im Knast war wegen dem Mord an seiner Frau?«

Fenja verdrehte die Augen. Hatte Frenzen schon immer so ein Deutsch gesprochen? Oder war er einfach nur tierisch aufgeregt?

»Genau der.«

»Was wollt ihr von dem? Und ist es nicht besser, wenn da ein Mann mitfährt?«

Fenja hatte ihre Jacke angezogen und war auf dem Weg nach draußen, wo Gesa wartete. »Nein«, sagte sie, ohne sich umzudrehen, »du hast Familie und somit gewisse Privilegien. Freu dich.«

Frenzen sah nicht so aus, als würde er sich ihren Vorschlag zu Herzen nehmen.

Wenig später waren die beiden Frauen in Gesas blauem Golf unterwegs nach Bremen.

Frieso Tebbe war in der Tat ein Frauentyp. Zumindest das, was sich Fenja unter einem Frauentypen vorstellte. Er war groß, schlank, muskulös, hatte volles blondes Haar und ein ebenmäßiges Gesicht mit dunkelblauen Augen und einem markanten Kinn. Die Jahre im Gefängnis schienen allerdings nicht spurlos an ihm vorübergegangen zu sein, denn sein melancholischer Blick und tiefe Falten auf seiner Stirn zeugten von einer leidvollen Vergangenheit.

Als Gesa und Fenja die Bar des Fitnesscenters betraten, war Tebbe gerade an der Theke im Gespräch mit zwei jungen Frauen, die lustlos an grünen Smoothies nuckelten.

Sie setzten sich gemeinsam an einen ruhigen Tisch. Fenja hatte ein Wasser bestellt und Gesa Kaffee. Die beiden Frauen ließen das Trio nicht aus den Augen.

Tebbe musterte die Beamtinnen neugierig.

»Ich weiß zwar nicht, was Sie von mir wollen, aber ich sag's Ihnen gleich. Ich bin nicht gut auf die Polizei und die Justiz zu sprechen.« Er sprach leise, mit heiserer Stimme.

»Das haben wir schon gehört«, antwortete Fenja, »und wir sind Ihnen dankbar, dass Sie Zeit für uns haben.«

»Hätte ich denn eine Wahl gehabt?«

»Nicht wirklich. Wir wollen uns auch nur ein bisschen unterhalten und uns ein Bild machen von dem, was vor zwanzig Jahren mit Ihrer Frau passiert ist.«

Tebbes Wangenknochen arbeiteten. »Ist schon komisch. Immer wenn in Carolinensiel eine Frau auf dubiose Weise zu Tode kommt, haben Sie mich im Visier. Wieso eigentlich?«

»Wir wollen nur sichergehen, dass die beiden Fälle nichts miteinander zu tun haben.«

»Könnten Sie denn etwas miteinander zu tun haben?«

»Möglicherweise.« Fenja nahm einen Schluck Wasser. »Könnten Sie uns kurz aus Ihrer Sicht schildern, was sich damals am Todestag Ihrer Frau in Ihrem Haus abgespielt hat?«

Tebbe warf den Bierdeckel, mit dem er die ganze Zeit gespielt hatte, auf den Tisch und lehnte sich zurück. »Das ist ja wohl nicht Ihr Ernst. Ich habe genug darüber geredet. Habe versucht, der Polizei, dem Staatsanwalt, dem Richter und Gott weiß wem klarzumachen, dass ich meine Frau unter keinen Umständen erschlagen habe. Aber man hat mir nicht geglaubt.« Er nahm den Bierdeckel wieder in die Hand. »Niemand hat mir geglaubt. Das alles ist vorbei. Es hat mich meinen Beruf, mein Familienleben und meinen Sohn gekostet. Ich will nicht mehr darüber reden.«

Gesa rührte sichtlich bewegt in ihrem Kaffee, und Fenja musterte Tebbe gedankenverloren. »Werner Dithmar hat Ihnen geglaubt.«

Tebbe blickte Fenja erstaunt an. »Tatsächlich? Davon hat er mir aber nichts verraten. Und besonders ins Zeug gelegt für mich hat er sich auch nicht.«

»Seine Ermittlungen waren tadellos. Ich habe die Akte gelesen.«

»Na, dann wissen Sie ja Bescheid. Was soll ich Ihnen dann noch erzählen?«

»Sie hatten Streit mit Ihrer Frau. Worum ging es dabei?«

»Na, worum es immer ging. Darum, dass ich nie da war. Ich war Pilot, damals.« Tebbes Blick verschleierte sich. »Und dann war das Kind … Boje, immer krank. Hinrike hatte mir vorgeworfen, mich zu wenig um sie und den Jungen zu kümmern.« Er schwieg eine Weile. »Das stimmte sogar. Ich hatte einfach keine Zeit, wollte möglichst schnell Flugkapitän werden. Und wenn Sie zu Hause nichts anderes erwartet als eine Frau, die Sie mit Vorwürfen überhäuft, und ein Kind, das Sie keine Minute schlafen lässt, dann zieht Sie nicht allzu viel dahin. Schließlich braucht man als Pilot seinen Schlaf.«

»Als Mutter auch«, sagte Gesa.

Tebbe war für einen Moment verblüfft und lächelte dann. »Natürlich, ich hatte ihr ja auch angeboten, ein Kindermädchen einzustellen, aber sie wäre mir fast an den Hals gesprungen.«

»Und sie hat Sie gekratzt«, sagte Fenja.

Tebbe wurde wieder ernst. »Allerdings, und das hat mir am Ende sechs Jahre Knast eingebracht. Dabei hab ich sie nur an den Handgelenken gefasst, in den Sessel gesetzt und bin gegangen.« Er wedelte mit dem Bierdeckel vor Fenjas Gesicht herum. »Und ich habe sie *lebend* zurückgelassen!« Tebbe sprach jetzt so laut, dass die beiden Damen an der Theke interessiert zu ihnen herübersahen.

»Als ob ich jemals eine Frau angreifen würde.« Tebbe war leise geworden. »Und dann auch noch meine eigene. Schwachsinn. Ich wollte mich sowieso von ihr scheiden lassen, sie wusste es bloß noch nicht.«

»Wieso wollten Sie sich scheiden lassen? Gab's eine andere?«, fragte Fenja.

»Nein, gab es nicht. Hab ich aber damals auch bis zum Erbrechen wiederholt. Ich wollte einfach raus aus dieser Beziehung. Hinrike war … nicht ganz einfach. Und sie hat sich ja kaum für mich interessiert. Hat sich immer nur um Boje gekümmert. Klar, er war krank und brauchte viel Zuwendung, aber so was hält eine Ehe nicht ewig aus.«

»Was hatte Ihr Sohn?«

»Eine Atemwegserkrankung. Hinrike war oft mit ihm in der Klinik.«

»Aber jetzt ist er gesund, wie's scheint.«

Tebbe starrte Fenja neugierig an. »Wirklich?« Er malte mit dem Finger Kreise auf den Tisch. »Ich weiß nicht, wie es ihm geht. Er verweigert jeden Kontakt.« Tebbe lachte kurz auf. »Aber ist das ein Wunder? Wer will schon etwas mit seinem Vater zu tun haben, wenn der die eigene Mutter ermordet hat.« Tebbe stand auf. »Sie entschuldigen mich. Ich habe zu tun.«

Er schob seinen Stuhl unter den Tisch und ging zurück zur Theke, wo die beiden Damen immer noch auf ihn warteten.

Fenja blickte ihm gedankenverloren nach.

»Was hältst du von ihm?«, fragte sie Gesa, die an einem Schokoladenkeks nagte.

»Ich weiß nicht. Scheint der typische Karrierist gewesen zu sein, der sich nicht um seine Vaterrolle gekümmert hat, und jetzt ist er frustriert, dass der Sohn nichts von ihm wissen will.«

»Ja, aber glaubst du, dass er lügt?«

Gesa lutschte Schokolade von ihren Fingerspitzen. »Wer weiß das schon?«

Fenja trank ihren Kaffee aus, und die beiden begaben sich zur Theke, um zu zahlen.

Tebbe verließ widerstrebend seine Kundinnen und kam zur Kasse.

»Kannten Sie Heike Bornum?«, fragte Fenja und legte das Geld auf den Tresen.

Tebbe sah auf. »Das ist die Frau, die umgekommen ist, oder? Wollen Sie mir das auch noch anhängen?«

»Kannten Sie sie nun?«

»Nein«, polterte Tebbe und warf das Geld in die Kasse.

»Wo waren Sie in der Nacht von Dienstag auf Mittwoch?«

Tebbe lachte auf. »Ha, wusste ich's doch!« Dann beugte er sich über die Theke und kam ganz nah an Fenja heran. Die wich keinen Millimeter zurück. »Ich war im Bett. Um zehn Uhr schließen wir, danach bin ich nach Hause.«

»Zeugen?«

»Nein!«

»Schade«, sagte Fenja. »Sie hören von mir.«

Damit drehte sie sich um und marschierte, gefolgt von Gesa, zur Tür.

»Glaubst du wirklich, er hat was mit dem Tod von Heike Bornum zu tun?«, fragte Gesa, als sie wenig später wieder im Auto saßen.

Fenja antwortete nicht sofort. »Klar ist, dass er kein Alibi hat. Wenn er um zehn Uhr Feierabend gemacht hat, hätte er bequem nach Carolinensiel fahren können, um sich mit Heike Bornum zu treffen. Und mit irgendwem war sie ja zusammen. Vielleicht war Tebbe ihr Date.«

»Aber wieso sollte er sie umbringen?«

»Das weiß ich nicht. Vielleicht, weil sie tatsächlich etwas gewusst hat über den Fall damals. Etwas, das Tebbes Unschuld bewiesen hätte. Und wenn das wirklich so war, hat er jetzt keinen Grund, das zuzugeben. Die Strafe für einen Mord, den er, wie er behauptet, nicht begangen hat, hat er abgesessen. Vielleicht hat er sich gedacht, jetzt hat er einen frei.«

»Das glaubst du doch selbst nicht«, sagte Gesa und trat aufs Gaspedal.

»Wer weiß schon, was im Kopf eines Mörders vorgeht?«

Fenja öffnete leise die Tür zur Pension, um Nele nicht zu wecken. Dann würde sie ihr noch vorlesen müssen, und dazu hatte sie heute Abend einfach keine Lust. Es war kurz vor zweiundzwanzig Uhr, und sie war todmüde. In Bendines Küche brannte Licht, und sie hörte Stimmen.

Klar, dachte sie missgelaunt. Edgar hatte sich nach dem Sabotageakt gegen seinen Computer von Bendine zum Bahnhof bringen lassen und war weitergezogen, um dem nächsten Verwandten auf den Wecker zu gehen. Dafür war Heini mal wieder da. Eigentlich wollte Fenja sich noch einen Schlummertrunk gönnen und ein wenig mit Bendine plaudern. Das entspannte sie jedes Mal.

Bendine war eine kluge Frau, und das Leben war nicht immer nett zu ihr gewesen. Kurz nach dem Tod ihrer Tochter Stella vor sechs Jahren hatte Bendine sich aufgegeben. Friedhelm, ihr Mann, war damals keine Hilfe gewesen. Er hatte sich, wie stets, auf sein Boot verkrochen und im Sommer auch die Nächte dort verbracht.

Fenja hatte sich oft gefragt, ob er wirklich um seine Tochter getrauert hatte. Aber wie sollte man beurteilen, ob und wie jemand mit dem schrecklichen Unglück, ein Kind zu Grabe tragen zu müssen, umging. Fenja wollte sich kein Urteil erlauben.

Bendines Ehe mit Friedhelm war damals zerbrochen. Später, nach Friedhelms Tod, hatte Bendine oft gesagt, dass ihre Ehe von Anfang an ein Irrtum gewesen war. Aber sie hatte sich ihr Leben eingerichtet und ihren Mann weitgehend ignoriert. Wie Friedhelm sich damit arrangiert hatte, wusste Fenja ebenso wenig wie Bendine. Und was Friedhelm nachts auf seinem Boot getrieben hatte, würde wohl für immer ein Geheimnis bleiben. Aber das war im Grunde auch egal. So hatte Bendine sich einmal geäußert, als sie und Fenja bei einer Flasche Riesling Krabben gepult hatten.

Fenja hatte ihr von ihrer desaströsen Beziehung mit ihrem Ex-Chef in Hamburg erzählt. Es war ein gutes Gespräch gewesen. Jede hatte der anderen ihr Herz geöffnet. Sie waren sich damals sehr nahegekommen. Nun ja, jetzt machte Heini, diese Torfnase, sich bei ihrer Tante breit. Bendine war wirklich ein Pfundskerl, und auf ihr Urteil konnte man sich verlassen. Aber ihr Männergeschmack war zum Davonlaufen.

Fenja wollte sich gerade leise zurückziehen, als sie stutzte.

»Du musst es ihr sagen.«

Bendine war laut geworden, und Fenja hörte Heini wimmern. »Aber das geht doch nicht. Es ist doch auch ganz unwichtig.«

»Sie wird es sowieso herausbekommen, und was macht das dann für einen Eindruck!«

»Nein, es ist alles in Ordnung, so wie es ist«, sagte Heini. »Lass uns nicht mehr darüber reden.«

Fenja spielte mit dem Gedanken, der Sache sofort auf den Grund zu gehen. Aber es stand zu befürchten, dass Heini, diese feige Socke, dann den Kopf einzog und sie gar nichts erfuhr. Nein, sie würde bei Bendine vorfühlen. Also hatte ihr Gefühl sie nicht getrogen. Dieser Dösbaddel verheimlichte etwas. Immerhin, Lügen war nicht gerade Heinis Spezialgebiet. Das sollte ihn eigentlich etwas sympathischer machen. Tat es aber nicht.

Fenja stieg gähnend die Treppe zu ihrem Apartment hinauf. Morgen war Sonntag, da würde sie Zeit haben zum Nachdenken, aber vorher musste sie schlafen. Bevor sie ins Bett fiel, fragte sie sich, was Edgar eigentlich trieb.

★★★

Eastbourne, Samstag, 11. Oktober

Das Foxhole Inn war wegen des Dartsturniers heute besonders gut besucht. Der Pub erfreute sich auch sonst großer Beliebtheit, was zum großen Teil dem Umstand geschuldet war, dass es der einzige Pub in Beecock war. Zwar mussten die beiden Betreiber Dylan Morris und Brian Star keine Konkurrenz fürchten, gaben aber für die Gäste ihr Bestes. Dylan, der Koch, servierte köstliche Currygerichte und war zuweilen etwas zu großzügig mit dem scharfen Gewürz. Das hatte den Vorteil, dass das eine oder andere zusätzliche Bier über die Theke ging.

Als Bradford und Buckley an diesem Samstagabend eintraten, wurde gerade ein guter Wurf bejubelt. Bradford arbeitete sich durch die Menge zur Theke vor, begrüßte Dylan Morris, den er von einer früheren Ermittlung her kannte, und fragte nach Vincent Strong.

»Vincent wirft gerade«, antwortete der und betätigte den Zapfhahn.

Noch mal brandete Jubel auf. Strong schien ein guter Darts-spieler zu sein. Bradford würde ihn seine Würfe beenden lassen. Er war wohl gerade gut in Form. Auch der nächste Wurf war erfolgreich, und die Umstehenden klopften Strong, der sich von seinem Kumpel ein Bier in die Hand drücken ließ, auf die Schulter. Strong war ein durchaus ansehnliches Exemplar für einen Mann in den Fünfzigern. Er war relativ klein und gedrungen, unter einem etwas zu engen blauen Hemd zeichneten sich breite Schultern und muskulöse Oberarme ab. Kräftig genug, um einen Mann zu erwürgen. Bradford schob ein paar Körper zur Seite, fing sich den einen oder anderen Rüffler ein und tippte Strong, der ganz auf den nächsten Werfer konzentriert war, der gerade mit dem Pfeil die Dartsscheibe anvisierte, auf die Schulter.

Er wandte sich um und musterte Bradford aus hellen Augen unter buschigen Brauen.

»Was ist?«, rief er mürrisch über das Stimmengewirr der Umstehenden hinweg.

Bradford hielt ihm seinen Ausweis unter die Nase. »Können wir Sie kurz sprechen?«, fragte er und deutete zur Tür, die in den Biergarten führte.

Strong kniff die Augen zusammen, fixierte zuerst Bradford, dann Buckley, der hinter ihm stand, nickte dann und bahnte ihnen den Weg durch die Menge.

Draußen standen einige Raucher an Holztischen und sahen ihnen neugierig entgegen. Strong ging ein paar Schritte, bis sie außer Hörweite waren.

»Was wollen Sie?«, fragte er und nahm einen Schluck aus sei-nem Bierglas, das er immer noch in der Hand hielt. Bradford registrierte seine langen, gepflegten Finger und fragte sich augen-blicklich, was ein Mann wie Strong mit einem Typen wie King zu tun haben mochte.

»Sie kannten Matthew King?«

Strongs Augen flitzten zwischen Bradford und Buckley hin und her. »Ja, wieso?«

Bradford beobachtete ihn genau. »Wann haben Sie ihn zuletzt gesehen?«

Strong hob die Hand und hustete. »Also … das weiß ich gar

nicht mehr so genau. Irgendwann letzte Woche, glaube ich, da haben wir hier im Pub zusammengesessen und danach … also, ich kann mich nicht erinnern, ihn dann noch mal gesehen zu haben. Wieso fragen Sie mich das?«

»Weil wir seinen Mörder suchen.«

»Was?« Strongs Augen blitzten. »Sie denken doch nicht, ich war's?«

Strong machte ein entrüstetes Gesicht, aber Bradford hatte das Gefühl, dass der Mann etwas wusste.

»Wie gut kannten Sie ihn?«

»Meine Güte, nur flüchtig, wie man sich eben so kennt, wenn man im selben Dorf wohnt.«

»Wir haben eine Zeugenaussage, nach der Sie oft mit Matthew King im Pub zusammengesessen haben.«

Strong verzog den Mund. »Das ist ja nicht verboten. Er war arbeitslos und ich auch. Da wird's einem schon mal langweilig, und man ist froh über jede Gesellschaft, die man kriegen kann. Außerdem hat Matt immer von seiner Zeit in der Army erzählt. Das konnte er gut.«

»Seit wann sind Sie arbeitslos?«

Strong lachte bitter. »Bin seit ein paar Jahren frühverrentet. Die Lunge ist kaputt, hab zu viel Kohlestaub eingeatmet. Mit sechzehn rein in die Grube und mit fünfundzwanzig kurzatmig wie 'n alter Mann. Hab zwei Umschulungen gemacht. Koch bin ich auch, und mit Versicherungen hab ich's versucht. Manchmal mit Saisonarbeit, hier bei den Bexleys im Herrenhaus, in Lessington Park. Sonst will kein Mensch einen kranken Mann einstellen. Tja, kann man vielleicht sogar verstehen.« Er nahm einen Schluck Bier. »Und Matthew ging's ähnlich. Seelenverwandt nennt man das wohl. Bloß dass es dem mit seinem einen Arm noch dreckiger ging als mir.«

»Haben Sie eine Ahnung, wer ihn umgebracht haben könnte? Hatte er Feinde? Oder hat er mal über etwas gesprochen, das uns weiterhelfen könnte?«

Strong betrachtete sein Bierglas und schüttelte den Kopf. »Nee, also wirklich, so gut kannten wir uns nicht.« Wieder hatte Bradford das Gefühl, dass Strong etwas verheimlichte. In diesem Moment ging die Tür auf, und ein Mann trat heraus. »Hey, Vincent, wo bleibst du? Du bist dran!«, rief er.

»War's das?«, fragte Strong.

»Vorerst.« Bradford gab ihm seine Karte und ging mit Buckley zurück in den Pub.

»Ich hab Hunger«, sagte Buckley, als sie an der Bar vorbeigingen.

»Ich auch«, sagte Bradford, der sich bereits nach einem Platz umsah.

Brian Star wies über seine Schulter in den Billardraum, wo für Dinnergäste Tische aufgestellt waren. Buckley bestellte Chicken Tikka und Bradford vorsichtshalber Fish and Chips. Im Gegensatz zu Buckley wusste er von dem großzügigen Curryeinsatz des Kochs, behielt sein Wissen aber für sich. Sie holten sich jeder ein Bier und begaben sich in den hinteren Raum, wo eine Gruppe Jugendlicher Billard spielte. Hier war es zwar stiller als in der Gaststube, aber noch laut genug, um sich relativ anonym unterhalten zu können.

»Also, Buckley, was halten Sie von der Sache?« Bradford führte vorsichtig sein randvolles Glas Bier zum Mund.

»Tja, schon merkwürdig, dass diese Pfarrersleute so gar nichts mitbekommen haben wollen, oder? Ich meine, man kann ja hinterm Mond leben, aber doch nicht so.«

»Dafür haben wir ja eine sehr gut informierte Zeugin, diese Henderson.«

»Das stimmt.« Buckley nahm einen kräftigen Schluck. »So was hab ich ja überhaupt noch nicht erlebt.«

»So was werden Sie auch nicht oft erleben, Buckley. Sie wissen ja, wie unsicher die meisten Zeugen sind. Allerdings muss man Menschen wie Daisy Henderson mit Vorsicht genießen. Sie wissen nicht nur viel über andere, sie haben auch stets eine Meinung dazu und sind damit ebenso freigiebig wie mit ihrem Wissen, woher auch immer sie das haben.« Bradford drehte sein Bierglas. »Wie auch immer, ich denke, die Pfarrersfrau können wir ausklammern, ich glaube nicht, dass sie den Mann erwürgt hat.«

»Also, die hatte ich jetzt sowieso nicht auf dem Plan«, Buckley schnalzte mit der Zunge. »Aber was ist mit dem Pfarrer? Der ist dermaßen unwissend, dass es schon verdächtig ist.«

Bradford schwieg, und Buckley interpretierte das als Zustimmung. »Ich finde, der ist unser Hauptverdächtiger.«

»Ist Ihnen nichts aufgefallen?«

»Was meinen Sie, Sir?«

»Na, in Kings Wohnung. Ist Ihnen da nichts aufgefallen?«

»Äh«, Buckley zog die Stirn kraus, »es war ziemlich chaotisch, und der Gestank natürlich …«

»Haben Sie die Flasche Whisky, die auf dem Tisch stand, gesehen?«

»Jaaa.« Buckleys Miene verriet sein krampfhaftes Bemühen, sich zu erinnern.

»Die Marke«, half Bradford ihm auf die Sprünge.

Buckley stutzte und hatte dann eine Erleuchtung. »Stimmt! Das war Dalmore, und der ist schweineteuer!«

»Genau.« Bradford seufzte innerlich. Sein Sergeant war nicht besonders aufmerksam. Constable Sutton wäre sofort skeptisch geworden. »Da fragt man sich doch, wie jemand, der von der Stütze lebt, sich so einen teuren Whisky leisten kann. Oder nicht?«

»Genau«, wiederholte Buckley. »Vielleicht hatte der Mann ja noch eine Geldquelle. Eine heimliche.«

»Das müssen wir herausfinden.«

In diesem Moment brachte Dylan Morris, ein vierschrötiger Walliser, das Essen.

»Hey, Inspector!«, dröhnte es durch den Raum, was Bradford unangenehm war, er wollte lieber inkognito bleiben. »Nett, Sie wiederzusehen! Hab gehört, Sie jagen einen Exhibitionisten. Der ist wohl zu schnell für Sie, was?«

Er stellte mit Schwung die Teller auf den Tisch und lachte wiehernd. Bradford amüsierte sich, Buckley guckte böse. Aber Morris schien das nicht zu bemerken. Er klopfte Buckley aufmunternd auf die Schulter und verschwand wieder in seiner Küche.

»Bald ist es in ganz England rum«, schimpfte Buckley. »Die Bullen von Eastbourne jagen einen Perversen. Weiß gar nicht, was daran so lustig sein soll.«

Dann wandte er sich seinem Essen zu, das verführerisch duftete. Bradford verteilte Besteck, und sie ließen es sich schmecken.

»Ob der Pfarrer wirklich so unwissend ist, wie er tut, werden wir noch herausfinden«, sagte Bradford kauend.

Buckley hatte gerade den ersten Bissen hinuntergeschluckt und wollte etwas sagen, als er bereits nach Luft schnappte und hastig nach seinem Bierglas griff. Bradford verbarg sein Grinsen und träufelte Vinegar auf seinen Fisch.

Buckley sog geräuschvoll die Luft ein. »Das ist aber scharf«, sagte er heiser und griff sich an die Kehle.

»Ja?« Bradford schob sich ein paar Chips in den Mund. »Was halten Sie von diesem Strong?«

»Frage mich, wie der an so eine Frau gekommen ist«, murmelte Buckley und trank noch einen Schluck.

»Warum, brauchen Sie einen Tipp?«

»Natürlich nicht«, antwortete Buckley entrüstet. Er hielt die Gabel in der Hand, blickte unschlüssig auf seinen Teller und nahm vorsichtig einen kleinen Bissen.

»Ich bin mir nicht sicher bei Strong«, sagte Bradford. »Ich denke, der weiß etwas.«

»Halten Sie ihn für den Mörder?« Buckley schaufelte sich Reis in den Mund.

»Nicht so schnell, Sergeant, wir halten niemanden für den Mörder, wir sammeln Fakten und Eindrücke. Strong ist auf jeden Fall kräftig genug, um einen Mann zu ersticken.«

»Einen einarmigen Mann, Sir, das würde sogar eine kräftige Frau hinkriegen«, sagte Buckley. »So eine wie diese Kathy Sanders.«

»Möglich.« Bradford legte sein Besteck auf den Teller und schob ihn weg. »Wir brauchen die Ergebnisse aus dem Labor und von der Spusi. Und was wir am allermeisten brauchen, ist der Zeitpunkt des Todes. Im Moment haben wir zu wenige Ansatzpunkte.« Er stand auf. »Sind Sie fertig?«

»Moment«, protestierte Buckley, der einen Bissen mit Bier hinunterspülte, »das kann man nicht so schnell essen. Äh, kann ich noch ein Bier haben?«

Bradford wollte das gerade verneinen, als zwei Frauen den

Raum betraten. Jede ein Glas Wein in der Hand. Sie unterhielten sich kichernd und bemerkten die beiden Männer zunächst nicht. Bradford beobachtete die beiden, sein Herz klopfte schneller.

Die eine der Frauen war Erin Roberts. Sie warf die dunklen Haare, die sie heute offen trug, zurück und lachte. Dann entdeckte sie ihn und wurde schlagartig ernst. Sie blieb stehen und starrte ihn an. Bradford grüßte stumm. Dann zog die andere Frau sie am Ärmel zu einem freien Tisch auf der anderen Seite des Raumes. Bradford packte kurz entschlossen die beiden Gläser und ging in den Gastraum, um noch zwei Bier zu holen. Das war zwar nicht geplant gewesen, aber die Umstände hatten sich verändert. Sein Sergeant konnte von Glück reden.

Zwei Minuten später kam er zurück, brachte dem verdutzten Buckley ein Bier und ging dann hinüber zum Tisch der beiden Frauen.

»Darf ich?«, fragte er und fixierte Erin, die den Blick abwandte.

»Äh, natürlich«, sagte die andere Frau, die bestimmt einige Jahre jünger war als Erin, und wies auf einen der beiden freien Stühle. »Sie sind doch der Polizist, der damals diese Morde aufgeklärt hat.« Sie sah Erin an, die mit hochrotem Gesicht stur auf ihr Rotweinglas stierte.

»Danke«, sagte Bradford und setzte sich, ohne auf Erins Erlaubnis zu warten. »Mein Name ist Bradford. Ich bin von der Polizei Eastbourne. Darf ich fragen, wie Sie heißen?« Er lächelte die Jüngere an, die ihn schwärmerisch anstrahlte. »Oh, ich bin Julia Brown, Julia. Und das ist Erin Roberts.« Bradford wandte sich Erin zu, die endlich von ihrem Rotweinglas aufsah.

»Ja«, knurrte sie ungehalten, »wir kennen uns.«

»Sagen Sie«, Julia Brown legte ihre Hand auf Bradfords Arm, »stimmt das, was wir gehört haben? Ist dieser Untermieter im Pfarrhaus … ermordet worden?«

Daisy Henderson machte wohl nie eine Pause, dachte Bradford.

»Ja, ein gewisser Matthew King wurde tot aufgefunden«, antwortete er.

»Hat ihn jemand umgebracht?«, flüsterte Julia Brown und legte die Hand, die eben noch das Weinglas gehalten hatte, an die Kehle.

»Ja«, sagte Bradford knapp. »Kannten Sie ihn?«

»Wen? King? Nein … ich meine, ich wusste natürlich, dass er im Pfarrhaus wohnt und dass er wenig Geld hat und nur einen Arm. Man hat sich gegrüßt, das heißt, ich hab ihn gegrüßt, er mich nie.« Brown spielte mit ihrem Goldkettchen. »Ich glaube, er hat mich gar nicht wahrgenommen. Der hat immer bloß vor sich hin gestarrt und nicht nach links und rechts geguckt.«

Bradford wandte sich an Erin, die die ganze Zeit keinen Ton von sich gegeben hatte und ihn jetzt mit funkelnden Augen ansah.

»Ja, ich kannte ihn, er war manchmal bei mir im Tea Room, hat ein Sandwich bestellt. Am Anfang hab ich ihm noch Tee dazugestellt, aber den hat er immer stehen lassen, also hab ich's gelassen. Dafür hat er hin und wieder mal einen Schluck aus seiner Whiskyflasche genommen. Jedenfalls nehme ich an, dass es Whisky war, er hatte die Flasche immer in einer Plastiktüte, und es roch so. Aber ich kenn mich mit diesen harten Sachen nicht gut aus.«

»War mal jemand bei ihm?«

»Nein«, sagte Erin, zögerte dann aber, »oder doch, einmal saß ein Mann bei ihm am Tisch, das ist aber schon länger her, bestimmt ein paar Wochen.«

»Wer war der Mann? Kannten Sie ihn?« Bradford blieb betont geschäftsmäßig.

»Nein, den hatte ich vorher noch nie gesehen und seither auch nicht wieder. In Beecock wohnt der nicht.«

»Haben Sie von der Unterhaltung etwas mitbekommen? Worüber haben sie gesprochen?«

»Also das weiß ich wirklich nicht mehr, das war irgendwann im Sommer. Es war ziemlich voll an dem Tag, ich hatte nicht die Zeit, die Gespräche der Gäste zu belauschen«, sagte Erin spitz.

»Wirkte ihre Unterhaltung vertraut oder eher wie eine Zufallsbekanntschaft?«

»Also ehrlich«, schnaubte Erin, »das weiß ich nicht.« Sie dachte einen Moment nach. »Sie haben recht leise gesprochen und auch ziemlich ernst, glaube ich. Gelacht hat keiner von beiden, aber … Matt King hat sowieso nie gelacht. Das ist also nicht außergewöhnlich.«

»Könnten Sie den Mann beschreiben?«

Erin zuckte mit den Schultern. »Er war etwa in Matts Alter, Mitte fünfzig, schätze ich, vielleicht auch älter, und er hatte eine Halbglatze. Mehr weiß ich nicht.«

»Vielleicht ein Tourist?«

»Sah eigentlich nicht so aus. Hatte jedenfalls keine Wanderschuhe an und keinen Rucksack dabei.«

In diesem Moment kam Dylan Morris zum Tisch und stellte zwei Teller vor den Damen ab.

»Ladys, einmal Cornish Pie und einmal vegetarische Quiche. Guten Appetit!«

Bradford erhob sich. »Dann will ich nicht weiter stören.«

»Aber Sie stören doch nicht!«, protestierte Julia Brown. »Nicht wahr, Erin, er kann ruhig sitzen bleiben.«

Erin antwortete nicht, sie war damit beschäftigt, die Serviette auseinanderzufalten und ihr Besteck auf Sauberkeit zu prüfen. Sie ist wirklich stur, dachte Bradford amüsiert, aber das gefiel ihm an ihr, sie wich nicht von ihren Prinzipien ab. Laura nahm es damit nicht so genau, war eher wankelmütig und konnte ihr Verhalten problemlos veränderten Umständen anpassen, vor allem, wenn es ihr zum Vorteil gereichte. Aber vielleicht musste man das ja können als Anwältin.

Er ging zurück zu Buckley, der tatsächlich seinen Teller leer gegessen hatte. Er schmollte.

»War das beruflich oder privat?«

»Beides«, antwortete Bradford. »Kommen Sie, es gibt Arbeit.«

SECHS

Carolinensiel, Sonntag, 12. Oktober

Der Sonntag brachte den Herbst. Es war kühler geworden, und ein heftiger Wind schleuderte den Regen gegen die Fensterscheiben. Der Wecker zeigte acht Uhr fünfundzwanzig. Fenja krümmte sich in ihrem Bett zusammen und zog die Decke über den Kopf. Aber es wollte sich kein Schlaf mehr einstellen, es ging ihr einfach zu viel im Kopf herum. Sie stand auf, duschte heiß und machte sich Kaffee. Normalerweise hämmerte Nele um diese Zeit an ihre Tür, aber Bendine hatte das Kind wohl zurückgehalten.

»Lass Fenja in Ruhe ausschlafen, sonst hat sie nur schlechte Laune«, hörte sie ihre Tante sagen.

Und eine schlecht gelaunte Fenja konnte Nele nicht ausstehen. Das hatte das Mädchen ihr einmal unmissverständlich klargemacht. Fenja musste ihr recht geben; wenn sie schlecht gelaunt war, konnte sie selbst sich auch nicht ausstehen.

Sie stellte sich ans Fenster und blickte auf die Straße. Dichter Regen trübte die Sicht, und nicht nur die, auch die Stimmung.

Fenja nahm ihr Smartphone und prüfte ihren Posteingang. Wie erwartet nichts Neues. Am Sonntag blieb die Zeit eben stehen. Und im Grunde war das ein Segen.

Ob sie Bendine wegen gestern Abend auf den Zahn fühlen sollte? Fenja war unschlüssig. Damit würde sie sich als Lauscherin outen. Das war zwar unangenehm, aber auch nicht weiter schlimm. Allerdings würde Bendine mit hoher Wahrscheinlichkeit ihren Heini nicht verpetzen. Es sei denn, er hätte etwas wirklich Schlimmes angestellt.

Fenja beschloss, sich später darum zu kümmern. Sie hatte keine Lust, sich am Sonntagmorgen mit Bendine anzulegen. Das konnte bis zum Abend warten. Stattdessen fiel ihr Barne Ahlers ein.

Was machte ein Mann wie Ahlers an einem solchen Tag? Hefte korrigieren? Hallentennis spielen? Oder mit seiner Freundin im Bett ... sonst was anstellen? Bei dem Gedanken wurde ihr warm. Hatte er überhaupt eine Freundin? Fenja wusste, dass er geschieden war und keine Kinder hatte.

Vielleicht sollte sie ihn anrufen und das herausfinden. Sie hatte sich sowieso schon gefragt, ob er Boje Tebbe gekannt hatte. Immerhin war er Lehrer auf der Schule, die der junge Mann bis vor Kurzem besucht hatte. Das wäre ein guter Vorwand. Zum Segeln konnten sie sich ja schlecht verabreden, bei dem Wetter.

Sie nahm ihr Smartphone und suchte seine Nummer heraus, konnte sich aber nicht durchringen. Vielleicht war er ja gerade mit etwas Wichtigem beschäftigt. Bereitete Unterrichtsstunden vor oder hatte tatsächlich Sex mit wem auch immer. Aber dann würde er das Gespräch gar nicht annehmen, würde sie später zurückrufen. Sie tigerte eine Weile unschlüssig durch ihr Apartment, zog ihr Bett ab, warf die Wäsche in die Maschine, studierte die Fernsehzeitung und goss ihren Ficus. Dann griff sie nach ihrem Smartphone und drückte, ohne lange nachzudenken, auf Ahlers' Nummer.

Nach wenigen Sekunden nahm er den Anruf an. Er hörte sich normal an. Normal und entspannt, hatte ihre Nummer nicht erkannt.

»Hallo, hier ist Fenja Ehlers, ich hoffe, ich störe Sie nicht bei etwas Wichtigem.«

»Kommt drauf an«, antwortete er, und sie hörte ihn grinsen, »war gerade unter der Dusche.«

Fenja schluckte. »Sind Sie noch nass?« Kaum hatte sie den Satz ausgesprochen, schlug sie sich vor die Stirn.

Er lachte. »Nein, bin trocken und sauber. Was kann ich denn für Sie tun? Sie wollen doch nicht etwa segeln, oder doch?«

»Nein«, Fenja räusperte sich, »ich hätte ein Anliegen … beruflich«, schob sie eilig hinterher.

»Aha?«

»Es geht um einen früheren Schüler der KGS Wittmund. Er hat vor einem Jahr Abitur gemacht. Ich hab mich gefragt, ob Sie ihn kennen.«

»Wie heißt er denn?«

»Boje Tebbe.«

Ahlers schien nachzudenken. »Ich kenne nur einen Boje, der hier letztes Jahr Abitur gemacht hat, und der hieß Thomassen.«

»Ach.« Fenja war zunächst enttäuscht, doch dann fiel ihr ein, dass Bojes Großmutter Hilde Thomassen hieß. Womöglich hatte sie den Namen des Jungen geändert, nachdem man seinen Vater als Mörder verurteilt hatte.

»Könnte auch sein.«

Einen Augenblick herrschte Schweigen. »Wieso interessieren Sie sich denn für den Jungen? Hat er was verbrochen?«, wollte Ahlers dann wissen.

»Nein, nein, es ist nur …«, Fenja zögerte, »… was wissen Sie von Bojes Geschichte?«

Wieder Schweigen, dann ein Räuspern. »Alles.«

»Das ist gut«, sagte Fenja, »dann können wir ja offen reden.«

»Sie werden verstehen, dass ich nicht so einfach über meine Schüler sprechen kann, schon gar nicht mit der Polizei.«

»Ja, ich weiß«, entgegnete Fenja etwas ungeduldig. Wie sollte sie den Mann dazu bringen, ihr etwas über den Jungen zu erzählen. »Wir ermitteln nicht gegen ihn. Ich möchte nur wissen, was für ein Mensch er ist.«

»Wieso?«

»Weil ich mich für den Tod seiner Mutter interessiere.«

»Aber das ist doch schon ewig her. Gibt's da etwa Neuigkeiten?«

»Das weiß ich ja eben nicht genau, ich bin noch dabei, mir ein Bild zu machen. Ich werde sicherlich auch mit Boje persönlich reden, wüsste aber vorher gern mehr über ihn als das, was in den Akten steht.«

»Ist das nicht eher kontraproduktiv? Ich dachte immer, man sollte unvoreingenommen auf die Menschen zugehen.«

Der Mann war eine harte Nuss. »Das muss man von Fall zu Fall entscheiden«, entgegnete Fenja.

»Okay«, sagte Ahlers, »dann schlage ich vor, wir treffen uns. Was halten Sie von einem Mittagessen?«

»Gute Idee.«

Sie verabredeten sich für halb eins im Sielkrug. Fenja legte das Handy weg und sah in den Spiegel. Oh Gott, sie musste dringend ihr Haar bändigen, das sie nur mit dem Handtuch trocken gerubbelt hatte. Und was sollte sie bloß anziehen?

Er wartete bereits auf sie. Als sie das Restaurant betrat und auf seinen Tisch zuging, erhob er sich und lächelte. Fenja wurde es warm ums Herz. Sie hatte schon lange kein Date mehr gehabt. Wahrscheinlich zu lange. Vielleicht war es an der Zeit, die Sache mit ihrem Ex-Chef endlich zu vergessen. Sie begrüßten sich per Handschlag, und als Ahlers ihr den Stuhl zurechtschob, musste Fenja schlucken. Hach, es war doch herrlich, sich ein bisschen hofieren zu lassen. Dagegen konnte auch ihre feministische Seite nichts einwenden.

Er hatte sich bereits ein Jever bestellt und studierte die Speisekarte. »Was essen Sie? Fisch?«

»Heute nicht, wenn's Schnitzel gibt, nehm ich das.«

»Wunderbar, das nehm ich auch.« Er grinste und klappte die Speisekarte zu.

»Was ist so witzig?«, fragte Fenja leicht pikiert.

»Die Erleichterung.«

»Worüber?«

»Dass Sie weder Vegetarierin und schon gar keine Veganerin sind. Sie glauben gar nicht, wie kompliziert das Leben sein kann, wenn man das Essen zur Philosophie erhebt.«

»Sie haben da wohl einschlägige Erfahrungen gemacht.«

Er seufzte und wurde ernst. »Das kann man sagen.«

Sprach er jetzt von seiner Ex? Und hieß das, dass er jetzt solo war? Fenja rief sich zur Ordnung. Wieso war sie eigentlich hier? Wollte sie etwas über Boje Thomassen erfahren oder über Barne Ahlers? Über beide, gab sie sich selbst die Antwort. Und das war legitim. Sie bestellten Schnitzel mit Salat und Kroketten, und Fenja trank einen Dornfelder. Ahlers musterte Fenja, was ihr unangenehm war. Sie konnte gerade noch dem Impuls widerstehen, ihr Haar zu ordnen, das sie offen trug und sorgfältig geföhnt hatte.

»Sie sehen gut aus«, sagte Ahlers.

Fenja spürte, dass sie rot wurde, und fuhr sich nun doch durch die Haare. Normalerweise ließ sie sich nicht so leicht verunsichern, aber dieser Mann brachte ihre Nerven zum Flattern. Reiß dich am Riemen, sagte sie sich. Er ist nur ein Mann, zwar ein Prachtexemplar, aber die gibt es in jeder Spezies.

»Danke, Sie auch«, gab sie dann zurück und sammelte sich kurz. »Ich habe mit dem Vater von Boje Thomassen gesprochen.

Sie wissen, dass er seine Strafe verbüßt hat, die Tat aber nach wie vor bestreitet?«

»Nein, das wusste ich nicht. Ich wusste nur, dass er verurteilt wurde, aber nicht die näheren Umstände. Dass er seine Unschuld beteuert, ist sicherlich nicht ungewöhnlich, oder?«

»Nicht unbedingt, aber wenn ich sowieso für alle Welt schuldig bin und die Strafe bereits abgesessen habe, warum sollte ich dann noch alles hartnäckig bestreiten?«

»Keine Ahnung.«

Der Kellner brachte Wein und Salat, Fenja nahm einen Schluck. »Mich interessiert einfach nur, was für ein Mensch Boje ist. Ist er schüchtern oder extrovertiert? Wie ist er mit der Tatsache umgegangen, dass sein Vater seine Mutter umgebracht hat?«

Ahlers sah Fenja aufmerksam an. Er schien mit sich zu ringen, fasste aber dann einen Entschluss. »Ich habe Boje in Mathe und Sport unterrichtet. Er war ein durchschnittlicher Schüler, zumindest, was seine Leistungen anbelangte.«

»War er oft krank?«

»Nein, aber er war im Sportunterricht schnell erschöpft, obwohl er gerne Sport getrieben hat. Zumindest hat er das gesagt.«

Der Kellner servierte ihr Essen, und sie ließen es sich schmecken.

»War er gut integriert? Hatte er Freunde oder eine Freundin?« Fenja schob sich eine Ladung Krautsalat in den Mund.

»Ob er eine Freundin hatte, weiß ich nicht, aber er war nicht isoliert, falls Sie das meinen. Ich glaube, er war nicht unbeliebt. Wie er allerdings mit seiner Familiengeschichte klargekommen ist, kann ich nicht sagen. Er war kein besonders auffälliger Schüler.« Ahlers bestellte noch ein Bier, während Fenja eine Krokette von der Gabel fiel, die glücklicherweise auf ihrem Teller landete, wo sie in die Soße klatschte. Ahlers säbelte an seinem Schnitzel herum, schien nichts bemerkt zu haben. Fenja nahm ihre Serviette und versuchte, den Soßenfleck von ihrer frisch gebügelten weißen Bluse zu entfernen, was die Sache aber nur verschlimmerte.

»Allerdings, und das war wirklich auffällig …«, Ahlers tunkte ein Stück Fleisch in die Soße, und Fenja wartete gespannt, »… ich habe ihn nie lachen sehen.« Er legte das Messer weg und trank einen Schluck Bier. »Vielleicht bin ich ja auch einfach nicht aufmerksam genug gewesen, aber ...«

»Was, aber?«

»Ich habe ihn wirklich beobachtet, auch oder gerade im Hinblick darauf, ob er sich amüsierte oder nicht, aber ... Fehlanzeige.«

»Hm.« Fenja betrachtete versonnen den funkelnden Wein. »Das ist ja eigentlich gar nicht so abwegig, oder? Immerhin ist er bei seiner Großmutter aufgewachsen. Seine Mutter war tot, sein Vater im Knast. Ich frage mich wirklich, wie man als Jugendlicher damit klarkommt. Wie viel wussten seine Mitschüler?«

»Das weiß ich nicht, aber ich denke, sie wussten Bescheid. So was kann man nicht geheim halten, aber es war ja auch schon einige Jahre her, als er auf unsere Schule kam. Irgendwie Schnee von gestern.«

»Als Kind soll er oft krank gewesen sein.« Fenja legte ihr Besteck auf den Teller und schob ihn über die Soßenflecken auf der Tischdecke.

»Ja. Irgendwas mit den Atemwegen. Er hatte sich aber gut erholt, soweit ich weiß.« Ahlers hatte seinen Teller bereits blank geputzt und schielte auf Fenjas, die kaum die Hälfte gegessen hatte. Nicht, weil es nicht geschmeckt oder sie keinen Hunger mehr hatte, sondern weil sie ihre Klamotten und die Tischdecke nicht noch weiter bekleckern wollte.

»Kann ich das haben?«, fragte Ahlers und deutete mit der Gabel auf Fenjas halbes Schnitzel.

»Greifen Sie zu.«

Eine halbe Stunde später schlenderten sie an der Harle entlang Richtung Schleuse. Es hatte aufgehört zu regnen, aber immer noch trieb ein heftiger Wind tiefe dunkle Wolken über den Himmel. Fenja zog den Kragen ihrer Jacke hoch. Sie hätte Handschuhe gebraucht.

»Ist Ihnen kalt?«, fragte Ahlers, dem der Wind nichts auszumachen schien.

»Geht schon«, antwortete Fenja, die die Fürsorge ihres Begleiters genoss.

»Können Sie mir nicht sagen, warum Sie sich für diesen alten Fall interessieren?«

Fenja blieb stehen und musterte die Boote, die im Hafen lagen und auf dem kabbeligen Wasser schaukelten. Auch Besemers Motoryacht, die »Eos«, war hier festgemacht. Sie war eines der größeren Boote, bestimmt zehn Meter lang.

»Ganz ehrlich«, sagte sie, »ich weiß es selbst nicht genau. Es ist nur eine Vermutung. Ich kann darüber nicht sprechen.«

»Schade«, sagte er und legte den Arm um ihre Schulter. Gemeinsam gingen sie weiter bis zum Strand.

Die Flut schob unruhige Wellen auf das Ufer. Es war kaum jemand unterwegs. Die meisten Urlauber saßen jetzt bei einem Tee und Friesentorte in ihren warmen Urlaubsdomizilen oder einem der örtlichen Cafés. Als es wieder anfing zu regnen, zogen sie ihre Kapuzen über den Kopf und wanderten zurück.

An der Cliner Quelle verabschiedeten sie sich, und Fenja marschierte heim, zu Bendines Pension. Bendine saß schlafend im Wohnzimmer vor dem Fernseher und schnarchte. Fenja zog sich leise zurück. Es gab Tage, da konnte man sich nichts Schöneres vorstellen, als am knisternden Kaminfeuer ein gutes Buch zu lesen und einen Grog zu trinken. Heute war so ein Tag, und Fenja würde jetzt genau das tun. Zwar hatte sie keinen Kamin, aber ein heißes Bad war auch nicht zu verachten.

⋆⋆⋆

Barne Ahlers steuerte seinen schwarzen englischen Oldtimer langsam zurück nach Wittmund. Am Anfang war es ihm schwergefallen, mit der linken Hand zu schalten, aber er hatte sich schnell daran gewöhnt. In seinem letzten Urlaub in Sussex hatte er den Morris Minor an einer Tankstelle stehen sehen. Mehr als zwei Stunden lang hatte er sich, unter den grollenden Augen seiner Begleiterin, das Gefährt angesehen und hatte dann nicht widerstehen können.

Glücklicherweise hatte Simone nach anfänglichem Zaudern und wiederholtem Hinweis auf den ökologischen Fußabdruck, den diese Verschwendung auf der geplagten Erde hinterlassen

würde, eingewilligt, mit Ahlers' Bulli nach Deutschland zurück-
zufahren. Er selbst hatte den alten Morris Minor dann nach Wittmund überführt. Es war ein riskantes Unterfangen gewesen, vom
ökologischen Fußabdruck mal abgesehen. Am Hafen in Dover
hatte der Wagen den Auspuff verloren, und er hatte kurzfristig
eine Werkstatt aufgesucht, die die Panne schnell hatte beheben
können.

Seit Ende Juni fuhr er den Wagen jetzt und war jedes Mal
glücklich, wenn er das alte Vehikel chauffieren konnte. Die Sache
mit Simone hatte sich dann allerdings erledigt. Den VW-Bulli
fand sie ja ziemlich angesagt, aber wozu zum Teufel brauchte man
zwei Oldtimer? Das war dekadent. Fand Simone. Dazu kam, dass
sie ihn partout nicht davon überzeugen konnte, vegan zu leben.
Fleisch essen, überhaupt Tiere auszubeuten – so nannte sie das,
wenn man eine Käsestulle aß – war in ihren Augen verantwor-
tungslos und brutal.

Damit hatte sie sicherlich teilweise recht. Er selbst hatte
auch Bauchschmerzen, wenn er an die armen Schweine in den
Schlachthöfen dachte. Und erst die Hühner. Aber Sterben in freier
Wildbahn war auch nicht viel friedvoller, fand er. Simone hatte
sogar ihre Katze vegan ernährt. Das arme Vieh war völlig durch
den Wind gewesen, als er das letzte Mal bei Simone zu Hause gewesen war. Hatte sich mit ihren Krallen in seinem Arm verfangen
und sich dort auf für ihn ziemlich schmerzhafte Weise verewigt.
Simone konnte sich das gar nicht erklären, weil es doch eigentlich
Fleisch war, das aggressiv machte. Das wusste doch jeder.

Aber egal, Simone war Geschichte. Fenja war anders. Natürlich irgendwie. Sie aß alles. Und sie kleckerte. Außerdem hatte
sie ein Faible für alte Autos. Er fragte sich, ob sie ihren alten
Käfer immer noch fuhr. Er lächelte. Bei ihrem Spaziergang wäre
er beinahe schwach geworden und hätte liebend gern mit ihren
weizenblonden Haaren gespielt und diese vollen Lippen geküsst.
Fenja Ehlers war eine schöne und kluge Frau.

Er musste an ihren Fall im Frühjahr denken, als er selbst ziemlich in Bedrängnis geraten war. Und an einige Schülerinnen, die
ihm eindeutige Angebote machten, was für einen Lehrer üble
Folgen haben konnte. Es war manchmal wirklich problematisch

mit pubertierenden Mädchen. Sie interessierten ihn nicht die Bohne, waren leer, hatten noch nichts erlebt und nichts zu sagen. Er selbst war siebenunddreißig und geschieden. Was sollte er mit ihnen anfangen?

Er hatte sich überlegt, den Beruf aufzugeben. Aber er war nun mal Lehrer mit Leib und Seele, und er hoffte immer noch, dass irgendwann die Richtige auftauchen würde. In der Schule und im Kollegenkreis ließ er immer wieder durchblicken, dass er in einer Beziehung lebte, was ja bis vor Kurzem auch gestimmt hatte. Er hoffte, die Schülerinnen damit auf Abstand zu halten.

Und nun tauchte diese Kommissarin wieder in seinem Leben auf. Sie hatte ihn angerufen, und er hatte durchaus nicht das Gefühl, dass dieser Anruf ausschließlich beruflich motiviert war. Sie waren sich sympathisch, und das freute ihn. Aber er machte sich auch Gedanken über das, was sie gesagt hatte. Er selbst kannte die Geschichte um Boje Thomassen, und er hatte dem Jungen seine besondere Aufmerksamkeit geschenkt.

Boje hatte auf ihn immer ein wenig melancholisch gewirkt. Und dann waren da noch die gesundheitlichen Beeinträchtigungen gewesen. Boje geriet schnell außer Atem, obwohl er sich stets bemüht hatte, das zu verheimlichen. Aber ihm, als seinem Sportlehrer, war das nicht entgangen. Natürlich, seine Vergangenheit war nicht alltäglich gewesen. Er war bei seiner Großmutter aufgewachsen, und sein Vater hatte wegen des Mordes an seiner Mutter gesessen.

Er hatte sich manchmal gefragt, wie viel der Junge eigentlich von den wahren Vorkommnissen wusste. Frauen aus der Generation seiner Großmutter neigten dazu, Probleme totzuschweigen. Er selbst fand das nicht hilfreich. Genauso wenig, wie er es hilfreich fand, Probleme, die man nicht ändern konnte, endlos wiederzukäuen.

Alles in allem war Boje offenbar ganz gut zurechtgekommen, er war ja auch noch ein Baby gewesen, als diese Tragödie mit seiner Mutter passierte. Für Hilde Thomassen war es mit Sicherheit ungleich schwieriger gewesen. Aber sie hatte sich immer vorbildlich um den Jungen gekümmert. Alle im Kollegium waren davon überzeugt, dass die beiden einander sehr zugetan waren.

Wieso war Fenja so fixiert auf diese alte Geschichte? Was würde passieren, wenn die Vergangenheit wieder aufgewärmt wurde? Eine Vergangenheit, mit der Boje abgeschlossen hatte. Wäre es nicht besser, das Ganze auf sich beruhen zu lassen? Andererseits, sie war eine gute Ermittlerin, das hatte sie bewiesen, und er bewunderte sie dafür. Und wenn bei der Sache damals wirklich etwas nicht gestimmt hatte, dann könnte das womöglich bedeuten, dass … der Mörder der Mutter immer noch frei herumlief. Vielleicht hatte ja die Tote im Alten Hafen etwas damit zu tun. Wie auch immer, offensichtlich war Fenja an etwas dran, und er würde ihr helfen. Er würde eine alte Freundin besuchen.

SIEBEN

Eastbourne, Montag, 13. Oktober

DCI Bradford saß mit Sergeant Buckley und den Detective Constables Tristan Bush und Quentin Riley zusammen im Besprechungsraum. Detective Constable Gwyneth Sutton ging Streife auf der Strandpromenade, der Grand Parade, um endlich den Exhibitionisten zu fassen.

Bradford hatte das Wochenende in der Polizeistation zugebracht und versucht, möglichst viele Informationen über das Opfer Matthew King zu sammeln.

»Dr. Random wird heute hoffentlich die Autopsie vornehmen, sodass wir bald einen genaueren Todeszeitpunkt haben«, begann er. »Ich fasse kurz zusammen. King wurde 1959 in Lynton, in Devon, geboren, ist mit sechzehn zur Army gegangen und in Irland 1985 durch eine Bombe der IRA verwundet worden, der linke Arm wurde ihm amputiert. Danach war er einige Monate in der Reha in Carmarthen. Seit 1986 ist er dauerarbeitslos. Vor zwei Jahren ist er ins Pfarrhaus von Beecock gezogen, weil er sich angeblich die Mieten in Eastbourne nicht mehr leisten konnte. Das hat die Vermieterin gesagt.«

»Wenigstens etwas«, warf Buckley ein und fügte an die beiden Constables gewandt hinzu: »Die wusste sonst überhaupt nichts über ihren Mieter, was ich ziemlich merkwürdig finde. Gerade eine Pfarrersfrau sollte sich doch um ihre Mitmenschen kümmern, oder nicht? Aber dieses ganze kirchliche Geschwafel ist sowieso nur Heuchelei.«

»Danke, Buckley, aber wir sind uns darüber im Klaren, dass Pfarrer und ihre Frauen auch nur Menschen sind«, unterbrach ihn Bradford, der die Abneigung seines Sergeants gegen alles, was sich entfernt nach Religion anhörte, kannte und seinen Eifer in dieser Beziehung bremsen wollte. »Also, was King seit 1986 genau getrieben hat, ist ein Rätsel. Er hat seine Kriegsversehrtenrente abgeholt, hat sich ordnungsgemäß umgemeldet, aber wie er seine Zeit verbracht hat, konnten wir bisher nicht herausfinden.«

»Wahrscheinlich hat er gesoffen«, sagte Buckley.

»Aber … so viele Jahre«, wandte Bush ein, »das hält man doch gar nicht durch, oder?«

»Keine Ahnung«, antwortete Bradford. »Auf jeden Fall hat er sich Feinde gemacht, womit auch immer. Zumindest einen. Wie stellt man das an, wenn man den ganzen Tag nichts tut? Brav seine wenigen Rechnungen bezahlt, aber keine Kreditkarten hat, kein Telefon und kein Handy.«

»Er hatte kein Handy?« Riley guckte ungläubig.

»Jedenfalls hat die Spusi keins gefunden. Und die Anbieter abzufragen dauert seine Zeit. Glaube auch nicht, dass wir dort was finden. Dieser King war der typische Einzelgänger. Wir werden in Beecock die Bewohner befragen müssen und hier in Eastbourne auch seine alten Nachbarn.«

»In der direkten Nachbarschaft ist keinem in der letzten Woche irgendwas Ungewöhnliches aufgefallen. So viel wissen wir schon«, sagte Buckley.

»Aber …« Tristan Bush, ein eher zurückhaltender Constable mit guter Beobachtungsgabe, rutschte unbeholfen auf seinem Stuhl herum. Er musste immer erst Anlauf nehmen, um sich zu Wort zu melden. »Ist das nicht merkwürdig, dass die Vermieter gar nichts mitgekriegt haben? Ich meine … wenn die doch im selben Haus wohnen.«

»Sag ich ja«, meinte Buckley, »ich finde das verdächtig.«

»Ah ja?«, hakte Bradford nach, der das Ehepaar Bolton-Smythe zwar für harmlos hielt, es aber vorzog, sein Bauchgefühl durch Fakten zu stützen. »Die Frau hat ein Alibi, sie war in Cumbria, und wenn sie keins hätte, würde ich sie ebenfalls ausschließen. Glauben Sie wirklich, dass sie einen alten Mann umbringen würde? Das passt einfach nicht.«

»Und was ist mit dem Pfarrer?«

»Das würde mich schon sehr wundern, aber bisher können wir ihn ja nicht mal nach seinem Alibi befragen, wir brauchen einen genaueren Todeszeitpunkt. Und bis dahin, oder bis sich eventuell jemand auf den Zeugenaufruf meldet, müssen wir uns auf das konzentrieren, was wir haben. Das heißt, Buckley, Sie übernehmen Kings Krankengeschichte, fragen bei seinen Ärzten und Zahnärzten nach. Riley, Sie informieren sich bei der Army, und Bush, Sie fragen sich bei seinen Ex-Nachbarn in Eastbourne durch, und ich werde mich noch mal in Beecock umhören. Vielleicht haben wir auch Glück und bekommen einen ernst zu nehmenden Hinweis nach dem Zeugenaufruf. So was soll's ja auch geben.« Bradford erhob sich. »Also an die Arbeit, Leute.«

»Äh …«

»Ja?«

Buckley hatte etwas sagen wollen, schien es sich dann aber anders zu überlegen, griff nach seinem Smartphone, das auf dem Tisch lag, und stand auf. »Ach nichts.«

Bradford grinste. »Falls Sie sich gefragt haben, wie Ihr Boss den Vormittag zu verbringen gedenkt. Ich werde Kaffee trinken gehen.«

»Nein, Sir, natürlich nicht, Sir«, stotterte Buckley, während die beiden anderen verdutzt stehen blieben.

»Und während ich Kaffee trinke, werde ich unsere Informantin befragen.«

»Welche?«

»Na, diese Daisy Henderson. Ich wette, sie hockt mit ihrem WI-Personal im Tea Room von Beecock und sammelt Neuigkeiten. Ich möchte ein bisschen mehr über Kathy Sanders erfahren, und der Teufel soll mich holen, wenn diese Henderson nichts über Sanders zu erzählen hat.«

Bradford traf seine Informantin wie erwartet in Erins Tea Room an, wo sie mit der Inhaberin der einzigen Boutique von Beecock zusammensaß. Bradford konnte sich an sie erinnern, hatte aber ihren Namen vergessen. Erin stand am Tresen und kochte Tee. Als sie ihn kommen sah, drehte sie dem Raum den Rücken zu. Ob sie sich darüber im Klaren war, dass es gerade ihre Widerspenstigkeit war, die ihn dazu bewog, am Ball zu bleiben?, fragte sich Bradford. Ganz davon abgesehen, dass er sie einfach hinreißend fand. Je wütender sie war, desto mehr reizte sie ihn. Er war sich selbst nicht ganz sicher, was ihn an diesem Montagmorgen wirklich hergetrieben hatte: Erin oder Daisy Henderson.

Er blieb einen Moment in der Tür stehen, wartete, bis das Glockenspiel, das die Ankunft eines Gastes meldete, verklungen war, und ließ den Blick durch den Raum schweifen. Er war hell und geschmackvoll eingerichtet, behaglich, ohne altbacken zu wirken. An der Decke waren unzählige Teetassen in unterschiedlichen Dekors an ihren Henkeln aufgehängt. Wie lange brauchte man wohl, um so viele Tassen zusammenzubekommen, und vor allem, wie kam man auf die Idee, sie als Deckendekoration zu nutzen?

Der Tea Room war wie immer gut besucht, vornehmlich von Touristen, die den Klippenweg in den South Downs entlangwanderten. Das verrieten ihr schweres Schuhwerk und die Rucksäcke, die unter den Tischen abgestellt waren.

Gedämpftes Gemurmel erfüllte den Raum, als Bradford sich zu Daisy Henderson, die ihm erwartungsvoll entgegensah, an den Tisch begab.

»Haben Sie schon etwas rausgefunden?«, fragte sie mit blitzenden Augen.

»Darf ich mich setzen?«

»Natürlich, natürlich«, erwiderte Henderson, »das hier ist Holly Dalton, Sie erinnern sich sicher an sie, ihr gehört die Boutique.«

»An Sie erinnere ich mich jedenfalls«, begrüßte Holly Dalton Bradford keck.

Der antwortete mit einem freundlichen Nicken und setzte sich.

»Und? Haben Sie?«, wiederholte Henderson ihre Frage.

»Die Ermittlungen laufen«, sagte Bradford vage und wandte sich zunächst an Holly Dalton.

»Haben Sie Matthew King gekannt?«

»Nein, leider. Ich hab ihn natürlich hin und wieder mal auf der Straße gesehen, aber da hat er kaum hochgeguckt. Auf mich hat er immer einen total lethargischen Eindruck gemacht.«

»Der war auch lethargisch«, mischte sich Henderson ein.

»Na ja«, Holly Dalton riss das Gespräch wieder an sich. »Daisy und ich haben schon überlegt, was da wohl passiert sein kann. Und um ehrlich zu sein, wir haben Harriet damals gleich gesagt, sie soll sich das genau überlegen. Ich meine, sich so einen Menschen ins Haus zu holen, das ist doch fahrlässig. Aber Harriet ist ja unbelehrbar. Und jetzt hat sie diesen Ärger am Hals, die Arme.«

»Erin!«, schrie Daisy Henderson ohne Vorwarnung durch den

Raum, sodass die Gespräche für einen Moment verstummten. »Bring uns noch eine Runde Tee!«

Bradford war neugierig, wie die Wirtin wohl mit Hendersons Kommandoton umgehen würde. Vorerst verschwand Erin in der Küche.

»Wissen Sie, ob er und Vincent Strong eng befreundet waren?« Die Frage war an beide Frauen gerichtet, und Henderson holte schon Luft, aber Holly Dalton kam ihr zuvor.

»Befreundet? Matthew King mit Vincent Strong? Also das kann ich mir beim besten Willen nicht vorstellen. Ich meine … zumindest was Vincent angeht.«

Bradford hakte sogleich nach. »Sie kennen Strong?«

»Äh, ja schon, aber … nicht so, wie Sie denken.«

»Wie denke ich denn?«, fragte Bradford, und Daisy Henderson machte ein Gesicht, als wäre sie auf der Jagd und würde einem Wild auflauern.

»Wir waren mal zusammen im Kino in Eastbourne«, gab Holly Dalton widerstrebend zu, »aber auch nur ein Mal, und das ist bestimmt schon zwei Jahre her.«

Henderson legte den Kopf schräg. Ihren Tee hatte sie wohl vergessen, ebenso wie Erin.

»Und wieso glauben Sie, dass Strong und King nicht befreundet waren?«

»Na weil … weil Vincent ist gebildet und … ein Mann wie der gibt sich doch nicht mit einem wie Matthew King ab.«

»Kennen Sie Kathy Sanders?«

»Die!«, quiekte Henderson, noch bevor Holly Dalton antworten konnte. »Ist die etwa wieder hier?«

Na also, dachte Bradford, seine Informantin enttäuschte ihn nicht.

»Sie kennen sie also?«

»Natürlich! Wer kennt die nicht? Die verdreht doch allen Kerlen den Kopf, wenn die mit ihrem Hintern durch die King's Road wackelt. Stimmt's nicht, Holly?«

Holly Dalton antwortete nicht, zuckte nur mit den Schultern. Soeben war Erin herangetreten und stellte eine Kanne Tee auf den Tisch.

»Daisy«, sagte sie streng. »Du sagst das, als wäre es Kathys Schuld, wenn die Kerle sich den Kopf verdrehen lassen.«

»Ja, ist es doch, oder nicht?«

»Nein.« Erin blickte Bradford vielsagend an. »Was darf's sein?«

»Kaffee, bitte«, sagte Bradford und strahlte sie an. Erin drehte sich abrupt um, während Daisy Henderson Erin und Bradford mit gerunzelter Stirn beobachtete.

Aha, dachte sich Bradford. Daisy Henderson wusste also auch nicht alles.

»Jedenfalls«, kam Henderson wieder zur Sache, »ist diese Person immer wieder mal hier und wohnt dann bei diesem Strong.«

»Sie wissen nicht zufällig, wo sie wohnt, wenn sie nicht hier ist?«

»Na, bei ihrem Mann, der ist Arzt in Eastbourne.«

»Bei ihrem Mann?«

»Sehen Sie! Sie finden das auch geschmacklos. Sie arbeitet bei ihrem Mann in der Praxis, zumindest manchmal, und dann hat sie was mit Strong angefangen. Wobei ich mir nicht erklären kann, wie man einem Arzt so einen wie Strong vorziehen kann. Da muss man schon ziemlich dämlich sein, und das sagt eigentlich alles. Warum Dr. Sanders sich das gefallen lässt, ist mir ein Rätsel.«

»Woher wissen Sie davon?« Bradford fragte sich wirklich, woher diese Frau all ihre Informationen hatte. Am Ende konnte er noch was von ihr lernen.

»Ich kenne Dr. Sanders. Er ist Lungenfacharzt, und ich hatte doch damals diese schreckliche Bronchitis, erinnerst du dich, Holly?«

Holly Dalton zog dezent die Stirn kraus. »Oh, ja.«

»Na ja, und da musste ich ein paarmal zu Dr. Sanders, der hat mir wirklich geholfen. Und diese Katherine, die ist ja gelernte Krankenschwester und war immer in seinem Vorzimmer, hat mit den Kerlen geflirtet. Wirklich kein feiner Zug von ihr.«

»Hat sie Strong dort kennengelernt? Bei Dr. Sanders?«

»Na, das nehme ich doch an. Strong hat's ja auch mit der Lunge.«

Bradford nahm einen Schluck von dem Kaffee, den Erin zwischenzeitlich gebracht hatte, und überlegte. Vielleicht war King auch Patient bei Dr. Sanders gewesen. »Haben Sie Matthew King auch mal dort gesehen?«

»Bei Dr. Sanders?« Henderson überlegte und schüttelte den Kopf. »Nein, hab ich nicht. Wieso wollen Sie das wissen?«

»Ich versuche mir ein Bild von Matthew King zu machen. Das ist alles«, antwortete Bradford und trank seinen Kaffee aus. »Vielen Dank für Ihre Hilfe.« Er stand auf.

»Aber natürlich, gern«, sagte Holly Dalton und stand ebenfalls auf. »Ich muss leider jetzt gehen, Daisy. Kann Jenny nicht so lange allein im Laden lassen. Du kennst sie ja.«

»Allerdings«, sagte Henderson und griff nach ihrer Handtasche, »ich muss auch weg. Roger wartet bestimmt schon auf mich.«

Sie zahlten ihre Zeche und verließen den Tea Room. Als das Glöckchenspiel verstummte, drehte Bradford sich noch mal um. Ich komme wieder, dachte er, bald.

Nachdem er sich von den Damen verabschiedet hatte, zückte er sein Smartphone und rief Sergeant Buckley an. »Haben Sie was?«

»Ja, Sir«, antwortete Buckley kauend, »King war unter anderem in Behandlung bei einem Arzt in Eastbourne ...«

»Dr. Sanders«, unterbrach ihn Bradford.

Buckley schwieg zunächst verblüfft. »Woher ...?«

»Von Daisy Henderson.«

Wieder Schweigen, dann ein brummiges: »Tatsächlich. Dann wissen Sie sicher auch schon, dass dieser Dr. Sanders mit einer Krankenschwester namens Katherine Sanders verheiratet ist und dass die bei ihm in der Praxis mitarbeitet.«

»Ja«, antwortete Bradford lakonisch.

Buckley schwieg beleidigt. »Vielleicht sollten Sie mir erst mal sagen, was Sie wissen, dann kann ich ja Feierabend machen«, raunzte er.

Bradford lachte leise. »Vincent Strong war auch Patient bei Dr. Sanders.«

»Allerdings«, Buckley erholte sich langsam, »ich nehme an, dass Strong und diese Sanders sich dort kennengelernt haben.«

»Gut möglich, ich will alles über dieses Ehepaar Sanders wissen. Vielleicht finden wir eine Verbindung zu King.«

»Die haben wir schon«, sagte Buckley triumphierend. Endlich hatte er Oberwasser.

Bradford tat ihm den Gefallen und hakte nach. »Welche?«

»Katherine Sanders' Mädchenname ist Williams, und sie ist geboren und aufgewachsen in Lynton, Devon.«

Bradford blieb stehen. »Das ist interessant. Dann können wir wohl davon ausgehen, dass King und Sanders sich von früher kennen.«

»Aber ja, die beiden haben in derselben Straße gewohnt, waren fast Nachbarn. Sie ist zwar drei Jahre jünger als King, aber gekannt haben die sich definitiv.«

»Gute Arbeit, Buckley, gibt's sonst noch was?«

»Nein, Bush wartet auf eine E-Mail aus London, wegen Kings Akte bei der Army, und Riley ist in Eastbourne unterwegs, fragt sich bei Kings Ex-Nachbarn durch.«

»Hat Dr. Random sich gemeldet?«

»Oh ja«, Buckley raschelte mit irgendwelchen Papieren herum, »er müsste mit der Obduktion eigentlich bald durch sein. Außerdem hat er einen Insektenforscher kontaktiert … wegen der Maden.«

»Okay, melden Sie uns für heute Nachmittag an.«

»Äh, Sie meinen Sie und mich?«

»Entspannen Sie sich, Buckley, wir werden uns nur mit Dr. Random unterhalten.«

»Das hat auch nichts Entspannendes.«

»Da ist was dran«, schmunzelte Bradford, der Buckleys Abneigung gegen die Rechtsmedizin verstand und die gegen den chronischen Miesepeter Dr. Random ebenso. »Ich werde Ms Sanders jetzt noch einen Besuch abstatten.«

»Das würde mir auch Spaß machen.«

»Zweifellos«, antwortete Bradford und drückte das Gespräch weg.

Kathy Sanders schien nicht sonderlich überrascht, als Bradford vor der Tür stand.

»Ich hab mir schon gedacht, dass Sie noch mal aufkreuzen, nachdem es den armen Matt erwischt hat. Warum haben Sie das nicht gleich gesagt?«

Bradford folgte ihr in die winzige Küche, wo sie gerade dabei war, Sandwiches und Tee zuzubereiten.

»Wollen Sie auch?«, fragte sie und hielt die Teekanne hoch.

Bradford lehnte dankend ab. Die Decke des Raumes war so niedrig, dass er sicherheitshalber den Kopf einzog. »Können wir uns kurz unterhalten?«

»Natürlich.« Sie goss Tee in ihren Becher, nahm sich ein Sandwich und wies zur Tür.

Bradford ging vor in ein Wohnzimmer, das nicht viel größer war als die Küche, aber gemütlich eingerichtet. Er ließ sich auf einem der Sessel vor der alten Feuerstelle nieder. Die Einrichtung hielt, was das Äußere des Hauses versprach, und trug eindeutig eine weibliche Handschrift. Viel Plüsch und Gehäkeltes, an der Wand eine leicht vergilbte Tapete mit Veilchenmuster. Eben genau so, wie man sich ein altes Haus vorstellte. Man hätte Führungen für Touristen anbieten können. Kathy Sanders schien seine Gedanken zu erraten.

»Die Einrichtung stammt noch von Vincents Tante. Macht alles Kleine noch kleiner.«

»Kannten Sie Matthew King gut, Ms Sanders?«, begann Bradford.

»Kathy.«

Sie setzte sich in den Sessel auf der anderen Seite der Feuerstelle und biss in ihr Sandwich. Die Teetasse hatte sie auf einem Beistelltisch abgestellt.

»Ich nehme an, Sie wissen, dass wir beide aus Lynton stammen ... stammten.« Sie leckte sich über die Lippen. Bradford sah sie nur an und wartete.

»Natürlich.« Sie schluckte und legte ihr Sandwich auf einer Serviette auf dem Tischchen ab.

»Ja, wir kannten uns, aber nicht wirklich gut. Das heißt, ich weiß recht wenig von ihm. Er war noch sehr jung und brauchte die Erlaubnis seiner Eltern, um zur Army zu gehen.« Sie zog ihre Bluse, die sie über einem T-Shirt trug, über der Brust zusammen.

»Matt hat sich womöglich mal Hoffnungen gemacht, wir waren quasi Nachbarn. Aber ich war dreizehn damals oder vierzehn, und mein Vater hat ... mein Vater war nicht gerade angetan von Matt.«

Sie spielte mit den Knöpfen ihrer Bluse. »Dad hatte für mich große Pläne. Ich sollte zur Schule gehen, zur Uni. Heiraten war keine Option. Es sei denn, irgendein reicher Pinsel, am besten noch ein Adliger, hätte sich für mich interessiert«, fügte sie unwillig hinzu. »Da kam ihm so einer wie Matt gerade recht. Sein Vater hat als Steiger in einer der Kohleminen in Südwales gearbeitet. Das war natürlich viel zu weit unten. In jeder Beziehung, verstehen Sie?«

Bradford nickte. Er konnte sich der Ausstrahlung dieser Frau kaum entziehen. Sie war mehr als zehn Jahre älter als er, aber immer noch ausgesprochen attraktiv. Und sie war sich ihrer Wirkung bewusst. Wie sie wohl als junge Frau ausgesehen hatte? Wahrscheinlich war, dass die Männer ihr hinterhergelaufen waren und nicht umgekehrt, wie Daisy Henderson hatte suggerieren wollen.

»Na ja, ich hab ihm den Gefallen getan und einen Arzt geheiratet. Es ließ sich nicht mehr vermeiden, ich war schwanger. Damals war das noch ein Grund zum Heiraten.«

Sie nahm ihre Tasse vom Tisch und umfasste sie mit beiden Händen, trank aber nicht.

»Verstehe ich das richtig, dass Sie für Matthew King so eine Art Jugendliebe waren?«

Sie lachte. »Ja, so kann man das wohl nennen. Allerdings hat mein Vater das damals nicht so locker gesehen. Er hat Matt verprügelt und ihm gesagt, dass er ihn abknallt, wenn er ihn noch mal in meiner Nähe sieht.« Sie schüttelte den Kopf. »Meine Güte, wie habe ich meinen Vater dafür gehasst. Ich mochte Matt. Wissen Sie, er war nicht immer so eine verkrachte Existenz. Im Gegenteil, Matt King war der Schwarm aller Mädchen im Dorf. Aber nachdem das mit meinem Vater passiert war, ist er einfach abgehauen. Ich habe ihn erst viel später wiedergesehen. In einem Krankenhaus in Carmarthen. Dahin hatten sie ihn gebracht, nachdem sie ihm in Belfast den Arm amputiert hatten. Ich war damals schon mit Harry verheiratet, wir haben beide in dem Krankenhaus gearbeitet. Unser Sohn, David, war noch klein. Er hat in Bristol studiert und lebt jetzt in London.« Sie streichelte gedankenverloren ihre Tasse. »Ja, das ist mehr als fünfundzwanzig Jahre her. Matt hat das mit dem Arm nie verwunden. Ich habe versucht, ihn zu einer Prothese zu überreden, aber davon wollte er nichts wissen. Manchmal hatte ich das Gefühl, er sah sich als Mahnung an die Menschen. Wollte ihnen demonstrieren, was Krieg anrichtet.« Sie trank einen Schluck und stellte die Tasse wieder ab. »Ich fand ihn ziemlich verbittert. Schließlich hat ihn niemand gezwungen, zur Army zu gehen. Das war eine Art Trotzreaktion. Ich habe nicht verstanden, wieso er sich so hat gehen lassen. Er war ziemlich intelligent, aber … dass er kein Geld hatte, das hat ihn zusätzlich verbittert. War natürlich auch schwierig für ihn, aber nicht unmöglich, er hätte im Büro arbeiten können, aber er hat es eben vorgezogen zu schmollen.«

Bradford hatte aufmerksam zugehört. »Woher kannten sich Mr Strong und Matt King?«

Ihr Blick verdunkelte sich. »Ja, das ist auch so eine Geschichte«, murmelte sie. »Aber da fragen Sie am besten Vince.« Sie sah auf ihre Armbanduhr. »Er müsste gleich zurück sein. Wollte mit einem seiner Kumpels aus dem Foxhole Inn nach Eastbourne, sich für ein Dartsturnier anmelden.« Sie lachte leise. »Wäre nicht schlecht, wenn er damit mal Geld verdienen würde. Das kann Vince nämlich wirklich.«

»Kennen Sie Mr Strong schon lange?«, fragte Bradford.

»Sie wollen wissen, wieso ich hier bin und nicht bei meinem Mann in Eastbourne.« Sie kniff die Lippen zusammen. »Das fragen Sie am besten meinen Mann.« Sie stand auf und warf ihm ein umwerfendes Lächeln zu. »Inspector, Sie können mir glauben, ich würde mich liebend gern weiter mit Ihnen unterhalten, aber ich habe noch eine Verabredung.«

Bradford erhob sich und ging. Diese Frau umgab etwas Geheimnisvolles, dachte er, als er auf der Straße stand. Er wusste nicht, was, aber er würde es herausfinden.

Bradford hatte sich im Tesco in Eastbourne ein Sandwich besorgt und war von dort aus zur Rechtsmedizin gefahren, wo Buckley mit unglücklicher Miene auf ihn wartete.

Dr. Random saß in seinem Büro und besprach sein Diktiergerät. Als die beiden Polizisten eintraten, blickte er ungehalten auf.

»Ach, war mir klar«, sagte er und schaltete das Gerät aus. »Geduld ist wohl ein Fremdwort für Sie, oder?«

»Das sollte für jeden Ermittler ein Fremdwort sein, zumindest, wenn es sich um Ergebnisse aus der Forensik handelt. Beim Auflauern Verdächtiger hingegen ist es eine durchaus sinnvolle Eigenschaft.«

Bradford nahm sich den einzigen Stuhl und setzte sich. Buckley sah sich zunächst hilflos um und lehnte sich dann, in Ermangelung einer weiteren Sitzgelegenheit, gegen einen Aktenschrank, ohne zu bedenken, dass der auf Rollen stand und gegen die Wand schepperte. Buckley wäre beinahe umgefallen.

»Wären Sie so freundlich, mein Büro nicht auseinanderzunehmen«, sagte Dr. Random und warf Buckley einen missbilligenden Blick zu.

Bradford verkniff sich ein Grinsen.

»Also«, Dr. Random nahm seine Brille ab und legte seine gefalteten Hände auf den Tisch. »Da Sie ja nicht warten können, hier meine Ergebnisse in Kurzfassung. Der Mann hat mehrere Tage tot in der Wohnung gelegen. Ich habe einen Insektenforscher zu den Maden befragt. Danach ist der Tod vor acht Tagen eingetreten, also am Sonntag letzter Woche. Er ist eindeutig erstickt worden, und zwar mit einem Kissen. Im Mund des Opfers und unter seinen Fingernägeln habe ich Stofffasern gefunden, die wahrscheinlich von dem Kissen stammen, das neben dem Sofa lag. Allerdings keinerlei DNA. Er hat also versucht, sich zu wehren, was für Menschen mit zwei Händen schon kaum zu bewerkstelligen ist, ganz zu schweigen von einem Einarmigen. Er hat Hämatome auf der Brust. Wahrscheinlich hat sich der Täter auf ihn gekniet, während das Opfer auf dem Sofa lag. Der Mann hatte keine Chance. Davon abgesehen ist es keine Katastrophe, dass er tot ist, er hätte nicht mehr lange gelebt. Leberzirrhose, fortgeschritten. Auch kein schöner Tod. Das wär's eigentlich von meiner Seite. Wenn Sie's ausführlicher wollen, müssen Sie auf den Bericht warten.«

Bradford kratzte sich am Kopf. »Könnte ihn auch eine Frau umgebracht haben?«

»Wie ich schon sagte, der Mann hatte nur einen Arm. Für eine kräftige Frau kein Problem, ihn auf diese Weise umzubringen.«

Bradford erhob sich. »Danke, das hilft uns schon mal weiter.«

Er drehte sich um und stieß mit Buckley zusammen, der die ganze Zeit hinter seinem Stuhl gestanden hatte.

Dr. Random ließ sie schweigend ziehen.

Die kalte, nüchterne Atmosphäre der Rechtsmedizin stand in krassem Gegensatz zu der in Dr. Sanders' Praxis. Bradford und Buckley betraten die Anmeldung, einen hellen, modern eingerichteten Raum. Hinter einem langen Tresen arbeiteten drei junge Frauen. Eine telefonierte, eine andere saß hinter einem großen Bildschirm, die dritte sprach mit einem Patienten. Bradford ging zu der Blonden am Computer und hielt ihr seinen Ausweis hin.

»Könnten wir bitte mit Dr. Sanders sprechen?«

Die Angesprochene riss die Augen auf, starrte auf Bradfords Ausweis und wandte sich dann an ihre Kollegin, die gerade die Patientin verabschiedet hatte.

»Maggie, kommst du bitte mal?«, fragte sie aufgeregt.

Maggie hob die Brauen und studierte dann Bradfords Ausweis. »Ja, bitte?«, fragte sie misstrauisch.

»Wir würden gern mit Dr. Sanders sprechen. Eine Routinebefragung, dauert nicht lange.«

»Dr. Sanders hat gerade einen Patienten. Danach hat er sicher ein paar Minuten Zeit für Sie«, antwortete Maggie in einem Ton, als würde sie ihnen eine Audienz beim Papst gewähren. »Nehmen Sie doch solange im Wartezimmer Platz.«

Das Wartezimmer war ebenso modern und hell eingerichtet wie der Vorraum und fast voll besetzt. Bradford zog es vor, stehen zu bleiben. Buckley öffnete sofort ein Fenster und stellte sich daneben. Er hatte eine tiefe Abneigung gegen Arztpraxen, in denen Menschen mit Atemwegserkrankungen die Luft kontaminierten.

Eine Frau sah ihn böse an, aber Buckley ignorierte sie. Jemand hustete. Bradford fühlte sich ebenfalls nicht wohl und hoffte, dass Dr. Sanders sich beeilte. Der tat ihnen den Gefallen, denn in diesem Moment quäkte ein Lautsprecher und bat Mr Bradford in Untersuchungsraum zwei.

Als Bradford Dr. Sanders gegenüberstand, glaubte er zu wissen, was an seiner Ehe mit Kathy nicht stimmte. Der Mann war groß, mager, hohlwangig und … schlaff. Bradford fiel keine treffendere Beschreibung ein. Vincent Strong war das genaue Gegenteil: kräftig, männlich, durchtrainiert.

Dr. Sanders blickte ihnen lauernd entgegen und wies mit seiner zartgliedrigen Hand auf die beiden Stühle vor seinem Schreibtisch. Bradford und Buckley setzten sich.

»Was kann ich denn für Sie tun, meine Herren?« Sanders' hellgraue Augen flitzten zwischen den beiden Beamten hin und her.

Alles an dem Mann war weißblond, das dünne Haupthaar, seine Augenbrauen, selbst die Wimpern, fuhr es Bradford durch den Kopf. Auch seine Haut war blass, die Stimme leise. Der Mann wirkte irgendwie blutleer.

»Wir ermitteln in einem Mordfall. Es geht um einen Matthew King. Unsere Nachforschungen haben ergeben, dass er Ihr Patient war.«

Die Reaktion von Dr. Sanders war für einen unvoreingenommenen Beobachter allenfalls sonderlich, für einen erfahrenen Ermittler wie Bradford aber höchst irritierend. Dr. Sanders sprang auf.

»Und? Was wollen Sie deswegen von mir?«

Bradford schwieg zunächst und sah Sanders verblüfft an. Der schien zu realisieren, dass seine Reaktion unangemessen war, und setzte sich wieder.

Bradford sprach betont ruhig. Der Mann verteidigte sich ja bereits, bevor er überhaupt angegriffen worden war. Er würde kaum gesprächiger werden, wenn man ihn unter Druck setzte.

»Reine Routine, wir versuchen, uns ein Bild vom Opfer zu machen. Weswegen war Mr King denn bei Ihnen in Behandlung?«

Dr. Sanders räusperte sich. »Matthew King war einige Male bei mir, wegen einer Lungenentzündung. Und das ist schon mehrere Monate her.«

Bradford betrachtete Sanders ruhig. »Und das wissen Sie, ohne in Ihren Unterlagen nachzulesen?«

»Ja, wieso nicht? Ich habe eben ein gutes Gedächtnis und kenne meine Patienten. Und dieser King war behindert, hatte nur einen Arm, so einen vergisst man nicht so leicht.«

»Können Sie uns sonst noch etwas zu Mr King sagen? Hatte er

noch andere gesundheitliche Probleme, von seiner Behinderung einmal abgesehen?«

»Natürlich, er war Alkoholiker, aber das ist kein Geheimnis. Darüber hinaus kann ich Ihnen nichts sagen. Ich bin Arzt und an meine Schweigepflicht gebunden.«

Bradford musterte Dr. Sanders ungehalten. Es lag in seinem Ermessen, die Akte herauszugeben. Wieso war der Mann so widerspenstig? Er versuchte es noch einmal.

»Dr. Sanders, Ihr Patient ist ermordet worden, Sie müssten doch ein Interesse daran haben, dass wir den Mörder finden.«

»Das habe ich ja auch, aber seine Patientenakte hat doch damit nichts zu tun.«

»Darüber würden wir uns gern selbst eine Meinung bilden. Darf ich Sie also um die Akte bitten.«

Zunächst sah es so aus, als würde Dr. Sanders sich weigern, doch dann knickte er ein. Er stand auf, ging zur Tür und streckte den Kopf hinaus.

»Vivian, suchen Sie bitte die Akte Matthew King heraus.« Er blieb an der Tür stehen. »Ich denke, das war dann wohl alles. Ich kann Ihnen nichts über den Mann sagen, und meine Patienten warten, wie Sie sehen.«

Buckley wollte sich schon erheben, aber Bradford blieb sitzen.

»Wir hätten noch eine Frage zu einem anderen Ihrer Patienten, sein Name ist Vincent Strong.«

Dr. Sanders' Gesicht färbte sich hellrot. »Was ist mit ihm?«

»Er war mit Matthew King bekannt.«

»Hat er ihn umgebracht?«

Bradford musterte Dr. Sanders. Er mochte den Mann nicht, aber er wusste, dass er sich solche Gefühle verkneifen sollte. Sie vernebelten nur die Sicht.

»Wie kommen Sie darauf?«

Dr. Sanders schien sich die Antwort genau zu überlegen. »Weil Sie ihn in diesem Zusammenhang erwähnt haben. Und irgendwer muss es ja getan haben, oder?«

»Wir stellen nur Fragen«, antwortete Bradford. »Also ... Mr Strong.«

»Mr Strong ist nicht mehr mein Patient.«

»Warum nicht?«

»Weil … er hat meine Frau belästigt. Sie arbeitet manchmal hier in der Praxis mit.«

»Wenn Sie nicht gerade bei Mr Strong wohnt.«

Dr. Sanders atmete schwer und öffnete die Tür. »Ich darf Sie jetzt bitten zu gehen.«

»Dürfen Sie«, sagte Bradford, »aber Sie haben sicher nichts dagegen, dass wir kurz mit Ihrem Personal reden.«

»Und wenn ich was dagegen hätte?«

»Würde es auch nichts nützen.«

Dr. Sanders schnaubte. »Tun Sie, was Sie nicht lassen können, und dann gehen Sie.«

Bradford sprach zuerst mit Maggie. »Können wir irgendwo ungestört reden?«

»Ich habe nicht viel Zeit, wie Sie sehen, warten die Patienten, aber wir können für zwei Minuten in die Küche gehen.« Sie wandte sich an ihre Kollegin. »Sandra, übernimmst du mal kurz.«

Das Gespräch mit Maggie, der dienstältesten Schwester in Dr. Sanders' Praxis, erwies sich als schwierig. Sie konnte oder wollte weder zu Matthew King noch Vincent Strong oder der Frau ihres Chefs und ihrer Kollegin Kathy Sanders irgendwelche Angaben machen. Auch wenn sich ihr Blick bei der Erwähnung von Kathy Sanders merklich verdüsterte, war sie ihrem Arbeitgeber gegenüber zu hundert Prozent loyal. Ähnlich verliefen die Befragungen von Sandra und Vivian. Keine der Damen hatte irgendetwas zu Matthew King oder Vincent Strong zu sagen.

Wenige Minuten später standen Bradford und Buckley wieder auf der Straße.

»Na, das ist ja vielleicht ein Typ«, sagte Buckley. »Wenn man ihn sieht, denkt man, das ist das totale Weichei, aber dann … Huiui.«

»Ja, finden Sie das nicht seltsam?« Bradford warf im Stehen einen Blick in die ziemlich dünne Akte, die ihnen Vivian mitgegeben hatte. »Also, wenn ich das hier so durchblättere, finde ich keinen Grund, wieso sich der Mann so geziert hat.«

»Vielleicht ist er einfach nur ein Prinzipienreiter, macht sich gern wichtig.«

»Aber er muss sich doch denken können, dass ihn sein Verhalten verdächtig macht.«

Buckley verzog den Mund. »Also, der Typ mag ja ein bisschen seltsam sein, aber als Mörder kann ich ihn mir nicht vorstellen.« Buckley dachte einen Moment nach. »Der hat doch nicht genug Kraft, nicht mal bei jemandem mit nur einem Arm. Wenn ein Typ wie Dr. Sanders mordet, dann macht er das hinterfotzig wie die Frauen, mit Gift. Sie glauben doch nicht wirklich, dass der ...«

»Ich glaube gar nichts, ich ermittle«, unterbrach ihn Bradford. »Wir sollten uns etwas intensiver mit diesem Arzt befassen.«

Am späten Nachmittag hatte Bradford seine Mannschaft in der Polizeistation versammelt.

»Also bei der Army sind, glaub ich, für uns keine relevanten Infos mehr zu holen«, begann Quentin Riley mit seinem Bericht. »Die haben im Archiv gegraben und mir eine Kopie der Akte gemailt. King ist mit sechzehn eingetreten, war neun Jahre dabei und unter anderem in Deutschland und Irland stationiert. In Belfast wurde er dann verwundet, als in einem Bus, der gerade an einer Haltestelle stand, eine Bombe der IRA hochging. Durch die Druckwelle sind Teile der Buskarosserie durch die Gegend geflogen, und eins davon hat seinen Arm zerschmettert. Der Akte zufolge hat er Glück gehabt, dass nicht mehr passiert ist.«

Riley spielte nervös mit seinem Bleistift. Bradford überlegte, wieso der Mann so unsicher war. Er leistete gute Arbeit, konnte aber nicht gut mit Kritik umgehen, wollte alles perfekt machen und neigte zum Grübeln. Vielleicht lag das daran, dass er mit seinen achtundzwanzig Jahren immer noch bei seiner Mutter wohnte.

Nicht ganz freiwillig, das hatte ihm Gwyneth Sutton anvertraut. Sie und Riley waren auch privat befreundet. Ob es mehr als Freundschaft war, wusste Bradford nicht, war ihm im Grunde auch egal, solange die Zusammenarbeit klappte. Allerdings schien es so, dass Rileys private Umstände ihn stark belasteten. Rileys Mutter, Anna, war herzkrank. Zumindest wurde sie nicht müde, das immer wieder zu betonen. Das hatte Constable Sutton gesagt, die allerdings nicht an die Herzkrankheit glaubte. Sie war vielmehr davon überzeugt, dass Anna Riley nach dem Tod ihres Gatten vor zweieinhalb Jahren einfach Angst vor dem Alleinsein hatte und ihren Sohn unter Druck setzte.

Riley richtete sich ein wenig auf und fuhr fort. »Im Army-Hospital in Belfast haben sie dann versucht, den Arm zu retten, allerdings ohne Erfolg. Nach ein paar Wochen mussten sie amputieren. Als King dann nach einigen Wochen halbwegs wiederhergestellt war, hatte er allerdings einen Ausraster und hat sein Krankenzimmer demoliert.«

»Verständlich«, murmelte Bush. »Ich wüsste nicht, was ich täte, wenn ich bloß noch einen Arm hätte.«

»Ich auch nicht«, stimmte Riley zu. »Danach ist er nach Carmarthen zur Reha gekommen und dort wieder mit seinem Jugendschwarm Ms Sanders zusammengetroffen. Ob sich da allerdings zwischen den beiden was abgespielt hat, weiß ich nicht, hab nur den Akten entnommen, dass die zur selben Zeit in derselben Rehaklinik waren. Ist aber nicht anzunehmen, weil Katherine Sanders damals verheiratet war und ihr Mann auch in der Klinik gearbeitet hat. Na ja, King ist dann im selben Jahr aus der Army ausgetreten, und das war's.«

»Hatte er keine Freunde bei der Army?«, fragte Bradford. »Mit wem war er in seiner Freizeit unterwegs?«

Riley lief rot an. »Ja, ich hab mir ein paar Namen geben lassen, von Soldaten, die in Kings Kaserne waren. Hab schon einige kontaktiert, hab aber bis jetzt noch keinen gefunden, der sich an King erinnern kann. Einige sind auch schon tot. Ist ja schon über dreißig Jahre her.«

»Danke, Riley«, sagte Bradford, »bleiben Sie dran.«

Riley seufzte leise und nickte.

Bradford wandte sich an Constable Bush. »Was sagen denn die Ex-Nachbarn von Matthew King?«

»Ja, das ist schon erstaunlich, Sir, der Mann war so was wie ein Einsiedler. Hat mit keinem gesprochen. Die wussten eigentlich gar nichts von ihm. Es gab noch zwei weitere Parteien in dem Haus in Eastbourne. Im ersten Stock wohnt ein älteres Ehepaar, darüber ein fünfunddreißigjähriger Zugführer. Der hat die Wohnung von Matthew King übernommen, ist ziemlich schlecht gelaunt, der

Mann. Frisch geschieden, kein Wunder, wenn Sie mich fragen, bei so einem Grumpy würd ich's auch nicht aushalten. Okay, im Erdgeschoss wohnt ein Rentner, Henry Atkins, der nicht besonders gut auf King zu sprechen war. Der hätte sich total abgekapselt, hätte nicht mal gegrüßt. Atkins hätte ein paarmal versucht, ihn zu einem Drink zu überreden, aber King hätte immer abgelehnt.«

»Und wieso konnte er die Miete plötzlich nicht mehr bezahlen, gab's eine Erhöhung?«

»Nein, das lag daran, dass seine Ersparnisse aufgebraucht waren. Die Vormieterin in der Wohnung war nämlich eine Kusine von Matt King gewesen, ein paar Jahre älter als er, und als die gestorben ist, haben die Behörden Matthew King als einzigen noch lebenden Verwandten ausfindig gemacht. Er hat die Möbel geerbt und ein bisschen Erspartes, knapp viertausend Pfund. Na, da ist er gleich eingezogen, hat das Geld für die Miete ausgegeben und die Möbel wohl nach und nach verhökert. Und das, was bei seinem Auszug drin war, hat der Nachmieter entsorgt, was ja eigentlich nicht seine Aufgabe gewesen wäre, hat der Typ andauernd wiederholt. Aber das Zeug wäre nicht mehr zu gebrauchen gewesen. Na gut, die Bewohner konnten mir nicht weiterhelfen. King war total unauffällig, es gab keine Konflikte, weder mit den Nachbarn noch mit dem Vermieter. Der wohnt allerdings in London und hat so viele Häuser, dass er keine Ahnung hat, wer da überall wohnt. Das regelt die Hausverwaltung, aber die konnten mir auch nichts sagen.«

»Wie lange hat er dort gewohnt?«

»Vier Jahre, bis er vor zwei Jahren nach Beecock gezogen ist. Vorher war er in Portsmouth gemeldet und davor in Southhampton. Hatte anscheinend eine Vorliebe für Hafenstädte.«

»Weiß jemand von seinen ehemaligen Nachbarn, wie er seine Tage verbracht hat?«

»Äh, war gar nicht so einfach, jemanden zu finden, der da irgendwas wusste«, Bush fuhr sich über die hohe Stirn, »aber die alte Dame aus dem ersten Stock hat ihn mal in einem dieser Wettbüros gesehen, Ladbrokes.«

»Ach?« Bradford stutzte. »Haben Sie in dem Büro nachgefragt?«

»Ja, der Typ am Schalter hat ihn sofort erkannt. Sagt, dass King stundenlang in seinem Laden rumgesessen hat.«

»Und, hat er auch gewettet?«

»Und ob, meist bei Windhundrennen, aber auch Pferderennen. Normalerweise kleine Summen, zehn oder zwanzig Pfund, manchmal aber auch hundert Pfund. Das große Geld hat er allerdings nicht gemacht.«

Bradford überlegte. »Das sind ganz schöne Summen für jemanden, der nur eine kleine Rente und ein überschaubares Bankkonto hat. Wie passt das mit seinen Kontobewegungen zusammen?«

»Das hab ich mal überprüft«, meldete sich Riley. »Die Abbuchungen sind total nichtssagend. Miete, Strom, Müll und so weiter. Die fixen Kosten sind dokumentiert, dann hat er ab und zu einen Hunderter am Automaten abgehoben. Was er damit gemacht hat … keine Ahnung. Für Essen und Kleidung hat er offenbar nicht viel ausgegeben. Sein Kühlschrank war noch leerer als sein Kleiderschrank. Der Mann hat anscheinend von Toast, Butter und Whisky gelebt.«

Bradford überlegte. »Das ist ja alles nicht besonders aufschlussreich. Wie sieht's mit Fingerabdrücken und sonstigen Spuren aus?«, wandte er sich an Sergeant Baker von der Forensik.

»Fingerabdrücke haufenweise, da wurde nicht oft geputzt. Seine eigenen, natürlich, und die von den Pfarrersleuten hab ich gefunden. Viel mehr ist auch nicht, er scheint nicht oft Besuch gehabt zu haben. Und vorher war die Wohnung ja lange unbewohnt gewesen. Na ja, bei der Größe, kein Wunder.«

»Aber der Fundort ist auch der Tatort, also muss jemand oben in der Wohnung gewesen sein. Wie geht das, ohne eine Spur zu hinterlassen?«

Die Männer dachten einen Moment nach. Dann meldete sich Riley: »Vielleicht war der Mord ja geplant. Ich meine, das ist doch alles ziemlich heimlich vonstattengegangen. Die Pfarrersfrau war nicht zu Hause, und der Pfarrer hat nichts mitgekriegt …«

»Wenn ich das richtig sehe«, unterbrach ihn Buckley, »kriegt der sowieso nie irgendwas mit. Der und seine Frau waren ja der totale Reinfall, konnten nichts zu dem Toten sagen, obwohl er da zwei Jahre gewohnt hat.«

»… also, ich denke, King hat seinen Mörder gekannt und ist

mit ihm zusammen in seine Wohnung gegangen. Und der hatte die Tat genau geplant und dafür gesorgt, dass er keine Spuren hinterlässt.«

»Kann aber auch sein, dass King ihn reingelassen hat«, wandte Bush ein.

»Glaube ich nicht«, widersprach Riley, »dann hätte er ja klopfen müssen, und das hätte doch jemand mitbekommen können. Es sei denn, der Mörder wusste genau, dass die Frau des Hauses nicht da und der Pfarrer eine Transuse ist. Das hieße dann, der Mörder kommt aus Beecock oder kennt sich dort sehr gut aus.«

Das fanden alle plausibel. »Der Todeszeitpunkt ist mit großer Wahrscheinlichkeit der Sonntag letzter Woche«, sagte Bradford. »Wahrscheinlich ist der Täter während der Dunkelheit mit King zusammen in die Wohnung gegangen und muss dann ziemlich bald zur Sache gekommen sein. Ich nehme nicht an, dass der sich länger als nötig am Tatort aufhalten wollte. Die Frage ist, wieso hat King jemanden mitgenommen? War es ein alter Freund? Und wo hat er ihn dann getroffen? Und warum bringt man einen Menschen wie King um? Wo ist da ein mögliches Motiv?«

In diesem Moment betrat Constable Gwyneth Sutton den Raum. Bradford hatte sie von dem Exhibitionisten abgezogen. Er wollte sie in seinem Team haben.

»Sorry«, sagte Sutton atemlos, »aber ich war bis jetzt auf der Grand Parade unterwegs.«

»Und, hast du den Nackerten geschnappt?«, kicherte Buckley.

»Nein, leider nicht.« Sutton setzte sich.

»Sie lesen sich am besten bis morgen in die Akte ein«, sagte Bradford.

»Hab ich schon«, sagte Sutton, »jedenfalls grob überschlagen.«

»Wir waren gerade dabei, uns zu fragen, was für ein Motiv jemand haben könnte, einen behinderten, mittellosen, alleinstehenden Alkoholiker zu töten.«

»Prügelei?«, schlug Sutton vor.

»Nein, es gab in der Wohnung keine Kampfspuren. Wir gehen auch nicht von einer Tat im Affekt aus, sondern von einem geplanten Mord. Allerdings konnten wir bisher nicht mal herausfinden, ob er Freunde hatte oder Feinde. Noch ein Vorschlag?« Bradford warf einen Blick in die Runde und erntete Schweigen.

»Vielleicht bringt uns der Whisky weiter«, überlegte Bradford dann.

»Genau«, stimmte Buckley eifrig zu, »der war doch so teuer.«

»Und wir haben mehrere leere Flaschen dieser Marke in seiner Wohnung gefunden. Die Frage ist also, wieso King sich dieses exklusive Gesöff leisten konnte.«

»Eben«, meinte Riley, »und der Mann war schwerer Alkoholiker. Ist es denen nicht egal, was die trinken, Hauptsache, genug Prozente?«

»Offensichtlich nicht«, sagte Bradford. »Und dann kommen die Wetten dazu. Okay, zwanzig Pfund lasse ich gelten, aber hundert?« Er schüttelte den Kopf. »Nein, ich nehme an, der Mann hatte noch eine Geldquelle. Eine Quelle, die wir noch nicht kennen und die auch das Finanzamt nicht kennt.«

Zustimmendes Raunen.

»Aber was kann das sein?«, fragte Bush.

»Erpressung?«, sagte Sutton.

»Das ist naheliegend«, stimmte Bradford zu.

»Die Pfarrersleute!« Buckley klopfte mit der Faust auf den Tisch. »Wenn man so nah beieinanderwohnt, dann kriegt man auch das eine oder andere mit, das für die Opfer peinlich sein könnte. Muss gar nichts Schlimmes sein. Vielleicht hat der Pfarrer mal in die Kollekte gegriffen oder so was. Und dann hat er King ab und zu eine Flasche Whisky spendiert, damit er die Klappe hält. Und der war natürlich froh, die Quelle aufgetan zu haben.«

Sutton sah Buckley missbilligend an. »Und dann schafft sich der Pfarrer seinen Erpresser vom Hals, indem er ihn in seinem eigenen Haus erstickt, oder wie? Ich meine, dieser Bolton-Smythe mag ja ein bisschen langsam sein, aber für so bescheuert halte ich ihn nicht.«

»Der Pfarrer ist für mich auch nicht der Hauptverdächtige«, sagte Bradford, »aber ausschließen dürfen wir ihn natürlich nicht. Also, wir müssen weitergraben, Wettbüros und Pubs in Eastbourne abklappern. Womit könnte King in Kontakt gekommen sein? Wenn sich in der näheren Vergangenheit nichts findet, müssen wir weiter zurückgehen. Nach Portsmouth, Southhampton, zur Not bis nach Belfast. Und Buckley, Sie nehmen sich Dr. Sanders und seine Frau und diesen Vincent Strong vor. Ich will alles über diese Leute wissen. Sutton, ich denke, Sie sollten sich mal bei den Anonymen Alkoholikern umhören. Vielleicht kennt ihn dort jemand.« Bradford schlug mit der Hand auf den Tisch und erhob sich. »Und wer nichts mehr zu tun hat, fängt an, die männlichen Einwohner von Beecock auf Vorstrafen zu überprüfen.«

»Wie jetzt? Alle?«, fragte Buckley.

»Zumindest diejenigen, die vom Alter her fähig sind, einen Mann zu töten.«

»Und was ist mit den Frauen?«

Bradford schmunzelte. »Wenn alle anderen Spuren im Sande verlaufen und wir verzweifelt genug sind, dann auch die Frauen. Mit irgendwem muss King am Sonntag letzter Woche hier unterwegs gewesen sein. Und wenn es niemand aus Beecock war, dann muss der Täter irgendwie dort hingekommen sein. Vielleicht hat jemand ein Auto gehört oder gesehen. So viele Wagen gibt's ja nicht im Dorf. Und so viele Einwohner ja auch nicht, zweitausend ungefähr, wenn ich richtig informiert bin. Es dürfte also nicht allzu lange dauern, nach aktenkundigen Bewohnern zu suchen. Wäre doch gelacht, wenn wir nicht rausfinden, mit wem sich dieser Mann angelegt hat.«

Bradford überlegte, noch auf einen Drink in den Pub zu gehen. Er hatte das Bedürfnis, sich abzulenken. Manchmal war das von Vorteil, immer dann, wenn man Gefahr lief, sich gedanklich festzufahren. Außerdem hatte er keine Lust, in seine Wohnung zu gehen. Niemand erwartete ihn dort. Früher, als er noch mit Deb verheiratet gewesen war und sie mit Elijah, seinem Sohn, zu Hause auf ihn gewartet hatte, da wäre er nicht auf diesen Gedanken gekommen. Damals war er froh gewesen über jede Minute, die er mit seiner Familie hatte verbringen können. Und seiner Familie war es ebenso ergangen. Leider waren diese Minuten einfach zu selten gewesen. So selten, dass Deb vor sechs Jahren ihre Koffer gepackt hatte und mit ihrem gemeinsamen Sohn in ihr Auto gestiegen war, um nach Cornwall zu ziehen. Dort lebte sie mit ihrem neuen Mann, Tom, zusammen. Tom war Elijah ein besserer Vater, als er es je gewesen war. Das hatte Deborah ihm vorgeworfen, und wahrscheinlich hatte sie damit sogar recht. Es war mehrere Monate her, dass er Elijah gesehen hatte. Zu seinem zehnten Geburtstag war er nach Cornwall gefahren und hatte sich der Missbilligung seiner Ex-Schwiegereltern ausgesetzt. Die sahen ihn nämlich am liebsten von hinten, hatten ständig Angst, dass er das Familienidyll mit dem neuen Mann ihrer Tochter stören könnte. Denn Elijah liebte seinen Vater, und Deb war ihm immer noch herzlich zugetan. Merkwürdig, solange sie Tisch und Bett nicht teilten, verstanden er und seine Ex-Frau sich glänzend. Das hatte Bradford mittlerweile akzeptiert und Tom wohl auch.

Er selbst hatte sich nach der Scheidung in die Arbeit gestürzt und war erstaunlich erfolgreich gewesen, sodass seine Beförderung zum Detective Chief Inspector nicht lange hatte auf sich warten lassen.

Er stellte sein Auto vor seiner Wohnung ab und ging zu Fuß zum Horse and Hen. Wenigstens war das Essen hier gut. Das ersparte ihm den frustrierenden Blick in seinen Kühlschrank.

Er bestellte sich Cornish Pie und ein Stout. Während er trank, dachte er an Erin, einfach weil ihm dann warm ums Herz wurde. Laura war im Grunde Teil seiner Vergangenheit. Für sie beide gab es keine Zukunft.

Das war ihm klar, seit Laura nach New York gegangen war. Er war im Grunde nur ein Lückenbüßer, und diese Rolle gefiel ihm nicht besonders. Nachdem er seine Pie gegessen und noch ein Pint Stout getrunken hatte, ging er nach Hause, warf sich aufs Bett und versuchte, nicht zu denken.

ACHT

Carolinensiel am selben Tag

Lothar Semmler blieb verschwunden. Fenja fühlte sich mitschuldig daran. Sie glaubte keinen Moment, dass der Mann freiwillig irgendwo untergetaucht war. Wenn das der Fall wäre und er tatsächlich nicht gefunden werden wollte, würde das die Sache sowieso erheblich erschweren. Einen Unfall hatte er nicht gehabt. Sein Wagen stand noch in der Garage, und er war weder in eines der umliegenden Krankenhäuser eingeliefert worden noch bei einem Arzt vorstellig geworden. Seine Anruferliste war ebenfalls bemerkenswert unauffällig. Der Mann hatte kaum telefoniert, schien überhaupt wenig Kontakte gehabt zu haben.

Vielleicht hatte er sich deswegen aufs Schreiben verlegt, überlegte Fenja. Wenn man im realen Leben keine Menschen um sich herum versammeln konnte, dann eben in der Fiktion. Und selbst das hatte sich als Flop erwiesen. Dieser Mensch hinterließ keine Spuren. Er war einfach verschwunden. Wo sollte sie ihn suchen? Taucher den Fluss durchkämmen lassen? Wenn er in der Harle lag, würde die Leiche früher oder später auftauchen, es sei denn, jemand hatte ihr Betonfüße verpasst. Aber Fenja konnte sich dieses Szenarium hier in Carolinensiel einfach nicht vorstellen. Und wenn ihn jemand im Meer hatte verschwinden lassen wollen, dann musste dieser Jemand ziemlich weit rausgefahren sein, um zu vermeiden, dass die Leiche wieder auftauchte.

Vielleicht war er aber auch mit jemand anderem im Auto mitgefahren? Aber warum tauchte er dann nicht wieder auf? Fenja saß in ihrem Büro und zerbrach sich den Kopf. Sie hatte den Mann unterschätzt. Warum hatte er angerufen? Er hatte ihr irgendetwas mitteilen wollen. Andererseits, warum hatte er das nicht schon bei ihrem ersten Gespräch getan? Weil er es zu dem Zeitpunkt entweder noch nicht gewusst oder der Sache keine Bedeutung beigemessen hatte.

Sonderbar war auch, dass er nichts von der Auseinandersetzung mit Heike Bornum in Jever erwähnt hatte. Aber war das wirklich sonderbar? Nein, warum hätte er etwas sagen sollen?

Es hätte ihn nur verdächtig gemacht, und außer ihm und Heike Bornum wusste ja niemand etwas davon. Hatte er jedenfalls gedacht.

Worüber sie sich wohl gezankt hatten? Über sein Krimiprojekt? Oder gab es da noch etwas anderes zwischen den beiden? Und wenn ja, warum wusste dann niemand etwas davon? Warum die Heimlichtuerei? Obwohl Fenja sich nicht vorstellen konnte, dass eine Frau wie Heike Bornum sich ausgerechnet einen Mann wie Lothar Semmler zu ihrem Lover erkor.

Aber wer kannte sich schon mit den Vorlieben der Menschen aus? Offenbar ging hier irgendetwas Mysteriöses vor. Heike Bornum war tot und Lothar Semmler verschwunden. Das konnte kein Zufall sein, auch wenn Haberle abwiegelte und sie eine »sehr nervöse Polizistin« genannt hatte.

Nervös! So ein Blödsinn. Sie war nicht nervös, sondern misstrauisch, und das war bei einer Kriminalkommissarin ja wohl auch angebracht. Sie klickte sich lustlos durch die Protokolle, in der Hoffnung, dass sie irgendetwas Erleuchtendes preisgeben würden. Und dann diese Streiterei im Team.

Das war etwas Neues. Bisher hatten sich alle gut verstanden, aber zwischen Gesa und Geert wurde der Ton zunehmend giftig. Ob Geert sich an Gesa herangemacht hatte? Immerhin sah sie aus wie ein Model, wenn ihr selbst das auch nicht behagte. Und Geert entwickelte zunehmend Machoallüren. Was Annika wohl dazu sagte? Fenja musste sich unbedingt mal mit ihr unterhalten und herausfinden, wie sich das Familienleben bei Frenzens entwickelte. Wenn die Disharmonien im Privatleben sich auf den Dienst auswirkten, bestand Handlungsbedarf.

Fenja wollte gerade den Computer herunterfahren, als Gesa das Büro betrat. Sie lächelte, das bedeutete wohl, dass sie gute Nachrichten hatte.

»Ich hab was Interessantes«, sagte sie und wedelte mit einem Papier herum. »Deine Funkzellenabfrage war eine super Idee!«

»Sag bloß? Wen habt ihr erwischt?«

Gesa legte das Papier vor Fenja auf den Tisch. »Henning Bracht, vorbestraft wegen Verbreitung von Kinderpornografie. Er hat ein Jahr und acht Monate in Bremen gesessen, und … er hat in der

Nacht von Dienstag auf Mittwoch letzter Woche im Alten Hafen Ost um dreiundzwanzig Uhr sechsundzwanzig eine SMS erhalten.«

»Na, das ist ein Ding.« Fenja war aufgesprungen.

»Nicht wahr?« Gesa strahlte.

»Und wo hält sich dieser Bracht jetzt auf?«

»In Neuharlingersiel, er hat dort einen Kiosk.«

»Na wunderbar, wo ist Geert?«

Gesas Mundwinkel sackten nach unten. »Vor seinem Computer. Was er da macht, weiß ich nicht.«

»Ist auch egal«, sagte Fenja. »Er fährt jetzt mit mir nach Neuharlingersiel, und dort werden wir uns diesen Bracht mal vornehmen.«

»Wieso Geert?« Gesa guckte böse.

»Weil ich sicherheitshalber einen Macho dabeihaben möchte, falls dieser Bracht aus der Rolle fällt.«

»Und du meinst, wir beide würden nicht mit ihm fertig?«

»Doch, aber besser, Geert steckt die möglichen Blessuren ein als du oder ich, okay?«

Fenja zwinkerte Gesa zu. Die sah nicht so aus, als würde sie ihrer Teamleitung diese Begründung abnehmen.

Frenzen war hocherfreut, dass er einem Pädophilen auf den Zahn fühlen durfte, und ging eilfertig voraus zu seinem Dienstwagen.

»Wie kann denn so einer einen Kiosk betreiben? So was sollte verboten werden, wenn einer schon mal Kinderpornografie vertrieben hat«, sagte Frenzen, als sie über die B 461 Richtung Küste fuhren.

»Man kann ihm schließlich nicht verbieten, seinen Lebensunterhalt zu verdienen. Oder wäre es dir lieber, wenn du ihn von deinen Steuern unterstützen müsstest?«

Frenzen schüttelte den Kopf. »Möchte nicht wissen, wen ich von meinen Steuern so alles unterstützte. Manchmal frage ich mich, in was für einem Land wir eigentlich leben.«

»In einem, wo Hartz IV gezahlt wird.«

»Ja. Leider.«

Bracht saß gut versteckt in seinem Kiosk nahe am Hafen Neuharlingersiel. Fenja kaufte eine Geo-Zeitschrift über Süditalien und legte sie zusammen mit ihrem Ausweis auf die kleine Theke.

Bracht erbleichte hinter seiner großen Brille. »Was … was wollen Sie von mir? Ich bin sauber«, flüsterte er und warf ängstliche Blicke auf die Straße.

Fenja hatte zwar null Verständnis für Leute wie Bracht, wollte ihm aber sein Geschäft nicht kaputt machen. Schließlich konnte man mit den Steuergeldern sinnvollere Dinge anstellen, als Pädophile zu unterstützen.

»Ich habe nur ein paar Fragen und schlage vor, dass Sie eine kurze Pause einlegen. Dann könnten wir gemütlich spazieren gehen. Sie beantworten schnell alle Fragen, und Sie sind uns wieder los.«

Bracht zog die Schultern hoch und stand auf. »Das muss aber schnell gehen, und ich kann nicht weit vom Kiosk weg. Sonst klauen die mir noch die Zeitungen weg.«

»Tatsächlich.« Fenja sah Bracht zweifelnd an.

Sie konnte sich nicht vorstellen, dass die Touristen seine Zeitungen stehlen würden. Aber was man selber denkt und tut, das traut man auch andern zu, dachte sie. Bracht war nun mal ein Krimineller, ob er wirklich pädophil war oder nur gute Geschäfte mit ihnen machte, das war bei seinem Prozess nicht deutlich geworden. Auf jeden Fall hatte er es vehement abgestritten.

»Ich steh doch nicht auf Kinder, so 'n Schwachsinn. Aber wenn einer das tut, soll mir's egal sein. Bilder tun keinem weh.« So hatte er sich ausgedrückt, das hatte Gesa Fenja aus seinem Geständnis vorgelesen. »Frag ihn mal, wo die Bilder herkommen!«, hatte sie Fenja noch hinterhergerufen, bevor die zu Frenzen in den Wagen gestiegen war.

Sie gingen am Hafen entlang. Bracht trabte neben Fenja her. Frenzen folgte ihnen auf dem Fuß, mit finsterer Miene, die Hände in den Taschen vergraben.

»Sie waren in der Nacht von Dienstag auf Mittwoch letzter Woche in Carolinensiel am Alten Hafen, stimmt das?«, begann Fenja.

Bracht riss verblüfft die Augen auf. »Woher ...?«

»Wir wissen es«, unterbrach ihn Fenja. »Was wir nicht wissen, ist, was Sie dort gemacht haben.«

Bracht betrachtete seine Füße, während Fenja die Schiffe im Hafen bewunderte. Die Luft war kalt und klar und hell. Fenja blinzelte. Sie liebte dieses Licht, nirgendwo strahlte die Sonne heller als hier an der Küste.

»Nun sagen Sie schon.«

»Nichts, ich bin da spazieren gegangen. Ist das verboten?«

Fenja blieb stehen und musterte Bracht aus zusammengekniffenen Augen. »In dieser Nacht und um diese Zeit ist dort eine Frau umgekommen. Also kommen Sie mir nicht so!« Sie war laut geworden, und Bracht war zusammengezuckt. Frenzen stand dicht hinter ihnen. Er wartete nur darauf, Bracht Handschellen anlegen zu können.

Die Touristen flanierten an ihnen vorbei und warfen ihnen neugierige Blicke zu.

Bracht schnappte nach Luft. »Um Himmels willen, Sie wollen doch wohl nicht sagen, dass ich damit was zu tun hätte. Sind Sie bescheuert?«

»Vorsichtig, Mann!« Frenzen packte Bracht am Kragen.

»Ist ja gut, ist ja gut«, wimmerte der leise. Er versuchte um jeden Preis, Aufsehen zu vermeiden. Frenzen ließ ihn los.

»Also?«, sagte Fenja.

Bracht sah sich verstohlen um und wand sich. »Ich war da mit einem Typen unterwegs. Der wollte unbedingt ein paar Zeitschriften oder Fotos von mir haben, die ... na, Sie wissen schon, was.«

»Sagen Sie bloß, Sie sind immer noch im Geschäft!«, mischte sich Frenzen ein.

»Eben nicht«, beteuerte Bracht und stampfte mit dem Fuß auf. »Das stimmt. Ehrlich! Der Typ wollte Fotos von mir, aber ich hab ihm gesagt, er soll mich in Ruhe lassen. Ich habe keinen Bock mehr auf Knast, das müssen Sie mir glauben.« Er guckte Fenja an wie ein verwundetes Frettchen, was sie ziemlich lächerlich fand. »Name, Adresse.«

»Ich kann Ihnen nur die Handynummer geben. Mit Namen

haben's diese Typen nicht so. Ich kenn ihn von früher, aber er will nicht akzeptieren, dass ich nicht mehr im Geschäft bin. Ich hab's ihm gesagt. Ich will nichts mehr mit diesen Dingen zu tun haben.«

Frenzen stöhnte. Fenja musterte Bracht. Womöglich sagte er tatsächlich die Wahrheit, obwohl sie ihm nicht so weit traute, wie man eine Waschmaschine werfen konnte. Aber diese Aussage würde zu dem passen, was die Zeugin Richter ausgesagt hatte, nämlich, dass jemand ›die Schnauze voll hatte‹.«

»Ist Ihnen irgendetwas aufgefallen an dem Abend?«, fragte Fenja. »War da noch jemand? Haben Sie etwas gehört?«

»Nein, echt nicht! Glauben Sie mir doch bloß! Wir sind nur am Hafen langgegangen und dann noch ein bisschen über die Brücke und am Fluss entlang. Da war kein Mensch unterwegs. In Carolinensiel ist um die Zeit doch der Hund verfroren! Ich bin dann hinterher zu meinem Auto, das hatte ich am Teekutter geparkt, diesem Geschäft für Tee und allen möglichen Krimskrams, und bin nach Hause.«

Fenja wusste nicht, ob sie Mitleid mit dem Typen haben sollte oder nicht. Eher nicht. Aber glauben tat sie ihm irgendwie.

»Die Nummer«, sagte sie.

Er zückte sein Handy und gab Fenja die gewünschte Nummer.

Irgendwie kam sie Fenja bekannt vor.

Frenzen chauffierte zurück, während Fenja die Handynummer anwählte, die Bracht ihnen gegeben hatte. Es antwortete niemand. Also beauftragte Fenja Gesa per Handy, herauszufinden, zu wem die Nummer gehörte. Sie waren bereits auf der Bundesstraße Richtung Wittmund unterwegs, als Gesa zurückrief.

»Ich hab den Besitzer der Handynummer«, sagte sie triumphierend.

»Ja, und?«

»Du wirst es nicht glauben.«

Fenja traute tatsächlich ihren Ohren nicht, als Gesa den Namen nannte. Obwohl es, wenn man es recht bedachte, gar nicht so abwegig war.

»Hast du das Handy geortet?«, fragte sie gespannt.

»Allerdings.«

Zwei Minuten später bretterte Frenzen nach Carolinensiel.

Sie erwischten Hajo Richter vor seinem Hotel am Alten Hafen, als er mit einem Koffer in ein Taxi steigen wollte. Vielmehr entwischte er ihnen. Anscheinend hatte ihn Fenjas Anruf derart außer Fassung gebracht, dass er es vorzog, die Flucht zu ergreifen. Und genau das tat er, als er Fenja und Frenzen auf sich zukommen sah. Er ließ den Koffer fallen und nahm die Beine in die Hand. Der Taxifahrer protestierte erfolglos. Frenzen hatte bereits die Verfolgung aufgenommen. Er rannte hinter Richter her, der mit kurzen schnellen Schritten die Bahnhofstraße Richtung Teekutter entlanghechtete. Fenja lief hinter den beiden her.

Was zum Teufel hatte der Kerl eigentlich vor? Bildete er sich wirklich ein, davonzukommen? Er war erstaunlich schnell unterwegs. Frenzen holte nur langsam auf. Und der Abstand zu Fenja wurde größer. Die Passanten blieben stehen, einige machten Platz, aber ein älterer Herr mit Spazierstock und Einkaufstüte blieb verblüfft mitten auf dem Bürgersteig stehen, sodass Richter ihn anrempelte, der Mann hinfiel und sich Äpfel und Tomaten aus seiner Einkaufstasche auf dem Bürgersteig verteilten.

Dann schrie jemand, eine Frauenstimme, und kurz darauf sah Fenja Frenzen stürzen. Er rappelte sich fluchend wieder auf und rannte weiter. Prima, dachte Fenja, so bekamen die Touristen mal was zu sehen. Gangsterjagd auf offener Straße und am helllichten Tag, das gab's ja auch nicht überall zum Nulltarif. Der ältere Herr strampelte mit den Beinen wie ein hilfloser Käfer. Sein Spazierstock lag in der Gosse. Fenja kümmerte sich um ihn.

»Können Sie aufstehen?«, fragte sie atemlos.

Der Mann antwortete zunächst nicht, kam langsam wieder auf die Beine und schimpfte dann. »Was ist denn das für eine Unverschämtheit! Wo ist mein Stock? Und meine Tomaten und die Äpfel. Frechheit!«

Eine jüngere Frau begann automatisch, das Obst und Gemüse wieder einzusammeln. Fenja hoffte, dass Frenzen am Ball blieb. Wenn der den Kerl nicht erwischte, hatte Fenja keine Chance.

»Lassen Sie das!«, schnauzte der Mann. »Das ist ja über die Straße gerollt! Meinen Sie, das esse ich noch?«

Die Frau zuckte mit den Schultern und ließ die Tomaten fallen. Fenja sammelte den Spazierstock wieder ein.

»Was fällt Ihnen denn ein!«, rief plötzlich eine ihr bekannte Stimme.

Sie blickte sich um und direkt in Margarete Richters entrüstete Miene. Hinter ihr näherte sich die Schwiegertochter, Susanne. Ebenso entrüstet. Aber Fenja hatte jetzt keine Zeit, sich um die beiden Damen zu kümmern. Sie ließ die gesamte Versammlung stehen und nahm die Verfolgung wieder auf.

Richter war in die Neue Straße gelaufen, wo er offensichtlich von Frenzen eingeholt worden war, denn die beiden rangelten am Boden. Fenja eilte herbei, irgendjemand blutete. Es war Frenzen, der den jammernden Richter überwältigt hatte und ihm Einweghandschellen anlegte.

»Sie sind vorläufig festgenommen!«, brüllte Frenzen. Aus seiner Nase tropfte Blut auf den Asphalt.

»Wohin so eilig?«, fragte Fenja. »Wollten Sie etwa verschwinden? Und das ohne die liebe Verwandtschaft?«

Frenzen stand auf und riss Richter ebenfalls auf die Füße. Der versteckte sein Gesicht an seiner Schulter. Frenzen packte ihn am Arm und zerrte ihn den Weg zurück. Mit der anderen Hand hielt er sich ein Tempotaschentuch unter die Nase. Sein Hemd und die Jacke waren blutverschmiert. Er sah aus wie ein richtiger Held und schien sich in dieser Rolle zu gefallen. Fenja ging voran.

Inzwischen hatte sich ein Pulk von Neugierigen, angeführt von Richters Mutter, ebenfalls auf den Weg gemacht und kam ihnen entgegen.

Margarete Richter baute sich, flankiert von ihrer Schwiegertochter, vor Fenja auf.

»Was geht hier vor?«, schnaubte sie. »Lassen Sie sofort meinen Sohn los!«

»Mit Ihnen reden wir noch!«, antwortete Frenzen und wandte sich an Fenja. »Die hat mir doch glatt ein Bein gestellt!« Die Umstehenden verfolgten neugierig die Diskussion.

Fenja schob Margarete Richter zur Seite. »Sie kommen bitte

zum Kommissariat nach Wittmund«, sagte sie drohend, »alle beide.«

»Ich denke ja nicht dran!«, erwiderte Margarete Richter.

»Dann lasse ich Sie abholen!« Fenja hatte langsam die Nase voll von diesen herrschsüchtigen Weibern.

Sie waren am Alten Hafen angekommen. »Was haben Sie sich bloß dabei gedacht?«, fragte Fenja, als sie zu Frenzens Dienstwagen gingen. »Wollten Sie uns wirklich verlassen? Und das ohne Ihre Mutter und Ihre Frau?« Richter stand da wie eine vom Wind gebeutelte Vogelscheuche, schwieg aber und stierte zu Boden. »Das können Sie uns in Ruhe auf dem Revier erzählen.«

Irrte sich Fenja, oder hatte Richter gerade genickt, nachdem er einen schnellen Blick über die Schulter geworfen hatte? Das wurde ja immer interessanter. Offensichtlich wollte er möglichst schnell von hier weg und weg von seinem Anhang, der sich glücklicherweise dünnegemacht hatte. Der Mann hatte mehr Angst vor seiner weiblichen Verwandtschaft als vor der Polizei. Für Letztere nicht gerade schmeichelhaft. Aber das konnte man ja ändern.

Sie verfrachteten Richter nach hinten in den Streifenwagen. Frenzen setzte sich neben ihn, und Fenja fuhr.

Im Kommissariat wurden sie von Gesa neugierig empfangen. Tiedemann kümmerte sich um eine Prügelei an der Friedrichsschleuse. Na, heute war ja richtig was los in Carolinensiel, dachte Fenja.

Frenzen begab sich mit Richter in Fenjas Büro, während Fenja mit Haberle telefonierte, um ihn zu informieren, dass sie kurz davor waren, einen Mörder zu überführen. Haberle befand sich in einer Besprechung im Rathaus, wollte aber bei der Befragung dabei sein. Man solle auf ihn warten. Fenja nutzte die Wartezeit, um einen Durchsuchungsbefehl für Richters Haus in Kassel zu erwirken. Sie war sicher, dass die Kollegen vor Ort auf Beweismittel stoßen würden.

Nach einer knappen halben Stunde betrat der Kriminalrat schnaufend das Kommissariat und ließ sich einen Stuhl in Fenjas Büro bringen, wo Richter zusammengesunken am Schreibtisch saß.

Haberle bugsierte seinen Stuhl neben Fenjas und setzte sich umständlich, bevor er ihr zunickte.

Fenja stellte das Aufnahmegerät auf den Tisch und begann mit den Formalitäten. Dann konfrontierte sie Richter mit dem Tatbestand des Versuchs, kinderpornografische Schriften zu erwerben. Bei dem Wort »Kinderpornografie« zuckte Richter zusammen. Haberle verzog das Gesicht.

»Möchten Sie dazu etwas sagen?«, fragte Fenja, um das Gespräch in Gang zu bringen. Richter gab sich störrisch und bewegte keinen Muskel.

»Na gut«, fuhr Fenja fort, »Kinderpornografie ist schon schlimm genug, und wir werden natürlich Haftbefehl erlassen, aber«, sie legte ihre gefalteten Hände auf den Schreibtisch, »wenn dann noch ein Mord dazukommt …«

Das katapultierte Richter dann aber doch in die Offensive. Er sprang unversehens auf. »Mit dieser Toten hab ich nichts, aber auch gar nichts zu tun. Das können Sie doch nicht einfach behaupten!« Seine Stimme war schrill und verursachte ein leichtes Ziehen an Fenjas Zahnfleisch.

Sie räusperte sich und schickte Frenzen, der tatendurstig ins Büro gestürmt war, um Richter, falls der aufmuckte, k.o. zu schlagen, wieder nach draußen. Für vier Leute war das Büro nun wirklich zu klein.

»Woher kennen Sie Henning Bracht?«, wechselte Fenja das Thema.

»Ich will einen Anwalt«, jammerte Richter.

Fenja legte ihm ihr Handy hin. »Bitte, rufen Sie einen an.« Richter zog die Nase hoch, betrachtete das Handy, rührte es aber nicht an.

»Ich kenne keinen.«

Fenja gab zu Protokoll, dass Kommissarin Gesa Münte sich um einen Pflichtverteidiger kümmern würde. Haberle und Fenja sahen sich an.

»Wir sollten vielleicht Ihre Frau befragen. Sie muss es doch bemerkt haben, dass Sie nicht im Bett lagen, sondern mit Bracht unterwegs waren.« Fenja machte eine Pause. Richter war blass geworden und saß mit weit aufgerissenen Augen da. »Oder steckt

Ihre Frau eventuell auch irgendwie in der Sache mit drin? Verdienen Sie sich womöglich beide mit dem Vertrieb von Kinderpornografie etwas dazu?«

Haberle lockerte seine Krawatte und fasste sich unter den Hemdkragen.

Richter starrte Fenja an. »Sie sind ja völlig verrückt«, sagte er leise. »Lassen Sie bloß meine Frau aus dem Spiel.«

»Warum sollten wir? Ihre Mutter wird sicherlich auch ziemlich erstaunt sein, dass Sie es waren, der mit Bracht in der besagten Nacht unter ihrem Zimmer herumgelungert hat.«

Richter legte seinen Kopf auf den Tisch und heulte. »Lassen Sie mich einfach in Ruhe!«

Fenja wartete ein Weilchen. »Erzählen Sie uns doch einfach, was sich an dem Abend zugetragen hat. Wegen der Kinderpornografie sind Sie sowieso dran. Wir werden Ihr Haus durchsuchen, Ihren Computer und so weiter ... Sie selbst wissen am besten, was wir dort finden werden.« Richter schluchzte. »Außerdem waren Sie zum Zeitpunkt des Todes von Frau Bornum am Tatort. Wir haben die Aussage von Herrn Bracht. Und ein Motiv haben Sie außerdem. Vielleicht hatte Heike Bornum ja was von Ihren dubiosen Geschäften mitbekommen, und deshalb mussten Sie sie beseitigen und haben sie in das Hafenbecken gestoßen. Entweder Sie oder Bracht. Das reicht für einen Haftbefehl wegen Mordes. Der größte Gefallen, den Sie sich tun können, ist, jetzt und hier einfach auszupacken. Was ist in der Nacht von letztem Dienstag auf Mittwoch am Alten Hafen passiert?«

Richter setzte sich auf und fuhr sich mit dem Ärmel über die Wangen. »Haben Sie mal ein Taschentuch?«

Fenja holte Luft. Das war kein Mann, was dort vor ihr saß. Das war eine Zumutung. Sein aufgeschwemmtes Gesicht wirkte ebenso unappetitlich wie seine wässrigen Augen und der fransige Schnauzbart, der seinen Mund fast vollständig verdeckte. Sie schob ihm eine Packung Tempos hin. Richter schnäuzte sich geräuschvoll. Haberle musterte ihn mit gerümpfter Nase.

»Ich ... ich weiß ja nicht, was dieser Mistkerl Ihnen erzählt hat«, begann er dann und steckte das Taschentuch in seine Hosentasche. »Aber ... es geht gar nicht um Kinder. Es geht um ... Männer.«

Fenja wusste, dass Richter log. Auch das hatte Gesa ihr mitgeteilt. Bracht hatte eindeutige Bilder von minderjährigen Jungen in der Szene verscherbelt. Aber sie ließ ihn reden.

»Was ist am Hafenbecken passiert?«, lenkte sie das Gespräch zu einem anderen Thema.

Richter malte Kreise auf Fenjas Schreibtisch, und sie machte sich die mentale Notiz, den Schreibtisch unbedingt gründlich zu reinigen, wenn sie mit Richter fertig war.

»Es … es kann sein, dass ich die Frau gesehen habe, kurz bevor …« Er zögerte.

»Wo?«

»In der Straße, die von der Bahnhofstraße abzweigt. Da, wo Sie mich vorhin …«

»In der Neuen Straße?«

»Ja, kann sein, dass sie so heißt.«

»Wo genau haben Sie sie gesehen?«

Richter wand sich. »Also, nicht weit von der Bahnhofstraße entfernt, bisschen weiter vielleicht als, wo Ihr … Kollege mich umgeworfen hat. Es waren zwei Leute. Eine Frau auf jeden Fall. Ob das nun die Frau war, die hinterher tot im Hafenbecken gelegen hat, das weiß ich nicht. Die hatte eine Kapuze auf, aber außer den beiden Figuren hab ich an dem Abend keine Menschenseele rumlaufen sehen.«

»Um welche Zeit war das?«

»Keine Ahnung, wahrscheinlich so gegen zwölf.«

»In welche Richtung sind sie gegangen? Konnten Sie erkennen, ob das andere ein Mann oder eine Frau war?«

Jetzt grinste Richter wie ein Kind, das etwas ausgefressen hat und nun gut Wetter machen will. Fenja musste sich zusammennehmen, am liebsten hätte sie ihm eine geknallt.

»Also …«, Richter pokerte, »können wir nicht noch mal über diese leidige Sache reden? Ich meine …«

»Welche ›leidige Sache‹ meinen Sie?«, fragte Fenja ruhig. »Etwa, dass Sie sich an kleinen Jungen aufgeilen?« Dieser Typ glaubte doch nicht wirklich, dass sie mit Pädophilen verhandelte.

Haberle räusperte sich.

»Wenn ich das richtig sehe, können wir den Haftbefehl ja noch um Behinderung der Ermittlungen erweitern«, Fenja ruckte vor, »wenn Sie nicht augenblicklich auspacken, was Sie wissen!«

Richter zuckte zurück und sah Fenja beleidigt an. »Egal, was Sie mir anhängen. Ich weiß nichts weiter über die Leute, die da unterwegs waren. Beschreiben kann ich die nicht, hab nicht so genau drauf geachtet, warum auch? Es war ja auch mitten in der Nacht und dunkel. Ich war vorher mit Bracht am Alten Hafen, da muss meine Mutter ihn gehört haben. Wir wollten in der Stechuhr noch ein Bier trinken, aber da gab es auch nichts mehr. Also sind wir wieder in die Bahnhofstraße zu seinem Auto. Was sich währenddessen am Alten Hafen abgespielt hat, weiß ich nicht. Der Bracht kann Ihnen das alles bestätigen. Und wenn er was anderes sagt, lügt er.«

Brachts Aussage stimmte zwar im Großen und Ganzen mit Richters überein, aber Fenja sah keinen Grund, Richter das auf die Nase zu binden.

»Sie werden doch wissen, ob Sie zwei Frauen oder eine Frau und einen Mann zusammen gesehen haben.«

»Nein, weiß ich nicht.«

»Aber Sie glauben, das Opfer gesehen zu haben? Wie kann das sein?«

»Na, ich glaube zumindest, dass eine Frau dabei war. Beschwören kann ich's nicht. Hab ich ja schon gesagt. Ich hab eine Gestalt gesehen, die sich mit jemandem unterhielt, der im Dunkeln stand, mehr nicht. Wenn Ihnen das nicht reicht, kann ich mir ja was ausdenken. Das hilft Ihnen dann aber auch nicht weiter.«

Fenja schwieg verblüfft. Jetzt wurde dieser Wurm auch noch rotzlöffelig!

»Wie genau sind Sie zurück ins Hotel gegangen?«

»Na, ich bin mit Bracht zu seinem Wagen ...«, hier unterbrach sich Richter kurz und schluckte. Fenja fragte sich sofort, was sich wohl an Brachts Wagen abgespielt hatte. Sie würde auch für Brachts Wohnung und sein Auto einen Durchsuchungsbeschluss beantragen.

»... der stand am Teekutter, und ich bin dann durch den Seiteneingang wieder zurück ins Hotel.«

»Und da haben Sie die zwei Personen an der Neuen Straße gesehen?«

»Ja!«

»Und mehr können Sie uns nicht dazu sagen?«

»Nein!«

Natürlich nicht, dachte Fenja und machte keinen Hehl aus ihrer Unzufriedenheit. Wieso hatte dieser Tölpel nicht etwas genauer hingeguckt? Dann wären sie jetzt erheblich schlauer! Vielleicht log er aber auch einfach, und Bracht und Richter waren von Bornum bei ihren dubiosen Geschäften überrascht worden. Es kam zu einer Rangelei, in deren Folge Bornum ins Hafenbecken stürzte und ertrank.

Als Fenja Richter mit diesem Szenarium konfrontierte, gingen ihm fast die Augen über. Er fing an zu keuchen, sodass Fenja schon befürchtete, er würde kollabieren. Dann stand er auf und versuchte mit der ganzen erbärmlichen Redlichkeit, zu der er fähig war, Fenja davon zu überzeugen, dass er auf gar keinen Fall mit einem Mord etwas zu tun hatte. Dazu sei er gar nicht fähig, schon gar nicht an einer Frau!

Fenja nahm diese Beteuerungen kommentarlos zur Kenntnis. Obwohl sie den Aussagen von Straftätern und denen von Pädophilen im Besonderen mit tiefer Skepsis begegnete, war sie geneigt, diesem Wicht zu glauben. Er war der geborene kriecherische Heuchler. Einer, der glaubte, durch Anpassung sein Ziel zu erreichen. Wenn so einer seine Maske fallen ließ und sich derart echauffierte, dann sagte er möglicherweise die Wahrheit.

In der Zwischenzeit waren Richters Frau und seine Mutter mit viel Getöse im Kommissariat eingetroffen. Die beiden hatten keine Ahnung davon gehabt, dass der männliche Teil der Familie sich klammheimlich hatte davonmachen wollen. Sie warfen mit Beleidigungen gegen die Polizei um sich und ließen sich schimpfend auf den Stühlen im Wartebereich nieder.

Fenja nahm zuerst Susanne Richter mit in ihr Büro und bat sie, sich zu setzen.

»Wenn Sie erlauben, ich bleibe lieber stehen. Ich habe nicht die Absicht, mich hier länger als nötig aufzuhalten.«

»Wie Sie meinen«, sagte Fenja und ließ sich in ihren Stuhl plumpsen.

»Und jetzt sagen Sie mir auf der Stelle, wieso Sie meinen Mann festhalten. Sind Sie noch ganz bei Trost?« Sie klopfte wütend mit ihren Fingerknöcheln auf Fenjas Schreibtischplatte.

Die beobachtete die Frau schweigend. Sie wirkte durchaus furchteinflößend, zumindest auf ängstliche Menschen, mutmaßte Fenja. Sie war groß, kräftig, und aus ihrem markanten Gesicht musterten Fenja kalte blaue Augen.

»Sind Sie fertig?«, fragte sie.

»Ich werde mich über Sie beschweren!«

»Tun Sie das«, antwortete Fenja ruhig, »aber vorher hätte ich gerne von Ihnen gewusst, wann Ihr Mann in der Nacht vom letzten Dienstag auf Mittwoch Ihr Hotelzimmer verlassen hat und wann er genau zurückgekommen ist.«

Susanne Richter machte große Augen. »Was soll das heißen? Wo soll mein Mann wann gewesen sein?«

»Beantworten Sie bitte die Frage!«

Richter schwieg, schien abzuwägen. »Mein Mann war in der Nacht vom letzten Dienstag auf Mittwoch in unserem Hotelzimmer. Und zwar ohne Unterbrechung«, sagte sie dann triumphierend.

»Tatsächlich.« Fenja schürzte die Lippen. »Ich darf Sie darauf hinweisen, dass Sie sich strafbar machen, wenn Sie eine falsche Aussage machen.«

»Wieso falsche Aussage, woher wollen Sie …« Sie schien zu begreifen, griff nach dem Stuhl und setzte sich nun doch. »Was wollen Sie damit sagen?«

»Sie haben meine Frage noch nicht beantwortet, jedenfalls nicht wahrheitsgemäß.«

Richter kniff die Augen zusammen und schwieg einen Moment. Dann lehnte sie sich zurück. »Herrgott, dieser Mensch macht wirklich nur Ärger. Er und seine bescheuerte Mutter.« Sie legte dann ihre Arme auf den Schreibtisch. »Ich habe Ihnen ja bereits gesagt, dass ich ein Schlafmittel nehme, deshalb gehe ich zumindest davon aus, dass mein Mann im Zimmer war. Wo soll er sonst gewesen sein?«, fragte sie ruhig.

»Ihr Mann hat zugegeben, bis kurz vor Mitternacht mit einem Mann am Alten Hafen unterwegs gewesen zu sein.«

Richter schüttelte langsam den Kopf. »Davon weiß ich nichts.«

»Sie können also auch nicht bestätigen, dass er um kurz vor vierundzwanzig Uhr wieder im Zimmer war?«

»Nein.«

Fenja stand auf. »Das war's schon. Sie können gehen.«

Richter stand ebenfalls auf. »Ich gehe nicht ohne meinen Mann!«

»Das werden Sie wohl müssen. Guten Tag.«

Fenja begleitete sie hinaus und bat Richters Mutter in ihr Büro. Sie traute der Frau nicht, fand es überaus seltsam, dass sie in der fraglichen Nacht zwar die Stimme Brachts gehört haben wollte, nicht aber die ihres Sohnes. Aber wenn dem nicht so war, wieso hatte sie sich dann bei der Polizei gemeldet? Wie auch immer, Fenja hatte die Absicht, der Dame mal genau auf den Zahn zu fühlen. Vielleicht wusste sie doch mehr, als sie sagte.

Margarete Richter ließ sich gemessen in dem Stuhl nieder, in dem vor wenigen Minuten ihre Schwiegertochter gesessen hatte. Mit dem strengen Zug um den Mund wirkte sie zwar keinen Deut weniger herrisch, bewahrte aber eine demonstrative Gelassenheit und hatte offensichtlich nicht die Absicht, sich provozieren zu lassen.

Fenja hatte das Protokoll der Aussage von Margarete Richter im Computer aufgerufen und kam ohne Umschweife zum Kern der Sache.

»Frau Richter, Sie haben ausgesagt, dass Sie von Ihrem Hotelzimmer am Alten Hafen aus in der Nacht von Dienstag auf Mittwoch letzter Woche jemanden haben sprechen hören.«

»Allerdings«, antwortete Margarete Richter beherrscht, »und ich kann Ihnen versichern, ich wünschte, ich hätte es nicht getan.«

»Sie haben auch ausgesagt, dass Sie die zweite Stimme nicht erkannt haben, ist das richtig?«

»Nein. Ich habe gesagt, dass ich keine zweite Stimme gehört habe, weil die zu leise war.«

Fenja blickte die Frau argwöhnisch an. »Sie wollen mir also erzählen, dass Sie die Stimme Ihres Sohnes nicht erkannt haben?«

Richter reagierte zunächst nicht. Sie kniff die Augen zusammen und schob dann ihren Unterkiefer nach vorn. »Wie können Sie es wagen …!«

Fenja verdrehte die Augen. »Ich bitte Sie. Etwas weniger Theatralik und die Beantwortung der Frage.«

Richters Busen hob und senkte sich wie ein Blasebalg. »Sie bekommen von mir keinerlei Auskunft mehr.« Sie stand auf, nickte Fenja zu wie eine Fürstin einem lästigen Bittsteller und verließ ihr Büro.

»Ach ja«, rief Fenja hinter ihr her. »Die Anzeige wegen Behinderung polizeilicher Ermittlungen und Körperverletzung erhalten Sie in den nächsten Tagen!«

Richter drehte sich um. »Sie können mich mal!«, rief sie zurück und marschierte davon.

Die Frau hatte Chuzpe, das musste man ihr lassen. Der Sohn war die reinste Memme dagegen. Wahrscheinlich *weil* seine Mutter Chuzpe hatte. Wie der Vater wohl mit dieser Frau zurechtgekommen war. Nun ja, sehr alt war er nicht geworden, gerade mal einundvierzig. Das hatte wohl seine Gründe. Aber egal, Fenja konnte die Frau nicht zwingen, gegen ihren Sohn auszusagen.

Ihre Antwort hatte sie trotzdem erhalten. Margarete Richter hatte keine Ahnung davon gehabt, dass ihr Sohn sich zum Todeszeitpunkt von Heike Bornum am Tatort aufgehalten hatte. Genauso wenig, wie sie davon wusste, was ihr Sohn so trieb, wenn er sich unbeobachtet fühlte. Fenja glaubte auch, dass, hätte Richter davon gewusst, sie sich wahrscheinlich eher die Zunge abgebissen hätte, als sich als Zeugin zu melden. Da hatte ihr der Profilierungsdrang einen üblen Streich gespielt.

Fenja besprach sich mit Haberle in dessen Büro. Auf jeden Fall sollte Richter die Nacht in der Zelle verbringen. Bei ihm bestand Fluchtgefahr. Wenn er nicht vor den Ermittlungsbehörden davonlief, dann vor seiner Frau und seiner Mutter. Davon war Fenja überzeugt.

»Was für ein Widerling«, sagte Haberle und schüttelte sich.

»Allerdings«, meinte Fenja. »Wir sollten uns aber auch um

diesen Bracht kümmern. Ich kann mir nicht vorstellen, dass die beiden sich hier wegen nichts und wieder nichts getroffen haben. Da steckt mehr dahinter.«

»Das ist gut möglich«, sagte Haberle. »Da werden wir dann nach der Hausdurchsuchung beim Richter schlauer sein. Aber wieso die Frau nichts von dem Ganzen mitgekriegt haben soll, das leuchtet mir auch noch nicht ein.«

»Ja«, antwortete Fenja gedankenverloren. »Das ist auch so ein Mysterium, dass die Frauen immer völlig ahnungslos sind. Wie soll das gehen? Okay, sie hat gesagt, sie nimmt Schlafmittel. Und wenn sie tatsächlich mitkriegt, dass er rausgeht, dann wollte er eben eine rauchen. Ist ja auch nichts Besonderes. Aber sie sagte ja, sie hat geschlafen.«

Für einen Moment hingen die beiden ihren Gedanken nach.

»Tja«, Fenja raffte sich auf, ging zu Gesa und Frenzen ins Büro und setzte sich auf Tiedemanns Schreibtisch.

Frenzen sah sie erwartungsvoll an. »Was passiert denn jetzt mit Bracht? Sollten wir den nicht auch gleich einbuchten?«

»Weswegen? Weil ihn ein Pädophiler bedrängt hat und Bilder von ihm kaufen wollte, die er gar nicht hat?«

»Das glaubst du doch selber nicht, dass diese Ratte nichts zu verkaufen hatte. Wieso sollte er denn sonst nach Carolinensiel gekommen sein? Um sich mit einem Typen von früher zu treffen, dessen Namen er merkwürdigerweise aber nicht kennt?«

Fenja baumelte mit den Beinen. »Nein, das glaube ich in der Tat nicht, deswegen werden wir uns ja auch Brachts Haus und vor allem sein Auto und den Kiosk vornehmen. Das übernimmst du bitte, Geert. Und bis dahin sollten wir den Mann im Auge behalten. Die Aussagen der beiden stimmen zwar weitgehend überein, aber wer traut solchen Typen schon?«

»Heißt das, ich soll ihn beschatten?«

»Ja, was soll es sonst heißen? Zumindest, bis wir den Durchsuchungsbefehl haben, das wird nicht lange dauern. Also mach dich am besten gleich auf den Weg.«

»Aber«, Frenzen war aufgestanden und protestierte, »ich hab noch einen Termin.«

»Wo?«, fragte Gesa gereizt, »im Fitness-Studio?«

»Wüsste nicht, was dich das anginge«, maulte Frenzen, nahm aber seinen Autoschlüssel und machte sich auf den Weg.

Fenja blickte ihm verdattert hinterher.

»Was zum Kuckuck ist hier los?«, fragte sie, während Gesa wütend den Bleistift, mit dem sie gespielt hatte, auf den Tisch warf.

»Frag Geert.«

»Ich frage dich.«

Gesa stand auf. »Ich hab nichts dazu zu sagen.«

»Wozu?«

Gesa seufzte. »Frag einfach nicht, okay?«

Fenja musterte ihre Kollegin schweigend und beschloss, die Sache vorerst auf sich beruhen zu lassen.

»Wir müssen die Bewohner der Neuen Straße in Carolinensiel befragen. Irgendwer muss etwas gesehen haben, das uns weiterhilft. Ist Jannes noch in Carolinensiel?«

»Ja, er hat vorhin angerufen, er geht bei Albrecht was essen und kommt dann zurück.«

»Soll er nicht, ruf ihn an, er soll dortbleiben. Wir treffen uns um fünfzehn Uhr vorm Teekutter.«

Fenja lenkte ihren alten Käfer die Bundesstraße entlang. Es roch ein wenig nach Benzin, anscheinend war ihr Baby irgendwo undicht. Darum musste sie sich unbedingt kümmern, bevor der Winter kam. In der kalten Jahreszeit hatte ihr grüner Kumpel sowieso Probleme genug. Bei niedrigen Temperaturen kam ihr Gefährt schwer in Gang. Sie überlegte, ob es eine besondere Bewandtnis damit hatte, dass sich die Ausdrücke Gefährt und Gefährte so ähnelten. Eigentlich war das durchaus passend. Ein Gefährt begleitete einen ja auch, mehr oder weniger. Und ihr Käfer war für Fenja beides: Gefährt und Gefährte. Sie trat sachte aufs Gaspedal und streichelte das Lenkrad. Der Wagen dankte es ihr mit einem satten, zufriedenen Tuckern.

Sie parkte in der Bahnhofstraße. Tiedemann ging bereits vor dem Teekutter auf und ab.

Als Fenja den Wagen abschloss, kam Tiedemann grinsend auf sie zu. »Na, der läuft immer noch, was? Ich kauf dir mal Wimpern, die kannst du über die Lampen kleben, sieht lustig aus.«

Fenja lachte und informierte Tiedemann dann über die Ergebnisse des Morgens. »Wir müssen also noch mal konkret bei den Bewohnern der Neuen Straße nachfragen, ob jemand dort gegen Mitternacht zwei Personen gesehen hat.«

»Meinst du wirklich, dass dabei noch was rauskommt?«, fragte Tiedemann zweifelnd.

»Keine Ahnung, aber es ist unsere einzige Spur.«

NEUN

Eastbourne, Dienstag, 14. Oktober

»Sir!« Constable Sutton empfing Bradford vor dessen Büro und wedelte mit einem Blatt Papier. »Ich weiß nicht, ob es etwas mit unserem Fall zu tun hat, aber ich finde, wir sollten zumindest mal nachfragen.«

»Wo nachfragen? Was meinen Sie genau, Sutton?«

Bradford war nicht in bester Laune, sie hatten trotz intensiver Ermittlungen bisher keine heiße Spur. Außerdem war Laura gestern Abend bei ihm aufgetaucht und hatte ihm eine schlaflose Nacht bereitet, weil sie plötzlich der Meinung war, dass es in ihrer Beziehung kriselte und sie dringend reden müssten. Am Ende hatte dann nur Laura geredet. Leider konnte er sich nicht mehr genau erinnern, was sie alles gesagt hatte. Das Wort »unterkühlt« war gefallen, das wusste er noch.

Er hatte ihr in allem recht gegeben und Besserung gelobt, nur um endlich schlafen zu können. Aber Laura war wütend aufgesprungen, hatte ihm Desinteresse vorgeworfen und sich schluchzend auf der Toilette eingeschlossen. Bradford wusste nicht mehr genau, wie lange er gebraucht hatte, sie dazu zu bewegen, wieder ins Bett zu kommen. Es musste sehr spät gewesen sein, als sie sich endlich dazu herabließ. Seitdem hatte sie ihn mit Verachtung gestraft, und das Frühstück heute Morgen war ausgefallen.

Laura hatte sich ein Taxi bestellt und war wortlos davongeschwebt. Nun ja, er hatte im Moment nicht die Zeit, seine Beziehung zu kitten. Wenn er ehrlich war, hatte er auch keine rechte Lust dazu. Er würde später darüber nachdenken. Jetzt brauchte er dringend einen Kaffee. Ohne Kaffee konnte er nicht denken. Jedenfalls nicht am Morgen, abends durfte es auch gerne mal Tee sein.

Er warf seine Jacke auf einen Stuhl und ging zum Kaffeeautomaten. Sutton folgte ihm wie ein Schatten.

»Also, ich habe mich mal ausgiebig mit diesem Dr. Sanders beschäftigt …«

»War das nicht Buckleys Aufgabe?«, unterbrach sie Bradford,

nahm eine Tasse und stand dann hilflos vor der Maschine. »Ist die neu?«

»Ja«, antwortete Sutton irritiert, »haben wir letzte Woche bekommen. Warten Sie, ich zeig Ihnen, wie's geht.« Sutton nahm ihm die Tasse aus der Hand, stellte sie unter den Hahn und drückte auf einen Knopf. Die Maschine fing an zu röcheln, und Sekunden später floss die dunkle Flüssigkeit in die Tasse. »Sie trinken doch schwarz, oder?«

Bradford nickte. Eigentlich nahm er Milch, aber das war im Moment auch egal.

»Also, Sergeant Buckley ist unterwegs zu Vincent Strong, wir haben nämlich rausgefunden, dass in Wales mal gegen Strong ermittelt wurde, wegen Autodiebstahls. Ist allerdings schon fünfundzwanzig Jahre her, und verurteilt wurde er auch nicht. Aber sein damaliger Freund, und der sitzt mittlerweile wegen schweren Raubes.«

Aha, dachte Bradford, das sah Buckley ähnlich. Wahrscheinlich hoffte er, Kathy Sanders dort anzutreffen. »Und welche neuen Erkenntnisse erhofft sich Sergeant Buckley von seinem Besuch?«

»Ähm, das weiß ich nicht, er wollte Strong auf jeden Fall mit seiner Vergangenheit konfrontieren.«

»Egal«, Bradford winkte ab, »was wollten Sie sagen?«

»Ja, also ich habe nämlich mal in dieser Klinik in Carmarthen angerufen und tatsächlich noch eine Krankenschwester ausfindig gemacht, die damals schon als Lernschwester da gearbeitet hat und immer noch dort ist.«

»Na, das nenn ich mal Firmentreue.« Bradford nahm einen Schluck Kaffee und verzog den Mund. Ihm fehlte die Milch.

»Oh ja«, meinte auch Sutton, »die Frau konnte sich noch an King erinnern. Der war so ein hübscher junger Kerl gewesen, hat sie gesagt, und dann musste ihm das mit dem Arm passieren. Eine Schande sei das gewesen. Und dann wusste sie noch, dass es damals einen Vorfall gegeben hatte. Eine Frau war gestorben, und der Ehemann hat versucht, den behandelnden Arzt umzubringen. Hat sich mit einem Messer auf ihn gestürzt. Und wissen Sie, wer der behandelnde Arzt war?«

»Etwa Dr. Sanders?«

»Genau. Und das Allerbeste ist, dass Matthew King Dr. Sanders quasi das Leben gerettet hat. Er hat dem Angreifer einfach eine Teekanne über den Schädel gezogen.«

»Na, sieh mal an. Was ist bei der Geschichte rausgekommen?«

Sutton zierte sich ein bisschen. »Leider gar nichts. Die Frau hatte irgendeine Lungenkrankheit. Und nach einer Woche in der Klinik in Carmarthen hat sie morgens tot im Bett gelegen. Diagnose: plötzlicher Herztod. Sie war noch relativ jung gewesen. Irgendwas Mitte vierzig.«

»Wurde gegen den Ehemann ermittelt?«

»Nein. Die Polizei wurde nicht mal gerufen, weil Dr. Sanders nichts passiert war und er keine Anzeige erstattet hat.«

»Na, das ist ja großzügig.«

»Nicht wahr?«

»Und das wusste die Frau alles noch so genau, nach fast dreißig Jahren?«

»Ja, ich finde es ja auch erstaunlich, aber sie wirkte auf mich sehr zuverlässig. Erinnert mich an meine Tante Jane.« Sutton lächelte versonnen. »Sie ist auch Krankenschwester, schon solange ich denken kann. Sie hat keine Familie, ist völlig in ihrem Beruf aufgegangen. Und sie hat Geschichten auf Lager, das würden Sie nicht für möglich halten.«

»Doch, halte ich.« Bradford nickte langsam. »Wie lange war Sanders in der Klinik?«

»Insgesamt vier Jahre, ein Jahr nach dem Tod der Frau haben er und seine Frau die Klinik verlassen und hier in Eastbourne die Praxis eröffnet.«

»Hm, es ist vage, aber es ist eine Möglichkeit«, sagte Bradford.

»Eben, vielleicht wusste King ja etwas und hat Sanders erpresst.«

»Aber warum hat er dann so lange gewartet?«

»Na ja, vielleicht hatte er keine Ahnung, wo Sanders abgeblieben war.«

Bradford stellte den Kaffee ab. »Gute Arbeit, Sutton, wir beiden werden uns jetzt noch mal mit diesem Arzt unterhalten.«

Dr. Sanders war nicht gerade begeistert von ihrem Besuch und ließ sie zwanzig Minuten warten. Bradford versuchte mühevoll, sich wach zu halten, und war froh, die zuverlässige Sutton bei sich zu haben. Falls ihm etwas entgehen sollte, würde es ihr bestimmt auffallen. Bei Buckley konnte man da nicht so sicher sein.

»Und haben Sie Ihren Mörder noch nicht gefunden?«, begann Dr. Sanders. »Also bei mir werden Sie ihn auch nicht finden. Warum sind Sie also hier? Was soll ich Ihnen noch sagen?«

Dr. Sanders wirkte sicherer als bei seinem letzten Besuch, fand Bradford. Er fragte sich, wieso.

»Wir hätten noch ein paar Fragen. Es betrifft Ihre Zeit in Carmarthen.«

Dr. Sanders stutzte und musterte Bradford ungläubig. »Carmarthen haben wir vor etlichen Jahren verlassen. Was bitte soll das denn mit dem Tod von Mr King zu tun haben?«

»Wahrscheinlich gar nichts, aber wir ermitteln in alle Richtungen.« Bradford sah Dr. Sanders erwartungsvoll an. »So viel wir wissen, gab es während Mr Kings Aufenthalt dort einen Angriff auf Sie. Ein Mann hat Sie beschuldigt, am Tod seiner Frau schuld gewesen zu sein. Und Matthew King war derjenige, der Ihnen das Leben gerettet hat. Wieso haben Sie uns nicht erzählt, dass Sie das Mordopfer von früher kannten?«

»Warum sollte ich das erzählen, das hat doch mit seinem Tod nichts zu tun. Außerdem ist es eine Ewigkeit her. Woher wissen Sie überhaupt davon?«

»Eine Krankenschwester, die heute noch dort arbeitet, konnte sich daran erinnern. Und ob etwas relevant für unsere Ermittlungen ist oder nicht, das müssen Sie uns überlassen. Würden Sie uns bitte die Geschichte aus Ihrer Sicht kurz schildern.«

Dr. Sanders nickte und schien sich etwas zu entspannen. »Ich weiß zwar beim besten Willen nicht, was das mit dem Tod von diesem King zu tun haben soll, aber bitte. Wenn ich mich recht entsinne, litt die Frau an einem Lungenemphysem, was die Wahrscheinlichkeit eines plötzlichen Herztodes signifikant erhöht. Außerdem hatte sie noch ein Karzinom, ich weiß nicht mehr, welches, war frisch operiert. Der Mann konnte es einfach nicht akzeptieren. Er war davon ausgegangen, dass sie geheilt war. Tja, man kann auch Flöhe und Läuse gleichzeitig haben. So ist das nun mal.«

»Die Frau ist also zweifelsfrei eines natürlichen Todes gestorben?«

»Selbstverständlich, was denn sonst?«

»Kann es sein, dass Mr King darüber irgendetwas wusste?«

»Ich bitte Sie, der Mann war Patient. Was sollen diese Fragen?«

»Eben, er war Patient und hat Ihnen das Leben gerettet. War das Zufall, oder kannte er vielleicht den Angreifer?«

»Das weiß ich doch nicht, er war eben gerade da, als der Mann auf mich losging.«

Bradford schlug die Beine übereinander, eine Botschaft an Dr. Sanders, dass er keine Eile hatte. »Wie und wo hat sich das Ganze eigentlich genau abgespielt?«

Dr. Sanders konsultierte seine Armbanduhr. Bradford bemerkte, dass seine Hände zitterten. »Ich weiß zwar immer noch nicht, was diese alte Geschichte mit Ihrem Mordfall zu tun hat, aber bitte: Ich ging den Flur entlang, als plötzlich dieser Mensch aus dem Fahrstuhl kam und mit dem Messer auf mich losging. Wo King herkam, weiß ich nicht mehr, aber glücklicherweise war er zur Stelle und hat dem Mann irgendwas auf den Kopf gehauen. Das war's.«

»Wurde keine Untersuchung eingeleitet, die Patientin obduziert?«

»Warum? Die Frau war schwer krank gewesen. Wir können nicht jeden Verstorbenen obduzieren, bloß weil die Hinterbliebenen sich nicht mit dessen Tod abfinden können.«

Bradford zupfte gedankenverloren an seiner Unterlippe. »Sagen Sie, wo liegt die Verjährungsfrist von ärztlichen Kunstfehlern?«

»Jetzt werden Sie unverschämt!«

Bradford setzte noch einen drauf: »Wo waren Sie am Sonntag letzter Woche und in der folgenden Nacht?«

Dr. Sanders stand auf. »Das ist doch die Höhe. Verschwinden Sie, sofort!«

»Kein Problem.« Bradford blieb ruhig sitzen, während Sutton nervös auf ihrem Stuhl nach vorn rutschte. »Wir sind sofort weg, sobald Sie die Frage beantwortet haben.«

Dr. Sanders atmete schwer und ballte die Fäuste. »Soweit ich mich erinnere, war ich zu Hause und habe gelesen. Und nachts liege ich in meinem Bett und schlafe. Also werde ich das in der besagten Nacht wohl auch getan haben.«

»Waren Sie allein?«

»Ja! Und jetzt raus.« Er wies mit dem Arm zur Tür wie ein Vater, der seine Kinder ins Bett schickt. Sutton war schon auf dem Weg zur Tür, als Bradford sich langsam erhob. Er nickte schweigend, und die beiden verließen die Praxis.

»Puh, der war aber wütend«, sagte Sutton.

»Ja, zu wütend. Ich denke, wir haben da den Finger in eine Wunde gelegt, Sutton. Da müssen wir dranbleiben. Das heißt, Sie werden das medizinische Personal, das zur fraglichen Zeit in dieser Klinik gearbeitet hat, ermitteln und den Ehemann der Toten kontaktieren.«

»Natürlich, Sir, und wie geht's jetzt weiter?«

»Jetzt erhält Ms Sanders noch einmal Besuch von der Polizei.«

Kathy Sanders empfing sie mit einer Zigarette in der Hand. Bradford wunderte sich, dass die Frau eines Lungenfacharztes rauchte, aber es war ja allgemein bekannt, dass Ärzte sich zuallerletzt an ihre eigenen guten Ratschläge hielten.

Kathy Sanders musterte Bradford verblüfft und warf Sutton einen kurzen Blick zu.

»Schon wieder? Ich habe Ihren Kollegen doch vorhin schon weggeschickt. Vince ist nicht da.«

»Können wir uns stattdessen mit Ihnen unterhalten?«, fragte Bradford.

Sanders trat zur Seite, um sie einzulassen. Bradford ging voraus ins Wohnzimmer, das mit drei Leuten hoffnungslos überfüllt war. Große Partys konnte man in diesem Haus nicht feiern. Sutton schien das Interieur zu gefallen. Sie sah sich lächelnd um, und nachdem Bradford und Sanders vor dem Kamin Platz genommen hatten, blieb für sie nur ein Stuhl am Fenster. Im Kamin prasselte ein künstliches Feuer. Ein Stilbruch, fand Bradford, andererseits konnte er sich nicht vorstellen, wie die Bewohner vergangener Zeiten in diesem Raum überhaupt hatten atmen können, wenn ein echtes Feuer brannte.

Sanders warf ihre Zigarette in eine Teetasse, wo sie zischend verlosch.

»Wo ist Mr Strong?«, fragte Bradford und betrachtete die Hausherrin, die ihm gegenübersaß und ihre schlanken Beine übereinanderschlug. Er fühlte sich erhitzt, und er wusste nicht, ob das an dem künstlichen Feuer lag oder an der Ausstrahlung dieser Frau.

Sanders antwortete nicht sofort, malte mit dem Fingernagel Muster auf das Holz ihrer Sessellehne. »Er ist in London, einen Freund besuchen.«

»Wenn er zurückkommt, sagen Sie ihm bitte, wir erwarten ihn morgen in der Polizeistation in Eastbourne.«

Sanders nickte, ohne Bradford anzusehen, malte weiter auf ihrer Lehne herum. Ihr goldener Armreif klapperte gegen das Holz.

»Und warum wollen Sie mit mir sprechen? Wir haben uns doch schon ausführlich unterhalten.« Sie hob langsam den Kopf. Ihre dunklen Haare verdeckten ihr Gesicht. In diesem Moment sah sie sehr verletzlich aus.

Bradford räusperte sich. »Wir haben erfahren, dass während Ihrer Zeit in Carmarthen jemand versucht hat, Ihren Mann zu töten, und dass Matthew King das verhindert hat.« Bradford schwieg und beobachtete Kathy Sanders. Sie hörte auf, die Sessellehne zu bearbeiten, und sah Bradford überrascht an. Dann stand sie abrupt auf und öffnete eines der beiden Sprossenfenster, die den Blick auf einen idyllischen kleinen Garten freigaben, in dessen Mitte Rosensträucher eine weibliche Steinfigur umrankten. Sanders blieb vor dem Fenster stehen, wandte den Besuchern den Rücken zu und verschränkte die Arme.

Für eine Weile herrschte Schweigen.

»Sie war meine Tante«, sagte Sanders plötzlich. »Meine Tante Caroline, und ich habe sie sehr geliebt.«

Bradford und Sutton wechselten einen Blick. Nach einigen Sekunden sprach Bradford.

»Dann war das Ihr Onkel, der versucht hat, Ihren Mann zu töten?«

»Angeheirateter Onkel. Allerdings.« Sanders schloss das Fenster und drehte sich abrupt um.

»Er war schon immer ein Jammerlappen, konnte es nicht ertragen, wenn die Dinge nicht nach seinen Vorstellungen liefen. Er hat meiner Tante das Leben nicht gerade leicht gemacht. Und als sie gestorben ist, hat er das getan, was er immer gemacht hat. Er hat jemand anderem die Schuld gegeben. So war er, suchte immer einen Schuldigen für alles. Für ihn gab es kein Schicksal. Tod und Krankheit, das traf nur die anderen. Und wenn es seine Frau traf, dann war sie selbst daran schuld, und wenn nicht sie, dann der Arzt. Bloß er selber hat natürlich immer alles richtig gemacht.«

»Aber …«, Bradford wusste nicht recht, wie er sich ausdrücken sollte, »er muss sie doch sehr geliebt haben, wenn er mit einem Messer auf Ihren Mann losgegangen ist, um ihren Tod zu rächen.«

Sanders warf sich wieder in ihren Sessel. »Unsinn. Blanker Egoismus. Caroline war immer diejenige gewesen, die das Geld verdient hat. Mein Onkel Jason hat es vorgezogen, zu streiken oder von der Stütze zu leben. Okay, in Wales gab's damals nicht mehr viel Arbeit für Bergleute. Nicht, dass ihn das gestört hätte, so wild war er nicht aufs Arbeiten. Und außerdem hat Tante Caroline ganz gut verdient. Sie war Einkäuferin in einem Gartencenter. Bis sie dann an Brustkrebs erkrankte. Anfangs hatten wir gedacht, sie hätte die Krankheit besiegt, aber der Krebs hat sie eingeholt, und alle wussten, dass es keine Hoffnung für sie gab. Sie selbst auch. Nur Jason natürlich nicht, weil ja nicht sein kann, was nicht sein darf. Wovon sollte er schließlich leben, ohne seine fleißige Ehefrau?«

»Und deswegen ist er mit einem Messer auf Ihren Mann losgegangen?«, fragte Bradford ungläubig.

»Natürlich!« Sanders warf wütend die Hände in die Luft. »Irgendjemand musste büßen für das Elend, das ihm widerfuhr.« Sie verzog den Mund. »Ich finde es einfach abstoßend, wenn ein Mensch nicht in der Lage ist, das Unvermeidliche zu akzeptieren. Anstatt meiner Tante den Rest ihres Lebens zu erleichtern, hat er ihr die Ohren vollgejammert. Deswegen haben wir – mein Mann und ich – auch gelogen und ihm gesagt, dass es ihr besser ginge. Einfach nur, damit er sie in Ruhe lässt. Konnte ja keiner ahnen, dass er so weit gehen würde.« Die letzten Worte flüsterte sie.

»Dann war seine Anschuldigung also aus der Luft gegriffen?«, fragte Bradford.

Sanders' Kopf ruckte hoch. »Natürlich!« Sie schwieg einen Moment. »Mein Mann hat sich absolut nichts zuschulden kommen lassen. Ich wäre die Erste gewesen, die ihm an die Gurgel gegangen wäre, wenn er meiner Tante Leid zugefügt hätte.« Sie griff sich an den Hals, wohl um ihren Worten Nachdruck zu verleihen. »Anstatt darüber erleichtert zu sein, dass seine Frau einen sanften Tod gefunden hatte, drehte er durch. Typisch Jason.« Sanders knotete das graue Spitzentuch auf, das sie über ihrem dunkelblauen Wollkleid trug, nahm es von ihren Schultern und faltete es zusammen. »Tante Caroline hatte immer Angst vor dem Ersticken. Sie hatte ein Lungenemphysem und oft Atemnot. Da kommt es schon mal zu einem plötzlichen Herztod. Außerdem … sie wäre sowieso gestorben. Ihre Prognose lag bei maximal sechs Monaten, und es ging ihr schon nicht gut.«

»Lebt Jason noch?«

Sanders lachte auf. »Ich habe keine Ahnung. Nach seinem Angriff auf Harry haben wir uns aus den Augen verloren, wie Sie sich denken können.«

»Ihr Mann hat keine Anzeige erstattet.«

»Aber nur, weil Jason Harry nicht weiter beschuldigt hat. Ich hab ihm gesagt, er soll sich zum Teufel scheren. Und das hat er hoffentlich getan.«

»Waren Sie bei dem Angriff dabei?«

»Ja, ich habe ja mit meinem Mann zusammengearbeitet.«

»Was wurde danach aus Matthew King?«

»Ach, Matt«, Sanders seufzte, »wir waren ihm natürlich dankbar, aber Matt wollte keinen Dank.« Sanders spielte gedankenverloren mit ihrem Tuch. »Er wurde kurz darauf entlassen, und ich hab ihn erst vor ein paar Monaten in der Praxis wiedergesehen.« Sie schüttelte den Kopf. »Ich war erschüttert, was aus ihm geworden war.«

Bradford gab Sutton ein Zeichen und stand auf. »Vielen Dank, Ms Sanders …«

»Kathy.«

»Kathy. Wie hieß Ihr Onkel, und wo hat er damals gewohnt?«

»Cummings, Jason Cummings. Damals wohnten sie in Abernant. Ein Kaff etwa sechs Meilen westlich von Carmarthen.« Sie begleitete die beiden zur Tür. »Wollen Sie wirklich mit ihm sprechen? Ich meine, was versprechen Sie sich davon? Glauben Sie, dass er nach all den Jahren etwas mit dem Mord an Matt zu tun hat?«

Bradford trat, gefolgt von Sutton, auf den Bürgersteig. »Was glauben Sie?«

Sie zuckte mit den Schultern. »Na ja, Jason trau ich alles zu.«

Bradford tippte sich an die Stirn. »Vergessen Sie nicht, Mr Strong vorbeizuschicken.«

Sanders antwortete nicht und schloss die Tür.

»Beeindruckende Frau«, sagte Sutton, als sie sich auf den Weg zum Auto machten, das am Kirchplatz geparkt war.

»Allerdings«, murmelte Bradford. »Und nicht nur das. Ich werde das Gefühl nicht los, dass diese ganze Bande uns an der Nase herumführt.«

Er kniff die Augen zusammen. Wenn er sich nicht irrte, kam ihnen mit energischen Schritten Daisy Henderson entgegen. Ihr weiter Mantel wirbelte wie ein schlaffer Luftballon hinter ihr her. Die sonst sorgfältig frisierten weißen Haare waren dem Sturm ihrer Entrüstung nicht gewachsen und tanzten auf ihrem Schädel herum wie Fahnen bei böigem Wind.

»Inspector Bradford!«, rief sie und winkte ihn heran.

»Wer ist das?«, fragte Sutton erstaunt.

Bradford schmunzelte. »Das ist meine Informantin.«

»Informantin«, wiederholte Sutton zweifelnd, »aber nicht undercover, oder?«

»Keinesfalls«, raunte Bradford und begrüßte Daisy Henderson gleich darauf mit charmantem Lächeln. »Ms Henderson«, sagte er, »gibt es Neuigkeiten?«

»Neuigkeiten?« Henderson legte ihre Hand auf ihre Brust und schnappte nach Luft. »Das fragen Sie *mich*? Das wollte ich von *Ihnen* wissen!« Sie musterte Sutton von Kopf bis Fuß und sah Bradford dann fragend an.

»Aber Ms Henderson«, antwortete der, »Sie wissen doch sicher, dass wir keine Auskünfte geben dürfen.«

»Ja, aber …«, Henderson fehlten vor Empörung für zwei Sekunden die Worte, »… aber ich, Harriet und Prentiss haben ein Recht zu erfahren, was los ist. Schließlich sind wir ja unmittelbar betroffen, womöglich sogar in Gefahr …«

»Wenn Sie in Gefahr sind, werden Sie benachrichtigt.« Bradford legte Daisy Henderson beruhigend den Arm auf die Schulter. »Bis jetzt deutet rein gar nichts darauf hin, dass das der Fall sein könnte. Sie entschuldigen uns.« Die beiden wandten sich zum Gehen.

»Ja, aber … was heißt denn, wir werden benachrichtigt?«

»Das heißt, Sie erfahren es als Erste, wenn wir etwas wissen, das für irgendjemandes Sicherheit relevant ist. Guten Tag.«

Die beiden machten sich davon.

»Sir«, sagte Sutton nach einer Weile, »vielleicht hat die Frau ja recht, und sie und die Bolton-Smythes sind tatsächlich in Gefahr.«

»Ich denke, nicht. Wenn der Mörder sich in Gefahr wähnte, hätte er längst etwas unternommen. Schließlich ist der Mord fast eine ganze Woche lang unentdeckt geblieben. Ich denke, der Täter weiß sehr genau, dass von den Pfarrersleuten keine Gefahr ausgeht. Wenn die etwas wüssten, dann hätten sie uns das längst mitgeteilt. Und diese Henderson hat die Leiche ja bloß entdeckt, und alles, was die weiß, hat sie uns und der Welt schon erzählt.«

Sie gingen zu Erins Tea Room, um ein verspätetes Mittagessen einzunehmen. Als Erin an ihren Tisch kam, begrüßte er sie wie eine alte Bekannte und stellte Sutton als seine Kollegin vor. Er wollte einfach, dass Erin das wusste. Aber wahrscheinlich hielt sie ihn ohnehin schon für ein Frauen verschlingendes Ungeheuer, und er mühte sich vergeblich, bei ihr einen guten Eindruck zu machen.

Dann bestellten sie beide von dem Irish Stew, das es heute im Angebot gab. Erin behandelte Sutton freundlich und zeigte Bradford die kalte Schulter. Und irgendwie freute ihn das. Wenn er ihr komplett egal wäre, würde sie ihn nicht so demonstrativ mit Verachtung strafen. Vielleicht gab es ja doch noch Hoffnung für sie beide.

Am späten Nachmittag klopften Sutton und Bradford an die Tür des Pfarrhauses. Harriet Bolton-Smythe öffnete ihnen. Die Frau sah mitgenommen aus. Sie bat die beiden ins Wohnzimmer.

»Möchten Sie Tee oder vielleicht Kaffee?«, fragte sie pflichtbewusst, aber lustlos.

»Nein, danke«, lehnte Bradford ab, »wir waren gerade im Tea Room.«

»Dann hole ich gleich meinen Mann. Er ist in seinem Arbeitszimmer.«

Sie verließ den Raum und kehrte nach einer knappen Minute mit dem erschreckt dreinblickenden Pfarrer zurück.

»Gibt es etwas Neues? Wissen Sie, wer es war?«

»Nein, wir ermitteln noch. Ist Ihnen vielleicht mittlerweile noch etwas eingefallen, das uns helfen könnte?«

»Aber nein, das hätten wir ihnen doch gesagt.« Harriet Bolton-Smythe rang die Hände. »Glauben Sie, wir sind in Gefahr? Sollten wir vielleicht die Schlösser austauschen?«

»Harriet«, ermahnte sie der Pfarrer, »wieso sollten wir denn in Gefahr sein? Du musst nicht auf alles hören, was Daisy sagt.«

»Wir gehen nicht davon aus, dass für Sie eine Gefährdung vorliegt, aber wenn Sie sich sicherer fühlen, tauschen Sie die Schlösser aus«, sagte Bradford.

Er wollte nicht hinzufügen, dass das allein sie nicht vor einem entschlossenen Täter schützen würde. Dann müssten sich die Pfarrersleute auch hinter den neuen Schlössern verbarrikadieren und nicht mehr vor die Tür gehen. Diese Daisy Henderson ging ihm zunehmend auf die Nerven. Sie versetzte mit ihrer Wichtigtuerei nur ihre ängstlicheren Mitmenschen in Aufruhr.

»Eine Frage hätte ich noch. War Mr King mal ernstlich krank, seit er bei Ihnen gewohnt hat?«

Die Bolton-Smythes sahen sich fragend an, und Harriet schüttelte dann langsam den Kopf. »Nein, also, nicht dass ich wüsste. Was meinen Sie denn genau?«

»Eine Lungenentzündung.«

»Lungenentzündung«, wiederholte Harriet überrascht, »ja, da hat man doch Fieber und muss ins Krankenhaus, oder nicht?« Sie zog die Stirn kraus. »Also nein, das wüssten wir doch, und so was dauert ja auch länger, oder? Und Mr King war jeden Samstag bei uns zum Frühstück, das hätten wir gemerkt. So was ist doch auch ansteckend, oder nicht? Wann soll denn das gewesen sein?«

»Vor etwa drei Monaten.«

»Das war ja mitten im Sommer, also da war Mr King nicht krank. Er war regelmäßig samstags bei uns, und ich hab ihm auch immer die Zeitung hingelegt. Das hätte ich mitgekriegt, wenn die mehrere Tage liegen geblieben wäre. Ist sie aber nicht. Oder hast du da was bemerkt, Prentiss?«

Die Frage erübrigte sich, weil Prentiss ja generell nichts bemerkte, dachte Bradford.

Sie verabschiedeten sich. Kaum waren sie draußen, sagte Bradford missmutig: »Sehen Sie, Sutton, ich wusste doch, dass die uns belügen.«

»Die Pfarrersleute?«, fragte Sutton ungläubig.

»Die nicht, aber alle anderen. Ausgenommen Daisy Henderson«, schnaubte Bradford.

»Sie meinen die Lungenentzündung.«

»Genau, die Akte, die uns Dr. Sanders großzügig überlassen hat, ist ziemlich nichtssagend. Ist nicht mal eine Röntgenaufnahme drin.«

»Wieso sollte er denn eine Krankheit für einen Patienten erfinden?«

»Vielleicht, damit keine von den Angestellten sich wundert.«

»Worüber denn?«

»Dass Matthew King regelmäßig in der Praxis auftaucht, obwohl er gar nicht krank ist.«

»Also«, sagte Sutton, als sie wieder im Wagen saßen, »da kommt doch wieder die Erpressung ins Spiel. Warum sollte King sonst regelmäßig in die Praxis gekommen sein?«

»Noch etwas, das wir herausfinden müssen.«

Am Dienstagabend beschloss Bradford, zusammen mit Sutton zum Treffen der Anonymen Alkoholiker zu gehen. Der Gruppenleiter, James Weston, zierte sich ein wenig, als er erfuhr, dass die beiden Besucher Polizisten waren, ließ sich aber dann gnädig herab, mit ihnen zu reden.

»Ja, das ist Matt, klar kenn ich den. Aber der kommt nur unregelmäßig«, gab er bereitwillig Auskunft, als Bradford ihm das Foto hinhielt. »Was ist denn mit ihm, hat er was angestellt?«

Westons kleine Augen wechselten zwischen Sutton und Bradford hin und her.

»Er ist ermordet worden. Ob er was angestellt hat, versuchen wir herauszufinden.«

Weston warf die Hand vor den Mund. »Ermordet?«, flüsterte er. »Du meine Güte. Ja von wem denn?«

»Das versuchen wir ebenfalls herauszufinden. Vielleicht können Sie uns ja helfen?«

»Ich?« Weston wies mit dem Zeigefinger auf seine Brust. »Ja, wie denn? Ich … wir haben keine Ahnung, was unsere Gruppenmitglieder machen. Wir wissen ja nicht mal deren Nachnamen. Deswegen heißen wir ja auch die *Anonymen* Alkoholiker.« Er sprach zu den beiden wie ein Lehrer zu seinen Schülern in der ersten Klasse.

»Was Sie nicht sagen«, murmelte Bradford. »Vielleicht kennt ihn ja jemand aus der Gruppe näher und könnte uns weiterhelfen.«

»Ja, also«, Weston schüttelte in komischer Verzweiflung den Kopf, »das weiß ich ja jetzt nicht. Da müsste ich die Gruppe fragen, ob jemand mit Ihnen reden will. Ich meine … Sie sind schließlich von der Polizei …« Das erklärte natürlich alles.

Weston ließ sich großzügig dazu herab, seine Gruppenmitglieder darüber aufzuklären, dass einer der ihren ermordet worden sei, und sie nach ihrer Bereitschaft zu fragen, der Polizei bei den Ermittlungen zu helfen. Zwei Männer verabschiedeten sich daraufhin und verließen fluchtartig das Meeting.

Das hatte Bradford allerdings einkalkuliert und sich vorsichtshalber am Ausgang postiert, während Sutton in Westons Büro die Stellung hielt. Als die Männer an ihm vorbeirauschten, erkannte er einen von ihnen sofort. Um diesen alten Bekannten würde er sich später kümmern. Er ging wieder hinein, flüsterte Sutton etwas zu, und die beiden ließen sich von Weston zu den Mitgliedern führen, die geblieben waren. Zwar kannten einige von ihnen Matthew King, allerdings nur von den Treffen, und sie konnten ihnen bei aller Bereitwilligkeit nicht wirklich etwas über das Opfer sagen.

Als sie wieder auf der Straße standen, war es halb neun, und Bradford fühlte sich nach der durchwachten letzten Nacht wie gerädert.

»Meeting morgen früh um neun«, sagte er, »und checken Sie bis dahin die Adresse von dem Mann.«

»Natürlich, Sir«, sagte Sutton und grinste wissend.

***

Währenddessen in Carolinensiel

Leider behielt Tiedemann recht. Sie hatten den Rest des gestrigen Nachmittags und einen Großteil des heutigen Vormittags damit verbracht, von Tür zu Tür zu gehen und die Anwohner der Neuen Straße zu befragen. Aber sie waren nicht weitergekommen. Dann hatten sie sich um den leidigen Papierkram gekümmert, und Tiedemann war noch einigen Hinweisen nachgegangen. Zeugen, die behaupteten, Semmler gesehen zu haben.

Leider stellte sich heraus, dass sich Semmler unmöglich zur selben Zeit in Jever und Wittmund aufgehalten haben konnte. Wie auch immer, das alles musste überprüft werden, auch wenn sich am Ende herausstellte, dass es nur Zeitverschwendung war. Gegen achtzehn Uhr schickte Fenja Tiedemann nach Haus und rief Frenzen an, der Bracht beschattete. Bracht hatte sich den ganzen Tag hinter seinen Zeitungen verschanzt und nicht vom Fleck gerührt, informierte Frenzen seine Teamleitung.

»Der muss sich sehr sicher fühlen«, sagte Frenzen, »was macht der Durchsuchungsbefehl?«

»Ich ruf Haberle noch mal an. Ich schick dir Lambert, sobald er da ist, und dann nehmt ihr die Bude auseinander, aber gründlich, verstanden?«

»Worauf du einen lassen kannst«, murmelte Frenzen und beendete das Gespräch.

Fenja fuhr nach Hause zur Pension. Sie hatte den ganzen Tag nichts gegessen, außer einem Schokoriegel, und war dementsprechend hungrig.

Bendine hatte ihr eine Nachricht hinterlassen. Sie war mit Nele zum Einkaufen nach Wittmund gefahren. Im Kühlschrank gab es noch Matjessalat, und die Pellkartoffeln würde sie sich aufbraten. Sie pellte die Kartoffeln, schnitt sie in Scheiben und gab Rapsöl in die Pfanne. Es war schön, mal etwas mit den Händen zu tun, dachte sie und freute sich auf den nächsten Abend mit ihrer Kochrunde.

Ob Barne Ahlers wohl auch gerne kochte, fuhr es ihr durch den Kopf. Vielleicht sollte sie ihn fragen, schließlich war ihre Kochgruppe hoffnungslos frauenlastig, was nicht nur Frieder, den einzigen Mann, sondern auch die drei Frauen empfindlich störte.

Sie hatte sich gerade an den Tisch gesetzt, um zu essen, als ihr Smartphone surrte.

Fenja blickte einen Moment unentschlossen darauf. Sollte sie drangehen oder nachher zurückrufen? Wenn sie Hunger hatte, war sie schlecht gelaunt und unsachlich, und im Moment hatte sie Hunger. Die Neugier siegte. Sie legte die Gabel weg und griff zum Handy. Die Nummer sagte ihr nichts.

»Ja, Ehlers«, meldete sie sich ein bisschen unwirsch. Schweigen antwortete ihr.

Dann eine zaghafte Stimme. »Hier spricht Hanna Reinert, Sie waren heute Nachmittag noch mal hier.«

Fenja vergaß ihren Hunger. »Ja?«

»Nun, mein Mann ist gerade nicht da, er wird noch etwa zwei Stunden weg sein. Würde es Ihnen etwas ausmachen, mich zu besuchen?«

»Äh«, Fenja wusste zunächst nicht, was sie antworten sollte. Hatte die Frau eine wichtige Aussage zu machen oder nur Langeweile?

»Worum geht es denn?«, wollte sie wissen und nahm einen Happen Matjessalat. Er war köstlich.

»Es geht um diese tote Frau. Sagte ich das nicht?«

Fenja verschluckte sich und musste husten. »Nein, aber … ja, ich komm Sie besuchen. Wie … äh, wie komm ich denn rein, wenn Ihr Mann nicht da ist?«

»Birte ist da.«

»Ach«, sagte Fenja erstaunt, »ja, ich bin in fünfzehn Minuten da.«

Sie beendete das Gespräch und überlegte. Das war ja interessant. Was wollte denn diese kranke Frau von ihr? Und wo war ihr Mann, wenn er nicht mit dieser Birte zusammen war? Fenja hätte schwören können, dass die beiden etwas miteinander hatten. Aber das war offensichtlich ein Irrtum. Heute Nachmittag hatte sie das Ehepaar Reinert noch einmal befragt. Aber sie hatten beide in der Nacht nichts gesehen und gehört. Zumindest nicht gegen Mitternacht. Und jetzt, wo ihr Mann nicht da war, wollte Frau Reinert mit ihr sprechen. Was hatte das zu bedeuten? Fenja nahm im Stehen noch eine Gabel voll Bratkartoffeln und machte sich mit dem Fahrrad, das wie immer draußen an der Mauer unter dem Küchenfenster lehnte, auf den Weg zur Neuen Straße.

Das Wetter hatte sich heute den ganzen Tag von der freundlichen Seite gezeigt und tat es immer noch. Fenja radelte den Pumphusen entlang und musste sich ein paar ärgerliche Kommentare von Spaziergängern anhören. »Menschenskind, hier sind Kinder unterwegs!«, schimpfte ein älterer Herr in Bundeswehr-Oliv.

»Weiß ich«, rief Fenja und radelte weiter, am Hafenbecken vorbei über die Bahnhofstraße zur Neuen Straße.

Am Ziel angekommen, war sie ziemlich außer Atem und warf das Fahrrad an die Hauswand. Sie atmete tief durch und klingelte dann.

Birte öffnete und bat sie herein. »Bitte, kommen Sie, Hanna erwartet Sie schon.«

Fenja folgte der Krankenschwester wie ein artiges Kind der Lehrerin.

Hanna Reinert empfing sie im Wohnzimmer in ihrem Bett. Aufrecht und stolz saß sie da mit ihren roten, sorgfältig frisierten Haaren und sah aus wie eine Königin.

Fenja begrüßte sie und stellte sich ans Fußende des Bettes.

»Ich geh dann jetzt, komme in einer halben Stunde noch mal vorbei, okay?«, sagte Birte, und wenig später klappte die Haustür zu.

Fenja blickte Hanna Reinert erwartungsvoll an. Sie wollte die Frau nicht drängen, sie ihre Geschichte selbst erzählen lassen.

»Sie wundern sich sicher, was eine kranke, hilflose Frau wie ich zu Ihren Ermittlungen beisteuern kann, oder?«

Fenja schüttelte ernst den Kopf. »Nein, warum sollte mich das wundern? Sie werden sicherlich gute Gründe haben, mich herzubitten, wenn Ihr Mann nicht zu Hause ist. Hab ich recht?«

Hanna Reinert holte tief Luft und griff nach einem kleinen Gymnastikball, den sie zusammenquetschte.

»Rechts geht es noch ganz gut, aber die linke Hand will nicht mehr. Gott sei Dank bin ich Rechtshänderin, muss also noch nicht gefüttert werden. Aber … auch das ist nur noch eine Frage der Zeit.«

Reinert sah aus dem Fenster, Fenja wartete schweigend.

»Sehen Sie«, fuhr Reinert fort, »als Sie heute Nachmittag noch mal da waren und wissen wollten, ob wir in der Nacht, in der Heike … gestorben ist, zwei Personen auf der Straße gesehen oder gehört haben, da habe ich beschlossen, es Ihnen zu erzählen. Wilko ist im Fitness-Studio in der Cliner Quelle.«

Sie legte den Ball weg und griff nach einem zur Hälfte mit Orangensaft gefüllten Glas, das in Reichweite auf einem kleinen Tisch neben ihrem Bett stand. Langsam und vorsichtig führte sie es zum Mund und trank einen kleinen Schluck. Fenja hatte nicht den Eindruck, dass sie Durst hatte, sondern, dass solche kleinen Tätigkeiten zu ihrem Übungsprogramm gehörten.

Reinert stellte das Glas langsam wieder hin. »Ich habe beschlossen, es Ihnen zu erzählen, bevor sie es von Gott weiß wem erfahren. Ich tue das, um meinen Mann zu schützen. Er hat nämlich nichts, aber auch gar nichts mit Heike Bornums Tod zu tun. Die beiden haben sich geliebt.«

Fenja riss überrascht die Augen auf. Das war in der Tat eine Neuigkeit. Nicht nur, dass alle auf dem Holzweg waren, weil sie dachten, Heike Bornum habe es auf Knut Besemer abgesehen. Nein, am erstaunlichsten war, dass Hanna Reinert davon wusste und, was Fenja völlig unverständlich war: Es schien ihr nicht das Geringste auszumachen.

»Ja, Sie wundern sich, wieso ich das akzeptiere, aber wie sollte ich nicht? Ich bin es, die krank ist. Das reicht, warum sollte mein Mann auch noch wie ein Mönch leben?« Sie war lauter geworden, und Fenja hatte den Eindruck, dass sie den Sachverhalt nicht nur ihr, sondern auch sich selbst erklären wollte.

Sie nahm wieder den Ball und knetete ihn. »Er liebt mich, das weiß ich. Allerdings auf andere Art, als er Heike geliebt hat. Mir genügt das. Was hätte ich davon, wenn auch er nicht mehr am Leben teilhaben könnte, so wie ich.« Sie sah Fenja herausfordernd an. »Er würde mich nur hassen«, murmelte sie.

Fenja überlegte. »Aber wenn Ihre Ehe so … liberal ist, wieso haben Sie uns das nicht schon bei unserem ersten Besuch erzählt?«

»Weil Wilko keine Ahnung hat, dass ich Bescheid weiß. Er hat nämlich so was wie ein Gewissen, verstehen Sie? Er würde das niemals erzählen. Sie waren auch beide sehr diskret. Heike hat mich manchmal besucht.« Reinert lachte leise. »Wahrscheinlich hatte sie Schuldgefühle, dass sie mit dem Ehemann einer kranken Frau schläft. Ich habe mich unwissend gestellt, denn wenn mein Mann erfährt, dass ich alles weiß, wird ihn das furchtbar belasten. Ich möchte Sie bitten, das vertraulich zu behandeln.«

Fenja nickte zwar, hatte aber keine Ahnung, wie sie das anstellen sollte, denn natürlich musste sie Wilko Reinert befragen. Und womöglich nicht nur das. Wenn er wichtige Informationen zurückgehalten hatte, musste er mit einer Anklage rechnen. Fenja schob diese Gedanken einstweilen beiseite.

»Darf ich das so verstehen, dass Ihr Mann an dem besagten Abend nicht zu Hause war, sondern mit Heike Bornum zusammen?«

»Er war mit Heike zusammen, aber hier. Das Haus ist ein Zwei-Familien-Haus. Die beiden haben sich oben getroffen. Ich …«, sie wies mit dem Kinn auf ihre Beine, die bewegungslos unter der Bettdecke lagen, »… kann ja leider nicht rumlaufen, und Treppen steigen schon gar nicht.« Sie schwieg, und ihre Wangenknochen arbeiteten. In ihrem Gesicht zeigte sich jetzt Verbitterung. Aber nur für einen Moment, dann entspannten sich ihre Züge, wurden wieder weich. »Ich habe es akzeptiert.« Sie lachte wieder leise. »Habe ich eine Wahl? Ja, ich könnte jammern und wehklagen, aber das macht doch alles nur schlimmer. Also versuche ich, das Beste aus der Situation zu machen. Und … ob Sie's glauben oder nicht. Es gibt Momente, in denen ich glücklich bin. Immer dann, wenn ich mit Wilko zusammen sein kann und ich ihn glücklich sehe. Es ist schlimm genug für ihn, dass Heike jetzt tot ist, und es ist vollkommen ausgeschlossen, dass Wilko etwas damit zu tun hat. Heike war für ihn Anker und Flucht. Sie hat ihn mit dem Leben da draußen verbunden. Ich möchte nicht, dass irgendwer Lügen über ihn erzählt oder ihn verunglimpft, weil er seine Frau, die ein Krüppel ist, betrügt. Darum habe ich Sie gebeten zu kommen.«

Sie legte den Kopf auf das Kissen und schloss für einen Moment die Augen. Die lange Rede schien sie erschöpft zu haben.

Fenja hatte die ganze Zeit in ihrer Jacke dagestanden. Sie zog sie aus und legte sie über das Fußende des Bettes.

»Das heißt also«, fasste sie zusammen, »dass Heike Bornum den besagten Abend mit Ihrem Mann zusammen oben in diesem Haus verbracht hat?«

Reinert nickte mit geschlossenen Augen.

»Und Sie haben sie kommen und auch wieder gehen hören?«

Wieder Nicken.

»Und Ihr Mann denkt, Sie wissen von nichts?«, fragte sie ungläubig.

»Ja«, antwortete Reinert leise, »ich nehme normalerweise ein Schlafmittel. Er ist heimgekommen, hat nach mir gesehen und ist dann noch mal kurz weggegangen. Gleich nachdem er wieder da war, kam Heike. Sie waren sehr leise, aber ich hab es gehört. Meine Ohren funktionieren immer noch tadellos.« Reinert schüttelte den Kopf. »Merkwürdigerweise glauben die Leute immer, dass ein Mensch, der sich nicht mehr bewegen kann, auch nicht mehr denken kann. Ein folgenschwerer Irrtum. Es macht einen nämlich rasend, wenn andere einen behandeln, als wäre man debil.«

»Wissen Sie, wie lange die beiden schon ein … sich treffen?«

»Noch nicht lange, ich glaube, erst seit ein paar Wochen.« Reinert sprach langsam, mit geschlossenen Augen.

»Wissen Sie, wann Heike Bornum das Haus verlassen hat?«

»Ja, es muss vor Mitternacht gewesen sein. Ich habe die Haustür gehört, und Wilko ist dann nach nebenan in sein Zimmer gegangen. Er lässt die Tür offen, damit er mich rufen kann, wenn ich ihn nachts brauche. Dann hat die Wohnzimmeruhr zwölf geschlagen.«

In diesem Moment klingelte es, und gleich danach wurde die

Haustür geöffnet. Wenig später betrat die Pflegeschwester den Raum.

»Bin wieder da«, sagte sie überflüssigerweise und warf ihre Jacke auf das Sofa.

Fenja hätte Hanna Reinert gern noch ein paar Fragen gestellt, aber die Kranke war erschöpft.

»Ich hoffe, Sie gehen mit diesem Wissen verantwortungsvoll um«, sagte sie und hob die rechte Hand zum Abschied.

Fenja ergriff sie. »Ja, das tun wir immer«, antwortete sie. »Ich danke Ihnen.«

Sie nahm ihre Jacke, zog sie an und verließ das Haus. Als die Tür hinter ihr ins Schloss gefallen war, atmete sie auf. Ihr schwirrte der Kopf. So was war ihr in ihrer Laufbahn noch nicht untergekommen. Eine Frau, die ans Bett gefesselt war, erlaubt ihrem Mann eine Geliebte.

Alle Achtung, dazu gehörte eine Riesenportion Toleranz. Ob sie selbst in einer solchen Situation derart großzügig sein könnte, das bezweifelte sie. Es war ja schon schlimm genug, wenn man gesund war und der Mann mit einer anderen schlief, aber eine Kranke betrügen? Das warf in der Tat kein gutes Licht auf den Mann. Kein Wunder, dass die Frau sich entschlossen hatte, auszusagen.

Fenja bewunderte sie dafür. Allerdings musste sie schnellstmöglich mit Wilko Reinert reden. Und nicht nur das, er war tatverdächtig. Fenja war hin- und hergerissen. Eigentlich müsste sie ihn sofort ins Kommissariat bringen lassen. Seine Frau hatte ihm zwar ein Alibi gegeben, aber das Alibi einer Ehefrau war erfahrungsgemäß nicht viel wert. Und in diesem Fall ganz besonders. Die Frau war völlig abhängig von ihrem Mann. Und wenn der im Knast landete, was sollte dann aus ihr werden?

Aber warum hatte sie Fenja das alles dann erzählt? Sie hätte die Sache doch einfach abwarten können, und wenn tatsächlich jemand von dem Verhältnis der beiden gewusst hätte, bewies das ja noch gar nichts. Wahrscheinlich glaubte sie, dass ihr Mann durch das Alibi aus dem Schneider war. Und wenn sie nichts fanden, das die Aussage von Hanna Reinert widerlegte, war er das auch.

Fenja wanderte die Neue Straße entlang, war unsicher, wie sie sich verhalten sollte. Einerseits wollte sie Hanna Reinert schützen. Die hatte es schon schwer genug. Andererseits ermittelte Fenja in einem Mordfall. Sie sah auf die Uhr. Viertel vor acht.

Wilko Reinert war im Fitness-Studio, Fenja würde einfach hingehen und mit ihm reden. Sie nahm ihr Fahrrad und radelte los. Das Licht funktionierte nicht. Wieso nicht? Fenja stieg ab und sah nach. Aha, die Lampe war zerbrochen. Offensichtlich hatte sie das Fahrrad zu unsanft behandelt. Bendine würde sie zur Schnecke machen.

Warum kümmerte sich Heini nie um so was? Wozu hatte man schließlich eine Beziehung? Fenja ignorierte die kaputte Lampe und fuhr im Schneckentempo Am Hafen West entlang und über den Pumphusen. Glücklicherweise waren nicht viele Leute unterwegs. Saßen bestimmt alle beim Abendessen, dachte Fenja, und zur Bestätigung knurrte ihr Magen. Als sie angekommen war, stellte sie das Fahrrad vorsichtig an einen Laternenpfahl, griff in ihre Jackentasche und zog eine zerknitterte Packung Butterkekse heraus. Sie stopfte sich zwei davon in den Mund und hatte Mühe, die staubtrockenen Dinger runterzuschlucken, aber sie wollte Wilko Reinert nicht mit knurrendem Magen befragen.

Als sie das Fitness-Studio betrat, überkam sie ein schlechtes Gewissen. Sie war hier auch Mitglied, bezahlte seit über einem Jahr brav ihren monatlichen Beitrag und traf sich regelmäßig hier mit ihrer Freundin Marlene. Dann saßen sie fast die ganze Zeit an der Theke, tranken Bier und beobachteten, wie sich das übrige Volk an den Geräten abschuftete.

Sie konnte Wilko Reinert nirgends entdecken und beschloss zu warten. Bestimmt war er schon in der Umkleide und würde gleich auftauchen. Sie bestellte sich eine Cola. Der Zucker würde sie vorerst sättigen. Nach nur wenigen Minuten trat Reinert an die Bar. Als er Fenja sah, stutzte er und warf einen Blick über die Schulter, als fürchte er, mit ihr zusammen gesehen zu werden. Er nickte ihr zu und sah unschlüssig auf die Uhr. Dann schien er es sich anders zu überlegen und wandte sich zum Ausgang.

»Herr Reinert!«, rief Fenja, und er blieb abrupt stehen. »Können wir uns kurz unterhalten?«

Reinert drehte sich um und kam auf sie zu. »Ich habe nicht viel Zeit, meine Frau kann nicht lange allein bleiben.«

»Es dauert nicht lange«, sagte Fenja und wies auf den Platz neben ihr. Er stellte seine Tasche ab und setzte sich.

Fenja beschloss, ihn direkt anzugehen. »Sie hatten ein Verhältnis mit Heike Bornum«, sagte sie leise, aber bestimmt.

Reinert wurde blass. »Woher ...?«

»Wir wissen es«, antwortete Fenja, ohne konkreter zu werden.

Reinert schien in sich zusammenzusinken. »Ich weiß nicht, wer Ihnen das erzählt hat, aber ... meine Frau darf davon nichts erfahren. Das würde niemandem nützen.«

»Erzählen Sie mir von dem Leseabend.«

Reinert rückte näher an Fenja heran. »War's einer von denen, der Ihnen das gesteckt hat?«

»Herr Reinert«, sagte Fenja geduldig, »ich stelle hier die Fragen, und ich möchte Sie bitten, jetzt die Wahrheit zu sagen, sonst muss ich Sie vorläufig festnehmen.«

Fenja fühlte sich nicht gut bei der Sache, aber sie hatte keine Wahl. Der Mann musste jetzt mit der Sprache herausrücken.

Reinert sah sie verzweifelt an. »Um Himmels willen, das geht nicht, was soll denn aus meiner Frau werden?« Er sprach leise und beschwörend. »Glauben Sie mir, ich habe doch mit Heikes Tod nichts zu tun. Sie ... ich habe sie wirklich ... sehr gerngehabt.« Er ergriff Fenjas Hand, die sie ihm sofort entzog.

»Der Leseabend«, erinnerte sie ihn.

In diesem Moment kam ein Mann und schlug Reinert auf die Schulter. »Hallo, Wilko, lange nicht gesehen, wie geht's Hanna?« Der Mann hatte ein Bier in der Hand und prostete Reinert zu. »Willst du auch eins?«

Reinert stand auf. »Hallo, nein danke«, antwortete er zerstreut, »ja, Hanna geht's ... wie immer.« Dann wandte er sich an Fenja. »Ich muss jetzt gehen, vielleicht begleiten Sie mich ein Stück.«

Der Mann wandte sich verwundert ab, Fenja zahlte ihre Cola, und sie verließen gemeinsam das Studio.

Sie wanderten durch den kleinen Park.

»Sehen Sie«, begann Reinert, »Heike und ich, das war was Besonderes. Sie hatte Verständnis für mich und für Hanna. Sie forderte nichts, wollte die Beziehung ebenso geheim halten wie ich. Es ist alles so furchtbar.« Reinert schluchzte, fing sich aber sofort wieder. »Heike ist nach dem Leseabend zu mir gekommen. Wir haben oben in der Wohnung zusammen eine Kleinigkeit gegessen und … uns unterhalten. Na ja, danach ist sie gegangen. Ich wünschte, ich hätte sie begleitet. Das können Sie mir glauben!« Er war jetzt laut geworden. »Aber ich kann doch nicht … ich konnte mich doch nicht mit ihr sehen lassen. Sie hat das auch verstanden.«

»Wann ist sie gegangen?«

»Das muss gegen Mitternacht gewesen sein. Ich weiß es einfach nicht mehr genau.«

Von maximal zwanzig Minuten nach zweiundzwanzig Uhr bis etwa Mitternacht, überlegte Fenja. Das waren etwa eineinhalb Stunden. Nicht lange für ein gemeinsames Essen mit anschließendem … was auch immer. Aber vielleicht hatte sie selbst bloß zu romantische Vorstellungen.

»Haben Sie sich oft in Ihrem Haus getroffen?«

»Vielleicht vier oder fünf Mal. Wir … sind ja auch noch nicht so lange zusammen. Es … ist schwierig.«

»Und die Treffen liefen immer nach dem gleichen Muster ab?«

Reinert guckte verwirrt. »Was meinen Sie denn mit Muster?«

»Kam und ging sie jedes Mal um die gleiche Uhrzeit? Nahm sie immer denselben Weg zurück?«

Reinert zuckte mit den Schultern. »Das nehme ich doch an. Sie kam auf jeden Fall immer erst, wenn meine Frau schon schlief. Sie … schläft immer ziemlich fest, nimmt Schlaftabletten.« Er stockte. »Ich … ich kann ja nicht so oft weg«, fügte er entschuldigend hinzu. »Und gegangen ist sie … ganz unterschiedlich. Wieso ist das denn wichtig?«

Reinert wirkte zunehmend ungeduldig. Er fühlte sich offenbar ausnehmend unwohl. Warum? Nur weil er das Verhältnis vor seiner Frau verbergen wollte? Oder war da noch etwas anderes?

»Hatte sie keine Angst, nachts allein nach Haus zu gehen?«

»Nein, sie hatte ja immer ihr Pfefferspray dabei.«

Fenja blieb stehen. »Pfefferspray?«, wiederholte sie und sah Reinert erstaunt an. Die Spusi hatte kein Pfefferspray gefunden. »Sind Sie sicher?«

»Ja, natürlich, sie hatte es immer griffbereit in ihrer Jackentasche.«

Das war interessant. Entweder jemand hatte es ihr aus der Hand geschlagen, oder es war ihr während des Sturzes aus der Tasche gefallen. Wahrscheinlich lag es jetzt im Hafenbecken.

»Wär ich nur mitgegangen«, murmelte Reinert. »Bestimmt verachten Sie mich jetzt.«

Sie wanderten mittlerweile den Pumphusen entlang. Die Boote plätscherten ruhig in der Harle. Nur etwas Verkehrslärm von der Bundesstraße am gegenüberliegenden Harleufer störte die friedliche, ruhige Atmosphäre.

»Ob ich Sie verachte oder nicht, ist vollkommen irrelevant. Ich habe einen Mord aufzuklären«, antwortete Fenja. »Sie haben Heike Bornum also nicht noch die Neue Straße entlang begleitet, und Sie haben sie auch nicht mit jemandem zusammen dort gesehen?«

»Nein, natürlich nicht. Das habe ich Ihnen doch heute Nachmittag schon gesagt. Das ist die Wahrheit. Sie müssen mir das glauben! Ich … warum hätte ich Heike umbringen sollen? Sie war … ein ganz wichtiger Mensch für mich.«

»Seit wann hatten Sie ein Verhältnis?«

Reinert zuckte bei dem Wort »Verhältnis« zusammen. Wieso legte der Mann so viel Wert auf seinen Ruf? Oder nahm er tatsächlich nur Rücksicht auf die Gefühle seiner Frau? War dieser Mensch wirklich so selbstlos, oder steckte noch etwas anderes dahinter?

»Erst seit ein paar Wochen«, beantwortete Reinert Fenjas Frage, »aber wir kannten uns früher schon. Sie ist ja hier in Carolinensiel aufgewachsen, genau wie ich.«

»Hat sie, als Sie zusammen waren, irgendetwas gesagt? Oder war sie anders als sonst?«

Reinert schwieg einen Moment. »Ja, wenn Sie mich so fragen … Sie wirkte ziemlich abwesend, aber gesagt hat sie nichts.«

»Können Sie mir dann nicht doch etwas zu ihrer Kleidung sagen?«

Reinert blickte Fenja prüfend an. »Was haben Sie denn immer mit ihrer Kleidung. Heike war gut angezogen, wie immer.«

»Es fehlte also kein Knopf an ihrer Bluse, und sie trug ihre Ohrringe?«

»Aber ja.« Reinert blieb stehen. »Also denken Sie doch, dass Sie …? Ich meine, wieso sollte denn sonst ein Knopf fehlen? Ich bin jedenfalls nicht über sie hergefallen und habe ihr einen ausgerissen, das ist nicht meine Art.«

Fenja antwortete nicht. Sie waren immer noch auf dem Pumphusen unterwegs Richtung Harlesiel.

»Kann ich jetzt endlich gehen? Hanna wartet bestimmt schon auf mich.«

»Ja, gehen Sie und kommen Sie morgen zum Kommissariat nach Wittmund, um Ihre Aussage zu Protokoll zu geben.«

Reinert wand sich. »Muss das denn wirklich sein? Können wir das nicht so unter uns …?«

»Nein, können wir nicht«, sagte Fenja.

»Könnten Sie mir nicht doch verraten, wer …?«, fragte Reinert im Weggehen, aber Fenja winkte nur ab und blieb stehen, um die sachte schaukelnden Boote zu betrachten. Der Wind riss an ihren Haaren.

Sie gab Reinert zwei Minuten Vorsprung und ging dann ebenfalls den Weg an der Harle zurück. Sie wollte allein sein und nachdenken. Was war dieser Reinert nur für ein Mann, der aufopferungsvoll viele Jahre seine kranke Frau pflegte, während es ihm offensichtlich gleichgültig war, ob man den Mord an seiner Geliebten aufklärte oder nicht, Hauptsache, seine Frau erfuhr nichts von diesem Verhältnis. Das passte doch nicht zusammen. Es sei denn, er selbst hatte Heike Bornum getötet.

Aber warum sollte er das in aller Öffentlichkeit am Alten Hafen tun, wenn er es wenige Minuten vorher noch ganz privat in seinen eigenen vier Wänden hätte erledigen können? Irgendetwas stimmte da nicht.

An der Cliner Quelle schnappte sie sich das Fahrrad und schwang sich auf den Sattel.

Bendine erwartete sie in der Küche.

»Wo ist mein Essen?«, fragte Fenja und wies auf den abgeräumten Tisch.

Ohne zu antworten, stand Bendine auf und warf den Ofen an. »Sollten das Bratkartoffeln sein, was ich da auf deinem Teller neben meinem Matjessalat gefunden habe?«

»Ja natürlich, wieso?«, fragte Fenja verdattert.

»Ich fand, es sah aus wie Holzkohle.«

»Jetzt übertreibst du aber! Was soll ich denn jetzt essen?«

»Ich hab dir neue gemacht. Sind noch warm.«

Fenja atmete auf. »Na Gott sei Dank, ich sterbe vor Hunger.«

Sie setzte sich und genoss es, von Bendine bedient zu werden. Die stellte ihr einen Becher Tee und frische Bratkartoffeln mit dem Matjessalat hin. Fenja nahm einen Happen und stöhnte. Oh Mann, das waren in der Tat Bratkartoffeln. Kross und würzig, mit Speckwürfeln. Herrlich!

»Wo ist denn dein Lover?«, fragte Fenja kauend, nachdem Bendine sich zu ihr gesetzt hatte.

Die sah sie vorwurfsvoll an. »Red doch nicht so! Er ist nicht mein Lover.«

»Nicht?«

»Aber er wär's bestimmt gerne«, sagte Bendine grinsend.

»Na, wenn er nicht dein Lover ist, was ist er dann?«

»Ein guter Freund.«

»Tatsächlich!«

»Jetzt tu doch nicht so, als wäre so was ausgeschlossen. Für deine Generation scheint es unmöglich zu sein, mal *nicht* an Sex zu denken.«

Fenja verschluckte sich und blickte ihre Tante tadelnd an. »Da hast du aber so was von unrecht! Ich weiß gar nicht mehr, wann ich das letzte Mal an Sex gedacht habe.« Dabei wusste Fenja das ganz genau. Es war am letzten Sonntag gewesen, als sie mit Barne Ahlers zusammen am Strand gewesen war.

»Tatsächlich!«, revanchierte sich Bendine und trank ihren Tee.

»Die Bratkartoffeln sind eine Wucht.« Fenja bemühte sich, höflich zu sein, bevor sie zum Angriff überging. Sie wollte nämlich endlich wissen, was dieser schmierige Heini vor ihr verheimlichte. Sie schob den leeren Teller weg und musterte ihre Tante.

»Gibt es etwas, das ich wissen sollte, Bendine?«, fragte sie ernst.

Bendine machte große Augen. »Was meinst du?«

»Dein ›Nicht-Lover‹ verheimlicht mir etwas, das rieche ich zehn Meter gegen auflandigen Wind.«

Bendine betrachtete ihre Tasse und schwieg.

»Dinnie! Wenn ihr etwas wisst, das uns bei unseren Ermittlungen weiterhilft, dann musst du mir das sagen. Ihr macht euch sonst strafbar.«

»Strafbar! Was du da wieder redest. Und natürlich weiß ich das, aber wir behindern deine Ermittlungen nicht. Wenn du meinst, dass Heini dir was verheimlicht, dann frag ihn doch einfach. Selbst wenn du recht hast … hättest«, Bendine verhaspelte sich.

»Ja, was ist, wenn ich recht habe?«

»Dann hätte Heini nichts mit dem Tod von Heike zu tun. Ich weiß das. Er ist vielleicht kein Einstein, aber ein schlechter Mensch ist er auch nicht. Und … er mag mich wirklich. Er würde alles für mich tun.«

Fenja fiel die kaputte Fahrradlampe ein, aber das wollte sie jetzt nicht thematisieren.

»Na, dann sag mir doch einfach, was los ist.«

Bendine beschrieb auf dem Tisch kleine Kreise mit ihrem Becher. Sie schien mit sich zu ringen, schüttelte aber dann den Kopf.

»Also, ich kann das nicht. Das wäre ein Vertrauensbruch. Ich weiß nur davon, weil er es mir erzählt hat, und es hat nichts mit deinem Fall zu tun.« Bendine stand auf und räumte ihren Becher und Fenjas Teller in die Spüle.

Fenja warf den Kopf zurück und verschränkte die Arme im Nacken. Aus ihrer Tante war im Moment nichts rauszuholen, aber das machte nichts. Sie würde Heini schon knacken. Viel wichtiger war, wie sie die Sache mit Hanna und Wilko Reinert handhaben sollte. Einerseits hatte sie Verständnis für das Ehepaar, andererseits konnte sie als Ermittlerin auf persönliche Empfindlichkeiten keine Rücksicht nehmen.

In diesem Moment fehlte ihr mehr denn je ein Vertrauter, der ihr half, eine Entscheidung zu fällen. Aber es gab niemanden, den sie fragen konnte. Das musste sie ganz alleine lösen. Sie ging hinauf in ihr Apartment, schaltete den Fernseher an und öffnete eine

Flasche Burgunder. Dann machte sie es sich in ihrem Wunderwerk von Fernsehsessel bequem und versuchte, sich auf die Talkshow, die gerade lief, zu konzentrieren und einfach an gar nichts zu denken.

ZEHN

Bradford war am vergangenen Abend um halb elf auf dem Sofa eingeschlafen, nachdem seine Mutter ihn am Telefon hatte überzeugen wollen, das kommende Wochenende in Bristol bei seiner Schwester Linda und deren Familie zu verbringen. Bradford hatte am Ende zugesagt, ohne wirklich hinfahren zu wollen. Aber was machte das, im Notfall konnte er immer berufliche Verpflichtungen anführen, um sich zu drücken.

Und genau das hatte er vor. Er mochte seine Schwester, auch ihren Mann Oliver und die Kinder. Allerdings waren es sehr lebhafte Kinder. Und im Moment fühlte er sich ihrer Gesellschaft nicht wirklich gewachsen.

Auf dem Weg zur Polizeistation fragte er sich, wieso er den Frauen in seinem Leben ständig Dinge versprach, die er unmöglich halten konnte. Nur um seine Ruhe zu haben? War er am Ende auf dem besten Weg, ein Eigenbrötler zu werden? Nein, war er nicht, er war einfach nur müde. Vielleicht sollte er Urlaub machen, ganz allein. Aber das reizte ihn nicht besonders. Wenn Erin dabei wäre … mit Erin könnte er im Hochsommer sechs Wochen durch Südeuropa touren. Er würde sogar die Hitze ertragen. Aber das waren nutzlose Gedanken. Wenn überhaupt, waren für ihn zwei Wochen Urlaub mit Laura an irgendeinem Ort mit Schönwettergarantie eine Option. Laura hatte keine Zeit für längere Urlaube. Er eigentlich auch nicht.

Es war Viertel vor neun, und er saß allein in seinem Büro in der Polizeistation in Eastbourne. Sutton war schon an ihrem Platz und saß am Computer, wahrscheinlich um die Adresse dieses Kleinganoven herauszufinden, den er gestern beim Treffen der Anonymen Alkoholiker erkannt hatte. Nur wenige Minuten später betrat sie triumphierend sein Büro.

»Also, Sie hatten recht, Sir, dieser Haddock ist in unserem System kein Unbekannter. Er ist vorbestraft wegen Körperverletzung. Hat vor zwei Jahren nach einem Streit im Pub seinem Kumpel eins mit dessen Cricketschläger über den Kopf gezogen. Der hatte aber Gott sei Dank nur eine Gehirnerschütterung, wahrscheinlich deshalb, weil Haddock nicht genau getroffen hat, er war nämlich sturzbetrunken.«

»Genau, deshalb erinnere ich mich auch an ihn. Ich hab ihn damals festgenommen, musste ihn k.o. schlagen. Nachdem er mit seinem Kumpel fertig war, wollte er nämlich bei mir weitermachen.« Bradford verzog den Mund und knetete seine Hände. »Lassen Sie sich bloß nie auf einen Boxkampf ein, Sutton, das sieht nur im Fernsehen gemütlich aus.«

»Bestimmt nicht, Sir.« Sutton grinste. »Also: Walter Haddock ist vor sechs Monaten entlassen worden, hat eine kleine Wohnung in der Port Road und arbeitet als Gehilfe des Greenkeepers vom Golfing Park.«

»Na, das ist ja gleich um die Ecke. Dann werden wir Mr Haddock doch mal einen Besuch abstatten. Sagen Sie den anderen Bescheid und verschieben Sie das Meeting auf elf Uhr.«

Bradford wäre die knappe Meile bis zum Golfing Park gern zu Fuß gegangen, doch es hatte angefangen zu regnen, sodass sie in seinem Dienstwagen fuhren.

Die Clubsekretärin, eine Ms Holborn, schickte sie in den Geräteraum, wo Walter Haddock dabei war, einen Rasenmäher zu reinigen.

Als er die beiden Besucher den Raum betreten sah und Bradford erkannte, wich er zurück.

»Was wollen Sie von mir? Ich hab nichts getan«, japste er, noch bevor Bradford etwas sagen konnte.

Ein verheißungsvoller Anfang, dachte Bradford und warf Sutton, die Haddock erstaunt musterte, einen Blick zu. Der Mann wirkte krank. Er war hohläugig und mager, die wenigen grauen Haare rahmten ein narbiges Gesicht. Er war erst zweiundfünfzig, sah aber aus wie fünfundsechzig. Was der Alkohol aus einem Menschen machen konnte.

»Nicht so voreilig, Mr Haddock«, antwortete Bradford ruhig, »wir sind hier, weil wir Ihre Hilfe benötigen. Können wir uns kurz unterhalten?«

Haddocks Schultern sackten nach unten. »Meine Hilfe? Wobei?«

Bradford hielt Haddock Kings Foto vor die Nase. »Kennen Sie diesen Mann?«

Haddock warf einen kurzen Blick auf das Bild und antwortete sofort. »Nein, kenn ich nicht.«

Bradford steckte das Foto wieder ein und seufzte leise. Manche Menschen wussten einfach nicht, wie man log. Nicht, dass er das bedauerte, er fand es nur so furchtbar zeitraubend, jemandem, der so offensichtlich log wie Walter Haddock, die Wahrheit umständlich entlocken zu müssen.

»Mr Haddock, machen Sie es uns und Ihnen nicht so schwer, oder wollen Sie wirklich, dass wir Sie mitnehmen?«

Haddock ließ langsam die Hände sinken, die bisher nervös mit einem Lappen gespielt hatten. Er stand da wie ein alter Krieger, der nach langem, sinnlosem Kampf endlich kapitulierte.

»Ist ja klar«, sagte er leise, »einmal eine Dummheit gemacht, und Sie lassen einen nicht mehr auf die Füße kommen. Hat man endlich einen Job gefunden, tauchen Sie auf und sorgen dafür, dass sie einen feuern. Und dann wundern sich alle, wieso man von Stütze leben muss.«

»Mr Haddock«, sagte Bradford geduldig, »hören Sie einfach auf zu jammern und erzählen Sie uns, was Sie über Matthew King wissen. Dann sind wir auch gleich wieder weg.«

Haddock sah sich um. Sie waren allein in dem mit Golfplatz-Equipment vollgestellten Raum. Er schluckte, schien sich etwas zu entspannen und rückte näher zu den beiden Beamten hinüber.

»Ist er wirklich ermordet worden?«

»Ja.«

»Damit hab ich nichts zu tun, wirklich. Ich habe ihn vor einem Vierteljahr kennengelernt, seitdem ich zu den AA gehe. Er war auch da. Das ist alles, was ich weiß.«

Bradford ließ sich die Antwort durch den Kopf gehen und schüttelte dann sachte den Kopf.

»Walter, ich glaube, Sie müssen doch mitkommen. Ich werde nämlich das Gefühl nicht los, dass Sie uns etwas verheimlichen. Also, wollen wir uns auf dem Revier etwas ausführlicher unterhalten?«

Haddock rang mit sich, schien dann aber zu einem Entschluss zu kommen. »Hören Sie«, sagte er resigniert, »ich habe wirklich nichts mit seinem Tod zu tun, ich hab ihn vor zwei Wochen das letzte Mal gesehen, letzte Woche war er nicht da, obwohl er gesagt hatte, er kommt ...«

»Tatsächlich? Also haben Sie mit ihm gesprochen?«

Haddock zuckte zusammen. »Ja ... ja natürlich, wir haben ...« Haddock wusste nicht weiter und blickte zu Boden.

»Was hat er gesagt?«

»Nichts, nur ›Bis zum nächsten Mal‹.« Plötzlich schien Haddock etwas einzufallen. Er sah Bradford triumphierend an. »Aber als Matt das letzte Mal da war, hat er sich hinterher mit jemandem getroffen.« Er hob den Zeigefinger in Habachtstellung.

»Aha, und wer war das? Kannten Sie ihn? Können Sie ihn beschreiben?«

Haddocks Gedächtnis schien wieder zu schwächeln.

»Also ich hab den vorher noch nie gesehen, soweit ich mich erinnere, und beschreiben ... na ja. Hab vergessen, wie er aussah. War ziemlich kräftig und nicht so groß, mehr weiß ich auch nicht.«

Bradford überlegte einen Augenblick und kam dann zu einem Entschluss.

»Wo waren Sie am Sonntagabend letzter Woche?«

»Ich ... da war ich im Pub mit meinem Kumpel, den können Sie fragen.«

»Name, Adresse?«

Haddock nickte. Fast konnte einem der Kerl leidtun, dachte Bradford, aber er verschwieg ihnen etwas. Er ließ Sutton den Namen des Zeugen notieren und verabschiedete sich.

»Wir sehen uns, Mr Haddock.«

Als sie draußen waren, sprach Sutton es als Erste aus. »Die Beschreibung könnte doch auf diesen Strong passen, oder irre ich mich?«

»Nein, Sutton, tun Sie nicht.«

Vincent Strong war nicht aufgetaucht. Buckley war mit Constable Bush nach Beecock gefahren, um ihn zur Befragung zu holen, aber er war nicht da. Kathy Sanders hatte ihn seit Montag nicht mehr gesehen und wusste auch nicht, wo er sich aufhielt. Bradford gab Anweisung, Strong zur Fahndung auszuschreiben und Kathy Sanders mitzubringen.

Eine halbe Stunde später saßen sich Sanders und Bradford an seinem Schreibtisch gegenüber.

»Wieso tun Sie das?«, fragte Sanders. »Sie glauben doch nicht ernsthaft, dass ich mit Matts Tod etwas zu tun habe.«

Bradford antwortete nicht, drehte auf seinem Stuhl kleine Halbkreise und musterte Sanders. Er wusste nicht, ob er phantasierte oder diese Frau tatsächlich Wärme ausstrahlte. Er fühlte sich in diesem Moment wie ein einsamer Wanderer, der nach einem langen Tagesmarsch vor einem knisternden Lagerfeuer saß. Sie fixierte ihn, war sich ihrer Wirkung offensichtlich bewusst. Bradford fragte sich, ob sich Frauen in Kathy Sanders' Gegenwart genauso wohlfühlten wie Männer oder ob da die Konkurrenz die Oberhand hatte. Sutton war von Sanders' Charisma offenbar auch beeindruckt gewesen.

»Sie machen es mir nicht leicht«, sagte Bradford.

»Was meinen Sie?«

»Sie sagen mir nicht die Wahrheit.«

Sanders riss die Augen auf. »Wie kommen Sie darauf?«

Er schwieg einen Augenblick. »Wo ist Vincent Strong?«

»Das weiß ich nicht. Warum suchen Sie ihn überhaupt? Er hat genauso wenig etwas mit Matts Tod zu tun wie ich.«

»Warum ist er dann nicht gekommen?«

»Das weiß ich nicht. Er … er bleibt manchmal mehrere Tage weg, ohne mir zu sagen, was er tut. So halten wir das nun mal in unserer Beziehung. Wir sind kein altes Ehepaar.«

»Wie denkt Ihr Mann darüber?«

»Genau wie ich. Wir haben schon vor Langem beschlossen, unser Eheleben, sagen wir … liberal zu gestalten.«

»Das heißt, jeder amüsiert sich, wo er will.«

Sie verzog den Mund. »So wie Sie das sagen, hört es sich zynisch an.« Sie legte den Kopf schräg. »Würde Ihnen das nicht auch gefallen?«

Bradford schluckte und musste sich eingestehen, dass es ihm

durchaus gefallen würde, mit Kathy Sanders eine »liberale« Beziehung zu führen. Bei Erin allerdings würde ihn dieses Anliegen empfindlich stören. Er rief sich zur Ordnung.

»Ms Sanders ... Kathy, Matthew King, der Mann, der Ihrem Mann das Leben gerettet hat, wurde getötet. Er lag hilflos auf seinem Sofa, während jemand auf ihm kniete und ihm ein Kissen aufs Gesicht drückte. Vincent Strong ist einer der wenigen, der mit Matt Kontakt hatte. Wenn Sie etwas wissen, das uns hilft, seinen Mörder zu finden, dann sagen Sie es bitte.«

Sie blickte düster an Bradford vorbei auf ein Bild der Klippen des Beachy Head, das hinter ihm an der Wand hing.

»Ich bin genauso angeekelt wie Sie«, sagte sie, »aber Vincent hat damit nichts zu tun. Er ... könnte so etwas nicht.«

»Überzeugen Sie mich.«

Sie zuckte mit den Schultern. »Ich hab Ihnen gesagt, dass er in der Nacht, in der Matt ... starb, bei mir war.«

»Ja, das haben Sie gesagt. Aber ich glaube, dass Sie lügen.«

»Warum sollte ich?«

Bradford sah sie forschend an. Beide schwiegen. Sie kaute auf ihrer Unterlippe und fuhr sich durch die dunklen, vollen Haare.

»Ich glaube, Matt hat irgendwelche Geschäfte gemacht.«

»Was für Geschäfte?«

»Das weiß ich nicht, ich habe nur mal beobachtet, wie er jemandem etwas zugesteckt hat und dafür ein paar Scheine bekommen hat.«

»Wo und wann war das?«

»In Eastbourne am Hafen, ist schon ein paar Monate her.«

»Können Sie sich erinnern, wer der andere war?«

»Nein, irgendein Typ. Sah ziemlich abgewrackt aus.« Sie stand auf. »Kann ich jetzt gehen?«

»Ist das wirklich alles, was Sie uns sagen können?«

»Ja, ob Sie's glauben oder nicht. Ich will auch wissen, wer Matt umgebracht hat. Und bevor Sie sich auf Vince versteifen, sag ich Ihnen lieber, wo Sie suchen sollten: am Hafen.«

Bradford nickte langsam und stand dann ebenfalls auf. »Ja, Sie können gehen, aber bleiben Sie erreichbar.«

»Was hat sie gesagt?«, wollte Buckley wissen, als die Mannschaft zwanzig Minuten später im Besprechungsraum saß. Bradford, der einen Durchsuchungsbefehl für Strongs Haus angefordert hatte, teilte den anderen das Ergebnis der Gespräche mit Katherine Sanders und Walter Haddock mit.

»Fazit«, schloss er, »wir können davon ausgehen, dass King mit Drogen gehandelt hat, welchen auch immer, und Vincent Strong ebenfalls im Geschäft ist.«

»Klar«, meinte Buckley, »warum sollte er sich sonst dünnegemacht haben?«

»Das heißt, er ist unser Hauptverdächtiger«, sagte Bush.

»Nicht unbedingt«, widersprach Sutton, »es kann auch sein, dass er ebenfalls in Gefahr ist und sich versteckt.«

»Sein Handy hat er brav zu Hause gelassen, das hab ich bereits orten lassen.« Buckley stellte mit Schwung seinen Kaffeebecher ab. »Und ich hab angefangen, seine Anruferliste durchzugehen. Bis jetzt alles unauffällig. Er hat wenig telefoniert. Wenn überhaupt, mit Kathy Sanders und hin und wieder mit seinen drei Typen aus der Dartsmannschaft. Von denen weiß keiner, wo er ist, und alle drei behaupten, Matt King nur vom Sehen gekannt zu haben. Entweder ist Strong harmlos, oder er führt die interessanten Gespräche auf einem anderen Handy. Ich tippe auf Letzteres.«

»Wahrscheinlich war Haddock einer seiner Kunden«, sagte Sutton gedankenverloren, »so wie der aussah.«

Riley schüttelte verblüfft den Kopf. »Dann hat King sein Zeug bei den Anonymen Alkoholikern vertickt.«

»Ja, gar nicht mal so dumm. Die sind bestimmt auf der Suche nach einem Ersatz für ihre Drinks und für Drogen sowieso empfänglich«, sagte Bush. »Aber was hat er verkauft? Kokain, Heroin?«

Bradford verneinte. »Nein, viel zu teuer. Mir fällt nur eine Droge ein, die diese Leute sich leisten könnten, und das ist Methamphetamin. Davon kostet ein Gramm um die zwanzig Pfund, und das sind mehrere Portionen, je nachdem, wie viel man braucht.«

»Crystal Meth«, Sutton nickte, »ja, das könnte passen.«

Bradford spielte mit seinem Bleistift. »Ich habe mit Mike Lansing von der Drogenfahndung gesprochen und ihm die Bilder von King und Strong vorgelegt. Sie sind nicht in deren Datei.«

»Könnte es nicht sein …«, begann Sutton vorsichtig, »dass dieser Dr. Sanders auch in dieser Drogensache drinhängt? Ich meine … wir denken immer an Erpressung, aber Matthew King ist regelmäßig in der Praxis aufgetaucht. Vielleicht nimmt dieser Sanders ja auch ab und zu eine kleine Dröhnung?«

»Also, das kann ich mir nicht vorstellen. Ein praktizierender Arzt kann doch keine Drogen nehmen. Das würde doch auffallen«, sagte Bush.

»Nicht unbedingt«, widersprach Bradford. »Viele Ärzte können nur noch unter Drogen praktizieren …«

»Also das Gefühl hab ich auch manchmal«, gluckste Buckley, aber Bradford fuhr unbeirrt fort, »… und Lansing meinte, es gibt Leute, die Methamphetamin über Jahre hinweg kontrolliert einnehmen können. Das ist gerade bei solchen, die beruflich stark eingespannt sind, angesagt. Es unterdrückt das Schlafbedürfnis und den Hunger und macht enorm leistungsfähig und obendrein happy. Zumindest vorübergehend.«

»Na ja«, meinte Buckley, »besonders glücklich kam der Typ mir zwar nicht vor, aber mager ist er auf jeden Fall.«

»Also das allein heißt ja noch nichts«, meldete sich Riley, »eine Menge Leute sind dünn und deswegen nicht gleich süchtig.«

Eine Weile hingen alle ihren Gedanken nach. »Die Frage ist, haben Strong und möglicherweise Sanders etwas mit dem Mord an King zu tun, oder gibt es da jemanden, von dem wir noch nichts wissen?« Bradford stand auf. »Wir nehmen uns jetzt die Wohnung von diesem Strong vor.«

Als Bradford mit seinem Gefolge in Strongs Haus einfiel, strafte Kathy Sanders sie mit Verachtung. Sie ging in den kleinen Garten, setzte sich auf einen der Gartenstühle und rauchte. Bradford gesellte sich einen Moment zu ihr.

»Möchten Sie auch eine?«, fragte sie und bot ihm eine Zigarette an.

»Nein, danke, das ist lange her.«

»Bei mir auch«, antwortete sie und nahm einen tiefen Zug.

»Schön hier«, sagte Bradford und ließ seinen Blick über die Rosenstauden und die Hortensienbüsche streifen.

»Nicht wahr?« Sie sah traurig in die untergehende Sonne. Es war mild für Oktober, und der Tag war trocken und warm gewesen. »Schade«, sagte sie.

»Was?«

»Das alles«, antwortete sie.

Er schwieg und folgte ihrem Blick nach Westen, wo die Sonne die Dämmerung einleitete.

»Ja«, sagte er, »schade.«

★★★

Carolinensiel zur selben Zeit

Über eine Woche war seit dem Tod von Heike Bornum vergangen, und seit fünf Tagen hatten sie keine Spur von Lothar Semmler. Ob er noch lebte? Fenja machte sich schwere Vorwürfe. Sie hätte sein Verschwinden möglicherweise verhindern können, aber sie war voreingenommen gewesen. Ein Fehler, der einer versierten Ermittlerin wie ihr nicht hätte passieren dürfen. Auch wenn Semmler ein Schwätzer war. Er war mit Sicherheit auf etwas gestoßen, das ihr bisher entgangen war. Und dieses Etwas hatte mit dem Tod von Hinrike Tebbe und Heike Bornum oder einer von ihnen zu tun. Fenja hatte die Mannschaft im Besprechungsraum versammelt. Richter saß noch immer in seiner Zelle. Ebenso wie Bracht. Lambert und Frenzen hatten bei ihm umfangreiches kinderpornografisches Material gefunden.

»Ich bin mir sicher, dass Bracht und Richter von Heike Bornum überrascht worden sind. Vielleicht hat sie sie zur Rede gestellt, und dann haben die beiden sie sicherheitshalber entsorgt«, sagte Frenzen.

Fenja schüttelte zweifelnd den Kopf. »Und was ist dann mit Semmler?«

»Das muss doch gar nichts mit unserem Fall zu tun haben«, erwiderte Frenzen.

Fenja sah ihn entrüstet an. »Dann erkläre du mir bitte, wo der

Mann abgeblieben ist. Sein Auto ist noch in seiner Garage, und einen Koffer hat er auch nicht gepackt. Das ist doch komisch!«

»Ob Heike Bornum damit was zu tun hatte?« Gesa malte gedankenverloren Kreuzchen auf ihren Notizblock. »Ich meine, mit diesem Pornomaterial. Immerhin war sie ja Bibliothekarin. Ich finde, man kann auch bei Frauen nicht automatisch ausschließen, dass sie was mit Kinderpornografie zu tun haben. Immerhin lässt sich damit eine Menge Geld verdienen. Irgendwie scheint alles darauf hinauszulaufen.«

»Blödsinn«, widersprach Frenzen. »Was soll denn eine Frau in dem Alter damit zu tun gehabt haben? Und wenn sie hundertmal Bibliothekarin war. Außerdem hatte sie keine Geldsorgen. Wozu soll sie sich also mit so was beschäftigt haben. Aber«, feixte er, »wir können die beiden ja mal fragen, ob sie mit Bornum Geschäfte gemacht haben. Die werden sich überschlagen vor lauter Mitteilungsbedürfnis.«

»Was soll denn ihr Alter damit zu tun haben?«, beschwerte sich Gesa. »Aber ... es könnte doch sein, dass sie jemanden gedeckt hat.«

»Und wen bitte?«

»Das weiß ich doch nicht, das müssen wir eben herausfinden.«

»Ich finde ...«, alle wandten sich erstaunt Tiedemann zu, der bisher nicht durch besonderen Ideenreichtum aufgefallen war. In diesem Zusammenhang fiel Fenja Dithmars Äußerung über Tiedemanns »holprigen Anfang« bei der Kripo wieder ein. Sie nahm sich vor, Tiedemann danach zu fragen, wenn dieser Fall abgeschlossen war.

»... also ich finde«, wiederholte Tiedemann, »wir sollten diese Husemann nicht außer Acht lassen. Immerhin waren Husemann und Bornum scharf auf den Besemer. Vielleicht war es ja Husemann, mit der Richter die Bornum gesehen hat, die beiden haben sich am Hafen gezofft, und dann ist die Bornum eben ins Wasser gefallen und ...«

»Also auf diese Weise kann man sich alles Mögliche zusammenkonstruieren«, meinte Gesa. »Dann sollten wir auch diese Tudorf noch mal unter die Lupe nehmen.«

»Genau, die ist auch nicht ganz koscher«, stimmte Tiedemann

zu, »immerhin hat die sich mit dem Opfer gestritten, und ein Alibi hat sie auch nicht.«

»Aber nicht wirklich ein Motiv.« Fenja faltete die Hände und legte sie auf den Tisch. »Nur weil man sich mal streitet, bringt man ja noch niemanden um. Und was ist dann mit Semmler? Der ist doch nicht freiwillig auf und davon. Wie passt der da rein?«

»Na, der hat was gesehen. Vielleicht sogar den, mit dem die Bornum in der Neuen Straße unterwegs war. Und«, Tiedemann hob triumphierend den rechten Zeigefinger, »vielleicht wollte er ja darüber auch schreiben. Oder er hat den oder die Mörder erpresst.« Tiedemann zögerte. »Oder beides.«

Immerhin, dachte Fenja, das war ein Argument. Und eines, das sie von Tiedemann nicht erwartet hätte. Vielleicht hatte Semmler tatsächlich etwas gesehen. Dazu würden auch seine Anrufe passen. Aber wieso hatte er dann nicht mit Gesa oder einem anderen Beamten gesprochen? Wieso hatte er unbedingt mit ihr reden wollen? Und für die Nacht, in der Semmler verschwand, hatte niemand aus dem Lesekreis, außer Kalle und Lore Berglin, Bendine und Wilko Reinert, ein – wenn auch wackliges – Alibi. Wer konnte schon mit Sicherheit sagen, was passierte, während man schlief? Alle hatten allein im Bett gelegen und geschlafen. Genau wie zum Zeitpunkt von Heike Bornums Tod.

Die drei ließen sich das durch den Kopf gehen.

»Nein«, wandte Gesa dann ein, »das alles aus Eifersucht? Das glaube ich nicht. Außerdem traust du dem Semmler so viel schauspielerisches Talent zu, Fenja? Der hätte sich doch verraten, wenn er was gewusst hätte.«

»Ja, das denke ich auch, der hätte seine Weisheit schon bei der ersten Befragung auf der Stelle auf uns losgelassen.«

Aber Tiedemann war noch nicht fertig. »Und was ist dann mit dieser Else Tudorf? Immerhin hat Bornums Tochter ihren Sohn sitzen lassen. Das ist doch auch ein Motiv. Und die war nicht gut auf die Bornum zu sprechen. Außerdem war ihre Freundin, diese Stöckl, so was von ängstlich und nervös. Ihr versteift euch alle so auf diesen Mord an der Tebbe. Vielleicht seid ihr ja total auf dem Holzweg.«

»Okay«, sagte Fenja, »aber warum wartet sie dann vier Jahre

damit?« Sie zog das Gummiband von ihrem Pferdeschwanz und fuhr sich durch die Haare.

»Vielleicht«, überlegte Gesa, »hat Semmler ja auch was mit dem Tod von Heike Bornum zu tun, konnte mit der Schuld nicht leben und hat sich davongemacht! Wäre ja nicht das erste Mal, dass so was passiert.«

»Und wohin, bitte, soll er sich dann davongemacht haben?«, fragte Fenja. »Ohne Auto und seine Klamotten? Sein Sohn hat sich in der Wohnung umgesehen. Er hat zwar nicht viel Ahnung von seinem Vater, aber er meint, verreist wäre er nicht. Er hat gesagt, dass sein Vater selten verreist, vor zwei Jahren war er mal zur Kur, sonst ist er immer zu Hause. Und der Koffer, den er benutzt, wenn er mal unterwegs ist, der ist auf jeden Fall noch da und sein Pass ja auch.«

»Ehrlich gesagt«, meldete sich Tiedemann, »mir wird das alles ein bisschen zu kompliziert.«

Fenja warf einen Blick aus dem Fenster. Ein heftiger Wind riss an den Blättern der Bäume. Regenschwere Wolken verdunkelten den Himmel, sodass das Licht im Raum brennen musste.

»Leute, ich fasse mal zusammen. Was hat sich in der Nacht vom Dienstag auf den Mittwoch letzter Woche zugetragen? Der Todeszeitpunkt liegt zwischen null und zwei Uhr morgens. Um zweiundzwanzig Uhr ist der Leseabend zu Ende. An diesem Abend kommt eines der Mitglieder auf einen zwanzig Jahre zurückliegenden Mord zu sprechen, den er in einem Krimi verarbeiten will. Einige der anderen Mitglieder sagen, dass Heike Bornum darauf ... na ja, zumindest merkwürdig reagiert hat. Um zweiundzwanzig Uhr fünfzehn bekommt sie einen Anruf von Wilko Reinert ...«

»Genau«, unterbrach sie Gesa, »und der sagt ihr, dass seine gelähmte Frau schläft und die Luft jetzt rein ist für seine Geliebte.«

»Ich weiß gar nicht, warum du dich so aufregst«, eiferte sich Frenzen. »Weißt du denn, was der Mann empfindet? Immerhin geht er ja diskret vor.«

»Ja, toll«, Gesa verzog den Mund, »er betrügt seine kranke Frau, aber er macht es wenigstens diskret, damit er nach außen der aufopfernde, liebende Mann bleibt. Geht sogar zum Telefonieren mit einem Handy, das ihm nicht gehört, aus dem Haus, damit niemand ihm auf die Schliche kommt. Was für eine Heuchelei!«

»Wir sind nicht hier, um uns moralisch zu entrüsten, Gesa«, mischte Fenja sich jetzt ein. »Wir müssen einen Mörder und einen Vermissten finden. Klar?«

Gesa nickte, Frenzen machte eine Geste, als müsste er sich übergeben.

»Also«, fuhr Fenja fort, »Heike Bornum geht vom Alten Hafen in die Neue Straße zu Reinerts Wohnung, wo sie bis etwa dreiundzwanzig Uhr fünfundvierzig bleibt. Dann verabschiedet Reinert sie an der Haustür. Irgendwann zwischen dreiundzwanzig Uhr dreißig und Mitternacht hört Margarete Richter Bracht vor ihrem Zimmer schimpfen. Bracht und Richter geben zu, um diese Zeit am Hafen Ost unterwegs gewesen zu sein, allerdings hätten sie niemanden sonst dort gesehen. Sie sind dann wieder zur Bahnhofstraße gegangen, wo Brachts Auto mit dem Pornomaterial für Richter geparkt war.«

»Siehst du«, unterbrach sie jetzt Frenzen und sah Gesa an, »über den solltest du dich mal aufregen. Einer, der sich kleine nackte Jungen anguckt. Man braucht bloß drauf zu warten, bis er sich mal in echt einen schnappt.«

Gesa fixierte Frenzen, sagte aber nichts.

Tiedemann, der staunend seine sonst friedlichen Kollegen musterte, wandte sich an Fenja.

»Kannst du mir mal sagen, was hier los ist? Hab ich was nicht mitgekriegt?«

Fenja warf den beiden Streithähnen einen strengen Blick zu. »Ich hab keine Ahnung, was mit euch beiden los ist, aber ich möchte, dass ihr das außerhalb des Kommissariats regelt. Und wenn das nicht geht, dann können wir nachher gern in mein Büro gehen und uns in Ruhe unterhalten. Ich möchte jedenfalls, dass dieses Rumgezicke hier aufhört!«

Diesen Worten folgte betretenes Schweigen. Fenja räusperte sich.

»Wo waren wir?… Ach ja, in der Bahnhofstraße, wo Brachts Auto steht. Bracht ist also gegen null Uhr wieder nach Neuharlingersiel gefahren, während Richter zum Seiteneingang des

Hotels gegangen ist, aber zwei Personen in der Neuen Straße gesehen hat, von denen eine eine Frau war. Die andere konnte er nicht erkennen. Das stimmt entweder oder auch nicht, ich sehe allerdings keinen Grund, warum er uns nichts über die zweite Person erzählen sollte. Das würde ihn ja entlasten.«

»Ich glaube dem Typen kein Wort, womöglich hat er das nur erfunden, dass er die Bornum mit jemandem zusammen in der Neuen Straße gesehen hat.« Frenzen spielte mit seinem Kugelschreiber.

»Das ist natürlich möglich, aber es würde passen«, meinte Fenja. »Denn Reinert hat ja ausgesagt, dass sich Bornum um diese Zeit verabschiedet hat.«

Gesa stand auf. »Ich geh mal Kaffee holen.«

»Bring die Butterkekse aus meinem Schreibtisch mit!«, rief Tiedemann hinter ihr her.

Sekunden später fiel die Tür hinter Gesa zu, und die drei Kollegen schwiegen verblüfft. Es war sonst nicht Gesas Art, sich während der Besprechung davonzumachen. Aber egal, dachte sich Fenja, sie hatte keine Zeit, auf die persönlichen Empfindlichkeiten ihrer Leute Rücksicht zu nehmen.

»Weiter im Text«, sagte sie und klopfte mit ihrem Bleistift auf den Tisch. »Was ist am Alten Hafen passiert? Auf jeden Fall ist Bornum von der Neuen Straße zum Alten Hafen gegangen, um von dort aus über die Bahnhofstraße zum Gartenweg zu kommen. So weit, so gut. Entweder war sie in Begleitung – wenn wir Richter Glauben schenken wollen –, oder sie hat jemanden am Alten Hafen getroffen …«

»Genau so war's wahrscheinlich«, unterbrach sie Frenzen. »Sie hat nämlich Richter und Bracht dort getroffen, gesehen, dass sich bei den beiden irgendwas Illegales abspielt, und es ist zu einem Handgemenge gekommen. Das würde auch den fehlenden Knopf und die Sache mit dem ausgerissenen Ohrring erklären. Dann haben die beiden sie kurzerhand ins Hafenbecken gestoßen.«

Fenja hatte den Kopf auf ihre gefalteten Hände gestützt und Frenzens Beitrag mit Kopfschütteln begleitet.

»Das glaube ich nie und nimmer«, sagte sie. »Wenn Bornum am Alten Hafen um diese Uhrzeit zwei dunkle Gestalten bemerkt hätte, dann hätte sie sofort den Rückzug angetreten. Das machen Frauen normalerweise so.« Fenja sah Frenzen an, als müsse sie ihm Tischmanieren beibringen. »Ich gehe davon aus, dass sie mit jemandem zusammen war, den sie kannte. Die beiden sind von der Neuen Straße zum Alten Hafen gegangen und dort in Streit geraten. Und dann ist es passiert.«

»Das ist ja dann einfach.« Frenzen lehnte sich zurück. »Dann brauchen wir ja nur den gesamten Bekanntenkreis unseres Opfers durchzukämmen, und schon haben wir den Mörder.«

»Genau.« Tiedemann hatte Frenzens Sarkasmus nicht realisiert. Fenja ignorierte die beiden.

»Leute, es ist doch offensichtlich, dass dieser Todesfall etwas mit dem Mord an Hinrike Tebbe zu tun hat.«

Frenzen stöhnte auf und warf seinen Kugelschreiber auf den Tisch. »Das ist doch so was von vage!«

»Theorien sind immer vage, bis man sie bestätigt hat, also reg dich ab.« Fenja wurde langsam ärgerlich. »Wir müssen uns mit dem Leseclub beschäftigen, und zwar möchte ich wissen, was die einzelnen Mitglieder getan haben, als Hinrike Tebbe ermordet wurde. Wer kannte sie? Was wissen sie über den Mord? Was wissen sie über die Familienverhältnisse? Ich bin sicher, dass Semmler auf etwas gestoßen sein muss. Das Zusammentreffen von Bornums Tod und seinem Verschwinden kann kein Zufall sein.«

Gesa betrat den Besprechungsraum mit einem Tablett und stellte eine Warmhaltekanne, vier Becher, ein Kännchen Milch, Zucker und eine Packung Butterkekse auf den Tisch. Tiedemann griff sofort nach den Keksen, die anderen nahmen sich Kaffee. Nachdem alle versorgt waren, wiederholte Fenja ihre letzten Ausführungen.

»Das heißt, wir müssen uns aufteilen und uns die zwölf Leute noch mal im Hinblick auf den damaligen Todesfall vornehmen.«

Gesa nippte an ihrem Kaffee. »Und du meinst, das ist in Ordnung, diese alte Geschichte noch mal aufzuwühlen? Ob das gut ist für die alte Frau ... wie hieß sie noch? Friedrichsen?«

»Thomassen«, korrigierte Fenja, »Hilde Thomassen. Das müssen eben alle in Kauf nehmen. Oder würdest du sie vorher um Erlaubnis fragen, ob wir ermitteln dürfen?«

Gesa zuckte mit den Schultern, und Frenzen kicherte blöde.

»Du glaubst also, dass jemand aus dem Leseclub die Bornum umgebracht hat?«, fragte Tiedemann mit vollem Mund. »Und du glaubst, dass dieser Jemand auch etwas mit dem Tod von Hinrike Tebbe zu tun hatte?«

»Ich glaube gar nichts, ich erwäge Dinge und möchte wissen, was passiert ist. Tatsache ist, dass Frieso Tebbe immer noch behauptet, er wäre unschuldig. Und das, obwohl er seine Strafe längst abgesessen hat. Das ist doch seltsam. Er könnte doch einfach die Klappe halten und die Sache abhaken.«

»Ja«, sagte Gesa, »das finde ich auch. Wie gehen wir also vor?«

»Wir klappern die elf verbliebenen Mitglieder noch mal ab.«

»Na, die werden sich freuen«, raunte Frenzen.

Fenja ignorierte Frenzen und überlegte kurz, ob sie die Sache mit Heini erwähnen sollte, unterließ es dann aber. Darum würde sie sich noch kümmern. Sie machte eine Liste. Fenja würde Hilde Thomassen, Wilko Reinert und Tomke Drillich übernehmen. Mit Bendine hatte sie ja bereits gesprochen. Gesa sollte sich um Knut Besemer und Silke Husemann kümmern, Frenzen um Else Tudorf und Renate Stöckl. Und Tiedemann konnte sich mit Kalle und Lore Berglin unterhalten. Er würde mit den beiden alten Leutchen behutsam umgehen, was sie bestimmt mitteilsamer machen würde, als wenn Frenzen sie befragte. Die Besprechung war beendet, alle erhoben sich und verließen den Raum.

Es war kurz nach ein Uhr mittags, als Frenzens Frau Annika mit der schlafenden Rieke im Buggy im Kommissariat auftauchte. Fenja wollte sich gerade ein belegtes Brötchen vom Bäcker holen, als sie ihr in die Arme lief.

»Mensch, Annika«, sagte Fenja ebenso erfreut wie überrascht, »lange nicht gesehen, wie geht's euch denn?« Sie umarmte die junge Mutter herzlich und streichelte dem Baby die Wange.

»Ja, schön dich zu sehen«, antwortete Annika etwas zerstreut. Sie machte einen erschöpften, mitgenommenen Eindruck, fand Fenja. Ihre sonst glänzenden blonden Haare hingen strähnig über den Schultern, ihre strahlend blauen Augen wirkten blass und müde. »Ist Geert da?«, fragte Annika mit finsterem Blick.

»Äh, ja, er müsste im Büro sein, wenn er nicht gerade zum Mittagessen unterwegs ist. Komm, wir schauen mal nach.« Sie öffnete die Tür und ließ die beiden Besucher ein. »Was macht denn das Familienleben?«, fragte Fenja und musterte das kleine Mädchen. Sie sah ziemlich gesund und propper aus. Auf jeden Fall besser als ihre Mutter.

»Frag lieber nicht«, antwortete Annika.

Frenzen und Gesa saßen schweigend an ihren Schreibtischen, als die beiden Frauen eintraten. Den Buggy ließ Annika im Flur stehen. Die Reaktion der beiden Beamten sprach Bände. Gesa guckte zunächst erfreut und warf dann Frenzen einen lauernden Blick zu. Der riss die Augen auf, als er seine Frau mit Fenja in der Tür stehen sah. Er wirkte erschrocken und zog dann den Kopf ein. Jedenfalls kam es Fenja so vor. Gesa stand auf und begrüßte Annika mit einer Umarmung.

»Wo hast du denn dein kleines Mädchen?«, fragte sie.

»Steht draußen im Flur«, antwortete Annika, während sie Frenzen nicht aus den Augen ließ.

»Äh, ich lass euch dann mal allein und fahre Rieke ein bisschen herum, okay?«

Annika nickte dankbar, und Gesa zog Fenja hinter sich her auf den Flur. Die folgte ihr verblüfft.

»Ist irgendwas?«, fragte sie, während Gesa den Buggy zum Ausgang steuerte.

»Allerdings«, schnaubte Gesa. »Ich glaube, dass Geert seit Tagen nicht zu Hause gewesen ist.«

»Ach«, Fenja hatte Mühe, mit Gesa Schritt zu halten. Die steuerte den Buggy mit großen Schritten Richtung Amtsgericht. »Und woher weißt du das?«

»Weil ... ach was soll's, du kannst es ruhig wissen. Geert hat sich eine Tussi angelacht. Nach meiner Meinung ist sie gerade mit der Schule fertig. Er hat sie im Fitnesscenter kennengelernt.«

»Und woher weißt du davon?«

»Weil ... weil er doch tatsächlich ihr Handy hat orten lassen, um sie zu ›überraschen‹.« Gesa ließ den Buggy los und malte Gänsefüßchen in die Luft.

»Oh«, sagte Fenja, »wo willst du eigentlich hin?«

»Ach, lass uns ein bisschen bummeln gehen. Die beiden haben sich bestimmt eine Menge an den Kopf zu werfen.« Gesa schnaubte. »Annika Geert bestimmt. Umgekehrt eher nicht.«

Einen Moment schwiegen beide. Fenja grübelte. Wenn Geert tatsächlich seinen Ermittlerstatus für private Zwecke benutzt hatte, dann war das Amtsmissbrauch. Was fiel dem ein? Und vor allem, wie sollte Fenja mit diesem Wissen umgehen? Sie war seine Vorgesetzte.

»Siehst du«, sagte Gesa, »deswegen wollte ich es dir nicht sagen. Aber ich bin einfach stinksauer auf ihn. Er lässt Annika mit dem Kind allein zu Hause und rennt diesem Püppchen hinterher. Wie alt ist der eigentlich?«

»Alter hat nichts damit zu tun«, erwiderte Fenja ruhig. Jetzt war ihr auch klar, wieso Frenzen in letzter Zeit so ausdauernd seine Muskeln trainierte. Das war ja erbärmlich.

»Stimmt!«, pflichtete ihr Gesa bei. »Arschlöcher gibt's in jedem Alter.«

Sie umrundeten den Marktplatz zum zweiten Mal, als Fenjas Aufmerksamkeit von einem schwarzen Oldtimer angezogen wurde, der Am Markt entlangfuhr. Das war doch ein Morris Minor, der englische Käfer. Zumindest sah Fenja das so. Sie blieb stehen und wartete, bis der Wagen auf ihrer Höhe war und tatsächlich neben ihr anhielt.

Verdammt!, dachte Fenja. Barne Ahlers saß am Steuer. Und zu allem Übel saß eine ausgesprochen hübsche Frau neben ihm. Was dachte der sich! Die blonde Schönheit kurbelte das Fenster hinunter.

»Hallo, Fenja«, sagte Ahlers und musste an der Barbiepuppe vorbeireden, da das Steuer auf der rechten Seite war. »Wir wollten dich gerade besuchen. Passt es?«

»Äh, nein«, antwortete Fenja spontan, während der Wagen leise vor sich hin knatterte und Barbie irgendwie unverschämt grinste. Fand Fenja.

»Schade, Theresa ist die Mutter von Bojes Freund Lutz. Ich dachte, ihr würdet euch vielleicht gerne mal unterhalten.«

Fenja wusste nicht, was sie sagen sollte. Gesa war mit dem Buggy näher gekommen und musterte den Wagen.

»Der ist ja geil, was kostet denn so was?«, fragte sie und strahlte Ahlers an.

»Gar nicht so teuer«, antwortete der und wurde gleich von Fenja, die sich endlich gefangen hatte, unterbrochen.

»Ja, klar, das würde mich natürlich schon interessieren.« Sie ließ sich die Handynummer von Barbie geben und versprach, sie baldmöglichst anzurufen.

Sie hätte sich natürlich gleich mit den beiden unterhalten können, ließ sich aber nicht gern überrumpeln. Und in diesem Fall fühlte sie sich überrumpelt. Natürlich war das einer leitenden Ermittlerin nicht würdig, sich von einer Barbiepuppe überrumpeln zu lassen, aber Fenja musste sich eingestehen, dass sie, wenn Barne Ahlers in der Nähe war, nicht unbedingt Herrin über ihre Reaktionen war. Das musste sich ändern!

»Was sollte das denn?«, brachte sich Gesa in Erinnerung.

»Die Mutter von Bojes Freund.«

»Was willst du denn mit der?«

»Weiß ich ehrlich gesagt auch noch nicht so genau«, antwortete Fenja wahrheitsgemäß.

In diesem Moment wachte Rieke auf und vermisste ihre Mutter. Sie fing augenblicklich und durchdringend an zu plärren. Gesa versuchte, das schreiende Kind auf den Arm zu nehmen, während Fenja den Buggy hielt. Rieke war damit nicht einverstanden und wehrte sich mit aller Kraft dagegen, auf den Arm genommen zu werden. Gesa setzte sie wieder in den Buggy und musste das Kind festhalten, damit es nicht heraussprang.

Die beiden begaben sich eilig zurück zum Kommissariat. Sie gaben ein bizarres Bild ab. Eine Frau, die im Laufschritt einen Buggy mit einem schreienden Kind schob, und eine zweite, die gebückt neben dem Buggy herlief und das heftig um sich tretende Kind festhielt.

Fenja seufzte erleichtert, als sie die Tür zum Kommissariat öffneten. Annika kam ihnen bereits entgegen, Frenzen im Schlepptau.

Die Mutter nahm Rieke, ohne ein Wort zu sagen, auf den Arm, und das Kind beruhigte sich schon nach wenigen Sekunden. Gesa und Fenja atmeten auf. Frenzen verdrehte die Augen. Annika übergab das Kind dem Vater.

»Im Buggy ist alles, was sie braucht. Ich bin unterwegs.«

Und weg war sie. Frenzen hatte nicht mal Zeit, Luft zu holen, um zu protestieren. Gesa und Fenja sahen sich an. Gesa lächelte breit. »Ich bin dann auch mal weg. Mittagspause.«

»Äh, genau, das hatte ich ja auch schon vorgehabt«, fügte Fenja hinzu. »Bis später.«

Sie hob die Hand zum Gruß und ließ Frenzen stehen.

Kurz nach fünfzehn Uhr betraten die drei Frauen zusammen das Kommissariat, wo Frenzen sie missmutig empfing.

»Bist du verrückt«, beschimpfte er leise seine Frau, während er mit der schlafenden Rieke auf dem Arm im Flur auf und ab ging. »Du kannst mir doch das Kind nicht einfach zur Arbeit bringen und dann abhauen!«

»Wieso?«, erwiderte Fenja, die sich vorgenommen hatte, keinen Gedanken mehr an Barne Ahlers und Barbie zu verschwenden, und ihre gute Laune wiedergefunden hatte. »Das war doch deine Mittagspause. Da ist das in Ordnung.«

Sie zwinkerte Annika zu, die Frenzen ihre Tochter abnahm.

»Nein, war's nicht«, widersprach Frenzen. »Ich geh jetzt was essen.« Er steuerte bereits auf die Tür zu, als Fenja ihn zurückpfiff. »Vorher muss ich mit dir sprechen. Und zwar in meinem Büro!«

Sie drückte Annikas Arm, nickte Gesa zu und marschierte zu ihrem Büro. Frenzen stand unschlüssig vor der Tür. Ganz offensichtlich hatte er nicht die geringste Lust, sich jetzt mit seiner Teamleitung auseinanderzusetzen, gab sich dann aber einen Ruck und ging an den beiden Frauen vorbei zu Fenjas Büro.

Die erwartete ihn stehend an ihrem Schreibtisch. Es fiel ihr schwer, ihren Zorn zu unterdrücken, aber sie gab sich Mühe, professionell zu bleiben.

»Geert«, begann sie ruhig, aber schwer atmend, »es ist mir egal, was du in deiner Freizeit machst, auch wenn es mir nicht egal ist, wenn du deine Frau betrügst ...«

Frenzen stemmte die Fäuste in die Seiten. »Das hast du doch von Gesa ...«

»Ist mir pupsegal, von wem ich das habe, ich find's zum Kotzen, und das darf ich ja wohl.«

Sie holte Luft und setzte sich an ihren Schreibtisch, während Frenzen stehen blieb und ihr giftige Blicke zuwarf.

»Leider geht es mich nichts an …«

»Das wollte ich gerade sagen …«, unterbrach sie Frenzen erneut, aber Fenja brachte ihn mit einer Handbewegung zum Schweigen.

»… wenn du allerdings deinen Status als Kripobeamter missbrauchst und ein Handy orten lässt, nur weil deine Hormone mit dir durchgehen, dann geht mich das was an!« Fenja funkelte Frenzen an, der schluckte.

»Blöde Petze«, murmelte er.

»Ich hoffe, ich habe mich gerade verhört«, sagte Fenja leise. »Um auf den Punkt zu kommen. Ich werde diese Sache nicht an die große Glocke hängen, weil du Familie hast! Und als Gegenleistung erwarte ich, dass du dich gefälligst um deine Frau und deine Tochter kümmerst!«

Frenzen setzte sich und rieb sich über die Augen. »Du hast ja keine Ahnung, wie das ist mit einem Kind«, versuchte er sich zu erklären. »Plötzlich dreht sich alles nur noch darum, und du als Mann bist Luft.«

»Mein Gott, mir kommen die Tränen, Geert. Sind das deine ganzen Sorgen?«

»Ich seh schon, du verstehst mich nicht.«

Fenja rollte mit den Augen. Was waren Männer bloß für Weicheier.

»Was glaubst du, wie Annika sich fühlt?«

Fenja wusste es. Das hatten die drei Frauen in den letzten anderthalb Stunden ausführlich besprochen. Dabei ging es Annika ganz ähnlich wie ihrem Göttergatten. Sie waren einfach beide frustriert durch den Zeit- und Schlafmangel der letzten Monate. Und das Sexualleben blieb auch noch auf der Strecke. Aber so was sollte sich regeln lassen.

Frenzen saß da wie ein beleidigter Klops. Fenja schüttelte nur den Kopf und schickte ihn hinaus, mit der Warnung, sich in Zukunft gefälligst an die Gesetze zu halten, und der Mahnung, verdammt noch mal mit seiner Frau zu reden. Frenzen verließ wortlos Fenjas Büro, und sie blieb gedankenverloren sitzen.

Sie hatte sich ausführlich mit Annika unterhalten. Die hatte berichtet von den schlaflosen Nächten, dem ständigen Geschrei und den andauernden Infekten, mit denen sich Säuglinge und deren Eltern herumzuschlagen hatten. Dabei hatte sie drei Jever und eine Riesenportion Spaghetti Bolognese verdrückt. Gesa und Fenja waren fast nur vom Zusehen satt geworden.

Annikas Bericht hatte Fenja ins Wanken gebracht. Bestimmt war es Frieso und Hinrike Tebbe ähnlich ergangen wie den meisten frischgebackenen Eltern. Sie waren einfach mit den Nerven am Ende, und wenn das Kind dann noch ungewöhnlich oft krank war, wie das bei dem kleinen Boje ja offensichtlich der Fall gewesen war, wozu waren die Eltern dann fähig? Wahrscheinlich hatte sich der Vater, genau wie Geert, einfach aus dem Staub gemacht und sich kaum noch zu Hause sehen lassen. Hatte die Frau und Mutter mit dem Problem alleingelassen. Und wenn er dann mal zu Hause war, gab es natürlich Vorwürfe.

Was genau sich die beiden in diesem letzten Streit vor zwanzig Jahren an den Kopf geworfen hatten, das wusste niemand und würde wohl auch niemand mehr herausbekommen. Entscheidend war nur: War der Ehemann und Vater wütend genug gewesen, seine Frau zu erschlagen?

Fenja hatte bis jetzt heftige Zweifel daran gehabt und konnte diese Zweifel nicht mal genau begründen. Aber jetzt, nachdem sie Annika gesehen hatte, abgewrackt, schlecht gekleidet, erschöpft und bereit, jedem an den Hals zu springen, der ihr in die Quere kam …

Hinrike Tebbe hatte ihren Mann angegriffen, hatte der wirklich so besonnen reagiert, wie er ausgesagt hatte? Oder hatte er doch die Nerven verloren und zugeschlagen?

Ein Klopfen riss Fenja aus ihren Gedanken. Gesa.

»Alles klar?«, fragte sie.

»Fenja nickte. »Alles klar.«

»Gut, ich fahre jetzt. Jannes ist schon weg.«

»Okay, bis morgen.«

Gesa schloss die Tür. Fenja stand auf und griff nach ihrem Autoschlüssel.

Nachdem Fenja ihren Käfer sicher in Bendines Garage unterge-
bracht hatte, machte sie sich zu Fuß auf zur Neuen Straße, um
noch einmal mit Tomke Drillich zu sprechen. Auf dem Weg
zum Alten Hafen hielt sie die Nase in die Sonne und genoss den
Wind, der heute Abend sanft ihre Wangen streichelte, anstatt wild
an ihrem Haar zu zerren, was er meistens tat hier an der Küste.

Tomke Drillich empfing sie freundlich und servierte Tee in
einem Kännchen, das sie auf einem Stövchen platzierte. Es gab
Sahne und Kluntjes, mit anderen Worten alles, was ein Touris-
tenherz begehrte und Fenja im Alltag selten bekam. Die beiden
Frauen saßen am Küchentisch.

»Hier ist es am wärmsten, und man kann sehen, was auf der
Straße so passiert«, sagte Drillich, als sie ein dünnes Porzellantäss-
chen mit Goldrand auf ein ebenso dünnes Untertässchen stellte.

Fenja beobachtete, wie sanft die Frau mit ihrem Geschirr umging, und ermahnte sich, bloß das Porzellan nicht zu beschädigen.
Geduldig wartete sie, bis sich die Sahnewolke im Tee verteilt hatte,
und führte dann mit spitzen Fingern die Tasse zum Mund. Heiß.
Heiß und lecker. Genauso vorsichtig stellte sie die Tasse wieder
ab.

Tomke Drillich beobachtete sie grinsend. »Was führt Sie denn
nun eigentlich zu mir? Wir hatten uns doch schon über Heike
unterhalten.«

»Dieses Mal geht es nicht um Heike Bornum, sondern um den
Tod von Hinrike Tebbe vor zwanzig Jahren.«

»Wie bitte?«, fragte Drillich verdutzt und lehnte sich dann
missmutig zurück. »Jetzt fangen Sie auch noch damit an. Ich
weiß wirklich nicht, wozu das gut sein soll. Hilde hat es schwer
genug gehabt. Aber der Junge hat sich gut entwickelt. Er studiert
seit Kurzem in Bamberg.« Ein sanftes Lächeln glättete ihre Züge.
»Sie müssen wissen, ich habe den Jungen aufwachsen sehen. Im
Grunde haben Hilde und ich uns seine Erziehung geteilt. Er ist
genauso mein Enkel wie ihrer.« Sie nahm einen Schluck Tee
und wurde wieder ernst. »Und wieso fragen Sie mich eigentlich?
Haben Sie keine Akten, die Sie durchblättern können? Die Sache
ist Geschichte, und Sie machen alle nur unglücklich, wenn Sie
wieder darin herumrühren. Ich weiß nicht, was das soll.«

Drillich stand auf, öffnete einen Schrank und nahm eine Packung Schokoladenkekse heraus. Sie selbst nahm sich einen und legte die Packung auf den Tisch, ohne Fenja einen anzubieten.

»Ein Mensch ist gestorben, ein weiterer verschwunden. Sie werden verstehen, dass wir im Umfeld dieser Vorkommnisse ermitteln müssen. Und dazu gehört nun einmal auch der Lesekreis und alles, was den Menschen, die dazugehören, widerfahren ist. Sie werden zugeben, dass ein Mordfall nicht alltäglich ist. Schon gar nicht, wenn sich weitere Todesfälle in diesem Kontext ereignen. Wir können auf die Empfindlichkeiten von Einzelnen keine Rücksicht nehmen.« Fenja sah Tomke Drillich ernst an. Sie musste sich nicht rechtfertigen, das wusste sie, aber sie fand es in diesem Fall angemessen. Tomke Drillich war ihr sympathisch. Es würde die Schleusen öffnen, wenn sie ihr ein bisschen entgegenkam. Hoffte sie. »Erzählen Sie mir doch einfach ein bisschen über Boje und seine Mutter.«

Tomke Drillich war noch nicht überzeugt. Sie warf Fenja einen finsteren Blick zu und schwieg zunächst. Dann griff sie wieder zu den Keksen.

»Boje«, sagte sie kauend und wiegte langsam den Kopf. »Boje ist ein sehr sensibler junger Mann, der viel mitgemacht hat.«

»Zweifellos«, warf Fenja ein. Wenn der Vater die Mutter ermordet hatte, dann konnte man davon ausgehen, dass das Spuren hinterließ.

»Und nicht nur er. Stellen Sie sich vor, wie das für Hilde war. Der Schwiegersohn erschlägt das eigene Kind.« Sie wischte einen imaginären Krümel von ihrer Schürze. »Wie soll man damit fertigwerden?«

Fenja sah aus dem Fenster und dachte an Bendine. Als ihre Kusine Stella nach der Geburt von Nele gestorben war, hatte Fenja gedacht, Bendine würde diese Tragödie nicht überleben.

»Boje war krank, wir kannten ihn damals nur krank«, erzählte Drillich. »Er hatte Probleme mit den Atemwegen, aber Hilde und die Ärzte haben es schließlich in den Griff gekriegt. Und Boje hat sich gut entwickelt. Er konnte ganz normal zur Schule gehen wie alle anderen auch.«

Fenja hörte fasziniert zu. Sie vergaß fast ihren Status als Ermittlerin. Das Schicksal dieser Menschen interessierte sie einfach.

»Was hatte er denn eigentlich?«, fragte sie.

»Das wissen wir bis heute nicht«, antwortete Drillich. »Auf jeden Fall hat er sich erholt und … danach ein ganz normales Leben geführt.« Sie zögerte. »Jedenfalls, soweit das in seiner Situation möglich war.«

»Wie ist der Junge damit klargekommen?«

»Womit? Dass sein Vater ein Mörder war?« Drillich stieß ein heiseres Lachen aus. »Das hat ihm doch damals keiner so gesagt. Ich nehme an, das hat ihm bis heute keiner richtig erklärt. Ich nicht und Hilde auch nicht. Wir haben ihm immer gesagt, dass es ein Unfall war, dass sein Vater das nicht gewollt hatte.«

Fenja stutzte. »Ja, aber …«

»Was ›ja, aber‹?« Drillich wurde ruppig. »Was hätte man dem Jungen denn sagen sollen? Die Wahrheit? Das sagen Sie so!«

»Warum denn nicht?«, fragte Fenja. Die Wahrheit war manchmal besser als eine barmherzige Lüge.

Drillich atmete schwer. »Sie sind so jung. Sie haben ja keine Ahnung.«

»Wovon?«, fragte Fenja.

»Vom Leben«, antwortete Drillich leise.

Fenja hätte gerne gewusst, woran Tomke Drillich gerade dachte. »Das heißt, Boje kennt seinen Vater überhaupt nicht?«, fragte sie.

»Nein, er …«, Drillich streichelte ihre Tasse, »ich meine, Bojes Vater, dieses Monster, hat vor ein paar Monaten versucht, Kontakt zu ihm aufzunehmen. Er hat an Hilde geschrieben und sie gebeten, mit Boje zu sprechen und einen Kontakt herzustellen. Hilde hat das abgelehnt, mit Recht. Der Junge soll seinen Frieden haben, und der Vater muss eben damit leben, dass er keine Familie mehr hat.«

Das war interessant. Davon, seiner Ex-Schwiegermutter geschrieben zu haben, hatte Frieso Tebbe kein Wort gesagt. Wieso nicht? Fenja würde ihn fragen.

»Okay«, sagte sie. »Wissen Sie noch, was Sie zum Zeitpunkt des Todes von Hinrike Tebbe gemacht haben?«

»Oh Gott«, schnaubte Drillich. »Das weiß ich doch jetzt nicht mehr! Ich weiß nur noch, dass ich gerade mit meiner Schwester in Lübeck telefoniert hatte, als ich die Polizeisirene hörte.«

»Hat Heike Bornum irgendwann mal etwas im Zusammenhang mit Hinrike Tebbes Tod erwähnt? Ich meine, man spricht doch darüber, wenn so was passiert.«

»Ja, wir haben uns kurz danach mal drüber unterhalten. Sie war ja an dem Tag bei Reinerts gewesen.«

Fenja sah Drillich irritiert an.

»Wie meinen Sie das, sie war bei Reinerts?«

»Na, wie ich's sage, ich hab sie dort noch gesehen, bevor das ganze Theater losging. Sie haben doch damals alle Nachbarn verhört, und Heike dann ja wohl auch, wenn sie im Nachbarhaus zu Besuch war.«

Fenja überlegte. Sie hatte die Akte genau studiert und war sicher, dass eine Aussage von Heike Bornum nirgendwo auftauchte. Wahrscheinlich, weil es keine gab. Entweder sie war gar nicht befragt worden, oder sie hatte nichts Bedeutsames ausgesagt.

Fenja hatte ihren Tee vergessen. »Und? Was hat Heike Bornum dazu gesagt?«

»Nichts weiter, jedenfalls kann ich mich nicht erinnern. Ich glaube, das Ganze hat sie ziemlich mitgenommen, wie uns alle.«

»Haben Sie das damals auch ausgesagt?«

Drillich stutzte. »Was? Dass Heike bei Reinerts war? Das weiß ich nicht mehr. Aber warum hätte ich das sagen sollen? Sie hat Hanna öfter besucht, das war nichts Besonderes. Und die Polizei muss doch auch mit ihr gesprochen haben. Gibt es denn da keine Unterlagen bei Ihnen?«

Drillich nahm die Kekspackung und räumte sie wieder in den Schrank. Das schien das Schlusswort zu sein, denn Drillich blieb stehen und verschränkte die Arme vor der Brust. Eine stumme Aufforderung an Fenja, sich zu verabschieden.

Wenige Minuten später stand Fenja auf der Straße und überlegte. Tomke Drillich wohnte direkt neben Reinerts, dann kam das Haus, in dem die Familie Tebbe gewohnt hatte, und daneben wohnte Hilde Thomassen. Dass sich Heike Bornum zum Zeitpunkt von Hinrike Tebbes Tod in der Nähe des Tatortes aufgehalten hatte, bestätigte erneut Fenjas Verdacht, dass Bornums Tod etwas mit diesem alten Fall zu tun hatte.

Sie klingelte bei Reinert, und nach fast zwei Minuten öffnete Wilko Reinert langsam die Tür. Er schien nicht begeistert, sie zu sehen.

»Wir müssen uns unterhalten«, sagte sie, »und zwar sofort.« Reinert zog die Schultern hoch.

»Na gut«, sagte er leise, »gehen wir ins Gästezimmer. Meiner Frau geht es heute nicht gut. Einer ihrer schlechten Tage.«

»Das tut mir leid«, sagte Fenja, aber darauf konnte sie jetzt keine Rücksicht nehmen.

Sie gingen durch den Flur in ein kühles Gästezimmer. Der Raum schien nicht oft benutzt zu werden, denn er wirkte kahl und unbewohnt. Fenja setzte sich auf das kalte Ledersofa und wartete, bis Reinert auf dem Sessel zu ihrer Linken Platz genommen hatte.

»Herr Reinert, Sie haben mich angelogen«, begann sie ohne Umschweife. Der zuckte zusammen und blickte verstohlen über seine Schulter, als würde seine Frau in der nächsten Sekunde im Zimmer auftauchen. Fenja musterte den Mann und schüttelte innerlich den Kopf. »Ich gebe Ihnen genau fünf Minuten, mir jetzt die Wahrheit zu sagen und auch nichts zu verschweigen. Wenn ich mit Ihrer Geschichte zufrieden bin, werde ich – vielleicht – keine Anklage wegen Behinderung der Ermittlungen erheben.«

Reinert rang die Hände. Fenja half ihm auf die Sprünge.

»Es gibt einen Augenzeugen, der Heike Bornum am Tag von Hinrike Tebbes Tod vor Ihrem Haus gesehen hat!«

Reinert nickte. »Ja, sie war hier, damals. Aber das sollte doch niemand wissen!«, fügte er beschwörend hinzu. »Meine … Hanna war im Krankenhaus, und Heike hatte ihrem Mann gesagt, sie sei in Lüneburg bei ihrer Freundin. Sie wollte unter keinen Umständen, dass jemand von unserem … davon erfuhr und ihre Ehe in die Brüche geht. Sie hatte doch die Tochter! Und eigentlich war es ja auch egal.« Reinert richtete sich ein wenig auf. »Ob Heike nun hier war oder nicht. Sie hatte doch sowieso mit dem Mord damals nichts zu tun. Sie war die ganze Nacht bei mir und … außerdem haben wir das Verhältnis zwei Tage später beendet. Warum hätte ich darüber reden sollen?«

»Liebling!«, scholl es aus dem Zimmer der Kranken herüber. »Hast du Besuch?«

»Ja, Schatz«, Reinert sprang auf und verließ den Raum. Fenja hörte die beiden reden, konnte aber nicht verstehen, was gesagt wurde. Nach zwei Minuten tauchte Reinert wieder auf. »Habe ihr die Schmerztropfen gegeben«, murmelte er und setzte sich wieder.

»Wer hat Schluss gemacht? Und warum?«

Reinert blickte grübelnd aus dem Fenster. Es dunkelte bereits, ein fahles Licht fiel durch die Scheibe. Auf der Fensterbank stand ein einsamer Topf mit einer Yuccapalme, die offensichtlich ums Überleben kämpfte.

»Ja, wissen Sie, sie hat Schluss gemacht, aus heiterem Himmel«, sagte er, »das habe ich bis heute nicht verstanden. Es war damals schon irgendwie seltsam.«

»Was ist an dem Abend vorgefallen?«

»Ganz ehrlich, ich weiß es nicht. Wir waren zusammen, meine Frau war in der Klinik. Eine Woche später haben wir die Diagnose bekommen.« Er senkte den Kopf und nahm ein kleines Windlicht in Form einer Laterne vom Tisch. »Warum Heike plötzlich Schluss gemacht hat, weiß ich nicht. Als sie zwei Tage später anrief, war sie ziemlich verstört, hat nur gesagt, es muss aufhören. Vielleicht … war der Schock einfach zu groß. Immerhin war das ein Riesentrara damals. Die Polizei und so, und alle wurden befragt.« Er spielte mit dem Henkel des Windlichts. »Heike hat sich damals oben im Badezimmer versteckt, als die Polizei geklingelt hat. Sie hatte eine Heidenangst, dass sie jemand bei mir entdecken würde.« Reinert stellte die Laterne wieder auf den Tisch. »Dann haben wir uns viele Jahre nicht gesehen, bis wir wieder hergezogen sind. Und dann … hat es sich eben wieder so ergeben.«

Irrte sich Fenja oder blitzten tatsächlich Tränen in Reinerts Augen? Was war das überhaupt für eine verrückte Situation. Hier saß ein Mann, der seine Geliebte betrauerte und das unbedingt vor seiner kranken Frau geheim halten wollte. Und im Zimmer nebenan lag seine kranke Frau, wusste, dass ihr Mann seine Geliebte betrauerte, tolerierte das obendrein und wollte ebenfalls nicht, dass ihr Mann das erfuhr.

War das jetzt die neue Art, eine moderne Ehe zu führen? Nicht wie zu Zeiten der Achtundsechziger, die sich in ihrer sexuellen Toleranz suhlten und offene Promiskuität als eine Art neue Religion verherrlichten. Ob sie es falsch anging mit der Partnerwahl? Am Ende lebte sie einfach völlig hinterm Mond, wenn sie glaubte, dass es so was wie Treue und Ehrlichkeit in einer Beziehung gab. Wie Barne Ahlers wohl über diese Dinge dachte?

Fenja rief sich zur Ordnung. »Kann es sein, dass sie damals etwas gesehen hat? Oder Sie?«

Reinert seufzte schwer. »Also ich hab überhaupt nichts gesehen, was irgendwie mit Hinrike Tebbes Tod zu tun hätte. Ich habe erst mitgekriegt, dass etwas vorging, als ich den Polizeiwagen hörte. Das hab ich damals schon ausgesagt, und Heike …«, er zögerte. »Meine Güte, da hab ich noch gar nicht drüber nachgedacht. Aber … dann hätte sie doch was gesagt. Und das hat sie nicht.« Reinert schüttelte den Kopf. »Ich verstehe das alles nicht. Was wollen Sie denn bloß? Was soll diese Fragerei? Das alles ist mehr als zwanzig Jahre her. Der Mann hat seine Strafe schon vor Jahren abgesessen und ist schon lange wieder draußen …« Reinert stockte. »Oder glauben Sie etwa …« In seinen Augen zeigte sich blanke Angst. »Glauben Sie, dass Heike sterben musste, weil sie doch was gesehen hat? Dass der Typ umgeht und Leute umbringt, weil er sich rächen will?«

»Wofür sollte er sich rächen wollen?«, fragte Fenja.

»Das weiß ich doch nicht!« Reinert wurde laut, und prompt meldete sich die Kranke.

»Wilko! Ist alles in Ordnung? Warum kommt ihr nicht zu mir rein?«

»Äh, wir kommen gleich, aber … wir sitzen hier am Computer.«

Fenja stellte verblüfft fest, dass Reinert durchaus Phantasie bewies, wenn es darum ging, sich aus einer heiklen Situation hinauszumanövrieren. Wie oft er diese Gabe wohl schon benutzt hatte? Auch ihr gegenüber.

»Das weiß ich doch nicht«, wiederholte Reinert leiser. »Ich hab doch keine Ahnung, was in so einem Typen vorgeht, der fähig ist, seine Frau umzubringen. Der kann doch nicht alle Tassen im Schrank haben.« Reinert stierte auf einen Punkt an der Wand. »Und dann ist Lothar auch verschwunden. Vielleicht … hängt das ja alles zusammen. Ich meine, Lothar ist eigentlich kein Typ, der einfach abhaut, wohin auch immer. Der ist ein Einzelgänger. Am Ende ist der auch tot!« Er schluckte trocken. »Glauben Sie, wir … ich bin in Gefahr?«

Fenja stand auf. Sie konnte die Gesellschaft dieses Mannes nicht mehr ertragen und fragte sich, was Heike Bornum für eine Frau gewesen sein musste, wenn sie sich auf ein Verhältnis mit so einem Menschen einließ.

»Das ist nicht anzunehmen«, beantwortete sie Reinerts Frage, obwohl sie sich dessen keineswegs sicher war. »Es sei denn, Sie wissen etwas, das Sie mir nicht sagen.«

Reinert war ebenfalls aufgesprungen. »Aber nein, bestimmt nicht!«

»Wie auch immer«, sagte Fenja und begab sich zur Haustür, »Sie verlassen bitte Carolinensiel nicht.«

ELF

Eastbourne, Donnerstag, 16. Oktober

Um acht Uhr am nächsten Morgen, Bradford war gerade dabei, seinen Kaffee auszutrinken, meldete sich Constable Sutton. »Sir, ich habe hier eine Zeugin, die zu unserem Mordfall etwas aussagen möchte. Und sie möchte mit dem Leiter der Ermittlungen sprechen.«

»Wer ist es?«

»Eine Janette Whiler, sie war bis gestern bei ihrem Vater in Manchester. Er hatte letzte Woche einen Schlaganfall, und Ms Whiler hat erst heute von dem Mord an Matthew King erfahren.«

»Okay, bieten Sie ihr einen Kaffee an oder Tee oder was immer sie will, ich bin in fünfzehn Minuten da.«

»Sie ist schon bestens versorgt, Sir, bis gleich.«

Janette Whiler war eine resolute junge Frau mit kurzen pechschwarzen Haaren und einem Piercing in der Unterlippe, die exzessiv Kaugummi kaute. Sie trug schwarze Stiefel, hautenge Jeans und einen grellroten Rollkragenpullover.

Bradford führte sie in sein Büro und bat sie, Platz zu nehmen.

»Bitte, Ms Whiler ...«

»Jan«, unterbrach sie ihn, setzte sich und schlug die Beine übereinander.

»Jan, Sie möchten eine Aussage machen. Schießen Sie los.«

»Also, ich arbeite seit eineinhalb Jahren bei Dr. Sanders als Reinigungskraft. Ich hab eine kleine Tochter, und der Vater ist 'n kompletter Loser, also muss ich dafür sorgen, dass ein bisschen Kohle reinkommt, verstehen Sie?«

»Natürlich.«

»Also, ich habe gestern erst von dem Mord an Mr King gehört und war echt geschockt. Der war nämlich ein ganz Netter. Hat mir immer einen Fünfer zugesteckt, wenn er mich gesehen hat, dabei hatte der's auch nicht so dicke. Jedenfalls war er nicht so angezogen. Aber ist ja auch egal. Matt King war mal da, als die Praxis schon zu war und ich bereits geputzt habe. Matt King, dieser Strong und Kathy. Sie waren alle zusammen in der Küche und haben sich gestritten, also Dr. Sanders mit Matt King.«

»Waren Sie dabei?«

»Ich bin reingeplatzt, als Dr. Sanders Matt King am Kragen gepackt hatte. Ich fand das nicht in Ordnung, weil … Matt war schließlich behindert. Vincent Strong und Kathy standen daneben. Kathy hat Dr. Sanders dann von Matt weggezogen.«

»Wissen Sie, worum es bei dem Streit ging?«

»Nee, leider nicht. Ich hab nur gehört, dass Dr. Sanders Matt einen Mistkerl genannt hat, und ich finde, das stimmt einfach nicht. Matt war eigentlich schwer in Ordnung, und großzügig war er auch. Hat zwar ein bisschen viel getrunken, aber was soll's?«

»Und was war mit Strong?«

Whiler zuckte die Achseln. »Weiß ich nicht, der stand nur daneben. Ich hab mich dann gleich wieder vom Acker gemacht. Matt und dieser Strong sind gemeinsam wieder weggegangen. Und irgendwann später dann auch Kathy.«

Bradford nickte bedächtig. »Wissen Sie etwas über das Verhältnis von Kathy Sanders und Vincent Strong?«

»Na ja, ein Verhältnis eben. Wieso auch nicht? Kathy und Dr. Sanders, das passt doch sowieso hinten und vorne nicht. Dieser Strong macht 'ne Ecke mehr her.«

»Wie kommt denn Dr. Sanders mit diesem Verhältnis zurecht?«

»Na, wie schon?« Whiler grinste. »Er findet's scheiße. Er hat Vincent ja auch rausgeworfen und Matt auch.«

»Wann war das mit dem Streit?«

»Vor ein paar Wochen, so genau weiß ich's nicht mehr.«

»Haben Sie Matt King oder Vincent Strong danach noch mal gesehen?«

»Nee, das war das letzte Mal, dass ich Matt gesehen habe.«

»Mögen Sie Dr. Sanders?«

Sie beugte sich zu ihm hinüber. »Nicht so besonders, ist 'n Workaholic und ziemlich launisch. Manchmal nimmt er einen kaum wahr, und dann wieder flippt er aus, wenn man in sein Büro kommt, um sauber zu machen. Außerdem, ich find's traurig, dass Matt tot ist. Er war 'ne ziemlich arme Sau, aber nett. Wer das getan hat, ist 'n Arsch und gehört eingebuchtet.«

»Glauben Sie denn, dass Dr. Sanders etwas mit Kings Tod zu tun hat?«

»Ehrlich gesagt, ich hab keine Ahnung. Eigentlich eher nicht. Dr. Sanders ist 'n Weichei, zwar mit großer Klappe, aber ist alles nur heiße Luft. Der kneift eher den Schwanz ein, als sich auf einen Kampf einzulassen.«

»Vielen Dank, Jan«, sagte Bradford. »Sie haben uns sehr geholfen.«

Whiler stand auf und schob die Ärmel ihres Pullovers hoch. »Geht klar«, sagte sie kauend, »Hauptsache, Sie schnappen den Kerl.«

Etwa zwanzig Minuten später hatte Bradford bereits den Durchsuchungsbefehl für die Praxis, das Haus und die Yacht von Dr. Sanders beantragt. Er hatte kein Alibi und das Opfer bedroht. Die Durchsuchung würde hoffentlich hinsichtlich eines möglichen Motivs Klarheit verschaffen.

»Was hoffen Sie denn eigentlich bei Sanders zu finden, Sir?«, wollte Buckley wissen.

»Rauschgift?«, schlug Bradford vor. »Entweder ist er Konsument und King hat ihm das Zeug verkauft. Oder er hat es selbst verkauft. Dann waren King und Sanders womöglich gemeinsam im Geschäft. Irgendeinen Grund muss es ja geben, dass King regelmäßig dort aufgetaucht ist.«

Am Nachmittag war eine Vielzahl von Beamten damit beschäftigt, die Krankenakten aus Sanders' Praxis zu beschlagnahmen und mit Drogenhunden jeden Winkel seiner Villa an der Royal Parade und seiner Yacht im Hafen von Eastbourne zu durchsuchen. In der Villa und auf dem Boot wurden sie fündig. Zwei Gramm Methylamphetamin in seiner Schreibtischschublade zu Hause und drei Kilo in der Bordtoilette seiner Yacht. Dr. Sanders und sein Anwalt saßen im Befragungsraum der Polizeistation Eastbourne, Bradford und Buckley ihnen gegenüber.

Bradford stellte drei Plastiktöpfe auf den Tisch und dazu einen winzigen Klarsichtbeutel, der ein weißes Pulver enthielt. »Das haben wir in Ihrem Schreibtisch beziehungsweise auf Ihrer Yacht gefunden. Außerdem haben wir eine Zeugenaussage über einen

Streit zwischen Ihnen und dem Mordopfer Matthew King.« Bradford öffnete Kings Patientenakte, die Dr. Sanders ihm übergeben hatte. »Weiterhin haben Sie behauptet, Matthew King habe Sie wegen einer Lungenentzündung aufgesucht. Wir haben ebenfalls eine Zeugenaussage, nach der Mr King in dem von Ihnen angegebenen Zeitraum keineswegs krank gewesen ist. Wir gehen davon aus, dass Sie die Akte als Tarnung angelegt haben, damit Mr King einen Grund hatte, Sie aufzusuchen und das Crystal Meth abzuholen, das er in Eastbourne unter die Leute bringen sollte. Eine Arztpraxis ist so schön unverdächtig, stimmt's? Wie viele Dealer beliefern Sie noch? Und worum ging es denn bei dem Streit? Wollte er mehr Geld? Haben Sie ihn deshalb umgebracht?«

»Sie haben ja völlig den Verstand verloren.« Dr. Sanders, der anfangs keinen Zweifel daran gelassen hatte, auf diese »absurden Beschuldigungen« nicht antworten zu wollen, schien es sich anders überlegt zu haben. Er starrte Bradford fassungslos an. »Sie glauben, dass ich …?«

»Was soll ich denn Ihrer Meinung nach sonst glauben?«

»Ich habe doch Matthew King nicht umgebracht! Warum sollte ich?«

»Worum ging es bei dem Streit? Sie haben King einen Mistkerl genannt. Warum?«

»Weil …« Dr. Sanders warf seinem Anwalt einen Blick zu und ruckte unschlüssig auf seinem Stuhl hin und her, schien etwas sagen zu wollen.

»Ja?«, hakte Bradford nach.

Dr. Sanders reckte das Kinn. »Und ich verkaufe auch keine Drogen!«, polterte er dann mit erhobener Faust.

Bradford lehnte sich zurück. »Die drei Kilo auf Ihrem Boot haben einen Marktwert von ungefähr siebzigtausend Pfund. Man verdient zwar als Arzt nicht schlecht, aber für so eine Summe muss man schon eine Weile praktizieren, stimmt's? Wo haben Sie das Zeug her? Oder kochen Sie es selbst zusammen?«

»Ich habe das Boot schon seit mindestens einem halben Jahr nicht mehr betreten. Ich weiß nicht, wer das Zeug dort deponiert hat, ich denke mir, es war King.«

»Hatte er einen Schlüssel?«

»Was weiß ich.« Dr. Sanders zog die Stirn kraus und betrachtete seine Hände. Ihm schien etwas einzufallen, aber er sagte nichts.

Bradford beobachtete ihn, der Anwalt klopfte mit seinem Stift auf seiner Aktentasche herum.

»Wie stehen Sie zu Vincent Strong?«

»Das habe ich Ihnen schon gesagt, er hat meine Frau belästigt, ich habe ihn rausgeworfen.«

»Wenn man bedenkt, dass Ihre Frau jetzt bei ihm wohnt, kann man wohl nicht von Belästigung reden«, antwortete Bradford.

»Meine Frau …«, Dr. Sanders rieb sich über die Augen, »das ist nur vorübergehend. Sie wird schon wieder zur Besinnung kommen«, sagte er mehr zu sich selbst. Dann sah er auf. »Na gut, es hat wohl keinen Zweck, und bevor Sie aus mir einen Drogendealer machen, sag ich Ihnen am besten, was los ist. Auch wenn mich das meine Approbation kosten wird«, fügte er leise hinzu. »Ich habe das Zeug nicht *ver*kauft, sondern *ge*kauft, und zwar von King.« Er wies auf den kleinen Plastikbeutel. »Ich bin nicht stolz drauf, aber … man wird nicht jünger und … manchmal wird einem alles zu viel.« Er faltete seine schmalen Hände. »Aber ich versuche gerade, davon wegzukommen. Diese Droge ist … der Teufel.« Er hauchte nur noch. »Unter ihrem Einfluss fühlen Sie sich wie Gott persönlich, aber wenn die Wirkung nachlässt, stürzen Sie in die Hölle.« Dr. Sanders schüttelte heftig den Kopf. »Nein, nein, ich will mein altes Leben zurück, nach ein paar Jahren die Praxis aufgeben und Kreuzfahrten machen, mit meiner Yacht und … hoffentlich … mit meiner Frau.«

Bradford hatte sich in seinem Stuhl zurückgelehnt und musterte Dr. Sanders gedankenverloren.

»Worum ging es bei dem Streit mit Matt King?«, wiederholte er seine Frage.

Dr. Sanders knetete seine zitternden Hände, schien mit sich zu ringen.

»Das kann ich Ihnen nicht sagen«, murmelte er.

»Tja, dann«, Bradford nickte und stand auf. »Ich muss Sie hierbehalten. Vielleicht fällt Ihnen ja bis morgen etwas ein, das Sie entlastet.«

»Was?« Sanders blickte von Bradford zu seinem Anwalt, der

aber nicht reagierte. »Das kann doch nicht wahr sein. Ich hab nichts getan, außer dass ich ein paarmal eine mörderische Droge geschluckt habe. Ich habe nichts verkauft und niemanden umgebracht! Warum halten Sie mich fest?«

»Lassen Sie sich das von Ihrem Anwalt erklären. Morgen bekommen Sie noch eine Chance, mich zu überzeugen.« Damit verließ Bradford, gefolgt von Buckley, den Raum.

In seinem Büro warf Bradford die Unterlagen auf den Tisch und ließ sich in seinen Schreibtischstuhl fallen.

»Was halten Sie davon, Sir?«, fragte Buckley. »Ziemlich gewagt zu behaupten, nichts von dem Rauschgift auf seinem Boot gewusst zu haben.«

Bradford legte die gefalteten Hände an den Mund. »Ja, zu gewagt. Der Mann ist nicht dumm. Er muss doch wissen, wie unglaubwürdig das ist.« Er überlegte. »Ich hoffe, dass uns die Spusi bald Ergebnisse liefert. Wenn jemand anderes das Boot als Versteck benutzt hat, hat er hoffentlich Spuren hinterlassen. Und wo zum Teufel kommt das Zeug her? Man kann es aus Erkältungsmitteln und diversen Chemikalien zusammenkochen, man braucht eigentlich nur eine Auflaufform. Aber eine solche Menge an Erkältungsmitteln würde Verdacht erregen, allerdings womöglich nicht bei einem Arzt. Buckley, darum kümmern Sie sich. Finden Sie raus, ob der Mann in letzter Zeit größere Mengen dieser Mittel eingekauft hat.«

Als Buckley gegangen war, blieb Bradford noch eine Weile in Gedanken versunken sitzen. Er war unzufrieden. Da stimmte etwas nicht. Er war versucht, diesem Mann zu glauben, trotz aller Indizien, die gegen ihn sprachen. Und wie passte dieser Strong da rein? Bradford war mehr und mehr davon überzeugt, dass Vincent Strong die Lösung des Rätsels war.

Warum zum Kuckuck hatten sie ihn immer noch nicht festgesetzt? Er griff zum Telefon und rief bei der Spusi an. Sergeant Baker war noch dabei, die Fingerabdrücke, die sie auf der Yacht von Dr. Sanders gefunden hatten, durch das System zu jagen, und versprach, sich sofort zu melden, wenn er fündig würde.

Bradford legte auf und ging in das große Büro, um Buckley zur

Schnecke zu machen. Er hatte zwar nicht wirklich einen Grund dafür, aber er musste sich irgendwie Luft machen.

»Was ist mit der Fahndung nach diesem Strong?«, raunzte er. »Wieso tut sich da nichts?«

Buckley duckte sich. »Das wissen wir auch nicht, Sir. Der Typ hat sich offensichtlich direkt nach seiner ersten Befragung aus dem Staub gemacht. Sein Handy hat er zu Hause gelassen. Wir haben die Beschreibung an alle durchgegeben und bei seinen Bekannten und den wenigen Verwandten in Wales nachgefragt. Sein Onkel in Wales wusste zuerst nicht mal, von wem die Rede war, als wir die Kollegen hingeschickt haben. Der hätte ihn, seit er ein Kind war, nicht mehr gesehen. Und er hätte folglich auch keinen blassen Schimmer, wo Strong sich aufhalten könnte. Er hat auch seine Kreditkarte nicht benutzt. Der Mann muss ja Dreck am Stecken haben. Er ist untergetaucht.«

»Oder tot«, blaffte Bradford.

»Oder das. Aber das wäre ja nicht das Schlimmste. Ein Schurke weniger.«

Bradford wollte sich gerade wieder in sein Büro begeben, als sein Handy surrte.

Die Nummer auf dem Display konnte er nicht einordnen. »Ja«, sagte er ungeduldig.

Er bekam zunächst keine Antwort, dann meldete sich eine dunkle Stimme. »Spreche ich mit Inspector Bradford?«

»Und wer spricht da?«

»Hier ist Kathy. Wir müssen reden.«

»Ja, können Sie herkommen?«

»Zur Polizeistation? Nein, ich möchte Ihnen etwas erzählen, das vielleicht wichtig für Ihre Ermittlungen sein könnte. Aber ich rede nur mit Ihnen allein.«

»Wo?«

»Ich bin in Eastbourne. Vielleicht in einem Pub?«

Er nannte ihr das Horse and Hen, wo sie sich in zehn Minuten treffen sollten.

Im Horse and Hen war die Hölle los. Es war früher Donnerstag-abend, und die arbeitende Bevölkerung stimmte sich im Kollegenkreis mit einem Drink auf den Feierabend ein. Die Geräuschkulisse war enorm. Bradford ging zur Theke, bestellte sich ein Stout und ergatterte den letzten freien Zweiertisch, am Eingang zur Toilette. Er setzte sich und wartete.

Kaum fünf Minuten später betrat Kathy Sanders den Pub und zog die Blicke der meisten Männer auf sich. Vielleicht stammten ihre Vorfahren aus Südeuropa, dachte Bradford. Sie blieb in der Tür stehen und ließ den Blick suchend durch den Raum schweifen. Als sie ihn sah, lächelte sie kaum merklich, und Bradford erwischte sich dabei, dass er zurücklächelte. Das ist hier kein Rendezvous, rief er sich zur Ordnung. Er stand auf, als sie an den Tisch trat, und wies auf den freien Ledersessel.

»Bitte. Was trinken Sie?«

»Einen Merlot«, antwortete sie und zog ihren Mantel aus. Sie trug einen schwarzen Rock und ein rotes Twinset, das ihre dunklen Haare wunderbar zur Geltung brachte.

Bradford besorgte den Merlot und setzte sich. »Nun, was haben Sie mir zu sagen?«

Sie nahm einen Schluck Wein und sah ihn vorwurfsvoll an. »Sie haben meinen Mann eingesperrt. Warum?«

»Eigentlich wollten *Sie* mir doch etwas erzählen«, sagte Bradford und trank von seinem Bier.

Sie fuhr mit ihren gepflegten Fingern am Fuß ihres Glases entlang und funkelte ihn an.

»Na gut, aber damit wir uns richtig verstehen. Was ich Ihnen jetzt sage, muss unter uns bleiben. Wenn Sie mich festnageln wollen, werde ich alles abstreiten.«

»Ich kann Ihnen nichts versprechen.«

Sie schwieg und betrachtete ihn eine Weile. »Ich verlasse mich auf Sie. Ich weiß nicht, warum, aber ich vertraue Ihnen.« Sie rückte näher zu ihm hinüber. »Sie müssen meinen Mann freilassen. Er hat nichts getan.«

»Das kann ich nicht, wir haben Rauschgift in seinem Haus und auf seiner Yacht gefunden. So viel, dass es mit Sicherheit für den Verkauf bestimmt war.«

»Harry hat damit nichts zu tun. Es ist Vincent, der das Boot benutzt hat.«

»Aha, dann handelt nicht Ihr Mann, sondern Ihr Freund mit Drogen. Ihr Freund ist flüchtig. Sie wissen, dass Sie sich strafbar machen, wenn Sie Ermittlungen behindern. Sagen Sie mir, wo er ist.«

»Ich habe Ihnen bereits gesagt, dass ich das nicht weiß.«

»Was hat Ihr Mann mit Matt Kings Tod zu tun?«

»Gar nichts, absolut gar nichts.«

»Wenn Sie wollen, dass ich ihn laufen lasse, müssen Sie schon etwas mehr liefern.«

Sie schwiegen für einen Moment, zwei junge Frauen zwängten sich kichernd an ihrem Tisch vorbei zur Toilette.

Kathy ließ gedankenverloren den Wein in ihrem Glas kreisen.

»Matt hat für Vince Drogen verkauft. Vince hat sie auf Harrys Boot versteckt.«

»Worum ging es bei dem Streit zwischen Matt und Ihrem Mann?«

»Welchem Streit?«, fragte sie erstaunt.

»Wissen Sie das wirklich nicht, Kathy?«

»Sie sagen das sehr nett.«

Er schwieg und wartete.

Sie richtete sich auf. »Was ich Ihnen jetzt erzähle, habe ich noch niemals jemandem gesagt, und ich werde es nicht wiederholen. Niemand weiß davon, nur Harry und ich und Matt. Aber der ist tot.«

»Eben.«

Die beiden Frauen kamen von der Toilette zurück. Die eine warf zuerst Kathy und dann Bradford einen forschenden Blick zu. Er ignorierte sie.

»Damals, in dem Krankenhaus, als meine Tante starb …« Kathy zögerte. »Haben Sie übrigens mit Jason gesprochen?«

Bradford grinste. »Wir haben es zumindest versucht. Er war nicht besonders kooperativ, hat uns die Pest an den Hals gewünscht. Er hatte eine Pflegerin bei sich, die uns gesagt hat, dass er an Demenz leidet, niemanden mehr erkennt und leider ziemlich aggressiv ist.«

Kathy kicherte. »Das liegt nicht an der Demenz. Jason war schon immer ein kleines Pulverfass.«

Sie wurde ernst. »Allerdings was den Tod meiner Tante anging: Da hatte er recht.«

Bradford riss erstaunt die Augen auf. »Tatsächlich?«

»Aber es war nicht Harrys Schuld, sondern meine.« Sie schwieg und forschte in seinem Gesicht. Als er nichts erwiderte, fuhr sie fort. »Meine Tante hatte Angst vor dem Sterben, und sie hatte Angst vor Jason. Sie hatte einen cholerischen, lieblosen Mann, starke Schmerzen und noch ein halbes Jahr zu leben, vielleicht ein paar Wochen mehr oder auch weniger. Und sie wusste, dass ihr Tod kein leichter sein würde. Sie hatte ein Emphysem und bekam schlecht Luft.« Kathy Sanders sprach ernst, aber ohne Theatralik. »Sie hat mich angefleht, ihr zu helfen. Und ich konnte ihr helfen, schließlich bin ich Krankenschwester.«

Bradford nickte. »Und weiter?«

»Matt hat gesehen, dass ich nachts zu ihr ins Zimmer bin, obwohl ich eigentlich keinen Dienst hatte. Das hatte ihm die Nachtschwester gesagt. Matt hat öfter nach mir gefragt, wissen Sie? Er war immer ziemlich ruhelos und ist über die Flure gegeistert. Verständlich, wenn man plötzlich zum Krüppel wird. Und Harry hatte am nächsten Morgen gesehen, dass Morphium fehlte. Er wusste sofort Bescheid. Er kennt meine Meinung. Ich hatte ihn vorher schon gebeten, die Dosis zu erhöhen, aber er hat sich geweigert. Harry ist eben … Harry. Also habe ich das übernommen.«

Der Lärmpegel im Pub schwoll an. Eine Gruppe von jungen Leuten, die offensichtlich etwas zu feiern hatten, flutete den Schankraum.

Bradford war das nur recht. Er musste nachdenken.

»Dann hat Matt Sie beschützt und nicht Ihren Mann?«

»Genau.«

»Aber warum dann der Streit?«

Sie leerte ihr Glas und stellte es heftig ab. »Nun ja, Matt … war eigentlich ein feiner Mensch, aber … wenn man seinen Alltag nur mit Alkohol ertragen kann und sich überhaupt vom Leben benachteiligt fühlt, dann hört man irgendwann auf, Rücksicht zu nehmen. Matt hatte sich verändert, er war verbittert, und er hat einen Großteil seiner Zeit im Wettbüro verbracht. Er brauchte

Geld und hat Harry dieses Zeugs verkauft. Nur hat Harry mitbekommen, dass er es auch an einige seiner Patienten verkaufte. Und man kann über Harry sagen, was man will, aber er ist ein guter, verantwortungsbewusster Arzt. Er hat zwar eine Zeit lang selbst was genommen …« Sie zog den Mundwinkel hoch. »Ich kann Ihnen sagen, er war auf einmal unersättlich im Bett. Leider nur so lange, wie das Zeug wirkte, danach war Depression angesagt, und nichts ging mehr.«

Bradford fragte sich gerade, wie man wohl unter Drogen vögelte, aber vielleicht war es besser, das nicht zu wissen.

»Kurz und gut, Harry wollte Matt anzeigen, und Matt hat dann die alte Geschichte hervorgekramt.« Sie wischte mit dem Fuß des Glases über den Tisch. »Vielleicht war Matt auch einfach nur eifersüchtig auf Vince und wollte mir eins auswischen. Hat ihm nämlich nicht gefallen, dass ich mit Vince was angefangen hab. Wenn ich schon fremdgehe, wieso dann nicht mit ihm?«

»Woher bezieht Strong die Drogen?«

»Das weiß ich nicht. Und, ganz ehrlich, ich will es auch nicht wissen. Ich habe mit Vincents Geschäften nichts zu tun. Wir haben ein … sagen wir, rein sexuelles Verhältnis.«

Bradford ärgerte sich. »Sie wissen schon, was Methamphetamin anrichtet, oder?«, fragte er unwirsch. »Ich denke, ja.«

Sie musterte ihn und lachte auf. »Sie sind Polizist und trotzdem ein Träumer. Glauben Sie wirklich, ich hätte Vince das ausreden können? Es verhindern können, dass er sich an der Schwäche seiner Mitmenschen bereichert? Das ist naiv!« Sie lehnte sich zurück. »Ich hab es versucht. Er hat nur geantwortet, dass das Geschäft dann jemand anderer macht. Der Markt ist da, und irgendwer wird ihn bedienen und Geld damit verdienen. Also wieso nicht er und Matt?«

Obwohl sie ziemlich laut sprach, hatte er Mühe, sie zu verstehen. Er leerte sein Bierglas und stand auf.

»Kommen Sie, wir gehen noch ein bisschen an der Strandpromenade entlang. Wir sind noch nicht fertig.«

»Nein?«, fragte sie provozierend, stand aber auf, und er half ihr in den Mantel.

Sie marschierten über den South Downs Way, der parallel zur

Grand Parade am Meer entlang verlief. Ein herbstlich kühler Wind blies, Bradford schlug den Kragen seiner Lederjacke hoch. Es wurde Zeit, die Winterjacke hervorzukramen, dachte er und beobachtete die Frau, die neben ihm ging und aufs Meer hinausblickte. Sie war kaum kleiner als er, und ihre wehenden Haare berührten sein Gesicht.

»Hat Vincent Strong Matt King ermordet?«, fragte er.

Sie blieb stehen und wandte sich abrupt zu ihm um. »Nie im Leben, sie waren Partner! Außerdem … Vince ist vielleicht ein Tunichtgut, aber kein Mörder.«

»Wo ist er?«

Sie hakte sich bei ihm ein, was ihn einerseits freute, ihm andererseits unangenehm war. Immerhin war sie Zeugin in einem Mordfall.

»Ich weiß es nicht«, sagte sie.

Eine Weile wanderten sie weiter. Plötzlich entzog sie ihm ihren Arm, nahm ihre Handtasche und kramte eine Zigarettenschachtel hervor. Sie öffnete sie und schüttete etwas in ihre Hand. Es war eine SIM-Karte. Sie hielt sie ihm hin.

»Er hat sie nur ganz selten benutzt und immer in einer Zigarettenschachtel bei sich gehabt. Dabei raucht er gar nicht. Ich … ich habe mich gefragt, wieso, und … hab sie einmal, als er geschlafen hat, eingelegt. Er telefoniert mit der Karte immer nur mit einer Nummer. Eigentlich sollte mich das nicht interessieren, aber … ich weiß gern, mit wem ich es zu tun habe. Vincent ist in Ordnung, aber … wenn diese Nummer etwas mit Matts Tod zu tun hat, dann will ich das wissen.«

Sie lächelte hintergründig. »Sie haben sie nicht gefunden, obwohl Sie wirklich gründlich waren«, sagte sie, und Bradford erinnerte sich daran, wie sie während der ergebnislosen Hausdurchsuchung rauchend im Garten gesessen hatte.

»Und er hat sie auch nicht gefunden«, fuhr sie fort, »und sich dann ohne aus dem Staub gemacht. Einmal hat er aus London angerufen, über Festnetz, seitdem habe ich nichts mehr von ihm gehört. Er ist sehr vorsichtig.«

Bradford nahm die SIM-Karte und verstaute sie sicher in seinem Portemonnaie.

»Wissen Sie, zu wem die Nummer gehört?«

»Nein, keine Ahnung.« Sie gingen ein paar Schritte, dann drehte sie sich um. »Wenn Matts Tod etwas mit dieser Drogengeschichte zu tun hat, dann werde ich das nicht für mich behalten. Vince hat Matt nicht getötet, aber ich will, dass sein Mörder dafür büßen muss. Das hier ist mein Anteil, jetzt sind Sie dran.«

Sie waren am Eastbourne-Pier angekommen, der nach dem Brand zum Teil bereits wieder aufgebaut war. Es dämmerte schon, aber noch waren viele Spaziergänger unterwegs. Plötzlich geriet etwas in Bewegung.

Eine weibliche Stimme schrie: »Polizei! Bleiben Sie stehen.«

Die Passanten blickten in die Richtung, aus der die Stimme kam. Bradford kniff die Augen zusammen, und im selben Moment flitzte eine schlanke, mittelgroße Gestalt mit wehendem Mantel an ihnen vorbei, dicht gefolgt von Constable Sutton. Die Gestalt sah aus wie Winston Churchill, allerdings passten die dünnen Beine nicht zu dem Gesicht. Unter dem Mantel war Churchill nackt.

Bradford überlegte nicht lange, sondern nahm die Verfolgung auf. Das wäre allerdings gar nicht nötig gewesen, denn Sutton war offensichtlich wild entschlossen. Sie trug ihre Laufschuhe und Leggins und war sehr schnell. Churchill rannte weiter Richtung Wish Tower, wurde aber langsamer. Offensichtlich war Sutton besser in Form. Sie bekam seinen Mantel zu fassen und brachte den Mann unter dem Applaus der Umstehenden zu Fall.

Dann war Bradford zur Stelle, fixierte die Hände des Mannes mit Plastikstreifen und half ihm auf die Füße. Unter dem offenen Mantel baumelte sein Geschlecht.

»Danke, Sir«, japste Sutton und band seinen Mantel zu.

Die Maske war verrutscht, aber weder Sutton noch Bradford machten Anstalten, sie zu entfernen. Die Umstehenden schauten interessiert zu, wie die Polizei mit diesem Verrückten umging.

Bradford hielt ihn fest, und Sutton kramte ihr Handy aus der Jackentasche und rief einen Streifenwagen. Der brachte den Mann zur Polizeistation, wo sich Bush um ihn kümmern würde. Als der Mann abtransportiert war, verlief sich die Menge, Sutton sah hochzufrieden aus.

»Gut gemacht, Constable«, sagte Bradford und klopfte Sutton auf die Schulter.

»Der hat sich doch tatsächlich vor mir aufgebaut.« Sie lachte. »Vor *mir*! Was finden die bloß dabei?«

»Ehrlich«, sagte Bradford, »ich weiß es auch nicht.«

»Das nehme ich an«, antwortete Sutton. Dann wurde sie ernst. »War das nicht Kathy Sanders, die da bei Ihnen gestanden hat?«

»Ja«, sagte er. »Und es gibt Neuigkeiten. Kommen Sie mit.«

Sie gingen zum Horse and Hen, wo Bradfords Wagen stand, und fuhren dann zur Station.

Nachdem Sutton die SIM-Karte in ihrem Smartphone ausgetauscht hatte, stellten sie fest, dass es nur eine Kontaktnummer gab.

»Sollen wir anrufen?«, fragte Sutton, die in ihrem Laufdress sehr dynamisch aussah.

Bradford verneinte. »Bevor wir schlafende Hunde wecken, werden wir es orten. Vielleicht ist Vincent Strong dort, wo der Besitzer des Handys ist. Dann können wir ihn festnageln. Kümmern Sie sich darum, ich werde noch mal bei Lansing von der Drogenfahndung anrufen. Vielleicht haben die mittlerweile rausgefunden, wo der Stoff herkommt.«

Der Anruf bei der Drogenfahndung verlief ergebnislos. Lansing hatte zwar in der Szene Nachforschungen angestellt, doch bisher hatte er keine Spur von der Herkunft des Stoffes. Er hielt es für unwahrscheinlich, dass die Droge in Südengland hergestellt wurde, denn dafür mussten bestimmte Chemikalien und unter anderem auch Erkältungsmittel in großen Mengen beschafft werden. Dafür hatten sie aber keinerlei Anzeichen gefunden, und Apotheken meldeten solche Häufungen normalerweise. Wahrscheinlich wurde der Stoff vom Kontinent auf die Britische Insel geschmuggelt. An der deutsch-tschechischen Grenze gab es große Labors in alten, stillgelegten Industrieanlagen. Dort wurde Crystal Meth in großem Stil zusammengebraut.

Bradford bedankte sich bei Lansing und wünschte ihm ein schönes Wochenende. Dann betrat Sutton das Büro.

»Also, das Handy lässt sich nicht orten. Wahrscheinlich ist der Besitzer gewarnt und hat die SIM-Karte entfernt, aber ich habe die Funkzelle, wo er sich das letzte Mal eingewählt hat, und das ist Deutschland. Genauer gesagt die deutsche Nordseeküste, die nächste größere Stadt heißt Wilhelmshaven.«

»Ach«, sagte Bradford verblüfft.

»Wahrscheinlich hat Strong sich abgesetzt.«

»Ja, er muss auf dem Kontinent einen Verbindungsmann haben. Das passt ja zu dem, was Lansing gerade gesagt hat.«

Er informierte Sutton über das Gespräch, das er soeben geführt hatte. Dann wurde er nachdenklich. Es gab einen Zusammenhang, den er aber nicht abrufen konnte. Etwas, das Strong ihm gesagt hatte und das ihn an etwas erinnerte, als Sutton die deutsche Küste erwähnt hatte. Was war das nur gewesen …?

»Sir, sollen wir die Fahndung auf Deutschland ausweiten?«

»Äh, ja«, sagte Bradford abwesend, »informieren Sie die deutsche Polizei. Ich werde mit Chief Constable Walker telefonieren.«

Gegen neun Uhr, Bradford wollte sich gerade hinter das Steuer seines Wagens klemmen, surrte sein Handy. Seine Mutter. Er rang mit sich. Einfach ignorieren, dachte er, wusste aber genau, dass das nach hinten losgehen würde. Seine Mutter hatte sich noch nie ignorieren lassen.

»Mark«, sagte sie vorwurfsvoll, noch bevor er einen Ton von sich gegeben hatte. »Was ist, kommst du jetzt nach Bristol? Du hast dich überhaupt nicht mehr gemeldet. Ich bin schon hier, und Linda sagt, sie hat nichts von dir gehört, und sie hat keine Lust mehr, hinter dir herzutelefonieren. Mehr als verständlich.«

Olivia Bradford legte eine bedeutungsvolle Pause ein, in der Bradford sich mit der Hand vor die Stirn schlug. Bristol hatte er völlig vergessen.

»Mark, bist du da?« Die Stimme seiner Mutter changierte von gekränkt zu besorgt. »Geht es dir gut?«

»Ja, wenn du mich mal zu Wort kommen lassen würdest, könnte ich dir sagen, dass ich mitten in einer Mordermittlung bin …«

»Das bist du immer, wenn du deinen familiären Verpflichtungen nachkommen sollst. Das hast du bei Deb auch immer gemacht, und was ist dabei rausgekommen? Deine Familie ist auseinandergebrochen. Aber du hast ja immer noch uns, Linda und mich und

George und Amy. Und wenn du schon für deinen Sohn keine Zeit hast, könntest du wenigstens zum Geburtstag deines Neffen ...«

»Ist ja gut«, unterbrach Bradford sie, »ich versuch es Freitagnachmittag, okay?«

Er war zwar alles andere als scharf darauf, den Freitagnachmittag mit einer Horde kreischender Kinder zu verbringen, aber er fühlte sich schuldig und redete sich ein, dass er es wirklich versuchen würde.

»Ich hoffe, du hältst Wort.«

Den gleichen resignierten Ton hatte seine Mutter auch an den Tag gelegt, als er noch ein Schuljunge war und mit seinem Freund zusammen mit dem Moped des Nachbarn eine Spritztour über die Wiesen hinter ihrer Siedlung gemacht hatte. Leider war das Gefährt dabei zu Bruch gegangen, und er und Sam hatten ihre Sparkonten plündern müssen, um es reparieren zu lassen.

»Ich geb mir Mühe«, antwortete er. »Ich muss jetzt auflegen, sitze im Auto.«

Er legte das Handy auf den Beifahrersitz und machte sich auf den Heimweg. Unterwegs hielt er am Tesco, um sich mit Tomaten, Käse, Toast, einer Dose Baked Beans und einem Sixpack Bier zu versorgen. Er wählte deutsches Jever-Bier. Irgendwie war ihm heute Abend danach. Er zahlte und fuhr zu seiner Wohnung am Hartington Place.

Er stutzte, als er seine Wohnung betrat. Leise Musik schwebte vom Wohnzimmer herüber, und es duftete nach Thymian und Olivenöl. Und dann trat Laura aus dem Schlafzimmer, gekleidet in ein schwarzes Spitzengewand, das mehr von ihrem Körper offenbarte, als es verbarg.

»Du kommst aber spät«, schnurrte sie, umarmte und küsste ihn. Er suchte nach Worten. »Na, die Überraschung ist mir gelungen, du sagst ja gar nichts.«

Endlich fing er sich. »Allerdings ... gelungen«, stammelte er, stellte seine Tesco-Tüte ab und hielt witternd die Nase in die Luft. »Rieche ich da etwa Lammbraten?«

»Genau«, sie fuhr mit dem Finger seine Wange entlang, »den magst du doch so gern.«

Steh nicht rum wie ein Zinnsoldat, sagte ihm eine Stimme.

Wenn du keinen Ärger willst, nimm sie schleunigst in die Arme. Und das tat er dann auch, eher mechanisch als herzlich, aber er konnte nicht gut über seinen Schatten springen. Er war kein Freund von Überraschungen, und gerade heute Abend wäre er gern allein gewesen. Allein mit seinem Tomaten-Käse-Sandwich, den Baked Beans und ein oder zwei Dosen Bier. Vielleicht auch mehr. Aber man konnte nicht immer haben, was man wollte, und schließlich gab es eine Menge Männer, die ihn um diesen Empfang beneidet hätten. Laura war nicht nur klug und schön, sie war auch eine gute Köchin.

Also, rief er sich zur Ordnung, tu wenigstens so, als würdest du dich freuen.

»Sollen wir gleich essen, oder …«, sie legte seine Hand auf ihre Brust.

»Wenn du mir die ganze Zeit in diesem Outfit gegenübersitzt, krieg ich keinen Bissen runter«, flüsterte er ihr ins Ohr und trug sie ins Schlafzimmer.

Danach aßen sie. Laura berichtete aus der Kanzlei, und er hörte mit halbem Ohr zu, war nicht wirklich bei der Sache. Immer wieder gingen ihm die Ermittlungen durch den Kopf, er konnte einfach nicht abschalten.

»Mark, hörst du mir überhaupt zu?«, fragte Laura.

Er legte sein Messer weg. »Entschuldige«, sagte er.

»Was beschäftigt dich so? Oder darfst du wieder nicht drüber reden?«

Bradford nahm die Serviette und trank einen Schluck von dem wirklich guten Rotwein, den Laura mitgebracht hatte.

»Nein, du weißt ja, aber …«, dann grinste er. »Wir haben den Flitzer geschnappt, der an der Promenade die Damen erschreckt hat. Ein ziemlich schräger Typ.«

»Ah ja?«

Bradford nickte. »Er ist Student in Brighton und schreibt eine Hausarbeit über die Diskriminierung von Nudisten. Sagt er.«

Laura kicherte. »Und deswegen rennt er nackt über die Grand Parade?«

»Genau, um anhand der Reaktionen dieser ›Spießer‹ seine These zu untermauern.«

»Und? Glaubst du ihm?«

»Das muss ich gar nicht. Er bekommt eine Anzeige wegen Erregung öffentlichen Ärgernisses, ob sein Motiv nun die Befriedigung seiner abstrusen sexuellen Bedürfnisse oder seine ›Forschungen‹ waren, ist ja egal.«

»Apropos sexuelle Bedürfnisse …«, Laura nahm einen Schluck Wein und fuhr sich mit der Zunge über die Lippen, »bist du schon satt?«

Er lag im Bett und war unzufrieden, obwohl es nicht den geringsten Grund dafür gab. Er hatte gut gegessen, großartigen, man konnte sagen experimentellen Sex mit einer schönen Frau gehabt, die ihn liebte und neben ihm schlief. Was war er für ein Glückspilz! Wann begriff er das endlich? Er sah auf die Uhr. Halb eins.

Wieso konnte er nicht schlafen? Laura legte den Arm auf seine Brust und schmiegte sich an ihn. Wieso war ihm nie aufgefallen, wie lang ihre Wimpern waren? Und diese steile Falte auf ihrer Stirn. Die hatte sie aus Amerika mitgebracht. Amerika hatte sie verändert, und ihr Aufenthalt dort hatte auch ihn verändert.

Er liebte Laura nicht mehr. An ihre Stelle war eine andere Frau getreten. Erin Roberts. Aber Erin Roberts wollte nichts mehr von ihm wissen, und das war Lauras Schuld. Auch wenn er sich seinen Ärger über Lauras unverhofftes Auftauchen damals nie hatte anmerken lassen. Er war da.

Und jetzt ging ihm dieser Fall um Matthew King nicht aus dem Kopf. Und Kathy. Das nahm er sich irgendwie übel. Was war er denn, dass er seine Triebe nicht unter Kontrolle hatte? Ein Karnickel?

Er musste sich endlich auf das Wesentliche konzentrieren, und er hatte etwas gehört. Er wusste nur nicht, von wem und wann, aber es gab etwas, das einen wichtigen Zusammenhang herstellen würde, und er kam nicht drauf. Es war zum Kotzen. Laura schnarchte.

Langsam legte er ihren Arm zur Seite und stand auf. Er ging zum Kühlschrank, nahm ein Jever heraus, öffnete es und trank. Und dann fiel es ihm ein. Strong hatte es gesagt. Das war die

Verbindung. Er stellte sein Bier ab, zog sich an und nahm seinen Schlüssel. Er war schon im Treppenhaus, als er zögerte, noch mal zurückging und für Laura eine Nachricht hinterließ. Ein Einsatz, er sei bald zurück.

Dann fuhr er durch die stillen Straßen von Eastbourne zur Polizeistation, grüßte den diensthabenden Constable, der ihn verblüfft ansah, und ging in sein Büro. Nur wenige Minuten später hatte er die Bestätigung dessen, was er vermutet hatte. Den Zusammenhang.

Er lehnte sich zurück und dachte nach. Was sollte er tun? Was *wollte* er tun? Er dachte an Laura, die in seiner Wohnung lag und schlief und die ihn für das Wochenende in London eingeplant hatte. Und er dachte an seine Mutter, die ihn auf der Geburtstagsfeier seines Neffen erwartete. Alles Dinge, die er nicht tun wollte.

Er fasste den Entschluss, das Weite zu suchen. Er setzte sich an seinen PC und buchte einen Flug nach Bremen. Dabei huschte ein Lächeln über sein Gesicht. Er freute sich, seine deutsche Kollegin wiederzusehen. Ihre Tante und vor allem das kleine Mädchen, Nele.

Er schickte eine E-Mail an Chief Constable Walker, an Buckley und Sutton und an Fenja Ehlers, um sich anzukündigen. Er hoffte, dass ihre Tante noch Platz hatte in ihrer Pension. Dann fuhr er wieder heim, legte sich ins Bett und schlief ein.

ZWÖLF

Carolinensiel, Donnerstag, 16. Oktober

Fenja saß schlecht gelaunt an ihrem Schreibtisch und trommelte mit den Fingern wie ein galoppierendes Pferd. Sie hatte Barbie angerufen – zwar recht widerwillig, aber sie hatte angerufen –, und jetzt hatten die beiden ein Date. Warum war sie schlecht gelaunt? Weil sie argwöhnte, dass Ahlers mit dieser Theresa ...

Und selbst wenn, wieso brachte sie das außer Fassung? Sie hatte doch keine Beziehung zu dem Kerl und keine Ambitionen. Oder? Wenn sie ehrlich war, hatte sie durchaus Ambitionen, aber was half das, wenn die nicht erwidert wurden? Was hatte sie sich denn auch gedacht? Dass ein Typ wie Ahlers sich auf die nächstbeste Frau stürzen würde? Schwachsinn!

Der Mann konnte sich wahrscheinlich vor Angeboten kaum retten. Da war nichts zu machen. Und wenn einer empfänglich für Barbiepuppen war, dann konnte sie, Fenja, daran nichts ändern. Sie war nun mal keine. Sie musste sich allerdings eingestehen, dass sie Ahlers anders eingeschätzt hatte. Aber womöglich hatte sie sich nur etwas vorgemacht. Wahrscheinlich sogar. Welcher Mann fuhr schließlich nicht auf Barbiepuppen ab? Alle, oder?

Wie auch immer, sie war jetzt mit dieser Theresa verabredet und würde sich anhören, was sie zu sagen hatte. Immerhin, Ahlers hatte sich mit ihrem Fall beschäftigt und die Frau überredet, mit der Polizei zu sprechen. Das war doch schon mal was. Der Mann war verantwortungsbewusst, das musste man schon sagen. Theresa führte eine Boutique in der Wittmunder Fußgängerzone und würde, bevor sie öffnete, kurz bei Fenja vorbeischauen.

Zehn Minuten später saß Theresa Appelbaum vor ihr. Sie trug schwarze Jeans, ein schwarzes Top und einen pinkfarbenen Blazer, der Fenja blendete. Sie blinzelte, als die Frau ihr Büro betrat, und bat sie, Platz zu nehmen.

»Ich weiß eigentlich gar nicht, ob ich von Nutzen sein kann«, sagte sie, »aber Barne hat mich so nett gebeten ... Barne und ich sind alte Freunde, müssen Sie wissen.«

»Ach«, sagte Fenja, die ihr Urteil revidieren musste.

Theresa Appelbaum war eine schöne Frau mit einem natürlichen Gesicht. Die Haut um ihre lebhaften Augen zierten kleine Lachfältchen, ebenso wie ihre Mundwinkel. Von Barbie-Perfektionismus konnte keine Rede sein. Fenja wusste nicht, ob sie das freuen sollte.

Theresa Appelbaum setzte sich und schlug die Beine übereinander.

»Barne meinte, Sie würden sich für Bojes Geschichte interessieren, na ja, Lutz und Boje waren sehr gut befreundet. Lutz ist mein Sohn, aber das wissen Sie sicher, Sie sind ja Kommissarin, nicht wahr?« Fenja öffnete den Mund und wusste dann nicht, was sie sagen sollte. Aber Theresa Appelbaum redete weiter. »Natürlich kenne ich Boje ziemlich gut, er war oft bei uns zu Hause, hat auch oft bei uns übernachtet. Sagen Sie«, sie beugte sich vor und fixierte Fenja, »warum interessiert Sie das eigentlich? Barne wollte ja nicht mit der Sprache heraus, aber … es hat doch bestimmt etwas mit dem Tod von Bojes Mutter zu tun, hab ich recht?«

»Aber nein«, Fenja fand, es war an der Zeit, Theresa Appelbaum zu bremsen, »der Fall ist ja abgeschlossen, das Interesse an Boje ist … sagen wir mal, eher privater Natur. Als Ermittlerin ist man natürlich an solchen Dingen interessiert.« Fenja kam sich reichlich blöde vor mit dieser Erklärung, und Theresa Appelbaum glaubte ihr offensichtlich kein Wort, aber das war egal. Sie hatte nicht die Absicht, hier die Pferde scheu zu machen, und diese Frau schien nicht gerade besonders diskret zu sein.

»Ich versuche lediglich, mir ein Bild zu machen, wie der Junge mit dieser Tragödie umgegangen ist. Sie müssen wissen …« Fenja überlegte, ob sie Bendine ins Spiel bringen sollte, und fand, es könnte nützlich sein. »Meine Tante muss nämlich auch ihr Enkelkind großziehen.«

»Ach so.« Theresa Appelbaum beugte sich über Fenjas Schreibtisch und legte ihre Hand auf Fenjas. »Das verstehe ich natürlich.«

Fenja ekelte sich vor sich selbst, aber egal. Der Zweck heiligt die Mittel, dachte sie.

»Tja, also Boje und seine Oma, die waren immer ein Herz und eine Seele, wirklich, nur …«, Appelbaum zögerte, »Hilde hat irgendwann den Sinn für die Realität verloren, wissen Sie?

Sie hat sich völlig in ihre Religion geflüchtet, und das ... ist dem Boje, glaub ich, ziemlich auf den Geist gegangen.« Sie machte eine resignierende Handbewegung. »Aber ... was geht Jugendlichen nicht irgendwann auf den Geist, das frage ich Sie.« Appelbaum sah Fenja offen an, ihre blauen Augen blitzten verschwörerisch. »Wie gesagt, Boje war oft bei uns, das heißt bei Lutz und mir, ich bin seit sechs Jahren geschieden, müssen Sie wissen.«

Ob Appelbaum wohl ihre Zähne bleichte, überlegte Fenja. Sie hatte noch nie so weiße, makellose Zähne gesehen.

»Und, welchen Eindruck hat denn der Junge auf Sie gemacht?« Fenja zwang sich, ihre Aufmerksamkeit vom Gebiss ihres Gegenübers auf das Thema ihres Gesprächs zu lenken. »War er glücklich? Hat er sich mal geäußert über ... die Vergangenheit?«

»Geäußert ...«, Appelbaum rieb sich das Kinn und überlegte, »nein, geäußert hat er sich nie, dabei wäre es doch wirklich sinnvoll gewesen, mal über die Vergangenheit zu reden. Für ihn, finden Sie nicht auch?«

Fenja nickte und schwieg.

»Also, ich fand es schon seltsam, wie die Hilde mit der Sache umgegangen ist. Sie hat sich einfach ausgeschwiegen. Na ja, vielleicht auch verständlich, für sie war es ja auch nicht so einfach, wirklich nicht. Aber, ich meine ... der Junge hätte es doch verdient gehabt, dass man ihm reinen Wein einschenkt, sonst ...«, Appelbaum schüttelte den Kopf, dass ihre Ohrringe zappelten, »... sonst machen sich die Menschen ihre eigenen Gedanken, und ob das besser ist, das wage ich zu bezweifeln.«

Fenja musste der Frau recht geben. Sie fand sie sogar sympathisch. Musste Barne Ahlers zu seinem Geschmack gratulieren.

»Glauben Sie, dass Boje sich seine eigenen Gedanken gemacht hat?«, fragte sie.

»Natürlich! Ich meine, er hat nie etwas gesagt, wenn ich dabei war, aber Lutz hat mir erzählt, dass Boje darunter leidet, dass er keine Ahnung hat, was für ein Mensch sein Vater ist und warum das alles damals passiert ist.«

»Wie viel wusste er denn eigentlich?«

»Ich habe mal mit Lutz darüber gesprochen ... Lutz und ich, wir haben ein sehr vertrautes Verhältnis, und das habe ich zu einem großen Teil Barne zu verdanken. Er hat mich unterstützt, als Lutz in der Pubertät war, und … ich kann Ihnen sagen, das war kein Zuckerschlecken!«

Fenja glaubte ihr aufs Wort und fragte sich, was ihr und ihrer Tante wohl noch mit Nele bevorstand.

»Also«, fuhr Appelbaum fort, »Boje wusste, dass sein Vater seine Mutter im Streit getötet hatte, aber das war alles. Er hatte keine Ahnung, warum sie sich gestritten hatten.«

Appelbaum spielte versonnen mit ihrem Ohrring. »Ehrlich gesagt, ich hatte das Gefühl, dass der Junge brennend gern gewusst hätte, was sich damals genau abgespielt hat, aber er hat das aus Rücksicht auf seine Großmutter nicht weiterverfolgt. Und ich finde, das ist nicht gut für ihn.« Appelbaum stand auf. »Ich weiß, dass es mich eigentlich nichts angeht, aber ich bin der Meinung, dass jemand mit dem Jungen sprechen müsste. Jemand, der genau weiß, warum diese … Tragödie damals passiert ist. Er leidet nämlich darunter, und in diesem Fall ist auch die Zeit nicht heilsam. Hier hilft einfach nur Offenheit.«

Dem konnte Fenja nur zustimmen.

»Was macht Ihr Sohn eigentlich?«, fragte sie.

Appelbaum seufzte. »Er tingelt durch Australien. Ich weiß nicht, warum die jungen Leute heutzutage glauben, dass das Glück in der Ferne zu finden ist. Aber …«, sie strich ihre blonden Locken zurück, »… ich höre mich an wie meine Mutter. Es ist einfach so … man vermisst sein Kind. Verstehen Sie das?«

»Ja, ich denke, ich verstehe Sie.« Fenja stand ebenfalls auf und reichte Appelbaum die Hand.

Als Appelbaum gegangen war, ließ Fenja sich entkräftet in ihren Stuhl sinken. Was für eine Frau. Eine, der die Männerherzen zuflogen, vermutete sie. Na gut, wenn Ahlers sie unbedingt haben wollte, bitte. Fenjas Segen hatte er.

Die Besprechung kurz vor der Mittagspause verlief ohne besondere Vorkommnisse. Gesa und Geert waren sich zwar immer noch nicht grün, aber immerhin schien Geert den letzten Abend bei seiner Familie verbracht zu haben. Das hatte Gesa von Annika erfahren.

Gegen Bracht und Richter war Haftbefehl erlassen worden, was wesentlich dazu beitrug, dass die Stimmung im Team nicht kippte. Es gab trotz mehrfacher Hinweise von Zeugen, die glaubten, Semmler in Wittmund, Jever oder in einem der Küstenorte gesehen zu haben, keine Spur von ihm. Die Ermittlungen zu Heike Bornums Tod drohten im Sande zu verlaufen. Zwar hatte es einige Anrufer gegeben, die behauptet hatten, Bornum am Abend ihres Todes am Alten Hafen gesehen zu haben, aber sobald die Ermittler genauer nachhakten, entpuppten sich diese Aussagen als wenig vielversprechend oder schlicht als Wichtigtuerei. Dennoch gingen sie akribisch jedem Hinweis nach, bisher ohne Erfolg.

Fenja beschloss, nach Carolinensiel zu fahren und sich noch mal mit Hilde Thomassen zu unterhalten. Als sie am Nachmittag an ihrer Tür klingelte, öffnete niemand. Nanu, dachte Fenja, um diese Zeit waren Rentner doch meistens zu Hause. Ein ungutes Gefühl beschlich Fenja. Sie wollte schon um das Haus herumgehen und an der Terrassentür klopfen, besann sich aber. Leute in diesem Alter machten nach dem Mittagessen auch gerne ein Nickerchen. Also würde sie zu Bendine gehen, dort eine Mahlzeit schnorren und dann wiederkommen. Sie sprang in ihren Käfer und fuhr zur Pension ihrer Tante.

Als sie die Haustür aufschließen wollte, klingelte ihr Handy. Frenzen. Er klang anders als sonst, irgendwie zerknirscht, was Fenja einerseits gefiel, sie andererseits aber auch alarmierte. Was war geschehen?

»Äh, ich hatte gerade einen Anruf aus Jever. Die Bedienung aus dem Bäckerladen, du weißt schon ...«

»Jaaa ...«, sagte Fenja lauernd.

»Also, der Typ, mit dem die Bornum sich gestritten hat, ist wieder im Laden gewesen.«

»Lass mich raten«, sagte Fenja, die immer noch mit gezücktem Schlüssel vor der geschlossenen Haustür stand, »es war nicht Semmler?«

»Äh, ja, ich meine, nein. Also, ich hab ihr die anderen Fotos noch mal geschickt, und sie ist sich jetzt sicher, dass es nicht Semmler war.«

»Na prima, weiß sie, wer's war?«

»Ja, sie ist sich sicher, dass es dieser Sammers war.«

»Bitte?«

Fenja drehte sich um und ging zurück zum Gartentor. Klar, dachte sie, eine gewisse Ähnlichkeit war vorhanden, keine Frage. Beide waren relativ klein und kompakt um die Mitte, und beide trugen Glatze. Okay, Heini hatte keinen Pferdeschwanz, aber der von Semmler war so dünn gewesen, dass er kaum auffiel. Zumindest nicht, wenn man ihn von vorne sah.

»Hattest du nicht gesagt, du hast ihr alle Fotos gezeigt?«, zischte Fenja und blickte sich um. Sie hatte keine Lust, Bendine jetzt über den Weg zu laufen.

»Na ja«, Frenzen schwieg zerknirscht, »sie meinte ja, Semmler wär's gewesen, und … irgendwie passte ja auch alles zusammen.«

»Eben nicht!« Fenja ging auf dem Bürgersteig auf und ab. »Es passte eben nicht zusammen, du hast es passend gemacht!«

»Ich weiß, tut mir leid.«

»Okay, aber jetzt ist sie sicher?«

»Ja, ich habe ihr jetzt alle Fotos von Kerlen, die irgendwie mit Heike Bornum zu tun hatten, zugeschickt, und sie hat ihn erkannt. Eindeutig.«

»Na klasse.« Fenja überlegte. »Wann war das?«

»Also, er hat die Bäckerei vor einer knappen Stunde verlassen. Wenn er dann gleich heimgefahren ist, dürfte er mittlerweile in Carolinensiel angekommen sein.«

»Na gut, ich kümmere mich darum. Schick mir seine Telefonnummern.«

Sie drückte das Gespräch weg. Das Mittagessen würde warten müssen, dachte sie und machte sich auf zur Kirchstraße, wo Heini Sammers seinen Schnellimbiss betrieb. Hinter der Theke stand eine junge Frau, wahrscheinlich eine seiner Töchter, Heini konnte bestimmt keine Mitarbeiterin bezahlen. Fenja bestellte ein Brötchen mit Backfisch und fragte nach Heini. Ihren Ausweis ließ sie stecken. Sie fühlte sich nicht wohl dabei, aber irgendwie war sie Bendine verpflichtet. Unbegreiflicherweise mochte ihre Tante diese Trantüte. Die junge Frau teilte Fenja bereitwillig mit, dass ihr Vater jeden Moment auftauchen müsste.

»Er sollte mich schon vor einer halben Stunde ablösen«, sagte die korpulente Blondine und strich sich die strähnigen Haare aus dem Gesicht, was Fenja ziemlich unappetitlich fand, »aber … er hat's nicht so mit der Pünktlichkeit. Was wollen Sie denn von ihm?«, fragte sie dann neugierig.

»Nichts weiter«, antwortete Fenja mit vollem Mund, das Brötchen war wirklich gut, das musste sie Heini lassen, »meine Tante lässt ihn grüßen.«

Die Augen der jungen Frau blitzten auf. »Sie sind die Polizistin!«, stellte sie aufgeregt fest.

Fenja nickte nur. Sie hatte keine Lust auf ein Gespräch mit Heinis Tochter und wandte sich ab. Glücklicherweise drängte sich im nächsten Moment eine Gruppe Jugendlicher um den Kiosk, offensichtlich Freunde der jungen Frau. Fenja schob sich den Rest ihrer Mahlzeit in den Mund und hielt Ausschau. Gerade als sie nach ihrem Handy greifen wollte, um Heini anzurufen, sah sie ihn kommen. Er ging wie immer leicht gebückt, die Hände in den Taschen seiner beigefarbenen Outdoorjacke. Fenja ging ihm entgegen. Er erschrak, als sie ihn ansprach.

»Heini, wir müssen uns unterhalten, sofort!«

Er öffnete den Mund zum Protest und wies dann zum Kiosk. »Ich … muss meine Tochter ablösen«, hauchte er.

Fenja zog ihn Richtung Hafen und bog dann in den Fischhörn ab. »Ihre Tochter ist beschäftigt«, sagte sie.

Heini trottete hinter ihr her und machte ein Gesicht, als würde er zum Schafott geführt.

»Und jetzt sagen Sie mir auf der Stelle, weshalb Sie sich mit Heike Bornum in Jever gestritten haben. Und keine Lügen, sonst …« Fenja stellte fest, dass es keiner Drohung bedurfte, um Heini zum Reden zu bringen. Er schien fast zu platzen.

»Ich hätte es Ihnen ja schon längst gesagt, aber ich … ich hatte einfach Angst, dass Sie mich in diese Ermittlungen reinziehen, und da … Das ist doch wohl verständlich!«

»Ich warte«, grollte Fenja.

Sie war stehen geblieben, Heini ließ den Kopf hängen, sodass Fenja nur seine bleiche Glatze zu sehen bekam.

»Also … es ging um ein Lesegerät.«

»Wie bitte?«

»Na, um so ein Ding, wo man sich mehrere Bücher gleichzeitig draufladen kann.«

»Aha«, sagte Fenja matt. »Was war mit dem Ding?«

»Nichts, ich hatte es mir nur ausgeliehen.«

»Ausgeliehen.«

»Ja, und dann … hatte ich es dummerweise vergessen.«

»Vergessen.« Fenja schüttelte sich. Jetzt wurde sie schon debil und gab hier das Echo für Sammers. »Mein Gott, kommen Sie zum Punkt!«

»Also, ich hatte mir das Ding ausgeliehen … wie ich schon sagte … und dann vergessen.«

Fenja seufzte.

»Und Heike hatte die Else verdächtigt … sagt jedenfalls die Else, und die beiden haben sich gestritten, weil natürlich die Else das nicht war. Na ja, ich hab ihr das in Jever gesagt, und da … ist Heike irgendwie sauer geworden …«

»Ach was.«

»Ja … das war's eigentlich schon.«

»Und wo ist das Lesegerät jetzt?«

Sammers wand sich. »Ich hab es immer noch, aber da kann ich ja auch nix dafür, weil doch Sie immer da in der Bücherei rumgeschwirrt sind, da hab ich mich nicht getraut, es wieder zurückzubringen.«

Fenja musterte Sammers. Am liebsten hätte sie ihn vors Schienbein getreten, um eine halbwegs nachvollziehbare Reaktion zu provozieren. Wenigstens war ihm das Ganze sichtlich peinlich. Aber das war keine Entschuldigung. Sie waren die ganze Zeit auf dem Holzweg gewesen, hatten geglaubt, dass Semmlers Verschwinden etwas mit Heike Bornum zu tun hatte. Immerhin hatten sich die beiden ja gestritten. Und nun stimmte das gar nicht. Vielleicht hatte Semmlers Verschwinden überhaupt nichts mit Bornums Tod zu tun. Vielleicht mussten sie ganz von vorn anfangen.

Frenzen hätte sie auch gerne vors Schienbein getreten, wenn sie ehrlich war. Diese Gedanken gingen ihr durch den Kopf, während Sammers von einem Fuß auf den anderen trat. Mein Gott, was für eine Memme. Konnte man ihr glauben, dieser Memme? Ja, dachte

Fenja, leider. Dieser Mensch hatte nicht das Format, überzeugend zu lügen.

»Gehen Sie nach Hause«, sagte Fenja, »und ... ach egal.«

Sie winkte ab und ließ Sammers stehen. Am liebsten hätte sie ihm gesagt, er solle sich von Bendine fernhalten, aber das stand ihr nicht zu. Solche Äußerungen passten zu einem eifersüchtigen Vater, der Einwände gegen den Freund seiner Tochter hatte. Aber sie waren einer Nichte, die auf den Freund ihrer Tante eifersüchtig war, einfach unwürdig.

Fenja machte sich noch mal auf den Weg zu Hilde Thomassen, der sie aber bereits auf der Bahnhofstraße begegnete. In der Hand trug sie einen Korb mit Heidekraut.

»Ich wollte sie gerade besuchen«, begrüßte Fenja sie.

»Ja? Gibt's was Neues?«

»Nein, ich wollte mich nur noch mal mit Ihnen unterhalten.«

»Oh, das ist schade, ich bin mit Tomke verabredet, kommen Sie doch morgen Nachmittag zum Tee. Dann gibt's auch Kuchen.«

Irrte Fenja sich, oder hatte die Frau gerade gelächelt? Wie einfach das doch manchmal war. Sie fühlte sich ein bisschen schuldig. Die Menschen kümmerten sich zu wenig umeinander. Sie würde Bendine bitten, Hilde Thomassen öfter zu besuchen. Immerhin hatten sie das gleiche Schicksal.

»Das würde mich freuen«, sagte sie, ohne es wirklich zu meinen. »Ich rufe Sie an.«

Sie verabschiedeten sich. Heute ist nicht mein Glückstag, sagte sich Fenja. Sie beschloss, noch eine Runde am Deich entlangzulaufen. Vielleicht pustete ihr ja der frische Nordseewind das Gehirn frei, damit sie dieses Rätsel endlich lösen konnte.

★★★

Eastbourne, Freitag, 17. Oktober

Bradfords Wecker ging um kurz nach sechs. Er hatte kaum drei Stunden geschlafen und fühlte sich dem entsprechend. Laura, die seinen nächtlichen Ausflug nicht mitbekommen hatte, blickte ihn schlaftrunken an.

»Was ist denn los? Ich dachte, du könntest dich mal ein bisschen loseisen. Ich hab mir extra freigenommen.«

»Ja«, sagte er, »aber ich muss weg. Mein Flug geht um zehn Uhr. Kannst du mich mitnehmen?«

»Das ist nicht dein Ernst?«, fragte sie mit geschlossenen Augen.

»Doch, leider«, sagte er und warf zwei Hemden in seine Reisetasche.

Er erreichte den Flug buchstäblich in letzter Minute, denn natürlich waren sie im Stau gelandet, der rund um London nahezu unausweichlich war. Die Verabschiedung verlief unterkühlt – und das war euphemistisch ausgedrückt. Bradford war überzeugt davon, dass Laura nicht mehr lange mitspielen würde. Aber im Grunde war es ihm egal.

Fenja hatte ihm noch nicht zurückgemailt, wahrscheinlich hatte sie seine Nachricht heute Nacht nicht mehr gelesen. Na, machte nichts, er würde sich von Bremen aus wieder melden. Er schaltete auf Offlinemodus und ließ sich in seinen Sitz zurücksinken, um noch ein wenig Schlaf nachzuholen.

***

Carolinensiel, Freitagmorgen

Als Fenja mit Bendine, die den Kopf hinter den Harlinger Nachrichten versteckt hatte, am Frühstückstisch saß und ihre E-Mails checkte, entfuhr ihr ein freudiges »Hey, wir kriegen Besuch aus England!«.

Bendine lugte hinter der Zeitung hervor. »Wie, etwa dieser gut aussehende … wie hieß er noch mal?«

»Bradford, ja, genau der.« Fenja strahlte ihre Tante an. »Du hast doch noch was für ihn frei, oder?«

»Für so einen Kerl immer«, Bendine strahlte ebenfalls. »Kommt er privat, oder ist er wieder auf Mörderjagd?«

»Ich fürchte, Letzteres«, antwortete Fenja und steckte sich den

Rest ihres Brötchens in den Mund. »Vielleicht kann er ja dieses Mal länger bleiben, dann könnten wir was unternehmen. Er hat noch nie eine Wattwanderung gemacht.«

»Bah«, Bendine winkte ab, »Wattwandern, als ob die dort nicht genug Küste hätten. Man sollte mit ihm in die Berge fahren.«

»Und welche Berge würdest du vorschlagen, wenn dir der Deich nicht hoch genug ist?«

»Den Harz?«

»Den Harz«, wiederholte Fenja abfällig. »So was haben die da auch. Soweit ich weiß, ist der Snowdon in Wales auch nicht wesentlich niedriger als der Brocken. Da müsste ich ihm so was wie die Alpen bieten, die Zugspitze. Aber so lange wird er bestimmt nicht bleiben, dass ich ihn dahin entführen könnte.« Fenja stand auf. »Er kommt heute Nachmittag zuerst nach Wittmund ins Kommissariat und dann hierher.«

»Kommst du denn mit? Du weißt ja, mein Englisch …«

»Ja, ja, du solltest wirklich mal einen Kurs belegen. Schließlich bist du Herbergsmutter. Da muss man sich mit den Leuten unterhalten können.«

»Jou, ich hab ja hier auch andauernd Gäste aus Übersee«, schnaubte Bendine.

»Ist doch egal, das wär mal was anderes. Du könntest Hilde fragen, ob sie auch Lust hat. Ich hab sie gestern getroffen und hatte den Eindruck, dass sie ein bisschen Gesellschaft gebrauchen könnte.«

Bendine machte große Augen. »Wie kommst du denn jetzt darauf? Und außerdem Hilde …«, Bendine suchte nach Worten, »… mit Hilde kann man nichts anfangen, die lebt in ihrer eigenen Welt.«

»Wahrscheinlich, weil sich keiner richtig um sie kümmert«, sagte Fenja.

»Vielleicht ist es ja auch andersherum, und sie will das gar nicht. Man muss die Menschen auf ihre Weise glücklich werden lassen.«

»Das ist es ja grad, sie ist nicht glücklich, aber als ich gesagt hab, ich komme zum Tee, hat sie sich gefreut.«

»Na wunderbar, dann kümmere du dich doch um sie!«

Fenja duckte sich weg. Mist, das würde heute nichts werden mit dem Tee bei Hilde.

Vielleicht sollte sie aufhören, Bendine zu guten Taten aufzufordern, und lieber vor ihrer eigenen Tür kehren. Sie stellte das Geschirr in die Spülmaschine und ging.

Als sie im Kommissariat eintraf, waren die Kollegen bereits informiert. Offensichtlich vermuteten die britischen Ermittler einen Drogenhändler und einen Mörder in Carolinensiel.

»Es geht um dieses Crystal Meth, das ja seit einiger Zeit auch verstärkt hier im Umkreis verkauft wird.« Frenzen stand an seinen Schreibtisch gelehnt und sonnte sich in seiner eigenen Wichtigkeit. Carolinensiel war ja das reinste Berlin-Kreuzberg. Da brauchte es gute Ermittler. Die Tatsache, dass es Gesa gewesen war, die die Mail aus England übersetzt hatte, spielte nur eine untergeordnete Rolle.

»Mit dem Fahndungsfoto von diesem Strong kann ich allerdings nichts anfangen. Den Typen hab ich hier noch nie gesehen, und der ist auch nicht in unserer Datei«, sagte Frenzen. »Ich nehme an, das Ganze steht im Zusammenhang mit diesem Typen, der mal hier gewohnt hat.«

»Ja, das denke ich auch«, stimmte Fenja zu. Damals war der Inspector das erste Mal in Carolinensiel gewesen, und es war ebenfalls um einen Mord gegangen. Aber das war eine andere Geschichte.

»Wäre nicht schlecht, wenn wir wenigstens einen Dealer zu fassen kriegten«, fuhr Fenja fort. »Und wer weiß, vielleicht ist das ja auch unser Mörder. Ich werde Max Södermann von der Drogenfahndung in Aurich herbitten.«

»Warum das denn?«, wollte Frenzen wissen. »Das kriegen wir doch auch alleine hin.«

»Vielleicht, vielleicht auch nicht. Ich werde jetzt mit Haberle reden, und ich denke, er wird mir zustimmen. Wir suchen einen Mörder, vielleicht sogar zwei, einen Vermissten und womöglich einen Drogenhändler. Soll mal jemand sagen, auf dem Land wäre nichts los.«

Bradford fuhr gegen vierzehn Uhr dreißig auf den Parkplatz des Kommissariats in Wittmund und wurde wie ein alter Freund empfangen. Fenja hatte Kaffee und Schnittchen mit Graubrot besorgt. Sie wusste noch vom letzten Besuch des Inspectors, dass er ein Faible für das deutsche Graubrot hatte. In England gab's so was auch, aber es schmeckte im Grunde alles wie Toast. Bradford nahm dankbar den Kaffee in Empfang und bediente sich vom Brotteller. Max Södermann war aus Aurich gekommen, um sich mit dem englischen Kollegen zu beraten.

Crystal Meth entwickelte sich zunehmend zu einem Problem. Es war billiger, aber nicht weniger gefährlich als Heroin oder Kokain. Manche hielten es für gefährlicher. Es hatte das Zeug, zu einer Massendroge zu werden. Södermann saß mit Bradford, Fenja und Gesa im Besprechungsraum und hielt auf Englisch einen kleinen Vortrag über Crystal Meth.

»Die Droge wird, vor allem in Tschechien, in stillgelegten Fabriken zusammengebraut. Immer wenn die eine Küche dichtmachen, wachsen zwei neue irgendwo aus dem Boden. Viele besorgen sich das Zeug direkt dort auf den Asiamärkten, in kleineren Mengen. Ein Gramm bekommt man schon für rund fünfzehn Euro. Anfangs reicht das locker für zehn Portionen, aber das ändert sich. Natürlich gibt's auch Großabnehmer. Die kaufen dann mehrere Kilos und verteilen das Ganze immer weiter Richtung Westen. Offensichtlich auch verstärkt nach Großbritannien.«

Bradford nickte. »Allerdings, und wir haben in Eastbourne einen toten Dealer, Matthew King. Sein mutmaßlicher Mörder, Vincent Strong, ebenfalls ein Dealer, ist untergetaucht. Nach ihm wird gefahndet. Wir konnten eine SIM-Karte sicherstellen, die ihm gehört. Mit dieser Karte hat er immer nur eine leider anonyme Nummer kontaktiert. Bis auf eine sind alle Botschaften dauerhaft gelöscht. Dafür ist extra eine Software installiert. Die letzte SMS kam vor sechs Tagen, Wortlaut: ›Melde dich, verdammt!‹ Und die anonyme Nummer haben wir hier in Carolinensiel geortet. Wir gehen also davon aus, dass Strong hier von einem Verbindungsmann die Drogen übernimmt und nach England schafft. Wie auch immer. Und wir vermuten, dass entweder Strong oder sein Verbindungsmann oder beide den Mord an Matthew King verübt haben.«

Södermann sah Fenja fragend an. »Ja wenn die Nummer geortet ist, können wir doch gleich zuschlagen.«

»Das hab ich auch gedacht, aber leider ist es nicht so einfach. Der Angerufene ist äußerst vorsichtig. Er aktiviert das Handy immer nur am Kurzentrum oder an der Friedrichsschleuse. Zwar in der letzten Woche fast täglich, aber leider immer zu unterschiedlichen Zeiten. Manchmal um die Mittagszeit, aber meistens spätnachmittags. Immer an Orten, wo jede Menge Leute und damit jede Menge Handys unterwegs sind.«

»Hm«, Södermann überlegte, »das spricht allerdings dafür, dass es jemand aus Carolinensiel ist. Wie gehen wir am besten vor?«

»Wir müssen ihm auflauern«, sagte Fenja und bat Gesa, Frenzen und Tiedemann in den Besprechungsraum zu holen. Dann erklärte sie den anderen ihren Plan.

Sie sah auf die Uhr. »Kurz vor vier. Ich denke, für heute hat es keinen Zweck mehr. Die Person hat sich immer zu Zeiten eingewählt, zu denen viele Leute unterwegs sind, und nie später als achtzehn Uhr.«

Morgen früh um acht würde sich das erste Team bei Bendine in der Pension treffen, die ihnen kurzzeitig als Einsatzzentrale dienen würde. Der Einsatz war mit Haberle abgesprochen, und sie konnten nur hoffen, dass der Verdächtige nicht zu lange auf sich warten lassen würde. Denn vielleicht hatte diese Sache ja etwas mit dem Mord an Heike Bornum zu tun. Entweder hatte sie etwas gesehen, was nicht für ihre Augen bestimmt war, oder sie hatte selbst etwas mit den Drogen zu tun. Entweder als Konsumentin oder als Dealerin oder beides. Auch wenn Fenja sich Bornum nur schwer als Mitglied einer Drogenmafia vorstellen konnte, die Phantasie wurde so oft von der Wirklichkeit eingeholt, dass sie sich über nichts mehr wundern würde. Wenn sie ganz großes Glück hatten, schlugen sie zwei Fliegen mit einer Klappe.

Fenja und Bradford fuhren nach Carolinensiel zur Pension, wo Bradford von Bendine und Nele freudig begrüßt wurde. Täuschte sich Fenja, oder hatte Bendine tatsächlich Make-up aufgelegt? Sie sah heute ausgesprochen gut aus. Nele stand vor Bradford in der

Küche, die Hände auf dem Rücken verschränkt, wippte sie auf den Zehenspitzen und strahlte den Besucher an.

Manchmal bedurfte es keiner Sprache, um einem Menschen zu zeigen, wie sehr man ihn mochte, dachte Fenja.

Bradford beugte sich zu dem kleinen Mädchen hinunter, reichte ihm die Hand und sagte auf Deutsch: »Guten Tag. Wie geht es Ihnen?«, woraufhin Nele in wildes Gekichere ausbrach. Bendine zeigte ihm sein Zimmer und gab ihm zu verstehen, dass es gleich Tee geben würde. Um kurz nach halb fünf saßen alle vier zusammen in Bendines Küche beim Tee. Bradford gehörte mittlerweile so gut wie zur Familie.

Nele, die sich auf die Bank neben ihn gedrängt hatte, klammerte sich an seinem Arm fest und ließ ihn nicht aus den Augen. Sie konnte sogar schon ein bisschen Englisch, das hatte sie bei ihrem Besuch in Eastbourne gelernt. Bendine verließ sich allerdings ganz auf Fenja, die die Unterhaltung zweisprachig führte. Sie erkundigte sich nach der Familie Bexley, die in der Nähe von Beecock ein Herrenhaus besaß und mit der Fenja mehr als nur Freundschaft verband. Und Bradford erklärte ihr, dass er die Verbindung zwischen Vincent Strong und Carolinensiel mit der Tatsache verband, dass Strong auf Lessington Park, dem Familiensitz der Bexleys, gearbeitet hatte. Das hatte mit dem letzten Fall zu tun, in dem sie gemeinsam ermittelt hatten.

Nachdem sie Tee getrunken hatten, machte Fenja den Vorschlag, ein bisschen zum Strand zu gehen, solange es noch halbwegs hell war. Nele, die gespannt die Unterhaltung verfolgt hatte, guckte misstrauisch von Fenja zu Bradford.

»Was habt ihr vor? Ich will mit«, schob sie sofort nach, ohne eine Antwort abzuwarten.

Fenja versuchte gar nicht erst, ihr das abzuschlagen. »Dann aber schnell, zieh dir deine Stiefel an und die Jacke, Schal nicht vergessen!«, rief sie ihrer kleinen Kusine hinterher. Aber die saß bereits in der Diele an der Garderobe und kämpfte mit ihren Gummistiefeln.

Bradford zog seine Jacke an, und als alle bereit waren, marschierten sie los. Bradford hatte sich von Bendine ein Tuch geliehen. Der Wind blies hier an der deutschen Nordseeküste doch etwas frischer als am Kanal. Sie spazierten an der Harle entlang bis zur Schleuse, über den asphaltierten Bereich bis zum Strand, wo Bradford verblüfft stehen blieb und aufs Watt hinausblickte. Er kannte den Küstenbereich zwar schon von seinem letzten Besuch, aber jetzt war Niedrigwasser, wie Fenja ihm erklärte, und er ließ fasziniert den Blick über das weite Watt wandern.

»Beeindruckend«, sagte er, »das hat was Beruhigendes.«

Nele, die sich ein wenig auf dem Spielplatz vergnügt hatte, stürmte an den beiden vorbei und lief ins Watt hinaus. Fenja, die auch Stiefel trug, folgte ihr und forderte Bradford ebenfalls auf. Der blickte zuerst auf seine Schuhe und dann auf Fenja.

»Ausziehen!«, rief sie, um den Wind zu übertönen.

Barfuß also, dachte Bradford unschlüssig. Das war angesichts der Temperaturen nicht besonders verlockend, aber er tat den beiden den Gefallen und folgte ihnen mit aufgerollten Hosenbeinen, seine Schuhe samt Socken in der Hand, ins Watt.

»Shit«, rief er, »cold!«

Aber er hielt tapfer Schritt mit den beiden. Etwa fünfzehn Minuten wateten sie durch den Schlick Richtung Norden, ließen die sichere Küste hinter sich. Dann blies Fenja zur Umkehr.

»Es wird dunkel.«

Bradford nickte, blieb aber einen Moment stehen, um die Weite und das gleichmäßige Brausen des Windes zu genießen. »So weit war ich noch nie im Meer«, rief er lachend, »ich meine zu Fuß.«

Sie gingen zurück zum Strand, die warmen Lichter vom Restaurant Wattkieker luden zum Einkehren ein. Sie bestellten Jever-Bier und jeder Backfisch mit Kartoffelsalat. Nele bekam eine Cola und Nudeln mit Tomatensoße. Sie aßen mit Appetit. Das Essen war »delicious«, wie Bradford versicherte, besonders der Kartoffelsalat. Fenja bestellte noch Friesenkorn für die Erwachsenen, und dann schlenderten sie zur Pension.

Als Fenja später in ihrem Bett lag und den Abend Revue passieren ließ, wurde sie ein bisschen melancholisch. Sie hatten zusammengesessen wie eine junge, glückliche Familie. Aber sie würde wohl nie eine Familie haben. Zumindest nicht in dieser Zusammensetzung.

Ihre Gedanken wanderten zu Barne Ahlers. Eigentlich war es unfair. Wieso liefen ihr ständig Männer von solchem Format über den Weg, ohne dass es für sie eine Zukunft gab, wenigstens mit einem von ihnen? Sie wären ihr beide recht. Nun ja, Mark Bradford war und blieb unerreichbar.

Aber Barne Ahlers? Das war und blieb unfair! Sie warf sich auf die Seite und rammte die Faust in ihr Kissen. Unnütze Gedanken. Sie sollte endlich schlafen, morgen wartete ein anstrengender Tag.

Carolinensiel, Samstag, 18. Oktober

Um sieben Uhr saß Fenja mit Bradford gemeinsam am Frühstückstisch. Er bediente sich ausgiebig am Büfett, nahm vom Graubrot, von der Leberwurst und vom Aufschnitt und probierte den rohen Schinken. Fenja aß Toast mit Honig, sie hatte keinen großen Hunger. Der Wetterbericht hatte trockenes, aber kühles Wetter vorhergesagt, erst gegen Abend sollte es stürmisch und nass werden.

Fenja hoffte, dass der Wettergott sich an diese Voraussage halten würde. Es machte keinen Spaß, sich den ganzen Tag bei Regen und Sturm im Freien um die Ohren zu schlagen. Ganz davon abgesehen, dass die Wahrscheinlichkeit, ihren Verdächtigen zu schnappen, damit geringer wurde. Bei schlechtem Wetter würde sich niemand lange draußen aufhalten. Fenja hatte Bendine gebeten, eine Thermoskanne mit Tee und ein paar Brote vorzubereiten.

Nach und nach trudelten Frenzen und Wollonsky, eine Kollegin aus Aurich, ein, die die erste Schicht an der Friedrichsschleuse übernehmen würden. Gesa und Södermann sollten sie gegen Mittag ablösen. Fenja und Bradford würden sich den ganzen Tag an der Cliner Quelle aufhalten. Nachdem alle mit Funkgeräten ausgestattet waren, machten sie sich auf den Weg zu ihren Posten. Die Kollegen in Aurich würden in regelmäßigen Abständen stille SMS an die Nummer senden, und sobald die verdächtige Person sich einwählte, konnten sie sie hoffentlich schnell genug orten und zugreifen.

Bradford hatte mit Strongs SIM-Karte eine SMS abgeschickt, die den Gesuchten hoffentlich zu einer Antwort nötigte und ihn so eine Weile beschäftigte. Bradford hatte lange überlegt, wie Strong sich wohl ausdrücken würde, und hatte Folgendes formuliert: *Die Bullen suchen mich. Bin untergetaucht. Wenn sie mich kriegen, bist du auch dran. Also lass dir was einfallen!*

Sie suchten sich Plätze, von denen sie einen guten Überblick hatten, aber nicht auffielen. Fenja hatte sich mit einem Glas Wasser und einem Buch an einen Tisch im Kurcafé gesetzt. Sie sah nicht einen Menschen, der mit seinem Handy beschäftigt war. Hoffentlich würde das so bleiben, dann standen die Chancen gut, den Besitzer des Handys, das sie suchten, schnell zu identifizieren, sobald es aktiviert war.

Bradford drehte derweil immer wieder seine Runden im Außenbereich. Bis Mittag passierte gar nichts. Frenzen meldete sich zwischendurch und beschwerte sich, es sei schweinekalt und das Ganze doch ziemlich absurd. Fenja rief ihn zur Ordnung und tauschte mit Bradford den Platz. Weitere vier Stunden vergingen ohne irgendwelche Besonderheiten. Bei Fenja machte sich Resignation breit. Was, wenn der Einsatz erfolglos blieb? Wie oft sollten sie ihn wiederholen? Morgen, vielleicht noch übermorgen, länger würde Haberle nicht mitspielen. Dann musste Bradford ergebnislos abreisen.

Die Uhr tickte, mittlerweile war es fast achtzehn Uhr, und nichts tat sich. Fenja beschloss, die anderen für heute nach Hause zu schicken und das Ganze morgen zu wiederholen. Sie und Bradford würden noch eine Stunde an der Harle entlanggehen.

Sie gingen Richtung Harlesiel bis zur Friedrichsschleuse. Fenja schlug vor, bei Albrecht etwas Warmes zu essen.

Fenja setzte sich mit ihrer Cola und Bradford mit seinem Bier an einen der Tische in dem wie immer gut besuchten Lokal, und sie warteten auf ihren heißen Backfisch. Beide schwiegen, überlegten, ob es nicht eine andere Möglichkeit gab, diesem Menschen auf die Spur zu kommen. Plötzlich meldete das Handy mit Strongs SIM-Karte die Ankunft einer SMS. Sie sahen sich einen Moment verblüfft an, dann griffen beide zum Handy. Bradford zu Strongs und Fenja zu ihrem, um Södermann zurückzubeordern. Bradford rief die SMS ab. *Reg dich nicht auf, wir finden eine Lösung.*

Nun komm schon, dachte Fenja und starrte auf ihr Handy. Wo ist es?

Bradford schickte eine SMS. *Und welche? Es ist alles deine Schuld!*

Endlich! Sie gab Bradford ein Zeichen. Sie hatten eine Ortung.

»Es ist hier«, zischte sie, stand auf und ließ den Blick durch den Raum schweifen. Nichts. Doch!

Sie entdeckte ein älteres Pärchen. Sie saßen mit dem Rücken

zu ihr und zum Eingang. Der Mann starrte auf sein Handy, das er unter den Tisch hielt. Fenja tauschte einen Blick mit Bradford. Der nickte. Er würde das Handy anwählen. Fenja verließ ihren Platz und näherte sich an voll besetzten Tischen vorbei langsam den beiden Personen. Bradford blieb sitzen, ließ Fenja aber nicht aus den Augen. Niemand von den Gästen achtete auf sie. Alle waren mit ihrem Essen beschäftigt. Fenja blieb verblüfft stehen, als sie die beiden erkannte. Das waren Knut Besemer und Silke Husemann.

Sie ging beherzt an den Tisch und tippte Besemer wie eine alte Bekannte auf die Schulter. Der schrak zusammen und steckte sofort das Smartphone in seine Hosentasche. Silke Husemann begrüßte Fenja arglos.

»Oh, hallo, Sie hab ich hier ja noch nie gesehen.«

Fenja nickte freundlich. In diesem Moment surrte Besemers Smartphone. Er schien es nicht zu hören.

»Ich glaube, das ist Ihr Handy«, sagte sie zu Besemer. »Wollen Sie nicht drangehen?«

»Nicht so wichtig. Wie sieht es denn mit Ihren Ermittlungen aus?«

»Wir kommen voran. Kann ich dann mal Ihr Handy benutzen?«

Besemer starrte auf ihre Hand und schüttelte den Kopf. »Wieso?«

»Wieso nicht?«, erwiderte Fenja.

Husemann sah Besemer erstaunt an. »Nun gib es ihr doch«, sagte sie und wandte sich an Fenja. »Ich hab meins leider nicht dabei, sonst könnten Sie das haben.«

»Danke«, erwiderte Fenja, »aber ich möchte seins.« Sie wartete schweigend und hielt immer noch die Hand auf.

Besemer wandte sich ihr verärgert zu. »Lassen Sie mich gefälligst in Ruhe. Ich bin nicht verpflichtet, Ihnen mein Handy zu geben.«

»Aber Knut …«, begann Husemann, wurde aber von Fenja unterbrochen.

»Ich darf Sie dann bitten, mitzukommen«, sagte sie so leise wie möglich. »Sie sind vorläufig festgenommen.«

Husemann riss die Augen weit auf. »Aber Knut hat doch gar

nichts ...«, sie senkte ihre Stimme zu einem Raunen, »... mit dem Mord zu tun. Das habe ich Ihnen doch gesagt.«

»Kommen Sie bitte, wir wollen doch Aufsehen vermeiden, oder soll ich Ihnen Handfesseln anlegen?«, sagte Fenja ruhig.

Das wirkte. Besemer stand auf und zog seine Jacke an. Husemann klappte den Mund zu und machte Anstalten, ebenfalls aufzustehen.

»Sie bleiben hier«, sagte Fenja und verließ mit Besemer das Lokal. Bradford folgte ihnen unauffällig.

Als die beiden draußen standen, griff Fenja wieder zum Handy, um einen Streifenwagen anzufordern, denn Södermann war noch nicht angekommen. Dann ging alles blitzschnell. Besemer schlug ihr das Smartphone aus der Hand, packte ihren Arm und drückte ihr eine Pistole gegen den Bauch.

»Wir machen das umgekehrt«, raunte er ihr ins Ohr. »*Sie* kommen mit mir, aber vorher hätte ich gern Ihre Waffe.« Er griff in ihr Schulterhalfter, nahm ihre Waffe an sich und steckte seine eigene wieder in die Jackentasche. »Ihre ist wirkungsvoller«, flüsterte er mit hämischem Grinsen. »Also.«

Langsam setzten die beiden sich in Bewegung, Richtung Friedrichsschleuse.

★★★

Bradford hatte die Szene durch die Glastür beobachtet. Was sollte er tun? Er trug keine Waffe und hatte keinerlei Befugnis, aber er musste schnell handeln. Es war nicht mehr viel Betrieb da draußen, er würde auf jeden Fall gesehen werden, wenn er sich den beiden näherte, aber wenigstens kannte der Typ ihn nicht, das war seine Chance. Hinter ihm tauchte Silke Husemann auf. Bradford zückte in Windeseile seinen britischen Polizeiausweis, legte den Finger auf die Lippen und bedeutete ihr, sich nicht vom Fleck zu rühren. Bedienung und Kundschaft hatten nichts bemerkt.

Besemer und Fenja gingen den asphaltierten Weg entlang. Besemer hatte den linken Arm um Fenjas Schulter gelegt, mit der rechten Hand richtete er – versteckt unter seiner Jacke – die Waffe auf sie. Auf Uneingeweihte wirkten sie unverdächtig. In der Ferne quäkte eine Polizeisirene. Besemer schien nervös zu werden, drehte sich immer wieder um.

Bradford überlegte fieberhaft. Er musste den Kerl irgendwie ablenken. Mittlerweile pfiff ein steifer Wind vom Meer herüber. In diesem Moment kämpfte sich eine Radfahrerin gegen den Wind die Friedrichsschleuse herunter. Jetzt oder nie, dachte sich Bradford und spurtete los.

Besemer behielt für kurze Zeit die Radfahrerin im Auge, lange genug für Bradford, um auf etwa fünf Meter an die beiden heranzukommen. Er war froh, sich heute Morgen für seine Sportschuhe entschieden zu haben. Es war knapp. Verdammt knapp. Die Radlerin passierte die beiden, Besemer drehte sich mit seiner Geisel um und sah Bradford auf sich zustürmen. Er richtete die Waffe auf ihn. Aber Bradford war schnell, packte die Hand mit der Waffe und drückte sie nach oben. Ein Schuss löste sich. Eine Frau schrie auf.

Die Radfahrerin wandte sich erschrocken um und stürzte. Die Männer rangelten. Fenja stürzte sich von hinten auf Besemer, während Bradford versuchte, ihm die Waffe zu entreißen. Ein weiterer Schuss ging los, Bradford stöhnte auf und schlug Besemer seine Faust ins Gesicht. Der taumelte, ließ endlich die Waffe los und fiel zu Boden.

Fenja warf sich auf ihn und legte ihm Handfesseln an. Mittlerweile waren Spaziergänger sowie Personal und Gäste der Küstenräucherei am Ort des Geschehens eingetroffen. Handys wurden gezückt, um das Geschehene zu dokumentieren, falls jemand das Abenteuer, das man in Carolinensiel erlebt hatte, bezweifeln würde. Die Radlerin stand neben ihrem Fahrrad und zitterte. Silke Husemann saß am Boden und heulte. Und Bradford?

Bradford ließ sich auf seine vier Buchstaben nieder und fluchte.

★★★

Als Södermann mit seiner Mannschaft eintraf, war bereits alles geklärt. Die Beamten nahmen Besemer in Gewahrsam. Die Radfahrerin stand zwar unter Schock, war aber sonst unverletzt. Bradford hingegen hatte eine Schussverletzung, der zweite Schuss hatte ihn am Bein getroffen, war aber glücklicherweise durch die Wade gegangen, sodass kein Knochen verletzt war.

Er wurde ins Krankenhaus nach Wittmund gebracht, die anderen trafen sich noch kurz bei Bendine, die sie mit Tee bewirtete und Fenja fragende Blicke zuwarf.

Besemer war nach Wittmund transportiert worden, wo Fenja ihn gemeinsam mit Södermann am nächsten Morgen befragen würde.

»Hat Knut Heike umgebracht?«, wollte Bendine von Fenja wissen, als alle gegangen waren.

Fenja konnte nicht fassen, wie schnell die Buschtrommeln funktionierten. Sie legte den Kopf in die Hände und stöhnte.

»Das wissen wir doch überhaupt noch nicht, Bendine. Wir wissen nur, dass er Dreck am Stecken hat. Ich darf dir nicht sagen, welchen, okay?«

»Ist ja gut, ist ja gut«, beschwichtigte Bendine sie. »Wann kommt denn der Inspector wieder?«

»Ich werde morgen früh hinfahren. Dann sehen wir's ja.«

Bendine räumte den Tisch ab und musterte ihre Nichte. »Du solltest schlafen gehen. Das alles macht dich noch fertig.«

»Da könntest du recht haben«, murmelte Fenja, die mit geschlossenen Augen, den Kopf in die Hände gestützt, am Tisch saß.

★★★

Bradford lag in einem Krankenzimmer und wog sein Smartphone in den Händen. Er hatte in Eastbourne angerufen und seinen Chef informiert, dass es eine Festnahme gegeben hatte, aber dass man noch nichts Näheres wusste. Das würde sich morgen herausstellen. Fenja würde zunächst die Vernehmung vornehmen. Bradford hatte mit ihr gesprochen, sie wusste, worauf es ankam. Er hingegen hatte erfahren, dass man Strong aufgegriffen hatte und dass er redete wie ein Wasserfall. Na wunderbar, endlich klappte mal etwas.

Nun lag er allein in diesem Krankenzimmer in einer deutschen Kleinstadt und war heilfroh, dass hier immer irgendjemand des Englischen mächtig war. Er rekapitulierte. Sein Eingreifen heute war mehr als riskant gewesen, doch Fenja hatte durchblicken lassen, dass sie dankbar dafür war. Sie mache sich schwere Vorwürfe, dass der Typ ihr ihre Waffe habe abnehmen können. Das sei unverzeihlich. Durch sein Eingreifen habe er womöglich weit Schlimmeres verhindert. Na gut, er wollte ihr glauben, dass es schlimmer hätte kommen können, obwohl der Schmerz in seinem Bein eine andere Geschichte erzählte.

Immer noch hielt er sein Smartphone in Händen. Er hatte gestern mit Fenja und der kleinen Nele zusammen zu Abend gegessen und hatte sich zum ersten Mal seit langer Zeit wieder als Teil einer Familie gefühlt. Einer Familie, die keine war. Keine Frage, Fenja Ehlers war eine ausgesprochen gut aussehende Frau mit klugen Augen, direkt in ihrer Art, mit Menschen umzugehen, und vollkommen unaffektiert.

Wenn sie in England leben würde, dann … hätte er ein Problem. Denn es gab noch jemanden, der ihm nicht aus dem Kopf ging. Und das war Erin. Und Erin war der Grund, warum er sein Smartphone nicht weglegen konnte. Er wollte sie anrufen, aber was sollte er sagen? Dass er in Deutschland angeschossen in einem Krankenhaus lag?

Nein, das war jämmerlich. Er legte das Handy weg und löschte das Licht. Er sollte schlafen, aber der Schmerz pochte in seinem Bein. Er war allein im Zimmer, das Bett neben ihm war leer. Was soll's?, dachte er und betätigte die Klingel. Wenn gar nichts ging, musste eben ein Schlafmittel her. Er war Pragmatiker.

Fenja saß Besemer am nächsten Morgen gegen elf Uhr zusammen mit Haberle gegenüber.

Sie hatten sein Handy untersucht, seinen Computer, sein Haus, sein Boot und sein Bankkonto. Dabei kam heraus, dass Besemer keineswegs so wohlhabend war, wie er tat. Im Gegenteil, er war durch riskante Börsengeschäfte hoch verschuldet.

Auf seinem Boot hatten sie zwei Kilo Crystal Meth gefunden. Das war weit mehr, als man für den Eigengebrauch rechtfertigen konnte. Außerdem hatten sie in seinem wohlsortierten Bücherregal in einer Ausgabe von Goethes Faust drei weitere SIM-Karten gefunden. Es würde einige Zeit brauchen, diese Kontakte zu ermitteln. Wie es schien, handelte es sich um eine gut organisierte Bande von Drogenhändlern. Södermann sprach von einem dicken Fang.

Besemer saß auf seinem Stuhl und starrte ins Leere. Er hatte keinen Anwalt verlangt und auch sonst nichts gesagt. Er schwieg einfach, stur wie der Nordwind.

»Herr Besemer, wir haben auf Ihrem Boot Rauschgift gefunden, möchten Sie dazu etwas sagen?«

»Nein.«

»Woher haben Sie den Stoff?«

Keine Antwort.

»Wo waren Sie am Sonntag, dem fünften Oktober?«

Schweigen.

»Und in der Nacht vom siebten auf den achten Oktober?«

Besemer betrachtete seine Fingernägel.

»Haben Sie Matthew King umgebracht?«

»Nein.«

»Wo waren Sie dann zur besagten Zeit?«

»Geht Sie nichts an.«

»Doch«, sagte Fenja, »tut es. Wir können beweisen, dass Sie eine Verbindung zu dem Drogendealer Vincent Strong hatten. Möchten Sie dazu etwas sagen?«

»Nein.«

»Kennen Sie einen Harry Sanders?«

»Nein.«

Fenja stellte noch mehrmals die gleichen Fragen, aber Besemer stellte sich stur. Sie beendete die Befragung und ließ ihn wieder in die Zelle führen.

»Dealerei können wir ihm nachweisen und Geiselnahme«, erklärte sie hinterher in der Besprechung, »aber das ist auch alles. Dass er einen Mord begangen hat, dafür gibt es keinerlei Hinweise.«

»Ach, wir sollten ihn einfach anklagen«, sagte Frenzen, der sich seit gestern aufführte wie Supermann. Er war unglaublich stolz auf sich, weil er an »internationalen Ermittlungen« beteiligt war, wie er das nannte. »Ich meine, wer soll die Bornum denn sonst auf dem Gewissen haben? Sie hat Wind von seiner Dealerei bekommen, und er hat eine lästige Zeugin beseitigt. Ist doch alles klar.«

»Schön und gut, wir können es bloß nicht beweisen«, sagte Gesa. »Und was ist mit Semmler? Hat der etwa auch was mit dieser Dealerei zu tun?« Sie schüttelte den Kopf. »Ich kann mir das nicht vorstellen.«

»Man kann sich vieles nicht vorstellen«, antwortete Frenzen, und ausnahmsweise musste Fenja ihm recht geben.

Gegen Mittag holte Fenja Bradford aus dem Krankenhaus ab und informierte ihn, dass bei der Befragung nichts herausgekommen sei. Immerhin konnten Sie Besemer versuchten Mord, Geiselnahme und Drogenhandel nachweisen. Leider nicht den Mord an Matthew King.

»Das könnte sich bald ändern«, sagte Bradford und veränderte die Stellung seines verwundeten Beins. »Ich habe mit Eastbourne telefoniert. Strong ist gefasst. Er hatte sich die ganze Zeit bei einem Freund in London verkrochen. Aber der hat sein Fahndungsbild in der Zeitung gesehen und die Polizei angerufen.«

»Und?«, fragte Fenja und drückte das Gaspedal ihres Käfers durch.

»Er hat geredet, will mit einem Mord nichts zu tun haben und hat ausgesagt, dass Besemer an dem besagten Wochenende mit seinem Boot in Eastbourne war und am Sonntag von dort nach Beecock gefahren ist, um sich mit King zu treffen. King wollte offensichtlich ein größeres Stück vom Kuchen und hatte gedroht, Besemer auffliegen zu lassen. Und der hat gehandelt.«

»Und was ist mit den Drogen?«

»Ganz einfach, sie haben sich unterwegs auf See getroffen. Strong ist mit dem Boot eines Bekannten Richtung Norddeutschland und Besemer mit seinem Richtung Eastbourne. Irgendwo unterwegs hat Strong die Drogen übernommen und gemeinsam mit King in England unter die Leute gebracht.«

»Und woher hatte Besemer das Zeug?«

»Vom Fischmarkt am Hamburger Hafen, wenn man Strong glauben darf. Aber Näheres weiß er anscheinend nicht.«

Bradford drückte den Rücken durch. Irgendwie waren die

Sitze dieses alten Vehikels nicht besonders bequem, auch wenn seine Chauffeuse davon überhaupt nichts wissen wollte.

Im Kommissariat in Wittmund wurde Bradford, der sich humpelnd auf den nächsten Stuhl fallen ließ, herzlich empfangen. Immerhin hatte er eine Geiselnahme beendet. Auch wenn das Unterfangen durchaus riskant gewesen war, aber was war schließlich nicht riskant. Fenja zeigte ihm das Vernehmungsvideo und übersetzte. Der Verdächtige schwieg sich aus, aber man hatte ja die Aussage von Vincent Strong. Besemer würde in Deutschland wegen versuchten Mordes, Drogenhandels und Geiselnahme vor Gericht gestellt werden. Sie alle hofften, dass er den Mord an Matthew King gestehen würde. Außer der Aussage von Vincent Strong hatten sie dafür keine Beweise. Allerdings würde Bradford nachprüfen lassen, ob Besemers Yacht an dem besagten Wochenende in Eastbourne geankert hatte, und wenn ja, würde das Strongs Aussage bestätigen. Aber Fenja hatte Hoffnung, Besemer zu knacken, und Bradford war geneigt, ihr zu glauben.

Er verbrachte den Rest des Tages in seinem Zimmer in der Pension, wo Bendine ihn mit allem versorgte, was er brauchte. Dann traute er sich, die Fahrt nach Bremen in Angriff zu nehmen, und verabschiedete sich. Fenja versprach, in den nächsten Osterferien mit Nele nach England zu kommen, und ließ ihn schweren Herzens ziehen.

VIERZEHN

Eastbourne, Montag, 20. Oktober

Bradford saß mit seinem Team zusammen im Büro. Nachdem Sutton, und nur Sutton, sich nach seiner Verwundung erkundigt hatte, berichtete er in groben Zügen von seinem Besuch in Deutschland. Sie waren sicher, Kings Mörder gefasst zu haben. Und er würde vor Gericht gestellt werden. Wenn auch nicht in Großbritannien, so doch immerhin in einem Staat, dessen Rechtssystem sich mittlerweile ja nicht mehr wesentlich vom britischen unterschied. So hatte Buckley sich ausgedrückt und sich einen missbilligenden Blick von Bradford eingefangen.

Vincent Strong hatte ein umfassendes Geständnis abgelegt, und Kathy Sanders war zu ihrem Mann zurückgekehrt, das wusste Buckley zu berichten. Bradford machte sich gemeinsam mit Sutton auf, um die Pfarrersleute aufzusuchen.

Harriet Bolton-Smythe öffnete den beiden mit trauriger Miene und sah bei ihrem Anblick kein bisschen glücklicher aus.

»Haben Sie sich verletzt?«, fragte sie, als sie bemerkte, dass Bradford hinkte.

»Nicht der Rede wert«, winkte der ab. »Wir haben den mutmaßlichen Mörder von Matthew King verhaftet. Es ist ein Deutscher, der wahrscheinlich mit Ihrem Untermieter in Drogengeschäfte verwickelt war.«

Harriet schnappte nach Luft, und Prentiss Bolton-Smythe, der sich von seiner Predigt losgeeist hatte, öffnete den Mund, fand aber keine Worte.

»Ein Deutscher«, japste Harriet, »ja wird denn der jetzt verhaftet?«

»Ja, er sitzt in Deutschland in Untersuchungshaft und wird auch wegen anderer Delikte angeklagt. Ich denke, der Fall ist gelöst. Sie müssen sich also keine Sorgen mehr um Ihre Sicherheit machen.«

»Wirklich«, seufzte Harriet und sank in den Sessel. »Kann … kann ich Ihnen einen Tee anbieten? Zur Feier des Tages«, fragte sie ergriffen und kämpfte mit Tränen der Erleichterung.

»Nein, vielen Dank.« Bradford gab Sutton ein Zeichen, und sie verabschiedeten sich hastig. Kaum auf der Straße, sahen sie Daisy Henderson auf sich zukommen.

»Inspector!«, rief sie. »Haben Sie ihn denn endlich?«, schnaufte sie, blieb stehen und griff sich ans Herz. »Diese Sache raubt mir noch alle Kraft.«

»Kein Grund zur Aufregung«, sagte Bradford und konnte nicht widerstehen. »Ms Bolton-Smythe wird Ihnen alles erklären, es gibt eine Festnahme.« Er tippte sich an die Stirn und humpelte, gefolgt von Sutton, davon.

»Sollen wir noch in den Tea Room gehen?«, schlug Sutton vor. »Das Essen da ist wirklich gut.«

»Schon«, antwortete Bradford, aber er hatte keine Lust, Erin humpelnd gegenüberzutreten. Er würde sowieso erst wieder in den Tea Room gehen, wenn er seine Beziehung zu Laura geklärt hatte.

★★★

Währenddessen in Carolinensiel

Fenja saß in ihrem Büro und war unzufrieden. Natürlich. Sie hatten zwar einen Drogendealer und wahrscheinlich einen Mörder gefasst, aber war das auch der Mörder, nach dem sie suchten? Im Moment sprach nichts dafür. Der Verhaftete leugnete es vehement. Aber er leugnete auch den Mord an diesem Matt King. Na ja, leugnen war etwas hoch gegriffen, er äußerte sich nicht dazu. Das war unbefriedigend, mehr als unbefriedigend. Und Fenja war nicht überzeugt.

Es gab keinerlei Zusammenhang zwischen den beiden Verbrechen, nicht den geringsten. Alles, was man Besemer zum Mord an Heike Bornum vorwerfen konnte, waren aus der Luft gegriffene Theorien. Und das hatte Besemer selbst deutlich gesagt. Obwohl sie keinen Grund hatte, ihm zu glauben, nagte etwas an ihr. Es war zu einfach, zu vage. Etwas fehlte. Und dieses Etwas hatte mit dem Tod Hinrike Tebbes zu tun.

Fenja hatte ein schlechtes Gewissen. Sie hatte Hilde Thomassen versetzt. Die hatte zwar Verständnis gezeigt, aber auch geklungen, als sei sie daran gewöhnt, versetzt zu werden. Fenja würde sich nicht mit der Festnahme Besemers zufriedengeben. Sie würde weiterfragen, auch wenn alle anderen inklusive Haberle davon überzeugt waren, dass der Fall abgeschlossen war.

Mehr als zwei Mörder in einem Ort wie Carolinensiel? Das war doch absurd! So dachten alle, außer Fenja. Sie vertiefte sich erneut in die Akten und würde alle Mitglieder des Leseclubs noch einmal unter die Lupe nehmen.

★★★

Bendine saß mit Nele am Küchentisch und übte Rechnen. Eigentlich hatte sie das bei ihrer Freundin Elsie erledigen sollen, aber die beiden Mädchen hatten wohl Wichtigeres zu tun gehabt, als ihre Hausaufgaben zu machen. Und auf Elsies Mutter war in dieser Beziehung kein Verlass. Sie war arbeitslose Musikerin und stockte das Haushaltsbudget der Familie mit Klavierunterricht auf. Das hieß, dass Elsie am Nachmittag weitgehend auf sich selbst gestellt war und Nele sie – wahrscheinlich deshalb – gern besuchte. Dann konnten sich die beiden Freundinnen in Elsies Zimmer verkrümeln und sich – begleitet von den nicht immer harmonisch klingenden Fingerübungen der Klavierschüler – mit angenehmeren Dingen beschäftigen als Rechenaufgaben.

»Kannst du vielleicht mal auf das Blatt gucken, wenn ich dir hier was erkläre?«, ermahnte Bendine ihre Enkelin ungehalten, als Nele schon wieder untergetaucht war und mit den Füßen vor Bendines Nase herumhampelte. Nele erzählte zwar gerne Geschichten, fand Rechnen aber langweilig.

»Hab meinen Bleistift verloren«, sagte sie und tauchte wieder auf.

»Also, wenn ich drei Äpfel habe, wie viele fehlen mir dann noch, wenn ich zehn haben will?«

»Ich versteh das nicht«, maulte Nele.

»Was gibt's denn daran nicht zu verstehen?« Bendine war ratlos.

»Weiß ich nicht.«

Nele legte den Kopf schräg auf den Tisch und strahlte Bendine an. Die wusste natürlich ganz genau, dass sie gerade manipuliert wurde, aber sie konnte diesem strahlenden Blondschopf einfach nicht widerstehen und klappte das Buch zu. Sie würden sowieso keinen Schritt weiterkommen, bevor sie nicht mit ihr zu Lore gegangen war, um sich das junge Kätzchen anzusehen, das ihrer Freundin zugelaufen war.

»Na gut, wir gehen zuerst zu Lore und machen weiter, wenn wir zurückkommen.«

Sofort sprang Nele auf und schlang ihre Ärmchen um den Hals ihrer Großmutter.

»Super, Oma, ich zieh mir schnell Schuhe an.«

»Aber wenn es dann nicht klappt, machst du's mit Fenja«, rief Bendine ihr als Warnung hinterher, aber Nele hörte sie schon nicht mehr.

Bendine war, was die Pflichten ihrer Enkelin anging, eher liberal, und das war ein ständiger Streitpunkt mit Fenja. Die warf ihr nämlich vor, das Kind hoffnungslos zu verwöhnen und Nele nicht genügend auf den Ernst des Lebens vorzubereiten. Pah, dachte Bendine. Der Ernst des Lebens! Wie zum Kuckuck sollte man sich darauf vorbereiten? Der war doch sowieso immer da.

Stella, ihre Tochter, war stets ein besorgter Mensch gewesen. War immer auf Nummer sicher gegangen, hatte sich so vieles versagt. Hatte ihnen damals nicht mal den Namen von Neles Vater genannt, aus Angst, er könne ihr das Kind wegnehmen wollen. Und dann war sie bei Neles Geburt gestorben. Wer hätte gedacht, dass heutzutage noch eine Frau im Kindbett starb? Na gut, es war ein Herzfehler gewesen, den niemand erkannt hatte.

Anfangs hatte Bendine sich Vorwürfe gemacht. Hätte sie es nicht bemerken müssen? Sie, die Mutter? Aber die Ärzte hatten ihr versichert, dass sie keine Schuld traf. Bendine hatte es damals nicht glauben wollen und hatte Nele nicht sehen wollen. Aber Fenja hatte sie vor vollendete Tatsachen gestellt. War einfach mit dem Kind ihrer Kusine bei ihr aufgetaucht und ... ja, der Rest war Geschichte.

Natürlich hatte sich Bendine um ihr einziges Enkelkind kümmern müssen. Auch wenn es ihr die Tochter genommen hatte. Und vor etwas mehr als zwei Jahren war Fenja aus Hamburg weggegangen und in eines der Apartments in Bendines Pension eingezogen. Nur vorübergehend, hatte sie gesagt, aber sie war geblieben. Auch, weil sie Nele liebte und weil es einfach bequem war, bei einer Pensionswirtin zu wohnen. Und Bendine war ihr dankbar, dass sie geblieben war.

Mittlerweile hatte Fenja Stellas Platz eingenommen. Alles, was sich Bendine noch wünschte, war, ihre Nichte glücklich zu sehen. Und dazu gehörte für sie nun mal auch eine Beziehung. Eine funktionierende Beziehung. Nicht wie bei ihr und Friedhelm. Okay, am Anfang war es auch bei ihnen Liebe gewesen. Aber mit den Jahren hatte sich ihre Liebe unmerklich zu einem Arrangement entwickelt, das weder er noch sie selbst hatte aufkündigen wollen, aus Rücksicht auf das Kind und – das musste Bendine sich eingestehen – auch aus Bequemlichkeit.

Aber Fenja tat sich schwer mit den Männern. Sie war furchtbar wählerisch. Oder eher misstrauisch? Bestimmt lag das an diesem schrecklichen Beruf. Was sollte aus Menschen werden, die sich tagtäglich mit den Schlechtigkeiten der Menschheit befassen mussten? Das konnten doch nur Miesepeter werden. Und genauso verhielt Fenja sich manchmal. Wie ein Miesepeter.

Man brauchte ja nur mal zu beobachten, wie sie mit dem armen Heini umging. Okay, der Mann war nicht gerade ein Musterbeispiel an Charme und Intelligenz, aber er war gutherzig und für kleine Arbeiten in Haus und Garten gut zu gebrauchen. Was konnte man denn erwarten? Sex hatte sie sich schon lange abgewöhnt, da war sie ziemlich abgeklärt. Natürlich, wenn ihr noch mal eine Art alternder George Clooney über den Weg laufen würde … dann könnte sich an ihrem asexuellen Leben durchaus noch etwas ändern.

Aber sie machte sich nichts vor: Typen wie George Clooney – auch alternde – suchten sich junges Gemüse. Da hatten Frauen einfach die Arschkarte. Für durchschnittlich aussehende Frauen in ihrem Alter blieben nur die Heinis dieser Welt. Aber sie hatte ihm klargemacht, dass es mit ihr entweder eine platonische Beziehung gab oder gar keine. Und wie es schien, war Heini ein Pragmatiker, der nahm, was er kriegen konnte.

Wahrscheinlich hielt er nebenbei noch Ausschau. Bei Heike wäre er mit Sicherheit schwach geworden, aber Heike hatte sich anderweitig beschäftigt. Das war offensichtlich gewesen. Und dann die Sache mit diesem dämlichen Lesegerät. Sie hatte sich Vorwürfe gemacht, vielleicht hätte sie es Fenja erzählen sollen. Aber sie wusste auch, dass das Ganze nichts mit Heikes Tod zu tun hatte. Jedenfalls war sie fest davon überzeugt.

Sie hatte Heini gebeten, es Fenja zu erzählen, und er hatte es versprochen. Aber Heini war ein Feigling. Das machte ihn zwar gefügig, aber nicht gerade sympathisch. In diesem Punkt war Bendine mit Fenja einer Meinung. Sie würde heute Abend mit Fenja reden. Sie taugte einfach nicht zur Geheimniskrämerei.

»Oma! Wo bleibst du denn?«

Nele stand, angetan mit ihren Chucks und der friesengelben gefütterten Jacke, in der Küchentür und sah ihre Großmutter vorwurfsvoll an.

»Du bist ja noch gar nicht fertig!«

Bendine stand auf. »Brauch nur zwei Minuten. Kannst draußen warten.«

$$\star\star\star$$

Es war schon merkwürdig. Barne Ahlers hatte schon dreimal versucht, Fenja zu erreichen. Immer ohne Erfolg. Das passte doch nicht zu einer Ermittlerin, die ihre Aufgabe ernst nahm. Sie würde ihn doch zurückrufen. Aber nichts tat sich. Dabei hatte er gehofft, ihr helfen zu können. Hatte Theresa angerufen, obwohl ihn das einige Überwindung gekostet hatte. Aber er hatte es getan, weil er glaubte, dass es wichtig war, dass etwas geschah. Es ging ihm um Boje.

Er hatte immer das Gefühl gehabt, der Junge wäre unglücklich. Und sein Gefühl hatte ihn bestimmt nicht getrogen, das war ihm klar geworden, als er mit Fenja gesprochen hatte. Neulich beim Essen. Er lachte leise, dachte daran, wie sie heimlich versucht hatte, die Flecken von ihrer Bluse zu entfernen. Das machte sie für ihn umso begehrenswerter. Er hatte diese perfekten Frauen so satt. Sie waren alle perfekt angezogen, sahen perfekt aus, waren perfekt im Beruf, nie unterlief ihnen ein Fauxpas.

Es war befreiend zu sehen, dass Fenja ganz anders war. Er

hatte sie noch nie geschminkt gesehen, nicht mal beim Hafen-in-Flammen-Fest. Sie hatte ihn nicht gesehen, war mit ein paar Freundinnen unterwegs gewesen. Und er, er war noch in dieser Beziehung mit Simone gewesen. Simone, die sich ständig über die Kosten der Sause beschwert hatte.

»Was könnte mensch damit nicht alles machen«, hatte sie gesagt und wahrscheinlich an die kleinen Marderhunde in China gedacht, die völlig verängstigt in winzig kleinen Käfigen darauf warteten, als warmer Schal zu enden.

Klar, das war schlimm, aber würde sich etwas ändern, wenn sie in Carolinensiel keine Sause machen würden? Er bezweifelte das, tröstete sich damit, dass er niemals Geld für einen Schal aus Marderhundfell ausgeben würde, und er weigerte sich außerdem, den Kummer der Welt zu seinem eigenen zu machen.

Fenja. Er fragte sich, ob Theresa auch über ihn gesprochen hatte. Er hoffte nicht. Sie hatte gewiss eine Menge zu erzählen, was Boje betraf. Und er fand es wichtig, dass jemand über Bojes Vergangenheit sprach. Denn das war es, woran der Junge krankte. Niemand hatte jemals mit ihm geredet. Und er hatte alle Hoffnung auf Fenja gesetzt. Sie hatte Zugang zu den Akten und konnte Boje alles erzählen. Damit er endlich mit seiner Vergangenheit abschließen konnte. Der Junge hatte ihm immer leidgetan.

Auch wenn er sich vorgenommen hatte, sich möglichst um seine eigenen Probleme zu kümmern, Bojes Schicksal hatte ihn berührt. Und er selbst … er hatte ja eigentlich gar keine Probleme. Außer, dass ihm dieses Alleinsein auf die Nerven ging. Dabei war er gar nicht allein. Es gab Frauen genug in seinem Leben. Aber sie alle waren ihm keine Partnerinnen gewesen. Seine bisherigen – sollte er das wirklich Beziehungen nennen? – reduzierten sich auf Sex. Und deswegen waren es eigentlich auch keine Beziehungen, wie er sie sich vorstellte. Es war die Befriedigung sexueller Wünsche gewesen. Das war okay, aber auf Dauer eben nicht genug.

Bei Fenja war das anders. Und er wusste nicht mal genau, warum.

***

Bendine und Nele befanden sich auf dem Heimweg zur Pension. Nele redete ununterbrochen und hüpfte neben Bendine her.

»Oma, findest du die nicht auch süß? Bitte, bitte, eine Katze macht doch gar nicht viel Arbeit! Ich kümmere mich dann schon um sie. Du brauchst gar nichts zu machen.«

Bendine seufzte. »Nele, wir haben das Thema schon hundertmal diskutiert, ich kann in der Pension keinen Hund und auch keine Katze halten. Und jetzt hör endlich auf, mich damit zu nerven.«

»Aber wieso denn nicht? Die Leute mögen doch Tiere. Bestimmt finden die das ganz toll.«

»Und wenn jemand allergisch reagiert? Viele Leute reagieren allergisch auf Katzen. Du weißt doch, dass Maria aus deiner Klasse schon Atemnot bekommt, wenn eine Katze nur an ihr vorbeiläuft.«

»Och, Maria, die muss ja nicht zu uns kommen. Ist sowieso nicht meine Freundin.«

»Was nicht ist, kann ja noch werden.«

»Bestimmt nicht, wenn die keine Katzen mag. Und Elsie liebt Katzen. Echt!«

Nele quengelte den ganzen Weg, bis sie vor der Haustür standen. Bendine wünschte sich fast, sie hätte ihre Enkelin nicht mit zu Lore genommen. Dann hätte sie jetzt vielleicht ihre Ruhe. Sie sah auf die Uhr. Zwanzig nach sechs.

»Beeil dich«, rief sie hinter Nele her, »wir müssen deine Rechenaufgaben noch fertig machen! Um sieben Uhr gibt's Abendbrot!«

Nele hatte ihre Chucks wie immer mitten im Flur auf dem Fußboden ausgezogen und dort liegen lassen. Ebenso wie ihre Jacke. Bendine räumte die Schuhe beiseite und hängte die Jacke an die Garderobe.

»Genau wie Fenja«, murmelte sie und setzte Teewasser auf. Sie ging die Treppe hinauf und klopfte an Fenjas Apartmenttür. »Fenja? Ich mache Tee, willst du auch einen?«

Sie bekam keine Antwort. Merkwürdig, dachte sie, der Käfer stand in der Garage, wo war sie denn? Wahrscheinlich wieder zu Fuß in Carolinensiel zu irgendwelchen Verhören unterwegs.

Hörte das denn nie auf? Bendine ging kopfschüttelnd zurück in die Küche.

★★★

Dienstag, 21. Oktober

Bendine saß mit Nele am Frühstückstisch. Im Moment hatte sie nur vier Logiergäste. Zwei ältere Ehepaare, die regelmäßig zu viert ein paar Tage Urlaub an der See machten. Sie waren Gott sei Dank Frühaufsteher, hatten ihr Frühstück bereits eingenommen und waren schon wieder in ihren Zimmern verschwunden, um sich für den Tag zu präparieren. Deshalb konnte sie in Ruhe mit ihrer Enkelin am Frühstückstisch sitzen und einen Tee trinken.

Nele löffelte ihre Cornflakes und schmollte. Sie hatte das Thema Haustier offensichtlich noch nicht ad acta gelegt. Und ihre Rechenaufgaben am gestrigen Abend hatte, wie so oft, Bendine für sie erledigt. Allerdings verursachte das ihrer Enkelin keineswegs ein schlechtes Gewissen, wie Bendine gehofft hatte. Nein, sie nahm die Hilfe ihrer Oma großzügig entgegen, ohne sich über eventuelle Gegenleistungen Gedanken zu machen.

»Du musst dich beeilen«, sagte Bendine und trank ihren Tee aus.

Als Nele endlich aus dem Haus war, machte sich Bendine daran, die Gästezimmer in Ordnung zu bringen. Wenn das Haus voll war, kam Anneliese, ihre Nachbarin, und half. Aber die zwei Doppelzimmer schaffte sie auch allein. Eine gute Stunde später, Bendine wollte in die Küche gehen und sich um das Mittagessen kümmern, wunderte sie sich.

Wieso war Fenja denn immer noch nicht aufgestanden? Sie hatte sie auch gar nicht heimkommen hören. Es musste wohl sehr spät gewesen sein. Bendine beschloss, ihre Nichte schlafen zu lassen. Schlafen war gut für den Teint, dachte sie und begab sich in die Küche.

Als sie anfing, den Spülautomaten auszuräumen, klingelte das Telefon. Das Kommissariat in Wittmund. Aha, dachte Bendine, dann würde sie Fenjas Schönheitsschlaf wohl doch gleich beenden müssen. Die Kollegin war dran, diese Gesa, die aussah wie ein Model. Wieso ruft die denn auf meinem Pensionsapparat an, wunderte sich Bendine, aber das sollte sie gleich erfahren.

»Wir können Fenja auf ihrem Handy nicht erreichen«, sagte das Model, »ist sie noch da?«

Bendine legte den Hörer hin, und ein seltsames Gefühl machte sich in ihrer Magengegend breit. Sie kannte dieses Gefühl, es erinnerte sie an einen Frühlingsmorgen, als sie in der Entbindungsstation des Wittmunder Krankenhauses auf einen Arzt gewartet hatte. Es fühlte sich an wie ein kalter Stein, der sich in ihre Eingeweide bohrte. Sie klopfte an Fenjas Apartmenttür, erhielt aber keine Antwort. Kurzerhand nahm sie ihr Schlüsselbund und schloss auf.

»Fenja!«, rief sie und betrat den kleinen Flur.

Die Schlafzimmertür stand offen. Das Bett war unbenutzt. Bendine schluckte. Der Stein wurde kälter und schwerer.

»Sie ist nicht da«, sagte sie atemlos in den Hörer. »Sie war heute Nacht nicht hier, aber ihr Wagen steht in der Garage.«

Schweigen am anderen Ende.

»Und sie geht nicht an ihr Handy?«

»Äh, nein.« Wieder Schweigen. Dann: »Könnte sie bei einem Freund übernachtet haben?«

»Dann hätte sie mich doch angerufen!«

»Hm, und Sie haben keine Ahnung, wo sie sein könnte?«

»Aber nein, ich hab sie ja seit …«, Bendine musste einen Moment nachdenken, »… seit gestern Morgen nicht gesehen.«

»Macht nichts«, kam es etwas zögerlich und auch nicht ganz überzeugend aus der Leitung, »wir werden sie schon ausfindig machen.«

Bendine legte auf. Sie musste sich setzen. Der Stein in ihrem Leib war zu schwer geworden. Fenja wusste, dass sie sich Sorgen machte, sie würde nicht einfach wegbleiben, ohne ihr Bescheid zu geben. Was war geschehen? Und was konnte sie tun? Mit wem konnte sie reden? Heini. Nein, Lore, sie musste mit Lore sprechen.

***

Gesa hatte aufgelegt. Sie saßen seit zwanzig Minuten im Besprechungsraum und warteten auf Fenja, die sonst immer als eine der Ersten im Kommissariat auftauchte.

»Sie ist nicht zu Hause gewesen, und ihre Tante weiß nicht, wo sie sein könnte«, sagte sie und ließ sich in ihrem Stuhl langsam zurücksinken.

Frenzen verdrehte die Augen. »Na klasse, die Chefin vergnügt sich mit irgendwem und lässt uns hier warten.«

»Das glaubst du doch selber nicht!«, fuhr Gesa ihn an. »Doch nicht Fenja.«

Tiedemann kratzte sich am Kopf. »Also ich find das auch komisch.«

»Sie muss aber in Carolinensiel angekommen sein, wenn ihr Wagen da ist«, sagte Gesa.

»Hat sie denn gar nichts gesagt? Was sie vorhatte, wo sie hinwollte?«, fragte Tiedemann.

»Sie war immer noch mit den Mitgliedern des Leseclubs beschäftigt.«

»Menschenskind, vielleicht hat sie jemanden getroffen und ist einfach versackt, kann doch mal vorkommen.« Frenzen fand daran nichts Ungewöhnliches.

»Und warum ist ihr Handy dann ausgeschaltet? Und vor allem, wieso hat sie ihrer Tante nicht Bescheid gegeben? Das würde sie bestimmt tun. Sie hat mir selbst erzählt, dass ihre Tante ständig besorgt ist, seit sie ihre Tochter verloren hat. Ist ja auch nachvollziehbar, nach so einem Trauma wird man empfindlich.«

»Findest du nicht, dass du übertreibst?«

»Nein.« Die drei sahen sich an. Keiner wusste, was zu tun war, ob überhaupt etwas zu tun war. Das Telefon klingelte. Gesa nahm ab, sprach kurz mit dem Anrufer, der Fenja sprechen wollte, und legte dann wieder auf.

»Das war dieser Lehrer, Barne Ahlers. Fenja hatte mit ihm gesprochen, weil er Boje Thomassen unterrichtet hat. Er sagte, er könne Fenja nicht erreichen. Hätte es schon seit gestern Abend versucht.«

Für einen Moment sagte niemand etwas. Selbst Frenzen schwieg. Dann griff Gesa wieder zum Telefon.

»Was hast du vor?«, fragte Frenzen.

»Ich rufe Haberle an. Wir sollten ihr Handy orten lassen.«

»Na gut, wenn du dich blamieren willst.« Frenzen stand auf. »Ich finde, wir sollten abwarten.«

Tiedemann sagte gar nichts, aber Gesa wählte entschlossen.

Knapp zwei Stunden später hatte Haberle seine Mitarbeiter im Besprechungsraum versammelt. Alle standen unschlüssig um den Tisch herum, alle waren zu aufgeregt, um sich zu setzen. Tiedemann trat von einem Fuß auf den anderen, und Gesa knetete nervös ihre Hände. Frenzen lehnte mit verschränkten Armen an der Wand und beobachtete Haberle, der unentschlossen vor der Tür auf und ab wanderte.

»Tja. Ich muss sagen, ich bin etwas unschlüssig. Einerseits ist das keine typische Verhaltensweise von der Frau Ehlers, das ist schon mal klar, aber andererseits … ich sehe nicht wirklich ein Gefahrenmoment.«

»Dass wir ihr Handy nicht orten können, ist doch ein Gefahrenmoment. Und bei der Frau Thomassen ist sie nicht angekommen, da wollte sie doch unbedingt hin«, unterbrach Gesa. Sie biss sich auf die Lippen und fuhr fort. »Immerhin sind wir mitten in einer Mordermittlung und … Fenja würde sich niemals so verhalten. Sie würde sich melden. Da stimmt doch was nicht! Wir müssen eine Vermisstenfahndung einleiten.«

Haberle wand sich, steckte die Hände in seine weiten Hosentaschen und setzte seine Wanderung fort. Tiedemann und Frenzen sagten gar nichts. Gesa schnitt wilde Grimassen in Tiedemanns Richtung, forderte seine Unterstützung, aber der wich ihrem Blick aus.

Haberle schien zu einem Entschluss gekommen zu sein. »Ich denke, wir sollten warten, bis die Anruferliste da ist, und wenn die uns nicht weiterhilft, geben wir die Vermisstenfahndung raus.«

Er verließ das Büro.

»Hoffentlich ist es dann nicht zu spät«, murmelte Gesa.

★★★

Barne Ahlers hatte eine Freistunde und saß gedankenverloren im Lehrerzimmer. Er fühlte sich unwohl bei dieser Sache. Zuerst hatte er gedacht, oder eher befürchtet, dass Fenja sich verleugnen ließ. Vielleicht hatte Theresa doch zu viel geredet. Aber warum sollte Theresas Gerede für Fenja ein Grund sein, ihn zu boykottieren?

Das würde ja voraussetzen, dass es Fenja nicht gleichgültig war, was er in seiner Freizeit trieb oder eher getrieben hatte. Die Affäre mit Theresa lag ja schon eine Weile zurück.

Und wenn es so wäre, war das Ganze trotzdem merkwürdig. Wieso sollte sie nicht mit ihm reden? Und offensichtlich wusste niemand, wo sie war. Weder ihre Tante noch ihre Kollegen. Vielleicht hätte er sich nicht einmischen sollen, aber sie hatte ihn ja um Hilfe gebeten. Ob sie wohl Kontakt mit Boje aufgenommen hatte? Vielleicht sollte er noch mal mit Theresa reden. Vielleicht sollte er die ganze Sache aber auch einfach vergessen und sich um seinen eigenen Kram kümmern.

Er griff nach dem Rotstift und konzentrierte sich wieder auf den Mathetest der elften Klasse, den er gerade korrigierte, der bereitete ihm schon genügend Kopfzerbrechen. Aber das war das Schöne an der Mathematik, es gab nur ein Richtig oder Falsch.

Bei Frauen wusste man das nie so genau.

★★★

Bendine saß mit Lore in der Küche und überlegte, was sie noch tun konnte. Fenjas Freunde aus dem Kochclub hatten sie seit dem letzten Treffen in Bendines Küche nicht gesehen, und sie hatten auch keine Idee, wo sie sein könnte. Und mit wem Fenja sonst noch befreundet war, wusste Bendine nicht. Den größten Teil ihrer Zeit verbrachte ihre Nichte auf dem Kommissariat in Wittmund.

»Aber sie muss doch gestern hier gewesen sein, wenn ihr Käfer da ist«, sagte Lore, nachdem sie ihre vierte Tasse Tee geleert hatte.

»Ja«, antwortete Bendine verzweifelt, »ich habe sie aber nicht gesehen.«

Lore schüttelte den Kopf.

»Meine Güte, Bendine«, sagte sie, »was ist nur aus unserem gemütlichen Carolinensiel geworden?«

»Eine Mördergrube«, murmelte Bendine, die bemüht war, sich ihre Verzweiflung nicht anmerken zu lassen. Aber Lore bemerkte es trotzdem.

»Wir werden sie schon finden, Bendine. Fenja ist doch eine gestandene Frau, der passiert schon nichts.«

»Aber irgendwas ist doch nicht in Ordnung.« Bendine kramte ein Tempotaschentuch aus ihrer Jeanstasche und rieb sich damit über die Augen. »Fenja würde sich melden. Sie weiß doch, was sie mir bedeutet … und welche Sorgen ich mir mache«, sie flüsterte fast. »Diese Ungewissheit würde sie mir nicht antun. Ihr … muss etwas zugestoßen sein.«

Lore nahm die Hand ihrer Freundin und drückte sie. »Wissen denn ihre Kollegen gar nichts?«

»Nein«, Bendine schluchzte, »ich habe da schon drei Mal angerufen. Sie ist nicht aufgetaucht, und sie erreichen sie auch nicht auf ihrem Handy. Ich glaube, die sind genauso ratlos wie ich. Und … das macht mir Angst.« Sie zerknüllte das Taschentuch in ihren Händen. »Wenn … wenn ich Fenja auch noch verliere …«

»Bendine«, ermahnte Lore ihre Freundin, »hör auf damit. Hat doch keinen Sinn, das Schlimmste anzunehmen, bevor es eingetreten ist. Die finden sie schon!«

★★★

Haberle hielt die Anruferliste von Fenjas Handy in Händen und entnahm ihr, dass Gesa die Letzte gewesen war, mit der Fenja gesprochen hatte. Danach war das Handy tot. Endlich war er überzeugt und leitete die Vermisstenfahndung in die Wege.

Die erste Maßnahme war eine Meldung im Rundfunk. Gesa und Tiedemann hatten schon einen Hundeführer angefordert und waren bereits mit ihm unterwegs nach Carolinensiel. Frenzen kümmerte sich um Fenjas Anruferliste und eventuell eingehende Zeugenaussagen.

Haberle hatte sogar Taucher angefordert, die die Harle in der

Nähe des Alten Hafens absuchen sollten. Man konnte ja nie wissen.

★★★

Fenja lag auf etwas Weichem. Sie fühlte sich matt, müde, ihre Gliedmaßen waren schwer und träge. Sie hatte nicht die Kraft, sich zu bewegen. Ihr Kopf schmerzte ein wenig, nur ein wenig, sonst fühlte sie sich durchaus wohl. Was war geschehen? Wo war sie? Jemand sagte etwas, sie konnte es nicht verstehen, versuchte, die Augen zu öffnen, aber die Lider waren so schwer. Am besten, sie schlief einfach noch ein wenig.

»Haben Sie gut geschlafen?«, hörte sie dumpf von fern eine Stimme, und plötzlich war da etwas in ihren Gedanken, das Gefahr signalisierte.

Fenja zwang sich, die Augen zu öffnen, was ihr unendlich schwerfiel.

»Kindchen«, sagte die Stimme. Eine sanfte Stimme. »Wie fühlen Sie sich?«

»Wo … wo bin ich, was ist denn los?«, kämpfte sie schwach hervor.

»Sie sind in Gottes Hand, Kindchen. Immer in Gottes Hand.«

Jemand nahm ihre Hand und streichelte sie. Fenja sah sich um und blickte in graue sanfte Augen. Das Gefahrensignal wurde stärker. Fenja atmete schwer, ihr Herz schlug langsam. Würde sie sterben?

»Frau … Frau Thomassen, was ist denn bloß los?«

Sie versuchte, sich aufzurichten, aber es gelang ihr nicht. Anscheinend lag sie in Thomassens Wohnzimmer. Ja, das war's. Sie hatte Hilde Thomassen besuchen wollen, hatte mit ihr reden wollen, über ihren Enkelsohn. Über den Mord an ihrer Tochter. Sie hatte sich gewundert, dass die Haustür offen gestanden hatte, und war einfach ins Haus gegangen, hatte nach Hilde Thomassen gerufen, aber sie hatte nicht geantwortet. Fenja konnte sich an das Licht auf dem Altar erinnern, vor dem Bild von Hinrike Tebbe. Wie auf einem Grabstein, fuhr es ihr durch den Kopf. Und dann hatte sie etwas gesehen. Etwas ganz und gar Unglaubliches. Etwas, das dort, wo sie es gesehen hatte, nicht hingehörte. Was war es nur gewesen? Sie konnte sich nicht daran erinnern, aber sie erinnerte sich an den Schmerz. Irgendetwas hatte sie am Kopf getroffen, und dann … nichts.

Sie drohte wieder einzuschlafen, aber plötzlich fiel es ihr ein. Der Aufkleber. Sie hatte den Aufkleber gesehen. »Ja zum Urheberrecht«, stand darauf. Und diesen Aufkleber hatte sie an einem Computer gesehen. Von einem Menschen, dem etwas widerfahren war. Etwas Schlimmes. Genau, es war dieser Krimiautor gewesen, den sie seit … ja seit wann eigentlich? … suchten. Aber wieso hatte sie diesen Aufkleber hier gesehen?

Fenja kniff die Augen zusammen, ihr Kopf schmerzte.

»Ach Kindchen, Sie sind genau wie meine Tochter«, sagte Hilde Thomassen, »Sie wollen einfach nicht auf mich hören.«

»Aber … warum denn bloß?«

Fenja versuchte, die Kontrolle über ihre Gedanken und ihre Gliedmaßen zurückzubekommen und unauffällig einen Fuß anzuheben. Leichter gesagt als getan.

Thomassen hielt zärtlich ihre Hand. »Ach, Kindchen, es hätte alles gut werden können, aber die Menschen geben einfach keine Ruhe.«

»Wieso nicht?«, fragte Fenja mit schwerer Zunge.

Sie zwang sich, ihrer Trägheit zu widerstehen, und versuchte, sich zu konzentrieren. Wie lange war sie schon in diesem Zustand? Eine Stunde? Einen Tag? Oder länger? Sie wusste es nicht.

»Hinrike.« Thomassen betrachtete entrückt das Bild ihrer Tochter. »Sie war so ein bedauernswertes Geschöpf, wissen Sie? Und niemand außer mir wusste, was wirklich mit ihr los war. Es wusste auch niemand, was mit Boje los war. Obwohl ihn alle möglichen Ärzte untersucht haben. Aber niemand ist draufgekommen, was los war. Zum Glück. Da hatte Gott seine Hände im Spiel.« Thomassen löste ihren Blick vom Bild ihrer Tochter und sah Fenja an. »Gott hat eigentlich immer seine Hände über meinen Enkel gehalten. Und über mich. Er hat mich immer geschützt. Aber …«, sie ließ sich auf den Stuhl sinken, der neben dem Sofa stand, »er scheint müde geworden zu sein. Die Dinge geraten langsam außer Kontrolle.«

Fenja fragte sich, ob die Frau noch wusste, wovon sie redete. Und wieso fühlte sie sich so schlapp? Hatte sie etwas getrunken? Oder … Fenja fiel wieder ein, dass Thomassen Krankenschwester war.

»Was haben Sie mir eingeflößt?«

Die alte Frau lächelte. »Nicht eingeflößt, Kindchen, injiziert. Valium. Sie sind wohl nicht daran gewöhnt, deswegen wirkt es bei Ihnen so stark. Sie waren ziemlich lange weg. Es macht doch wunderbar ruhig, finden Sie nicht?« Sie schwieg und kniff die Lippen zusammen. »Ich wollte, dass Hinrike es nimmt, aber sie war so … widerspenstig. Wenn sie es doch bloß genommen hätte! Wahrscheinlich wäre dann alles anders gekommen.«

Fenja kam zu der Überzeugung, dass Thomassen nicht ganz richtig im Kopf war. Sie beschloss, sich ruhig zu verhalten und ihre Kräfte zu sammeln, bis die Wirkung des Medikamentes nachließ. So lange musste sie die Frau am Reden halten. Ob sie schon nach ihr suchten? Bendine fiel ihr ein. Der Gedanke versetzte ihr einen Stich. Die Arme würde sich bestimmt zu Tode ängstigen.

»Und?« Fenja ließ sich auf das Spiel ein, was blieb ihr übrig? »Was war denn nun los mit Hinrike und Boje?«

Thomassen schien unschlüssig, doch dann redete sie. »Sie sind der erste Mensch, mit dem ich über diese Sache spreche. Ich habe es all die Jahre auf meiner Seele getragen und mit niemandem darüber gesprochen.« Sie senkte den Kopf. »Ich habe es für meinen Enkel getan, für Boje. Er sollte unbeschwert aufwachsen. Nicht wie Hinrike.«

»Was haben Sie getan?«, hauchte Fenja.

Thomassen sog hart die Luft ein. »Alles. Alles, was nötig war, um Boje zu schützen.«

»Wovor?«

Thomassen stand auf. Ihre kleine, drahtige Gestalt bewegte sich flink im Zimmer auf und ab. Dann blieb sie stehen.

»Vor seiner Mutter«, sagte sie unvermittelt.

★★★

Barne Ahlers marschierte auf Socken durch seine geräumige Wohnung in der Langeoogstraße in Wittmund. Er hatte es doch gewusst! Gerade hatte er es im Radio gehört. Sie wurde tatsächlich vermisst. Darum konnte er sie nicht erreichen. Es hatte nichts mit ihm und Theresa zu tun. Einerseits war er erleichtert, andererseits war er selbst überrascht von dem Schock, den die Meldung bei ihm auslöste. So gut kannte er sie doch gar nicht. Ihm wurde klar, dass sie ihm etwas bedeutete. Ziemlich viel bedeutete.

Er war gerade vom Unterricht heimgekommen, hatte das Radio eingeschaltet und wollte sich umziehen und zu seiner Joggingrunde aufbrechen. Aber nun war an Joggen nicht mehr zu denken. Was war denn eigentlich los?

Klar, Fenja hatte sich an den Ermittlungen um den Tod dieser Frau aus Carolinensiel festgebissen. Und dann war dieser Rentner verschwunden. Fenja war überzeugt davon, dass es einen Zusammenhang mit dem Tod von Bojes Mutter vor etlichen Jahren gab. Er wusste zwar nicht genau, wie sie auf diesen Zusammenhang gekommen war, aber sie schien damit richtigzuliegen.

Und nun war sie ebenfalls verschwunden. Und bestimmt nicht freiwillig. Ihn schauderte. Irgendjemand ging hier völlig skrupellos zu Werke. Und dieser Jemand musste etwas mit Hinrike Tebbes Tod zu tun haben. Er versuchte, sich an die wenigen Gespräche zu erinnern, die er mit Bojes Großmutter geführt hatte. Diese ernste kleine Frau, die versuchte, ihrem Enkel die Mutter zu ersetzen. Er erinnerte sich auch an die Melancholie, die sie und Boje ständig umgab.

Ob sich das geändert hatte, jetzt, wo Boje in Süddeutschland studierte? Der Junge hatte sich die Entscheidung, so weit wegzugehen, nicht leicht gemacht. War unsicher gewesen, ob er seine Großmutter allein lassen konnte. Aber Ahlers hatte ihn in seinem Entschluss bestärkt. Und er war heute mehr denn je überzeugt davon, das Richtige getan zu haben. Wenn er ehrlich war, hatte er immer das Gefühl gehabt, dass Hilde Thomassen ihrem Enkel nicht guttat. Natürlich, sie war keine junge Frau mehr, aber doch ziemlich rüstig.

Nein, das Problem war nicht ihr Alter, sondern ihre Neigung zur Depression. Es war schon nicht einfach, mit einer depressiven

Mutter aufzuwachsen – davon konnte Ahlers ein Lied singen –, wie kompliziert war es dann erst mit einer Großmutter, die um das eigene Kind trauerte? Er wollte sich das lieber nicht vorstellen. Aber ging es Fenjas Tante nicht genauso? Nein, die hatte Verstärkung von ihrer Nichte, dort verhielt es sich anders.

Ahlers setzte sich auf sein Kingsize-Bett, wollte nachdenken, stand aber gleich wieder auf. Ihm fehlte die Ruhe. Außerdem plagte ihn sein schlechtes Gewissen. Er war Fenja gegenüber zu verschlossen gewesen. Sie hatte ihn um Hilfe gebeten, und er hatte sich geziert. Aber er hatte nun mal ein Problem damit, mit der Polizei über die Verhältnisse seiner Schüler zu reden.

Er hätte ihr sagen sollen, dass er das Verhältnis des Jungen zu seiner Großmutter für fragwürdig hielt. Auch wenn er keinen stichhaltigen Grund dafür liefern konnte. Er wusste ja selber nicht, was ihn da störte. Wie auch immer, Fenja war verschwunden. Konnte er etwas tun? Wahrscheinlich nicht. Wenn jemand sie finden würde, dann ja wohl ihre Kollegen von der Polizei.

Andererseits: Er hatte schon andere Erfahrungen mit Polizisten gemacht. Solche, die nicht gerade dazu führten, das Vertrauen in die Exekutive zu erhöhen. Aber konnte er sich einmischen? Was ging es ihn an? Und was zum Kuckuck sollte er tun?

***

Fenja glaubte sich verhört zu haben. »Vor seiner Mutter«, wiederholte sie tonlos.

Sie fühlte sich ein wenig besser, war eher in der Lage, zuzuhören. Spürte ihren Körper wieder, die Kopfschmerzen wurden stärker.

»Ja, vor Hinrike.« Thomassen musterte Fenja misstrauisch. »Kommen Sie, meine Liebe, trinken Sie.«

Erst jetzt bemerkte Fenja das Teegedeck auf dem Tisch. Thomassen goss den schwarzen Friesentee in einen Becher, gab etwas hinzu und setzte sich zu Fenja auf das Sofa. Fenja versuchte, sich aufzurichten und Thomassen abzuwehren, aber die alte Frau drückte sie mit erstaunlicher Kraft auf das Kissen.

»Kommen Sie, Kindchen, machen Sie keine Probleme und

trinken Sie, sonst muss ich es Ihnen wieder injizieren, und mit meiner Arthrose treffe ich die Venen nicht mehr so gut. Sie wollen doch nicht, dass ich Sie zersteche. Das ist mühsam für mich und schmerzhaft für Sie. Also, trinken Sie schon!«

Fenja presste die Lippen zusammen, der einzige Widerstand, zu dem sie fähig war.

Thomassen seufzte. »Wie Sie wollen.«

Sie stand auf und holte eine Art Kulturbeutel aus dem Wohnzimmerschrank. Sie kramte darin herum, holte eine Spritze und eine braune Ampulle hervor. Fenja überlegte fieberhaft. Wenn sie das Mittel injizierte, wirkte es schneller, also war Trinken das kleinere Übel.

»Warten Sie«, krächzte sie, »nicht spritzen, ich trinke.«

Thomassen hielt inne. »Na sehen Sie, das ist vernünftig. Wir wollen uns doch noch ein bisschen unterhalten, nicht wahr?«

Sie redet wirklich wie eine Krankenschwester, dachte Fenja und trank den Tee, langsam, mit spitzen Lippen. Er schmeckte bitter.

»Was haben Sie mit mir vor?«, fragte Fenja, um Zeit zu gewinnen.

»Gott wird entscheiden, was mit Ihnen passiert«, antwortete Thomassen. »Gott hat bisher immer entschieden, und er hat es gut mit mir gemeint.«

Sie stellte die halb leere Tasse auf den Tisch. Fenja war übel, vielleicht musste sie sich ja übergeben, dachte sie hoffnungsvoll.

Thomassen sah sie streng an. »Und jetzt müssen Sie mir sagen, was Ihnen dieser blöde Semmler erzählt hat.«

Fenjas Gedanken arbeiteten träge. Was sollte sie darauf antworten? Sollte sie überhaupt antworten? Offenbar hatte dieser Mensch tatsächlich etwas gewusst, das Thomassen gefährlich werden konnte.

»Was soll er mir schon erzählt haben? Alles«, bluffte Fenja.

Thomassen musterte sie kritisch. »Tatsächlich?«, sagte sie nach einer Weile. »Warum sind Sie dann nicht bei mir aufgekreuzt, als er verschwunden war?«

Ihr Mund verzerrte sich, ihr Gesicht hatte nichts mehr von der gütigen Oma, für die Fenja sie immer gehalten hatte.

»Was war mit Semmler?« Fenja konnte nur lallen.

»Er kannte meinen Mann. Das war mit Semmler.« Thomassens Stimme klang hart. »Mein Mann, Georg – er ist schon seit fast dreißig Jahren tot.« Thomassen kicherte. »Auch da hatte Gott seine Hand im Spiel. Ist betrunken Auto gefahren und hat seinen Wagen um einen Baum gewickelt. Meine Güte, er war kaum noch zu erkennen, als sie ihn aus dem Wrack gezogen haben. Recht so! Georg hatte nämlich eine Vorliebe für kleine Mädchen – und ich war mir sicher, dass niemand außer mir davon wusste. Aber das war leider ein Irrtum. Dieser Wichtigtuer ist hier aufgekreuzt, mit Notizblock und Bleistift, und hat dumme Fragen gestellt. Hat gesagt, dass er mit der Polizei zusammenarbeitet und dass er ja leider damals, als Hinrike … starb, nicht in Carolinensiel gewesen war. Hatte damals kurzzeitig eine Stelle in Bremen, und weil er ja mit seiner Gesine auch nicht so besonders gut klargekommen ist, hat er sich hier eine Weile nicht blicken lassen. Gut so. Er hätte wegbleiben sollen. Stattdessen kommt er jetzt her und erzählt mir, dass mein Georg ja mit Hinrike auch schon immer Probleme gehabt hätte.« Sie schlug die Hand vor die Stirn. »Das muss man sich mal vorstellen. Wollte der doch tatsächlich in seinem bescheuerten Krimi über Hinrikes Kindheit schreiben und über das Verhältnis zu ihren Eltern.« Sie schwieg einen Moment nachdenklich. »Ich hab ihm gesagt, er soll sich zum Teufel scheren, aber er war wie vernagelt. Wollte wissen, ob Georg Hinrike geschlagen hätte. Sie wäre doch immer weggelaufen vor ihm.« Sie stieß ein heiseres Lachen aus. »Geschlagen! Wenn's nur das gewesen wäre.«

Fenja dämmerte dahin, und Thomassen nahm wieder ihre Hand.

»Ja, Kindchen, und dann wollte er unbedingt mit Frieso und mit Boje reden.« Sie schüttelte langsam den Kopf und betrachtete Fenjas Hand. »Sie tragen keinen Ring. Das ist übrigens Bendines größter Wunsch, dass Sie unter die Haube kommen, wissen Sie das?« Thomassen ließ ihre Hand los. »Na ja, das ist ja nun egal. Arme Bendine, um sie tut es mir wirklich leid. Aber ich schweife ab. Ich konnte es auf keinen Fall zulassen, dass dieser Blödian die ganze Geschichte wieder aufrollt. Um Bojes willen. Ich habe mir nämlich geschworen, für Boje zu sorgen und ihn zu beschützen. Ich wollte den gleichen Fehler nicht zweimal machen.

Bei Hinrike hatte ich versagt. Ich habe geschwiegen, weil ich die Schande nicht ertragen konnte, dass mein Mann sein eigenes Kind missbraucht. Ich war feige und habe meiner Tochter nicht geholfen. Dafür hat Gott mich gestraft, zu Recht.«

Sie schwieg und betrachtete Fenja. Die fühlte sich unendlich müde, versuchte aber mit aller Kraft, wach zu bleiben, obwohl sie gar nicht recht wusste, weshalb.

★★★

Barne Ahlers hatte keine Ruhe finden können und war zu Bendine gefahren. Vielleicht konnte er ja doch irgendwie helfen. Er wollte es zumindest anbieten, ganz davon abgesehen, dass er es auch für sich selbst tat. Er konnte an nichts anderes denken als an Fenja.

Wenige Sekunden nachdem er bei Bendine geklingelt hatte, wurde die Tür aufgerissen und eine erschreckend blasse Frau mit wachen Augen blickte ihn angstvoll an.

»Wissen Sie etwas?«, fragte sie ohne Begrüßung. »Verzeihen Sie«, sagte sie dann. »Sind Sie von der Polizei?«

»Nein«, antwortete Ahlers, »ich bin Lehrer, kenne Fenja aber ... gut.« Mit Bedauern stellte er fest, dass er sie eigentlich nicht gut kannte. »Ich möchte nicht stören, aber ich wollte mich nur erkundigen, ob es Neuigkeiten gibt? Haben sie sie gefunden?«

»Nein.« Bendines Stimme zitterte. »Aber kommen Sie rein, vielleicht fällt uns ja gemeinsam etwas ein, das wir tun können.«

Ahlers folgte Bendine in die Küche, wo eine ältere Frau und ein kleiner Mann mit Halbglatze ihn fragend anblickten. »Das ist meine Freundin, Lore Berglin, Heini Sammers, Verzeihung, ich weiß gar nicht, wie Sie heißen«, sagte sie und ließ sich kraftlos auf einen Stuhl sinken.

Ahlers stellte sich vor und wusste dann nicht recht, was er sagen sollte.

»Hat ... ich meine, gibt es denn schon Hinweise, wo sie sein könnte?«

Bendine schüttelte den Kopf, sagte aber nichts. Lore sprach für sie.

»Nein, sie haben keine Ahnung, wo sie sein könnte. Vorhin

war ihr Kollege hier und wollte ein Kleidungsstück von Fenja. Sie haben versucht, sie mit einem Hund aufzuspüren, aber der hat sie kreuz und quer durch Carolinensiel geführt. Es ist nichts dabei herausgekommen. Sie befürchten, dass sie vielleicht in ein Auto gestiegen sein könnte.«

Ahlers kratzte sich am Kinn. Wenn das stimmte, dann konnte sie überall sein. Irgendjemand musste doch etwas gesehen haben!

»Wenn Fenja auch noch was passiert, dann weiß ich nicht, wie ich weitermachen soll«, sagte Bendine. »Wie soll ich das Nele erklären? Sie ist bei ihrer Freundin, aber dort kann sie nicht ewig bleiben. Was soll ich bloß tun?«

Sie fing leise an zu schluchzen. Heini sprang auf und legte ihr den Arm um die Schulter.

Ahlers setzte sich, stand aber nach wenigen Sekunden wieder auf. Hier rumzusitzen hatte keinen Sinn.

»Wissen Sie, wo sie zuletzt gesehen wurde?«, fragte er dann. Irgendwo musste er ja anfangen.

»Sie haben ihr Handy zuletzt gestern Nachmittag am Alten Hafen geortet. Und ich weiß, dass sie noch mal zu Hilde wollte, das hab ich der Polizei auch gesagt. Bei Hilde ist sie aber nicht angekommen.«

Ahlers ging in der ziemlich übervölkerten Küche auf und ab. »Dann muss sie irgendwo auf dem Weg zwischen Altem Hafen und Frau Thomassen verschwunden sein.«

»Genau.« Heini wuchs förmlich über seine eigene Wichtigkeit hinaus. »Das hat die Polizei auch gesagt, und die fragen da auch überall rum.«

Ahlers sah aus dem Fenster, das den Blick auf den Garten freigab. Einige Buschrosen blühten immer noch.

»Ich werde sie suchen gehen. Ich weiß zwar noch nicht, wie, aber ich werde am Alten Hafen anfangen.«

Er ließ sich Hilde Thomassens Adresse und ein Bild von Fenja geben und versprach, sich regelmäßig zu melden. Dann verabschiedete er sich und machte sich auf den Weg.

★★★

»Wo waren wir stehen geblieben?« Thomassen schien es zu genießen, endlich einen Zuhörer zu haben. »Ach ja, ich musste Boje vor seiner Mutter schützen. Sie war nämlich krank. Wahrscheinlich war ich nicht ganz unschuldig daran, dass sie krank war. Psychisch, Sie wissen schon.« Thomassen machte mit ihrem krummen Finger eine kreisende Bewegung neben ihrer Schläfe. »Aber die Hauptschuld trifft natürlich Georg. Warum konnte er bloß nicht die Finger von ihr lassen?« Thomassen saß auf ihrem Stuhl und hielt Fenjas Hand, als wolle sie sie trösten. »Wie auch immer«, fuhr sie fort, »er konnte es nicht, und ich habe geschwiegen. Deswegen ist Hinrike krank geworden. Sie litt am Münchhausen-Stellvertreter-Syndrom. Kennen Sie das?«

Sie sah Fenja fragend an, schien das Ganze für einen netten Plausch zu halten. Fenja nickte schwach.

Thomassens Gesicht verfinsterte sich.

»Eine teuflische Krankheit, die nicht selten den Tod bringt, aber nicht für den, der daran leidet, sondern für den Stellvertreter, das eigene Kind. So war es auch bei Hinrike.« Sie schwieg einen Moment, schluckte. »Wissen Sie, wie das ist, wenn Sie Ihre eigene Tochter dabei erwischen, wie sie ihrem Kind ein Kissen aufs Gesicht drückt?« Sie atmete schwer. »Das ist oft geschehen, das können Sie glauben. Und dann ist sie mit dem Jungen zum Arzt oder gleich in die Klinik.« Sie schwieg wieder und schüttelte den Kopf. »Ich werde diese Krankheit nie begreifen. Sie ist auch einfach nicht zu begreifen. Aber ich schweife ab, der Junge war dem Tode manchmal näher als dem Leben, und kein Arzt hat was gemerkt. Natürlich nicht. Wenn einer mal kritisch wurde und unangenehme Fragen gestellt hat, ist sie einfach das nächste Mal zu einem anderen gegangen, und das Ganze ging von vorne los.«

Fenja merkte, wie ihre Lider schwer wurden, und riss die Augen auf. Thomassen liefen Tränen die faltigen Wangen hinunter.

»Ich habe alles versucht«, schluchzte sie, »aber Hinrike war einfach unbelehrbar, hat immer weitergemacht. Wissen Sie, dass solche Mütter ihre Kinder umbringen können?« Thomassen war laut geworden. »Da musste doch etwas geschehen! Sehen Sie das ein, dass etwas geschehen musste? Und was sollte ich denn bloß tun? Meine eigene Tochter anschwärzen? Sie hätten sie doch weggesperrt! Außerdem … hat sie gedroht, alles auffliegen zu lassen. Das mit ihrem Vater, meine ich. Und das ging doch nicht!«

Fenja richtete sich ein wenig auf, versuchte, sich in eine gute Position zu bringen, aber Thomassen hatte es bemerkt und griff wieder nach der Teekanne, die auf einem Stövchen stand. Man konnte meinen, sie befänden sich in einer gemütlichen Teerunde und nicht auf diesem Höllentrip.

»Wir machen alles ganz langsam.« Thomassen sprach mit ihr wie mit einem bockigen Kind. »Wir haben keine Eile, aber Sie müssen schön trinken.«

Sie drückte ihre Hand auf Fenjas Kehle. Die versuchte reflexartig, die Hand zu entfernen, aber es fehlte ihr einfach die Kraft. Fenja riss den Mund auf und schluckte gehorsam, verschluckte sich, hustete, rang nach Luft. Thomassen beobachtete sie mit kalten Augen, wartete, bis sie sich gefangen hatte, und zwang sie erneut zu trinken. Fenja atmete schwer. Zeit, fuhr es ihr durch den Kopf, sie musste Zeit gewinnen und irgendwie ihre Kräfte mobilisieren.

»Was war mit Heike Bornum?«, fragte sie flüsternd.

Thomassen nahm einen Löffel, öffnete die Teekanne, rührte darin herum und legte den Löffel ordentlich wieder auf ihre Untertasse.

»Tja, Heike. Heike hat gewusst, dass Frieso unschuldig war, und sie hat geschwiegen, all die Jahre. Hat Frieso in seiner Zelle schmoren lassen, nur um sich selbst zu schützen. Was für eine Heuchlerin! Aber letzten Endes hat sie nichts anderes getan als ich. Sie hat ihre Familie schützen wollen. Na ja, das ist ihr gelungen, genau wie mir. Aber irgendwann geht so was natürlich nach hinten los. An dem Leseabend, als der blöde Semmler wieder von Hinrikes Tod anfing, da hat sie so eine komische Äußerung gemacht und gesagt, dass sie Semmler den guten Rat gibt, die Sache ruhen zu lassen. Und dabei hat sie mich ganz seltsam angesehen. Nicht mitleidig wie die anderen, sondern irgendwie … schuldbewusst. Das hat mich stutzig gemacht. Diese prinzipienlose Frau hatte ein Verhältnis mit Wilko. Der ist natürlich genauso prinzipienlos, aber … was kümmert's mich? Jedenfalls ist Heike nach dem Leseabend zu Wilko gegangen, meinem Nachbarn. Ich hab gewartet, bis sie das Haus wieder verlässt, und bin ihr dann wie zufällig begegnet. Sie war ein bisschen erschrocken, aber ich bin eine alte Frau, und alte Frauen leiden schon mal unter Schlaflosigkeit. Also sind wir zusammen am Hotel Erholung vorbei zum Alten Hafen gegangen, und dann hab ich sie gefragt. Was sie damit gemeint hatte, dass man schlafende Hunde nicht wecken soll. Dass ich ein Recht hätte, das zu erfahren. Wir sind runter zum Hafenbecken, und sie wusste wohl nicht, ob sie es mir sagen sollte, aber dann meinte sie, dass Frieso unschuldig gewesen war. Sie hätte Hinrike damals noch lebend gesehen, als er schon weg war.«

Thomassen schenkte sich Tee ein und nahm einen Schluck.

»Die liebe Heike hatte nämlich damals auch schon ein Verhältnis mit Wilko und war an dem Tag, als Hinrike starb, in seiner Wohnung gewesen, wovon ihr Mann natürlich keine Ahnung hatte.« Thomassen setzte ein hämisches Grinsen auf. »Der hat gedacht, sie wäre gar nicht in Carolinensiel, sondern irgendwo bei ihrer Freundin. Also war sie in der Zwickmühle, denn damals standen ihre und Wilkos Ehe auf dem Spiel, und Heikes Tochter war noch klein. Sie hat also geschwiegen, aber ihre Ehe ist trotzdem in die Brüche gegangen. Na ja, wenigstens war Nina da schon erwachsen.«

Thomassen strich sich eine graue Haarsträhne aus dem Gesicht.

»Wir standen also am Hafenbecken und redeten. Ich fragte sie, was jetzt geschehen sollte, und sie hat gemeint, sie könnte das Ganze nicht mehr für sich behalten, wollte endlich reinen Tisch machen. Dann hätte Boje wieder einen Vater. Es hätte sie alles lange genug belastet. Sie hatte wohl gedacht, ihr Gewissen würde Ruhe geben, nachdem sie mit der Familie aus Carolinensiel weggezogen waren und Frieso entlassen worden war. Hatte es auch, zumindest, bis sie wieder hergezogen und Boje ihr ständig über den Weg gelaufen ist. Der Junge habe ein Recht zu erfahren, dass sein Vater kein Mörder sei, und sie könne damit nicht mehr leben. Ich sollte ihr verzeihen. Ha!«

Thomassen kramte ein Stofftaschentuch aus ihrer Jackentasche und wischte sich über die Stirn. Eine späte Fliege verirrte sich ins Zimmer und setzte sich auf Fenjas Stirn. Sie hatte nicht die Energie, sie zu verscheuchen.

»Natürlich hatte sie keine Ahnung, was wirklich mit Hinrike passiert war«, fuhr Thomassen fort. »Sie wusste nicht, dass ich es war, die sie getötet hatte. Dass eine Mutter ihr eigenes Kind tötet, damit rechnet man nicht.« Sie zog die Nase hoch und fummelte mit dem Taschentuch herum. »Ich ... ich musste doch etwas tun!«, rief sie. »Sie wollte einfach nicht hören, dieses störrische Kind! Weiß Gott, sie hätte ihren Sohn noch umgebracht, wenn ich nicht eingegriffen hätte!« Ihre Stimme klang weinerlich. »Und ich hörte Boje schreien, den armen Jungen. Was sollte ich denn machen? Niemand hätte mir geglaubt. Sie konnte hervorragend lügen, hat alle an der Nase rumgeführt. Ärzte, medizinisches Personal, ihren Mann, sogar ihre Freunde. Alle haben sie bemitleidet, haben gedacht, oh mein Gott, die arme Frau hat es so schwer. Immer ist sie mit dem kranken Kind allein, und der Mann kümmert sich nicht. Eine feine Rolle hatte sie sich da zurechtgelegt.« Sie putzte sich geräuschvoll die Nase. »Jedenfalls ... ich habe sie gestoßen und ... sie ist mit dem Kopf auf diese blöde Hantel gefallen. Ich ... ich war wie gelähmt. Hab sie da liegen sehen in ihrem Blut, und der Junge weinte. Da hab ich sie einfach liegen gelassen, hab den Jungen aus dem Bett geholt und bin mit ihm durch den Garten zu mir nach Haus.«

Mehrere Minuten lang sagte sie gar nichts, spielte mit ihrem Taschentuch und weinte.

»Ich frage Sie«, fuhr sie fort und wischte sich mit dem Ärmel durchs Gesicht. »Was hätte ich denn machen sollen? Was hätte aus dem Jungen werden sollen? Eine Mutter, die ihn langsam umbringt, und ein Vater, der sich überhaupt nicht um ihn kümmert Er brauchte mich. Ich musste schweigen. So wie es gekommen ist, war es am besten. Gott hat es so gelenkt, und wer bin ich, Gottes Wege zu hinterfragen?«

Fenja lag da mit geschlossenen Augen, versuchte aber, bei Bewusstsein zu bleiben, indem sie ihre Daumennägel in die Kuppen der Zeigefinger presste. Sehr effektiv war diese Maßnahme nicht, aber bis jetzt hatte es funktioniert, und es war alles, wozu sie imstande war.

»Hören Sie mir noch zu, Kindchen?«

Fenja öffnete die Augen und nickte schwach. »Und Heike Bornum?«

»Ach ja, Heike, das war im Grunde genauso. Wir standen im Alten Hafen am Harleufer, und Heike stand mit dem Rücken zum Wasser. Ich schwöre, ich bin nur auf sie zugegangen, sie ist zurückgewichen, über eins der Seile gestolpert und ... ich hab noch versucht, sie zu halten. Sie waren schon auf dem richtigen Weg mit dem Knopf und dem Ohrring. Schlaues Mädchen. Haben sich von allen die Hände angesehen, nicht wahr? Aber sehen Sie, Sie konnten bei niemandem etwas entdecken und bei mir natürlich auch nicht, weil ich nämlich um diese Jahreszeit meistens Handschuhe trage wegen meiner Arthrose. Jaja«, sie seufzte, »immerhin habe ich versucht, sie festzuhalten, aber ... es ist trotzdem passiert. Sie knallte mit dem Kopf auf die Reling, sank langsam ins Wasser. Es war ganz friedlich. Also hab ich sie auch liegen lassen. Ich scheine noch gebraucht zu werden, der Herrgott richtet es ja immer für mich.«

»Und Semmler?«

»Ach ja, das war auch mehr oder weniger Zufall. Ich hatte keine Ahnung, dass er trank. Auf mich wirkte er völlig nüchtern, als er hier war. Ich wollte ihn eigentlich nur ruhigstellen und mich währenddessen ein bisschen in seinem Haus umsehen. Er hatte nämlich gesagt, dass er mit Frieso Kontakt aufgenommen hätte und dass der mit ihm zusammenarbeiten wollte. Sie mussten sich wohl geschrieben haben. Ich hab ihm also eine Dosis Valium verpasst, hab ihm seinen Schlüssel abgenommen und bin zu seinem Haus. Und da hab ich dann ein bisschen Unordnung gemacht, sollte ja schließlich nach einem Einbruch aussehen. Und seinen Computer hab ich mitgenommen, wollte mich ein wenig damit beschäftigen. Leider kann ich mit diesen Dingern nicht richtig umgehen, aber das kann man ja ändern.« Sie machte eine wegwerfende Handbewegung. »Ob Sie's glauben oder nicht, als ich wiederkam, war der Mensch tot. Atemdepression, kommt schon mal vor, wenn Alkohol und Valium zusammenkommen.«

Sie atmete tief durch. »Ich hatte vergessen, wie schwer so ein Toter ist«, sagte sie versonnen, »habe ewig gebraucht, um ihn aus dem Haus zu schaffen. Na ja, ich hab ihn begraben, und das war's.«

Schweigen.

Fenja stellte sich schlafend. Die Frau war komplett verrückt, so viel immerhin war ihr klar, trotz ihrer Benommenheit.

Sie hörte, wie Thomassen aufstand, und dann ein Rascheln. »Tja, Kindchen, ich glaube, wir müssen es zu Ende bringen. Es tut nicht weh, Sie werden ganz ruhig einschlafen.«

Thomassen kam mit einer Plastiktüte auf sie zu. Das konnte nichts Gutes bedeuten, dachte Fenja mit erstaunlicher Ruhe. Eigentlich müsste sie sich wehren, aber ihr fehlte die Energie und die Kraft, und es schien ihr nicht wirklich wichtig. Sie sollte den Dingen einfach ihren Lauf lassen. Dann spürte sie, wie Thomassen ihr die Tüte über den Kopf zog.

***

Ahlers stand auf der Brücke, die den Hafen Ost vom Hafen West trennte, und schaute aufs Hafenbecken. Vorher war er am Fischhörn entlanggegangen, hatte sich umgesehen, im Aparthotel und bei den Anwohnern nachgefragt, ob jemand Fenja gesehen hatte. Ohne Erfolg, aber er hatte im Grunde nichts anderes erwartet. Mit Sicherheit hatte die Polizei hier schon alles abgegrast.

Jetzt lehnte er am Gitter neben der Carolinen-Skulptur. Die Sonne schien, und es war ungewöhnlich warm, auch wenn der Wind wie immer für Abkühlung sorgte. Aber er hatte keinen Blick für die Schönheit des Hafens und das glitzernde Wasser der Harle, auf dem der Raddampfer Richtung Harlesiel unterwegs war. Touristen wanderten am Hafenbecken entlang, posierten für ein Foto neben dem Utkieker und bewunderten die alten Schiffe, die im Hafen festgemacht waren.

Er betrachtete Fenjas Bild. Es war im Sommer vor der Pension ihrer Tante aufgenommen worden. Sie lehnte am Gartenzaun, im Vorgarten blühten üppige Rosensträucher. Die blonden Haare hatte sie zu einem Pferdeschwanz zusammengebunden, sie trug ein weißes T-Shirt, das reizvoll mit ihrer tief gebräunten Haut kontrastierte. Ihre blauen Augen strahlten mit ihrem Lächeln um die Wette.

Sein Herz zog sich zusammen. Er kannte sie nicht gut, aber er würde sie gern gut kennen. Hoffentlich war es nicht zu spät. Er steckte das Bild in seine Jackentasche. Was war nur passiert, dass sie jetzt verschwunden war?

Es hatte alles mit Heike Bornums Tod angefangen. Oder nein, eigentlich hatte es wohl mit dem Tod von Bojes Mutter angefangen. Fenja hatte sich daran festgebissen. Vielleicht sollte er sich mit Hilde Thomassen unterhalten. Es fiel ihm sonst nichts ein, was er noch tun konnte. Er beschloss, bei Bojes Großmutter vorbeizuschauen, bevor er nach Hause fahren würde. Wahrscheinlich würde es ihm nicht weiterhelfen, aber schaden konnte es auch nicht.

Zehn Minuten später klingelte er an der Haustür von Hilde Thomassen. Niemand öffnete. Offenbar war sie nicht zu Hause. Er versuchte es noch einmal, wieder ohne Erfolg. Gerade als er sich abwenden wollte, hörte er ein Scheppern. Er stutzte, das kam aus dem Haus.

Er drehte sich um und klopfte. Vielleicht war Hilde Thomassen ja ebenfalls in Gefahr. Das war gar nicht so abwegig. Oder sie hatte einen Infarkt oder Schlaganfall oder war gestürzt und lag jetzt hilflos in ihrem Haus.

»Frau Thomassen!«, rief er. »Geht es Ihnen gut?«

Keine Antwort. Aber er hatte es ganz deutlich scheppern gehört. Vielleicht sollte er es vom Garten aus versuchen. Er ging um das Haus herum, stieg über einen Maschendrahtzaun und betrat eine mit Waschbeton ausgelegte Terrasse. Auf einem alten Plastiktisch waren leere Blumentöpfe zu Türmen aufgestapelt, an der Hauswand lehnte ein Spaten. Er beschirmte die Augen mit der Hand und spähte durch die Terrassentür. Er hatte Mühe, etwas zu erkennen, weil altmodische Stores die Sicht behinderten.

Aber dann stockte ihm der Atem. Zunächst konnte er nicht glauben, was er sah.

Hilde Thomassen stand mit dem Rücken zur Terrassentür über eine auf dem Sofa liegende Frau gebeugt, die mit fahrigen Bewegungen versuchte, sich eine Plastiktüte vom Kopf zu reißen. Fenja!

Ohne nachzudenken, griff er sich den Spaten und schlug damit auf die Türscheibe ein, die klirrend zerbarst. Er warf den Spaten weg, kletterte durch die Tür und stürzte zum Sofa. Hilde Thomassen war zurückgewichen und starrte Ahlers an. Fenja rührte sich nicht mehr.

Er stürzte zum Sofa und riss an der Plastiktüte, die sich irgendwie auf Fenjas Kopf festgesaugt hatte. Als es nicht klappte, nahm er die Zähne zu Hilfe. Er schmeckte Blut, kämpfte wie ein reißender Wolf, und schließlich hatte er das Plastik von ihren Atemwegen entfernt.

Fenja war bleich und atmete nicht. Sofort begann er mit einer Herzdruckmassage und Beatmung und brachte es zwischendurch fertig, den Notarzt zu alarmieren.

Hilde Thomassen stand neben dem Altar ihrer Tochter und beobachtete die Szene ungerührt, als ginge sie das Ganze nichts an.

Als die Rettung eintraf, atmete Fenja wieder, war aber nicht ansprechbar. Sie wurde erstversorgt und ins Krankenhaus nach Wittmund gebracht. Ahlers hatte dem Sanitäter die leere Ampulle gezeigt, die er auf dem Sofa gefunden hatte, sodass man Fenja sofort ein Gegenmittel verabreichen konnte.

Wenig später trafen Gesa und Tiedemann ein. Tiedemann nahm Hilde Thomassen fest, die sich an ihren Küchentisch gesetzt hatte und sich widerstandslos abführen ließ. Gesa hatte sofort die Spurensicherung alarmiert, die jetzt Thomassens Haus auseinandernahmen.

Gleich nach dem Eintreffen des Notarztes hatte Ahlers Bendine angerufen, die vor Erleichterung in Tränen ausgebrochen war und es nicht fassen konnte, dass Hilde Thomassen ihre Fenja hatte töten wollen. Sie verabredeten, dass sie gemeinsam nach Wittmund zum Krankenhaus fahren wollten, sobald Ahlers seine Aussage gemacht hatte. Am nächsten Tag fanden sie Semmler in einem flachen, mit Heidekraut bepflanzten Grab in Thomassens Garten.

Hilde Thomassen legte ein umfassendes Geständnis ab. Boje wurde benachrichtigt und natürlich Frieso Tebbe, der sofort mit seinem Sohn Kontakt aufnahm. Die beiden trafen sich am nächsten Tag in Thomassens Haus.

Fenja kam wenige Stunden nachdem man sie ins Krankenhaus gebracht hatte, wieder zu sich. Sie konnte sich nicht in allen Einzelheiten an das erinnern, was ihr bei Thomassen widerfahren war, aber die Zeit würde ihrem Gedächtnis schon wieder auf die Sprünge helfen, sagte der Arzt.

Ihre Kollegen besuchten sie, sogar Frenzen kam und brachte einen Strauß Moosröschen mit. Tiedemann hätte am liebsten seinen Waschbären mitgebracht, um Fenja aufzuheitern. Selbst der alte Kommissar Werner Dithmar rief Fenja an, um ihr zur Lösung des Falles zu gratulieren und ihr zu versichern, dass er es ja immer »gewutht« habe. Dann hatte er Grüße an Tiedemann bestellt und Fenja geraten, ihn von Ermittlungen im Drogenmilieu fernzuhalten. Tiedemann hatte nämlich bei einer Zeugenbefragung in Bremen sorglos einen Teller mit Haschkeksen geleert und Dithmar danach den Heimweg mit einer Kicherorgie vergällt. Immerhin, Dithmar hatte seine Kollegen in Bremen auf den backfreudigen Zeugen aufmerksam machen können, und die hatten in seinem Keller eine kleine Plantage entdeckt, die als Sauna getarnt war. Aber Tiedemann rede nicht gern darüber, hatte Dithmar lachend hinzugefügt.

Aha, dachte Fenja, das war also das Rätsel um Tiedemanns holprigen Anfang bei der Kripo.

Zwei Tage später kam Fenja nach Hause.

Ahlers holte sie ab, und Bendine wartete mit ihrem Lieblingsessen auf sie: Kartoffelsalat mit Kräuterfrikadellen.

Als sie zur Tür hereinkam, fiel Nele ihr um den Hals und wollte sie nicht wieder loslassen. Fenja war glücklich und umarmte Lore, Kalle und sogar Heini, die gekommen waren, um sie daheim willkommen zu heißen. Alle setzten sich an den Tisch und aßen.

Es wurde nicht viel gesprochen, nur Ahlers und Fenja warfen sich immer wieder lächelnde Blicke zu, was Bendine mit Freuden zur Kenntnis nahm.

Sie wollten gerade die zweite Runde Jever einläuten, als es klingelte. Nele sprang auf und lief zur Haustür. Eine halbe Minute später stand sie wieder in der Küche.

»Oma, Onkel Edgar ist da.«

Danksagung

Danken möchte ich wie immer Dr. Marion Heister für ihr hilfreiches Lektorat, meiner Familie für die moralische Unterstützung in Zeiten der Ratlosigkeit und für die Erste Hilfe bei rätselhaften Symptomen des Computerprogramms und natürlich dem freundlichen Team im Verlag.

Marion Griffiths-Karger
TOD AM MASCHTEICH
Broschur, 224 Seiten
ISBN 978-3-89705-711-1

»Marion Griffiths-Karger sind lebendige, kontrastreiche Milieustudien gelungen. Die Handlung ist nüchtern und präzise formuliert, die Dialoge sind lebensnah.« Hannoversche Allgemeine

Marion Griffiths-Karger
DAS GRAB IN DER EILENRIEDE
Broschur, 256 Seiten
ISBN 978-3-89705-797-5

»Spannender Krimi um einen packenden Fall, mit sehr menschlichen Ermittlern und mit ein bisschen Lokalkolorit.« ekz

www.emons-verlag.de

Marion Griffiths-Karger
DER TEUFEL VON HERRENHAUSEN
Broschur, 256 Seiten
ISBN 978-3-89705-923-8

»Teuflisch gut.«   Ciao! Magazin für individuelles Reisen

Marion Griffiths-Karger
DIE TOTE AM KRÖPCKE
Broschur, 240 Seiten
ISBN 978-3-95451-147-1

»Im neuesten Roman der hannoverschen Schriftstellerin Marion Griffiths-Karger hat die Ermittlerin alle Hände voll zu tun. Geschickt baut die Autorin die Handlung auf und nimmt den Leser mit auf eine Reise zu Hannovers dunklen Seiten. Ein spannender Krimi, nicht nur für Hannoveraner.«   Norddeutsches Handwerk

www.emons-verlag.de

Marion Griffiths-Karger
RATHAUSMORD
Broschur, 256 Seiten
ISBN 978-3-95451-683-4

»Spannender Hannover-Schmöker. Bereits seit 2010 lässt Schrift-stellerin Marion Griffiths-Karger ihre taffe Kommissarin in Hannover ermitteln und zeichnet in ihren Romanen ein sehr authentisches Bild unserer Stadt.« Bild Hannover

Marion Griffiths-Karger
WENN DER MÄHDRESCHER KOMMT
Klappenbroschur, 288 Seiten
ISBN 978-3-95451-074-0

»Köstliche Charaktere, sehr viel Lokalkolorit und viel zu lachen. Wer sagt denn, dass Krimis immer ernst sein müssen?« NDR 1 Niedersachsen

www.emons-verlag.de

Marion Griffiths-Karger
EIN PFERD IM KORNFELD
Klappenbroschur, 256 Seiten
ISBN 978-3-95451-432-8

»In ›Ein Pferd im Kornfeld‹ gelingt es Autorin Marion Griffiths-Karger,
eine spannende Atmosphäre zum Mitfiebern zu schaffen.«
Freizeit Momente

Marion Griffiths-Karger
**INSPECTOR BRADFORD
TRINKT FRIESENTEE**
Broschur, 304 Seiten
ISBN 978-3-95451-551-6

Was verbindet den Mord an einer reichen deutschen Witwe mit
dem Tod eines charmanten englischen Tunichtguts? Auf den ersten
Blick erst einmal nichts. Doch dann vereinen Inspector Bradford und
Hauptkommissarin Fenja Ehlers englischen Spürsinn und deutsche
Kombinationsgabe und enthüllen Stück für Stück ein dunkles Fami-
liengeheimnis.

www.emons-verlag.de

Lesen Sie weiter:

Marion Griffiths-Karger
RATHAUSMORD

Leseprobe

Prolog

Die Herbstsonne hatte die Stadt bereits in ein warmes Licht ge-
taucht, als der Schrei die Zeit anhielt. Er wehte von der Kuppel
des Neuen Rathauses herüber, wälzte sich in klagendem Falsett
über den spiegelglatten Maschteich, ließ die langen Blätter der
Trauerweiden erzittern und erstarb dann langsam und quälend
im Nichts.

Passanten, die den Park durchquerten, blieben stehen und warfen einander ungläubige Blicke zu. Erholungssuchende, die die
warmen Tage dieses goldenen Oktobers auf einer Bank am Teich
genießen wollten, saßen sekundenlang starr vor Schreck. Nur der
Autoverkehr rollte weiter, unbeeindruckt von der Tragödie, die
sich ganz in der Nähe abgespielt haben musste, und die Enten
zogen ungerührt ihre Bahnen, suchten kopfunter nach Futter und
säuberten ihr Gefieder, als wäre nichts geschehen.

Langsam nahm die Zeit wieder Fahrt auf. Menschen liefen
zusammen, stellten Fragen und wiesen mit den Fingern zur Rathauskuppel. Wenige Minuten später näherte sich Sirenengeheul.

EINS

Die Neue war eine Herausforderung. Das hatte Charlotte gleich bemerkt. Sie stand da, in ihrem schwarzen Kostüm mit der hellroten Bluse, die Füße in schwarzen Pumps mit akzeptablen Absätzen. Akzeptabel hieß, dass sie wahrscheinlich noch in der Lage sein würde, die Flucht zu ergreifen und davonzulaufen, falls das nötig sein sollte.

Aber das war ja Quatsch, von Flucht konnte keine Rede sein. Auch wenn Charlotte es sich noch so sehr wünschte, sie und ihr Team hatten diese Frau am Hals, und sie würden sich mit ihr arrangieren müssen. Dabei hatten sie alle frohlockt, als ihr vormaliger Chef, Kriminalrat Ostermann, sich endlich widerstrebend in den Ruhestand begeben hatte. Ein leises Bedauern schlich sich in Charlottes Gedanken, während sie die Frau beobachtete, die mit ihrer weizenblonden, praktischen Kurzhaarfrisur vor Dynamik nur so strotzte.

Hatte sie das gerade richtig verstanden? Kinderkrippe im Zentralen Kriminaldienst? Sie warf Rüdiger Bergheim, ihrem Lebensgefährten und Kollegen, einen ungläubigen Blick zu. Aber der bemerkte sie gar nicht, war offensichtlich völlig hingerissen von der Chefin.

Und den anderen im Team schien es genauso zu gehen. Schliemann saß da, die Arme vor der Brust verschränkt, die Mundwinkel leicht nach oben verzogen. Er nahm wohl schon Anlauf für die nächste Eroberung. Immerhin, das versprach amüsant zu werden. Charlotte hatte nicht den Eindruck, dass die Kriminalrätin Gesine Meyer-Bast eine leichte Beute sein würde, aber Schliemann neigte dazu, sich in dieser Beziehung zu überschätzen. Der Grund dafür war seine für Charlotte unverständliche Anziehungskraft auf Frauen. Glücklicherweise nicht auf alle, das ließ hoffen.

Charlotte blickte sich verstohlen um, während Meyer-Bast unverdrossen über Neustrukturierung und effizientes Arbeiten dozierte. Thorsten Bremer nickte beifällig, während Martin

Hohstedt mit seiner Armbanduhr spielte. Na, wenigstens der schien immun zu sein gegen die strahlende, eloquente neue Vorgesetzte. Wahrscheinlich war er in Gedanken wieder bei seinem Hobby. Er war neuerdings unter die Segler gegangen und hatte im Sommer – zu Charlottes Leidwesen – viel Zeit mit Rüdiger auf dem Maschsee auf einem Segelboot verbracht.

Applaus brandete auf, und die Mitglieder des Zentralen Kriminaldienstes der Kripo Hannover erhoben sich von den Stühlen, um sich endlich am Büfett zu bedienen.

Charlotte ließ Lachskanapees und Käsehäppchen links liegen und holte sich Kaffee. Rüdiger und Hohstedt luden sich die Teller voll, während Maren Vogt sich zu Charlotte gesellte.

»Wie findest du sie?«, fragte sie leise und schob sich einen Kräcker mit Avocado-Dip in den Mund.

Charlotte zuckte die Achseln und gab einen undefinierbaren Laut von sich. Was sollte sie auch sagen? Dass sie die neue Chefin nicht leiden konnte? Wenn sie wenigstens einen Grund dafür liefern könnte. Aber das konnte sie nicht, denn sie hatte bisher noch kein persönliches Wort mit der Kriminalrätin gewechselt und auch sonst keinen Grund, sie nicht zu mögen. Im Gegenteil, sie wirkte durchaus sympathisch.

»Also, ich find sie ganz nett. Bis jetzt«, sagte Maren.

»Na, warten wir's ab.« Charlotte runzelte die Stirn. Meyer-Bast hatte sich zu Rüdiger und Hohstedt gesellt, der aus allen Knopflöchern strahlte. Die drei schienen sich blendend zu unterhalten. Charlotte trank ihren Kaffee aus. »Ich geh in mein Büro, hab noch was zu tun.«

»Ah ja?« Maren strich sich die roten, halblangen Haare zurück. »Was denn? Ist doch im Moment ziemlich ruhig.«

»Sag doch so was nicht. Es ist nie ruhig. Wir kriegen den Lärm bloß nicht immer mit.«

Charlotte wollte sich gerade aus dem Staub machen, als Gesine Meyer-Bast ihren Namen rief. »Frau Wiegand, mit Ihnen wollte ich sprechen.« Die neue Chefin kam lächelnd auf sie zu und reichte ihr die Hand. »Wir haben uns noch gar nicht kennengelernt.«

Mist, dachte Charlotte, lächelte aber und ergriff die dargebotene Hand.

»Ihnen eilt ja ein beeindruckender Ruf voraus.«

»Wirklich?«

Charlotte wusste sehr genau, welcher Ruf ihr vorauseilte. Genau genommen waren es zwei. Der eine betraf ihren beruflichen Erfolg, der beachtlich war. Sie hatte bisher alle Mordfälle gelöst – bis auf einen, den sie als ihr ganz persönliches Desaster bezeichnete und den sie keinesfalls als abgeschlossen betrachtete, obwohl die Ermittlungsakte geschlossen war. Den anderen Ruf hatte sie ihrem Ex-Chef Ostermann zu verdanken. Er betraf ihren Charakter. Der hatte sie mal als renitent, ungeduldig und respektlos bezeichnet. Charlotte ahnte zwar, dass außer Ostermann auch einige Mitglieder des Teams ihr diese Attribute zuschrieben – zu ihnen gehörte mit Sicherheit auch Hohstedt –, aber im Grunde kam sie mit ihren Leuten gut zurecht. Das galt auch im umgekehrten Fall. Und das war ihr wichtig, denn ohne ihr Team würde ihre Erfolgsbilanz anders aussehen. Das wusste Charlotte, und sie machte auch kein Geheimnis aus diesem Wissen.

Jetzt stand ihr die neue Chefin lächelnd gegenüber, und wahrscheinlich war sie von Ostermann einseitig informiert worden. Das war euphemistisch ausgedrückt, aber die Wahrheit. Wie auch immer, Charlotte hatte keine Ahnung, von welchem ihrer beiden Leumunde Meyer-Bast gerade sprach, und hüllte sich vorsichtshalber in Schweigen.

»Natürlich«, sagte Meyer-Bast. »Ihre Aufklärungsquote ist legendär, aber das wissen Sie sicher.«

Aha, dachte Charlotte und lächelte auch, vielleicht ist sie ja doch ganz nett.

»Ich glaube jedenfalls, dass wir uns gut vertragen werden.«

»Das hoffe ich auch«, antwortete Charlotte und hätte diese Antwort am liebsten gleich wieder zurückgenommen. Warum konnte sie bloß nie nett sein, wenn es darauf ankam? Die Frau hatte ihr ja noch gar nichts getan. »Vielmehr«, fügte sie dann versöhnlich hinzu, »bin ich mir sicher, dass wir gut zusammenarbeiten werden.«

Meyer-Bast nickte ihr zu und wandte sich dann an Thorsten Bremer, der schon in den Startlöchern stand, um sich bei der Chefin lieb Kind zu machen.

Schleimer, dachte Charlotte und ging in ihr Büro. Ihr Schreibtisch war aufgeräumt, und eigentlich war außer einer Recherche über eine Schülerin, die im Internet zu einem Massenselbstmord aufgerufen hatte – Gott sei Dank ohne große Resonanz –, nichts Dringendes zu erledigen. Charlotte konnte sich im Moment selbst nicht leiden. Wenn sie ehrlich war, machte Gesine Meyer-Bast einen ganz netten Eindruck. Wenn sie nur nicht so attraktiv wäre!

Glücklicherweise klingelte das Telefon. Charlotte nahm ab. Es war Velber von der Anmeldung. Eine Frau wolle unbedingt mit Kommissarin Wiegand sprechen, sagte er, und sie ließe sich nicht abwimmeln. Charlotte legte auf und machte sich auf den Weg ins Erdgeschoss, wo an der Anmeldung eine Frau in den Dreißigern saß und auf sie wartete. Als sie Charlotte sah, sprang sie auf und ging schüchtern auf sie zu.

»Frau Wiegand, ich bin so froh, dass Sie Zeit haben«, sagte sie und hielt ihr die Hand hin.

»Äh, worum geht es denn?«

»Also, Hildebrandt heiße ich, Kathrin Hildebrandt. Ich würde gern mit Ihnen sprechen. Es geht um meine Freundin.«

»Aha.« Charlotte war jetzt zwar kein bisschen schlauer, ging aber mit der Frau in eines der Befragungszimmer, wo sie Platz nahmen.

Kathrin Hildebrandt blickte sich zunächst unsicher um, rutschte dann nach vorn auf die Sitzfläche ihres Stuhls und stellte ihre Handtasche vor sich auf den Tisch.

»Wissen Sie«, begann sie und kramte dabei in ihrer Tasche herum, »meine Freundin ist ... war die, die von der Rathauskuppel gefallen ist.«

»Ach, der Selbstmord vom letzten Freitag.«

Charlotte wusste natürlich von dem spektakulären Sturz vom Rathaus, und soweit sie informiert war, war die Frau von einer der vier Aussichtsplattformen gesprungen und die fast fünfzig Meter bis zum Fuß der Kuppel auf das Flachdach des dritten Stockwerks hinabgestürzt. Das zumindest hatte Schliemann erzählt, nachdem er am Freitag die Zeugen, die zur selben Zeit auf der Kuppelspitze gewesen waren, befragt hatte.

Hildebrandt hörte auf zu kramen und blickte Charlotte mit großen vorwurfsvollen Augen an.

»Sehen Sie, darum geht es. Ich will Ihnen ja keine Arbeit machen, aber ich glaube nicht, dass Franzi … Franziska sich umgebracht hat. Nie und nimmer!«

»Tatsächlich?« Charlotte horchte auf.

Sie hatte sich natürlich auch gefragt, wieso sich jemand ausgerechnet vom Rathausturm stürzen sollte, aber die Alternativen waren ebenso unwahrscheinlich. Die Aussichtsplattformen waren gut gesichert, sodass ein Unfall eigentlich ausgeschlossen war. Und Mord? Das konnte Charlotte sich ebenso wenig vorstellen. Wenn man jemanden umbringen wollte, dann gab es doch weniger spektakuläre Möglichkeiten. Und außerdem war die Zahl der Verdächtigen dadurch äußerst begrenzt. Es kamen ja nur die als Täter in Frage, die zur selben Zeit oben waren, und man musste doch befürchten, gesehen zu werden. Also, da war ein Selbstmord doch wahrscheinlicher.

Hildebrandt zog einen Zettel aus ihrer Handtasche, faltete ihn auseinander und reichte ihn Charlotte.

»Diese E-Mail hat mir Franzi am Donnerstag geschickt. Ich hab sie ausgedruckt. Leider guck ich nicht oft in meine Mails, und außerdem war ich so geschockt über ihren Tod, dass ich den Brief erst gestern gefunden habe. Da, schauen Sie selbst.«

Charlotte nahm den Zettel in Empfang und las: *Liebe Kathrin, hast du am Samstagabend Zeit? Wir könnten uns um sieben Uhr im Bavarium treffen. Ich hab dir was zu erzählen. Melde dich bald, es ist wichtig. Lieben Gruß, Franzi.*

»Na, was sagen Sie? Da stimmt doch was nicht. Und außerdem hätte ich das gemerkt, wenn Franzi unglücklich gewesen wäre. Wir haben doch vor zwei Wochen noch ihren Geburtstag gefeiert. Da war sie wie immer.«

Charlotte faltete das Blatt langsam zusammen. »Sagen Sie, Frau Hildebrandt, wieso kommen Sie denn damit zu mir? Ich meine …«

»Sie erinnern sich nicht mehr an mich? Oder? Na ja, Sie haben ja auch eine Menge um die Ohren, und es ist schon ein paar Jahre her, und ich heiße jetzt auch anders. Aber Sie haben mir mal das Leben gerettet.«

»Tatsächlich?«

»Ja, Ralf Zölly, mein damaliger Mann, er hätte mich fast umgebracht, wenn Sie nicht gekommen wären.«

Charlotte dämmerte es. Natürlich, Kathrin Zölly, die sich mehrmals von ihrem betrunkenen Mann hatte windelweich schlagen lassen. Als er sie zum Schluss beinahe erwürgt hätte, war Charlotte gerade noch rechtzeitig dazwischengegangen und hatte einige blaue Flecken davongetragen, bevor Bremer den Kerl endlich hatte überwältigen können. Aber ohne die Blessuren im Gesicht hatte Charlotte die Frau nicht erkannt.

»Wie geht's Ihrem Ex-Mann?«

»Nicht gut.« Kathrin Hildebrandt lächelte. »Er ist krank, kann sich kaum noch rühren, hatte einen Schlaganfall.«

»Na wunderbar«, murmelte Charlotte, und Hildebrandts Lächeln wurde noch etwas breiter.

»Um auf Ihre Freundin zurückzukommen, könnte es nicht auch ein Unfall gewesen sein?«

Hildebrandt schüttelte heftig den Kopf. »Franzi war immer total vorsichtig. Sie war ein bisschen empfindlich, was Höhen anbelangte, konnte nicht gut an steilen Abgründen stehen. Das weiß ich, weil wir mal auf einem Leuchtturm auf Amrum waren, da hat sie auch nur in die Ferne geguckt und nicht direkt nach unten. Außerdem, wie soll denn das vor sich gehen? Man fällt doch nicht aus Versehen von der Rathauskuppel. Da muss man sich ja total bescheuert anstellen.«

Charlotte musste der Frau recht geben. Das war in der Tat merkwürdig, obwohl ein Unfall nie ausgeschlossen war. Aber laut Schliemann hatte niemand gesehen, was genau passiert war. Alle Zeugen hatten unter Schock gestanden. Natürlich stand die Obduktion noch aus. Charlotte nahm an, dass Dr. Wedel das heute oder morgen in Angriff nehmen würde. Sie stand auf.

»Vielen Dank, dass Sie gekommen sind. Wir gehen jetzt zu einem Kollegen und werden Ihre Aussage aufnehmen. Wenn die Leiche obduziert ist, werden wir weitersehen. Auf jeden Fall kümmere ich mich um die Sache.«

Kathrin Hildebrandt ergriff Charlottes Hand. »Ich danke Ihnen. Es … es war doch richtig zu kommen, nicht wahr? Sie halten mich nicht für hysterisch oder so?«

»Sie haben alles richtig gemacht«, beruhigte Charlotte die Frau. »Sie erzählen das jetzt alles noch mal genau meinem Kollegen, und falls sich neue Hinweise ergeben, hören Sie von mir.«